從字根開始背單字才能事半功倍，

節省大量時間，單字庫5倍大拓展！

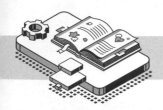

User's Guide

使・用・説・明

　　「Study smarter, not harder!」學習要用對方法，「5倍單字記憶術」幫你在考前快速擴充單字量！

5倍單字記憶術1 ▷ 記住關鍵字根

　　本書整理最常見、最常使用的單字，以這些單字作為基本的「字根」，從字根開始記憶，才能向外延伸，記住更多單字！

5倍單字記憶術2 ▷ 單字庫5倍大拓展

　　關鍵字根搭配不同字尾，就能改變詞性甚至產生不同意思！只需要背一個單字，就可以透過變換字根學會5個以上不同字彙！讓你用最短的時間、最省力的方法增加英文字彙量。

5倍單字記憶術3 ▷ 同義字比較

　　相同意思的單字有很多，但是在使用的時機與文法上卻不盡相同。學單字不只是學拼寫跟字義，要會正確使用才能真正提升英文能力！本書「加分補給站」欄位帶你秒懂同義字的細微差異！

5倍單字記憶術4 ▷ 延伸小知識

　　省下來的學習時間來看相同主題的延伸單字吧！「延伸小常識」欄位讓你的英文學習不止步於應考階段，如學會main course（主菜），當然就要順便學會appetizer（前菜）、soup（湯品）、salad（沙拉）和dessert（點心）。

Preface

前・言

　　單字是英文學習的基石，更是各類英文考試的高分關鍵，單字量越多、對單字用法的掌握度越高，在考試表現上就明顯越好。也因此單字往往是許多考生的首要攻克目標。

　　然而有許多考生雖然花了大量時間在背誦單字，卻常常將相近的單字混淆、甚至是背過即忘。努力付出得不到相應的收穫，這樣的挫折感很快就會消磨掉考生的學習熱忱，導致考生過早陷入疲乏階段，考前衝刺後繼無力。

　　上述的狀況是從常年教學經驗裡觀察的結果。其實單字學習一點也不難，即使是不愛念書的學生，只要用對方法，英文成績一樣可以突飛猛進！以往老師會告訴你「努力學習一定可以得到收穫」，現在我要告訴你「聰明學習可以輕鬆得到收穫」！為了讓考生們可以將寶貴時間發揮最大的效用，遂有了本書的誕生——一本讓考生們既能「記得牢、不混淆、不遺忘」，又能「記得快、不費時、不費心」的考用單字學習書。

　　本書從各大考試中蒐集資料，將單字依考試出現頻率、難度等因素，分類成六個不同等級；並將同等級的單字再依關聯性做分配組合。如此一來，關係相近的單字就能一併學習，大大減少聯想歸納的時間，更能顯著提高單字的吸收率。希望這本書能為各位考生帶來幫助，讓單字學習輕鬆不費力，考前的最後階段也能游刃有餘！

李宇凡

Contents

目・錄

Level **3**

考前衝刺英文單字Level 3 ／186

考前衝刺英文單字Level 4 /256

考前衝刺英文單字Level 5 /328

Level 6

考前衝刺英文單字Level 6 ／390

Level 1

考前衝刺
英文單字Level 1

Aa

🎧 0001

act [ækt] **n.** 行動、（A大寫時）法案 **v.** 行動、扮演

—**actor n.** （男）演員

—**actress n.** 女演員

—**action n.** 行為、行動

小提醒！試比較拼法相近的art（見p.012）

搭配詞 act on 依照……行事

🎧 0002

add [æd] **v.** 增加

—**added adj.** 附加的、額外的

—**addition n.** 加、附加

—**additional adj.** 添加的、附加的

—**additionally adv.** 附加地、此外

反 subtract 減少
搭配詞 add to 增加

🎧 0003

after [ˈæftɚ] **adj.** 以後的 **adv.** 以後、後來
prep. 在……之後

—**afternoon n.** 下午

—**afterlife n.** 來世、晚年

—**aftermath n.** （事件的）後果、餘波

反 before 之前的、之前
搭配詞
after all 畢竟、終究
look after 照料、照顧

🎧 0004

agree [əˈgri] **v.** 同意

—**agreement n.** 同意

—**agreed adj.** 意見一致的

—**agreeable adj.** 同意的、令人愉快的

—**agreeably adv.** 同意地、令人愉快地

同 assent 同意
反 disagree 不同意
搭配詞 agree with 同意

🎧 0005

air [ɛr] **n.** 空氣、氣氛、空中

—**airmail n.** 航空郵件

—**airplane n.** 飛機

—**airport n.** 機場

搭配詞
put on airs 擺架子

🎧 0006
allow [əˈlaʊ] **v.** 允許、認可
— **allowance** **n.** 允許、認可、零用錢、津貼
— **allowable** **adj.** 可允許的
— **allowedly** **adv.** 公認地

同 admit 允許、認可
搭配詞 allow sb. to do sth. 允許某人做某事

🎧 0007
anger [ˈæŋɡɚ] **n.** 憤怒
— **angry** **adj.** 生氣的
— **angrily** **adv.** 生氣地

反 calm 沉靜、鎮靜
搭配詞 in anger 動怒
補充 contain one's anger 抑制某人的怒火

🎧 0008
any [ˈɛnɪ] **adj.** 任何的 **pron.** 任何一個
— **anyway** **adv.** 無論如何
— **anywhere** **adv.** 任何地方
— **anymore** **adv.** 再也（不）
— **anything** **pron.** 任何事物、什麼事物
— **anyone** **pron.** 任何人、誰

補充 if any 如果有的話
not...any longer 不再

🎧 0009
arm [ɑrm] **n.** 手臂 **v.** 武裝、裝備
— **army** **n.** 軍隊
— **armed** **adj.** 武裝的
— **armchair** **n.** 扶手椅
— **armband** **n.** 臂章

反 disarm 解除……的武裝
補充 be armed to the teeth 全副武裝

〔考前衝刺── **加分補給站**〕

在提到手臂時，可以說arm也可以說limb，那這兩個有什麼差別呢？
差別就在於arm只指手臂，limb是指四肢，也包括腿。所以雖然提到手臂
時兩個都可以說，但提到腿的時候就只能說limb了。

🎧 0010

art [ɑrt] **n.** 藝術、藝術品

— **artist** **n.** 藝術家

— **artistic** **adj.** 藝術的、唯美的

— **artistically** **adv.** 藝術地

— **artistry** **n.** 藝術性

小提醒！試比較拼法相近的act（見p.010）

補充 art for art's sake 為藝術而藝術（藝術至上主義）

Bb

🎧 0011

back [bæk] **adj.** 後面的 **adv.** 向後地 **n.** 後面

— **backpack** **n.** 背包 **v.** 把……放入背包

— **backache** **n.** 背疼

— **backbone** **n.** 脊椎、骨氣、堅毅

— **backyard** **n.** 後院

反 front 前面的、正面
補充 call back 回電話
give back 送回

🎧 0012

bank [bæŋk] **n.** 銀行、堤、岸 **v.** 存款於（銀行）

— **banker** **n.** 銀行家、莊家

— **bankbook** **n.** 銀行存摺

— **bankrupt** **adj.** 破產的 **v.** 使破產

— **bankruptcy** **n.** 破產、倒閉

補充 on the bank of 在河岸上

🎧 0013

base [bes] **n.** 基底、基礎、壘 **v.** 以……作基礎

— **basic** **adj.** 基本的、初步的

— **basically** **adv.** 基本上

— **baseball** **n.** 棒球

— **basement** **n.** 地下室

同 foundation 基礎
補充 on the basis of...
以……為基礎

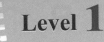
🎧 0014
basket [ˋbæskɪt] **n.** 籃子、籃網
— **basketball** **n.** 籃球
— **basketful** **n.** 一籃子的量

補充 a basket of 一整籃的

🎧 0015
bath [bæθ] **n.** 沐浴 **v.** 給……洗澡
— **bathe** **v.** 沐浴、用水洗
— **bathroom** **n.** 浴室
— **bathrobe** **n.** 浴袍

補充 have / take a bath 洗澡

🎧 0016
beautiful [ˋbjutəfəl] **adj.** 美麗的、漂亮的
— **beautifully** **adv.** 美麗地
— **beauty** **n.** 美、美人、美的東西
— **beautify** **v.** 美化、變美
— **beautification** **n.** 美化

反 ugly 醜陋的

🎧 0017
begin [bɪˋgɪn] **v.** 開始、著手
— **beginning** **n.** 起始、開頭部份
— **beginner** **n.** 初學者

反 end 結束
補充 at the beginning 在一開始的時候

🎧 0018
believe [bɪˋliv] **v.** 信任、相信（宗教、事物等）
— **belief** **n.** 信賴、信念
— **believer** **n.** 信徒
— **believable** **adj.** 可信的
— **unbelievable** **adj.** 難以置信的

反 disbelieve 不信任、懷疑
搭配詞 believe in 信任

考前衝刺── 加分補給站 試比較同義不同用法的trust（見p.172）

trust跟believe都表示了「相信不疑」的意思，但trust包含了「信任」的意思在裡面，信任對象通常是「人」和「人品」。而believe相信的對象則是「事情、某人說的話、信仰」等等。

🎧 0019

big [bɪg] **adj.** 大的

　　—**bigness** **n.** 巨大
　　—**bigwig** **n.** 大亨、權貴
　　—**biggie** **n.** 【俚】大亨、權貴

反 little 小的
補充 【俚】the Big Apple 紐約市

輕鬆點，學些延伸小常識吧！

在英文裡面，有許多重要城市的暱稱是某種「大」蔬果，像紐約就是「大蘋果」，下面另介紹其他城市的暱稱：

the Big Onion（大洋蔥）- 芝加哥

the Big Peach（大桃子）- 亞特蘭大

the Big Chili（大辣椒）or the Big Mango（大芒果）- 曼谷

the Cig Litchi（大荔枝）- 香港

the Big Durian（大榴槤）- 雅加達

其中紐約市中心Manhattan（曼哈頓），還被叫做the little apple（小蘋果），挺有趣的吧！

🎧 0020

birth [bɝθ] **n.** 出生、血統

　　—**birthday** **n.** 生日
　　—**birthrate** **n.** 出生率
　　—**birthplace** **n.** 出生地、發源地

反 death 死亡
搭配詞 by birth 天生地、生來
補充 give birth to 產生、引起、造成、生子

🎧 0021

black [blæk] **adj.** （顏色）黑色的、暗的 **n.** 黑色

　　—**blacken** **v.** 使……變黑、變暗
　　—**blackboard** **n.** 黑板
　　—**blackmail** **v.** 敲詐、勒索 **n.** 敲詐、勒索

反 white 白色的、白色
補充 turn white into black 顛倒黑白、混淆是非

考前衝刺——加分補給站 試比較同義不同用法的dark（見p.027）

black和dark用法有什麼差別呢？
black就是黑色，而dark是「暗」的意思，不見得一定是黑色。例如dark green（深綠色）、dark blue（深綠色）當然都不是黑色。

🎧 0022
blood [blʌd] **n.** 血液、血統

—**bleed** **v.** 流血

—**bleeding** **adj.** 失血的 **n.** 流血

—**bloodless** **adj.** 失血的

補充 warm-blooded animal 恆溫動物

🎧 0023
blue [blu] **adj.** 藍色的、憂鬱的 **n.** 藍色

—**blues** **n.** 憂鬱、藍調音樂

—**blueberry** **n.** 藍莓

—**Bluetooth** **n.** 藍牙（裝置）

補充 blue blood 貴族血統
blue-collar 勞工階級的

小提醒！試比較拼法相近的blur（見p.332）

輕鬆點，學些延伸小常識吧！

藍色在西方文化代表著「上流、高貴、嚴謹、憂鬱」，許多與藍色有關的詞語，就跟這些意思脫不了關係：

blue-ribbon 頭等的、藍帶獎

blue law 嚴格法規

blue Monday 憂鬱星期一

blue outlook 消極人生觀

在近代，blue也衍生出「色情、下流」等截然不同的意思：

blue film 色情電影

blue revolution 性解放

blue talk 下流言論

🎧 0024
boat [bot] **n.** （小型的）船 **v.** 划船

—**boating** **n.** 划船、乘船 **adj.** 船的

—**boatman** **n.** 船夫

—**boatload** **n.** 一船的貨

補充 go boating 划船

考前衝刺——加分補給站 試比較同義不同用法的ship（見p.080）

boat和ship都是「船」的意思，用法有什麼差別呢？
boat通常比較小，而ship是大艘的，像郵輪那樣的大船，可能會有很多層、可以載很多人。而boat的載客量就相對小很多。

🎧 0025
body [ˈbɑdɪ] **n.** 身體
—**bodily** **adj.** 身體的 **adv.** 全體地
—**bodiless** **adj.** 無形的
—**bodyguard** **n.** 保鏢

反 soul 靈魂
補充 in a body 全體一致

🎧 0026
book [bʊk] **n.** 書 **v.** 登記、預訂（票、旅館、班機）
—**booking** **n.** （票、旅館的）預訂
—**bookable** **adj.** 可預訂的
—**bookcase** **n.** 書架
—**bookstore** **n.** 書店

補充 reference book 參考書
book a ticket 訂票

考前衝刺──**加分補給站** 試比較同義不同用法的reserve（見p.306）

book和reserve都可做「預訂」的意思，用法有什麼差別呢？
其實沒什麼太大的差別，只是reserve比較正式些。另外，reserve還包含了「保留」的意思，如說reserve a table就是強調要為你保留這張桌子。

🎧 0027
box [bɑks] **n.** 盒子、箱、一掌、耳光
v. 把……裝入盒中、裝箱
—**boxful** **adj.** 一箱的
—**boxlike** **adj.** 像箱子一樣的
—**boxed** **adj.** 【俚】酒醉的

同 container 容器（箱、盒等）
補充 box sb's ears 打耳光

🎧 0028
boy [bɔɪ] **n.** 男孩
—**boyish** **adj.** 男孩（似）的、孩子氣的
—**boyishly** **adv.** 孩子氣地
—**boyhood** **n.** （男生的）童年時期
—**boyfriend** **n.** 男朋友

反 girl 女孩

0029

brave [brev] **adj.** 勇敢的 **n.** 勇士
—**bravely** **adv.** 勇敢地
—**bravery** **n.** 勇敢、勇氣
—**braveness** **n.** 英勇

同 valiant 勇敢的、英勇的
反 coward 懦弱的
補充 《Brave New World》小說《美麗新世界》

0030

break [brek] **n.** 休息、中斷、破裂
v. 打破、弄破、弄壞
—**breaking** **n.** 破壞
—**breaker** **n.** 破壞者
—**breakable** **adj.** 會破的 **n.** 易碎品
—**breakfast** **n.** 早餐
—**breakdown** **n.** （機器等）故障

搭配詞 break out （疾病、戰爭等）爆發
補充 jailbreak 越獄、（對智慧型手機程式的）破解

0031

bridge [brɪdʒ] **n.** 橋 **v.** 架橋於……
—**bridging** **n.** 架橋
—**bridgeable** **adj.** 可架橋的

補充 bridging loan 過渡性貸款

0032

bright [braɪt] **adj.** 明亮的、色彩鮮明的、機靈的
—**brightly** **adv.** 明亮地、機靈地
—**brighten** **v.** 使……變亮、變明亮
—**brightness** **n.** 明亮、亮度、機靈

反 dark 黑暗的
補充 bright spark 自作聰明的笨蛋

0033

broth·er [ˋbrʌðɚ] **n.** 兄弟
—**brotherly** **adj.** 兄弟（般）的
—**brotherhood** **n.** 兄弟關係

反 sister 姐妹
補充 Big Brother 獨裁國家或集團的領袖

小提醒！試比較拼法相近的bother（見p.111）

🎧 0034

build [bɪld] **v.** 建立、建築

——**building** **n.** 建築物

——**builder** **n.** 建造者

——**buildup** **n.** 建立、發展

反 demolish 拆除

🎧 0035

bus·y [ˋbɪzɪ] **adj.** 忙碌的、【美】電話不通的

——**busily** **adv.** 忙碌地

——**busyness** **n.** 忙碌

——**busybody** **n.** 好事者

同 engaged 忙於……的
反 idle 空閒的、無所事事的

🎧 0036

buy [baɪ] **n.** （個人行為的）購買、買 **v.** 買

——**buyer** **n.** 買主

——**buyable** **adj.** 可購買的

——**buyout** **n.** 全部買下、買斷

反 sell 賣
補充 buy sth. from sb. 向某人購買某物
buy sb. sth. 買某物給某人

考前衝刺——加分補給站

buy和purchase都表「買」的意思，用法有什麼差別呢？

其實就是purchase比較正式一點而已，沒有太大的差別。另外就是purchase也可以當作名詞用，所以你可以說make a purchase「買了東西」，但不能說make a buy。

Cc

🎧 0037

cage [kedʒ] **n.** 籠子、獸籠、鳥籠 **v.** 關入籠中

——**caged** **adj.** 關進籠子的

——**cageling** **n.** 籠中之鳥

補充 bird cage 鳥籠

🎧 0038

call [kɔl] **n.** 呼叫、打電話 **v.** 呼叫、打電話

—**calling** **n.** 呼叫、職業

—**caller** **n.** 打電話者、訪問者

—**callable** **adj.** 可叫喚的

搭配詞 call for 需要
補充 make a call 打電話

🎧 0039

camp [kæmp] **n.** 露營 **v.** 露營、紮營

—**camper** **n.** 露營者

—**camped** **adj.** 在外露營的、露宿的

—**campsite** **n.** 露營地

補充 go camping 去露營

輕鬆點，學些延伸小常識吧！

英文裡要說「去做休閒活動」時，用簡潔的「go + 活動」就可以表達了。

> go shopping 去逛街　　　　> go surfing 去衝浪

> go fishing 去釣魚　　　　> go hiking 去健行

不過如果是「做球類運動」的話，就會用「play + 運動」。台灣人認為球是用「打」的，而外國人認為球是用「玩」的！

> play basketball 打籃球　　> play tennis 打網球

> play soccer 踢足球　　　　> play golf 打高爾夫球

🎧 0040

care [kɛr] **n.** （出自情感的）小心、照料、憂慮

v. 關心、照顧

—**careful** **adj.** 小心的、仔細的

—**carefully** **adv.** 小心地、謹慎地

—**careless** **adj.** 不小心的

—**carefree** **adj.** 無憂無慮的

反 carelessness 粗心大意

考前衝刺——**加分補給站** 試比較同義不同用法的concern（見p.194）

care和concern都有「關心」的意思，用法有什麼差別呢？
首先，care是發自內心的，關心程度會比出於理智的concern更嚴重。例如你可能會have concern about global warming（關心溫室效應的事），但你不會整晚翻來覆去想這件事。另外，care還有「實際照顧」的意思，例如當你說thanks for your concern就只是「謝謝你的關心」，而thanks for your care就是「謝謝你的照顧看護」了。

🎧 0041

carry [ˋkærɪ] **v.** 攜帶、搬運、（用手、背等）拿、背
—**carrying** **n.** 運送
—**carrier** **n.** 運送者
—**carriage** **n.** 運輸、運費
—**carryout** **adj.** （食物）外帶的

搭配詞 carry away 拿走
carry out 實現、完成

🎧 0042

catch [kætʃ] **n.** 捕捉、捕獲物 **v.** 抓住、趕上、染病
—**catching** **adj.** 傳染性的
—**catcher** **n.** （棒球的）捕手
—**catchword** **n.** 標語、口號

搭配詞 catch up with 追
上……、趕上……
補充 be caught in... 陷
入……、遭遇……

🎧 0043

cause [kɔz] **n.** 原因、動機 **v.** 引起
—**because** **conj.** 因為
—**causer** **n.** 起事者
—**causeless** **adj.** 沒有原因的、無緣無故的

反 consequence 結果
補充 cause célèbre 轟動
的訴訟案件

🎧 0044

cen·ter [ˋsɛntɚ] **n.** 中心、中樞 **v.** 使集中
—**centered** **adj.** 位在中心的
—**central** **adj.** 中央的 **n.** 電話總機、總辦事處
—**centrally** **adv.** 在中心地

同 core 中心部份
補充 in the center of...
在……中心

🎧 0045

cer·tain [ˋsɝtən] **adj.** 一定的 **pron.** 某幾個、某些
—**certainly** **adv.** 必然、當然（可以）
—**certainty** **n.** 確實、必然

反 uncertain 不明確的
搭配詞 for certain 肯定
地、確鑿地

🎧 0046

chance [tʃæns] **n.** （偶然的）機會、僥倖 **v.** 碰巧
—**chanceful** **adj.** 多事的
—**chancy** **adj.** 不確實的、偶發的
—**chanciness** **n.** 偶然性

補充 a good chance 很
高的機率（不是很好的機
會）
chances are that 可能
（多置於句首）

考前衝刺——**加分補給站** 試比較同義不同用法的opportunity（見p.221）

chance和opportunity都是「機會」的意思，但opportunity含有期待的意味，表示是個「預期內」會出現的機會；而chance多指偶然的機會，有「僥倖」的意思在裡面。

🎧 0047

check [tʃɛk] **n.** 檢查、支票 **v.** 檢查、核對
—**checker** **n.** 稽核員
—**checklist** **n.** 核對清單
—**checkbook** **n.** 【美】支票簿

搭配詞 check in 登記入住旅館、報到
check out 核對、付帳離開旅館

🎧 0048

chief [tʃif] **n.** 首領 **adj.** 主要的、首席的
—**chiefly** **adv.** 主要地、首先
—**chiefdom** **n.** 首領地位
—**chieftain** **n.** 酋長

同 leader 首領
補充 chief executive officer 首席執行官、執行長

🎧 0049

child [tʃaɪld] **n.** 小孩（較正式的稱呼）
—**children** **n.** （複數）小孩
—**childlike** **adj.** 天真的、孩子般的
—**childless** **adj.** 沒有子女的
—**childhood** **n.** 童年

反 adult 成人
補充 child ticket 兒童票

考前衝刺——**加分補給站** 試比較同義不同用法的kid（見p.052）

child和kid都表「小孩」的意思，用法有什麼差別呢？
其實沒有什麼差別，頂多就是child稍微正式一點點，畢竟kid以前是「小山羊」的意思。不過現在幾乎都可以代換著使用了。

🎧 0050

church [tʃɜtʃ] **n.** 教堂、禮拜儀式 **adj.** 教會的
—**churchly** **adj.** 教堂的
—**churchgoing** **n.** 上教堂 **adj.** 常上教堂的
—**churchless** **adj.** 無信仰的

補充 as poor as a church mouse 一貧如洗、赤貧的（像教堂的老鼠那麼窮）

🎧 0051
ci·ty [`sɪtɪ] **n.** 城市
—**citied adj.** 城市的
—**citify v.** 都市化
—**cityscape n.** 都市風景

反 country 鄉村
補充 city hall 市政府

考前衝刺——**加分補給站**

city和metropolis都表「都市」的意思，用法有什麼差別呢？
兩個都是大都市，不過metropolis通常是一個地區最重要的都市，或者是人口最多、工業化程度最高的都市。

🎧 0052
class [klæs] **n.** 班級、階級、種類
—**classmate n.** 同班同學
—**classroom n.** 教室
—**classless adj.** 無階級的

補充 first class 第一流、頭等、（飛機）頭等艙

🎧 0053
clean [klin] **adj.** 乾淨的 **v.** 打掃、清理
—**cleanly adv.** 乾淨地
—**cleaner n.** 清潔工、乾洗店
—**cleanse v.** 使清潔、使純淨
—**cleanser n.** 清潔劑

反 dirty 髒的
搭配詞 clean up清理、打掃
補充 clean-bred純種的

🎧 0054
clear [klɪr] **adj.** 清楚的、明確的
v. 澄清、清除障礙、放晴
—**clearly adv.** 明亮地、清楚地
—**clearness n.** 澄淨、明亮
—**clearing n.** 清除、掃除

反 dim 微暗的、不清楚的
補充 make it clear 把事情弄清楚

🎧 0055
climb [klaɪm] **v.** 攀登、上升、爬 **n.** 攀登
—**climbing n.** 攀登 **adj.** 上升的
—**climber n.** 登山客
—**climbable adj.** 可攀爬的

搭配詞 climb up 攀爬

🎧 0056
close [klos] **adj.** 靠近的、親近的 **v.** 關、結束、靠近
—**closely** **adv.** 靠近地、親近地、緊密地
—**closed** **adj.** 關閉的、封閉的
—**closing** **adj.** 結尾的、閉幕的

反 open 打開
補充 close shot 特寫、近景
closeout 清倉大拍賣

🎧 0057
cloud [klaʊd] **n.** 雲 **v.** 以雲遮蔽
—**cloudy** **adj.** 多雲的、陰天的
—**cloudily** **adv.** 多雲地
—**cloudless** **adj.** 晴朗的

補充 a cloud of 一大群
cloud computing 雲端運算

🎧 0058
coast [kost] **n.** 海岸、沿岸
—**coastal** **adj.** 海岸的、沿岸的
—**coastland** **n.** 沿岸地區
—**coastline** **n.** 海岸線

小提醒！試比較拼法相近的cost（見p.024）

補充 coast guard 水上員警
Gold Coast 黃金海岸
（西非幾內亞海岸）

🎧 0059
cold [kold] **adj.** 冷的、冷漠的 **n.** 感冒
—**coldly** **adv.** 寒冷地、冷漠地
—**coldness** **n.** 寒冷、冷漠

反 warm 溫暖的
補充 catch a cold 感冒
cold-blooded 冷血的

🎧 0060
co·lor [ˈkʌlɚ] **n.** 顏色 **v.** 把……塗上顏色
—**colored** **adj.** 有顏色的
—**colorful** **adj.** 五彩繽紛的
—**colorable** **adj.** 可上色的
—**coloring** **n.** 色彩、顏料、著色

補充 skin color 膚色

🎧 0061
com·mon [ˈkɑmən] **adj.** 不足為奇的、普通的
　　　　　　 n. 平民、普通
—**commonly** **adv.** 通常地、普通地
—**commonplace** **n.** 不足為奇的事 **adj.** 平凡的
—**commonsense** **adj.** 常識的

反 uncommon 不平常的
補充 in common 共有、共同
common knowledge 常識

🎧 0062
con·tin·ue [kənˈtɪnju] **v.** 繼續、連續
- **continued** **adj.** 未完的、（戲劇等）待續的
- **continual** **adj.** 連續的、不間斷的
- **continuity** **n.** 連續性、一系列

反 discontinue 停止、中斷
補充 continue doing sth. 繼續做某事

🎧 0063
cook [kʊk] **n.** 廚師 **v.** 烹飪、煮、燒
- **cooked** **adj.** 煮好的
- **cooking** **n.** 烹飪
- **cooker** **n.** 炊具
- **cookery** **n.** 烹飪術

補充 cook for sb. 為某人做飯

🎧 0064
cool [kul] **adj.** 涼的、涼快的、酷的 **v.** 使⋯⋯變涼
- **coolly** **adv.** 涼地、冷靜地
- **cooling** **n.** 冷卻 **adj.** 冷卻的
- **coolness** **n.** 涼爽、冷靜
- **cooler** **n.** 冷藏間、冷卻裝置

反 warm 溫暖的
搭配詞 cool down 使⋯⋯平靜、使⋯⋯冷卻
補充 as cool as a cucumber 不慌不忙、泰然自若（跟小黃瓜一樣冷靜）

🎧 0065
cor·rect [kəˈrɛkt] **adj.** 正確的 **v.** 改正、糾正
- **correctly** **adv.** 正確地、得體地
- **correction** **n.** 改正、糾正
- **corrective** **adj.** 矯正的
- **correctness** **n.** 正確

同 right 正確的
反 incorrect 不正確的
補充 make a correct decision 做出一個正確的決定

🎧 0066
cost [kɔst] **n.** 代價、價值、費用 **v.** 花費、值
- **costly** **adj.** 貴重的、代價高的
- **costless** **adj.** 不花錢的

小提醒！試比較拼法相近的coast（見p.023）

同 price 費用、代價
補充 cost-cutting 削減成本
at the cost of... 以⋯⋯為代價

🎧 0067

count [kaʊnt] **n.** 計數 **v.** 計數
—**count**able **adj.** 可計算的
—**count**less **adj.** 數不盡的
—**count**down **n.** 倒數計秒

搭配詞 count in 把……算入
count on 依靠、指望

🎧 0068

coun·try [ˈkʌntrɪ] **adj.** 國家的、鄉村的
　　　　　　　　n. 國家、鄉村（強調地理涵義）
—**country**man **n.** 同鄉、鄉下人
—**country**wide **adj.** 全國性的 **adv.** 全國性地
—**country**fied **adj.** 鄉村（風味）的

反 city 城市
補充 country music 鄉村音樂
foreign country 外國

輕鬆點，學些延伸小常識吧！

你喜歡聽音樂嗎？除了鄉村音樂和它的代表歌手泰勒絲（Taylor Swift），你還知道現在風行在世界各地的音樂類型有多少嗎？這裡做一個簡單的列表！

pop music　一般流行樂

jazz music　爵士樂

classical music　古典樂

Bossa nova　源於巴西的巴薩諾瓦樂

rock music　搖滾樂

rhythm & blues　節奏藍調樂

考前衝刺——**加分補給站** 試比較同義不同用法的nation（見p.062）

country和nation都可表「國家」的意思，用法有什麼差別呢？
country是政治上的國家，與國家所在的那塊土地。你生在那裡，你就屬於它，不是自己選擇的。而nation中的人都有共識和歸屬感，強調的是「人」而不是「土地」。

🎧 0069

cov·er [ˈkʌvɚ] **n.** 封面、表面 **v.** 覆蓋、掩飾
—**cover**ed **adj.** 有蓋的、隱蔽起來的
—**cover**ing **n.** 蓋子
—**cover**age **n.** 覆蓋、覆蓋範圍
—**cover**lid **n.** 床罩、覆蓋物

反 uncover 揭露、發現
補充 be covered with 被……覆蓋

🎧 0070

cup [kʌp] **n.** （帶柄的）杯子
— **cupful n.** （一個杯子的）量
— **cuplike adj.** 杯狀的
— **cupboard n.** 碗櫥

補充 a cup of... 一杯……
the World Cup 世界盃足球賽

考前衝刺——加分補給站 試比較同義不同用法的glass（見p.044）

cup和glass都可表「杯子」的意思，用法有什麼差別呢？
差別很簡單，就在於glass是玻璃做的，而cup不見得是。glass本來就是「玻璃」的意思，變成杯子當然也就會是玻璃杯了。

🎧 0071

cut [kʌt] **n.** 切口、傷口 **v.** 切、割、剪、砍
— **cutting n.** 切割、砍下 **adj.** 鋒利的
— **cutter n.** 刀具、裁切工具
— **cuttable adj.** 可縮減的、可分割的

搭配詞 cut in 插嘴
補充 cut-and-dried 事先準備齊全的、缺乏新鮮內容的

🎧 0072

cute [kjut] **adj.** 可愛的、聰明伶俐的
— **cutely adv.** 可愛地、聰明伶俐地
— **cuteness n.** 可愛
— **cutie n.** 可愛的人

補充 cute as a button 非常的可愛

Dd

🎧 0073

dance [dæns] **n.** 舞蹈 **v.** 跳舞
— **dancing n.** 跳舞
— **dancer n.** 舞者、舞蹈家
— **danceable adj.** 適合配舞的（音樂）

補充 dance floor 舞池
go dancing 去跳舞

🎧 0074

dan·ger [ˈdendʒɚ] **n.** 危險

— **dangerous** **adj.** 危險的

— **dangerously** **adv.** 危險地

反 safety 安全
補充 in danger 在危險中
out of danger 脫離危險

🎧 0075

dark [dɑrk] **adj.** （事物）黑暗的、陰鬱的

n. 黑暗、暗處

— **darkly** **adv.** 黑暗地、陰鬱地

— **darkness** **n.** 黑暗、陰鬱

— **darken** **v.** 變暗、使……變暗

— **darkish** **adj.** 微暗的

反 bright 明亮的
補充 Dark Ages 黑暗時代（歐洲中世紀）
get dark （天色）變黑

考前衝刺——加分補給站 試比較同義不同用法的black（見p.014）

black和dark用法有什麼差別呢？

black就是黑色，而dark是「暗」的意思，不見得一定是黑色。例如dark green（深綠色）、dark blue（深綠色）都明顯不是黑色。

🎧 0076

date [det] **n.** 日期、（多指男女間的）約會

v. 約會、定日期

— **dating** **n.** 約會

— **dated** **adj.** 有日期的

— **dateless** **adj.** 日期不詳的

補充 date back to 追溯到
ask sb. out for a date /
date sb. 與某人約會

考前衝刺——加分補給站 試比較同義不同用法的appointment（見p.260）

date和appointment都可表「約會」的意思，用法有什麼差別呢？

大致上來說date比較個人、比較不正式。例如你可以和男朋友date，不能和你的牙醫date，而你可以有dentist appointment「牙醫約診」，不能來個boyfriend appointment。

🎧 **0077**

day [de] **n.** 白天、日

— **daily** **adj.** 每日的、日常的

— **daylight** **n.** 日光、白晝

— **daytime** **n.** 白天

— **daydream** **n.** 白日夢

反 night 晚上
補充 for a rainy day 未雨綢繆
day by day 一天天地、逐日地

🎧 **0078**

deal [dil] **n.** 買賣、交易 **v.** 處理、應付、做買賣、經營

— **dealer** **n.** 商人

— **dealing** **n.** 處理、往來

— **dealings** **n.** 買賣、交易

搭配詞 deal with 處理、應付
補充 a big deal 大事
a great deal of 許多

🎧 **0079**

death [dɛθ] **n.** 死亡

— **deathless** **adj.** 不死的

— **dead** **adj.** 死的

— **deadly** **adv.** 致命地、非常

反 birth 出生
補充 sentence sb. to death 宣判某人死刑

🎧 **0080**

de·cide [dɪˋsaɪd] **v.** 決定

— **decided** **adj.** 無疑的、堅決的

— **decision** **n.** 決定

— **decisive** **adj.** 決定性的

— **decisively** **adv.** 決然地

反 hesitate 躊躇
補充 decide on sth. 決定某事

考前衝刺——**加分補給站** 試比較同義不同用法的determine（見p.197）

decide和determine都是「決定」的意思，但兩者之間的差異其實很大。determine是「下定決心去做某事」，不但會去做這個已經決定的事，還會堅持下去；而decide單純意味著「經過考量後，做出一個決定」。

🎧 0081
deep [dip] **adj.** 深的 **adv.** 深深地

—**deeply** **adv.** 在深處、深刻地
—**deepen** **v.** 使……變深、加深
—**deepness** **n.** 深度

反 shallow 淺的
補充 deep pocket 廣大的財富或財源

🎧 0082
die [daɪ] **v.** 死

—**dying** **adj.** 垂死的
—**diehard** **n.** 硬漢、頑固之人

同 perish 死去
搭配詞 die off 相繼死亡、植物相繼枯死凋謝
補充 die from... 因……而死

🎧 0083
dif·fer·ent [ˈdɪfərənt] **adj.** 不同的

—**differently** **adv.** 不同地
—**difference** **n.** 差別、差異

反 identical 同一的
補充 be different from... 與……不同

🎧 0084
dir·ect [dəˈrɛkt] **adj.** 筆直的、直接的 **v.** 指示、命令

—**direction** **n.** 方向、指導
—**directional** **adj.** 方向性的、指導性的
—**directive** **adj.** 指導的、管理的
—**director** **n.** 主管、負責人、導演
—**directory** **n.** 董事會

反 indirect 間接的、迂迴的
補充 direct action 直接行動

🎧 0085
dirt·y [ˈdɜtɪ] **adj.** 髒的、下流的 **v.** 弄髒

—**dirtily** **adv.** 髒地、下流地
—**dirtiness** **n.** 骯髒、下流

反 clean 乾淨的
補充 dirty word 髒話

🎧 0086
dis·cov·er [dɪsˈkʌvɚ] **v.** 發現（客觀事物、錯誤等）

—**discovery** **n.** 發現、發現的事物
—**discoverer** **n.** 發現者
—**discoverable** **adj.** 發現的、顯露在外的

反 lose 失去
補充 discover sth. 發現某物、某事

🎧 0087
door [dor] **n.** 門
—**doorbell** **n.** 門鈴
—**doorframe** **n.** 門框
—**doorway** **n.** 出入口、門道

補充 door-to-door 挨家挨戶

🎧 0088
down [daʊn] **adj.** 向下的 **adv.** 向下
adv. 沿著⋯⋯而下
—**downward** **adj.** 向下的 **adv.** 向下
—**download** **v.** 下載
—**downtown** **n.** 商業區 **adj.** 商業區的

反 up 在上面
搭配詞 shut down 關閉、工廠停工、（手機、電腦等）關機
settle down 定居、安定
補充 downtime 停工期

🎧 0089
draw [drɔ] **v.** 拉、拖、提取、（用畫筆）畫、繪製
—**drawing** **n.** 描繪、圖畫
—**drawer** **n.** 抽屜
—**drawback** **n.** 退款、退回、缺點

同 drag 拉、拖
搭配詞 draw out 拉出
draw in 吸引
補充 draw a conclusion 得出結論

考前衝刺——**加分補給站** 試比較同義不同用法的paint（見p.066）

paint和draw都可表「畫」的意思，用法有什麼差別呢？
paint通常是用那種有毛的油畫筆、水彩筆，而draw是用簡單的鉛筆、原子筆。另外，paint完成度較高，而draw則可能只是單純構圖、畫下靈光一閃的點子。

🎧 0090
dream [drim] **n.** 夢 **v.** 做夢
—**dreamer** **n.** 作白日夢的人、夢想家
—**dreaming** **adj.** 有夢想的
—**dreamily** **adv.** 夢境般地、迷迷糊糊地

反 reality 現實
搭配詞 dream of 夢見
補充 dream out loud 勇敢去夢

🎧 0091
drink [drɪŋk] **n.** 飲料 **v.** 喝、喝酒
—**drinker** **n.** 喝（飲料、酒）的人
—**drinking** **n.** 喝、喝酒
—**drunk** **adj.** 酒醉的
—**drunken** **adj.** 酒醉的、酗酒的

搭配詞 drink up 喝完
補充 drink-driving 或 drunk driving 酒後開車

🎧 0092

drive [draɪv] **n.** 駕車、車道
v. 開車、驅使、操縱（機器等）

—**driver** **n.** 駕駛員
—**driving** **n.** 駕駛 **adj.** 駕駛的、驅進的
—**drivable** **adj.** 可行駛的

搭配詞 drive away 驅趕
補充 driver's license 駕照

drive sb. crazy 使某人發瘋

🎧 0093

dry [draɪ] **adj.** 乾的、枯燥無味的 **v.** 把……弄乾、乾掉

—**dryer** **n.** 烘乾機、乾燥機
—**dryness** **n.** 乾燥

同 moistureless 沒有溼氣的
反 wet 溼的
補充 dry one's eyes / tears 擦乾眼淚

Test 單字記憶保溫隨堂考—1

學完了這麼多單字，你記住了幾個呢？趕快做做看以下的小測驗，看看自己學會多少囉！

( ) 1. allow	(A) 允許	(B) 跟隨	(C) 評判
( ) 2. anger	(A) 同意	(B) 憤怒	(C) 吊掛
( ) 3. air	(A) 空氣	(B) 美貌	(C) 髮型
( ) 4. back	(A) 包包	(B) 後面	(C) 銀行
( ) 5. basket	(A) 櫃子	(B) 箱子	(C) 籃子
( ) 6. believe	(A) 放鬆	(B) 生存	(C) 相信
( ) 7. care	(A) 照顧	(B) 籠子	(C) 洞窟
( ) 8. camp	(A) 咖啡	(B) 露營	(C) 梳子
( ) 9. center	(A) 入口	(B) 中心	(C) 價格
( ) 10. dance	(A) 瞥視	(B) 跳舞	(C) 危機
( ) 11. dark	(A) 黑暗	(B) 公園	(C) 小鳥
( ) 12. different	(A) 不同的	(B) 複雜的	(C) 友善的
( ) 13. any	(A) 任何的	(B) 許多的	(C) 少數的
( ) 14. blood	(A) 繁榮	(B) 血液	(C) 小溪
( ) 15. certain	(A) 某些	(B) 窗簾	(C) 證照

解答：

1. A	2. B	3. A	4. B	5. C
6. C	7. A	8. B	9. B	10. B
11. A	12. A	13. A	14. B	15. A

(	) 1. arm	(A) 手臂	(B) 傷害	(C) 軍隊
(	) 2. add	(A) 和	(B) 壞的	(C) 加
(	) 3. art	(A) 表演	(B) 藝術	(C) 螞蟻
(	) 4. begin	(A) 開始	(B) 出口	(C) 再度
(	) 5. bath	(A) 洗澡	(B) 數學	(C) 蝙蝠
(	) 6. break	(A) 烘烤	(B) 煞車	(C) 中斷
(	) 7. bridge	(A) 橋	(B) 山嶺	(C) 新娘
(	) 8. check	(A) 搜索	(B) 提問	(C) 檢查
(	) 9. chance	(A) 機會	(B) 提升	(C) 改變
(	) 10. carry	(A) 關心	(B) 認識	(C) 搬運
(	) 11. cloud	(A) 雲朵	(B) 大聲	(C) 小丑
(	) 12. deal	(A) 死亡	(B) 交易	(C) 昂貴的
(	) 13. deep	(A) 深的	(B) 偷偷地	(C) 黑的
(	) 14. direct	(A) 直立的	(B) 直接的	(C) 職業的
(	) 15. drive	(A) 修理	(B) 駕車	(C) 潛水

解答：

1. A	2. C	3. B	4. A	5. A
6. C	7. A	8. C	9. A	10. C
11. A	12. B	13. A	14. B	15. B

Ee

🎧 0094

ear [Ir] **n.** 耳朵
—**earphone** **n.** 耳機
—**earplug** **n.** 耳塞
—**earless** **adj.** 沒有耳朵的、聽力不好的

補充 be all ears 洗耳恭聽
have a good ear for sth. 對……有鑑賞力

🎧 0095

earth [ɜθ] **n.** （身為行星的）地球、陸地、地面
—**earthly** **adj.** 地球的、塵世的
—**earthman** **n.** 地球人
—**earthquake** **n.** 地震

補充 on earth 到底、究竟
on the earth 地球上

輕鬆點，學些延伸小常識吧！

美國人在口語對話上，常常會用「on earth」來強調問問題時的不滿，比如：What on earth are you doing here?（你到底在這幹嘛？）類似的用法並不少，口氣也分一般跟粗俗，用的時候要注意哦！

What in the world are you driving at?
你到底想說什麼？（一般）

What the heck is that!?
這到底是什麼鬼東西？（稍微粗俗）

Who the hell is this guy?
這傢伙到底是誰？（粗俗）

Where the fuck are you going?
你他媽的到底要去哪？（最粗俗）

考前衝刺——加分補給站 試比較同義不同用法的globe（見p.208）

earth和globe用法有什麼差別呢？
earth是地球這個星球的名稱，globe指的雖然也是地球這個星球，但它不是它的名字。另外，globe也可以當作地球儀。它的重點是它是圓的，要是地球的平面圖就絕對不可能叫做globe。

🎧 0096

ease [iz] **n.** 容易、舒適、悠閒 **v.** 緩和、減輕

— **easeful** **adj.** 舒適的

— **easy** **adj.** 簡單（好上手）的、自在的、寬裕的

— **easily** **adv.** 容易地、很可能

— **easygoing** **adj.** 好相處的

反 difficulty 困難
搭配詞 at ease 舒適、自在
補充 take one's ease 安心、放心

🎧 0097

east [ist] **adj.** 東方的 **adv.** 向東方 **n.** 東方、東部

— **eastern** **adj.** 東方的 **n.** （大寫）東方人

— **eastward** **adj.** 向東方的 **adv.** 向東方

— **eastwardly** **adv.** 向東方、來自東方

反 west 西方的
補充 in the east 在東方

🎧 0098

eat [it] **v.** 吃 **n.** 用餐

— **eating** **n.** 吃 **adj.** 供食用的

— **edible** **n.** 食品 **adj.** 可食用的

同 dine 用餐
搭配詞 eat up 吃光
補充 eat one's words 收回說過的話

🎧 0099

eight [et] **n.** 八 **adj.** 八的

— **eighteen** **n.** 十八 **adj.** 十八的

— **eighty** **n.** 八十 **adj.** 八十的

— **eighth** **adj.** （前置the）第八個
　　　　　 n. （前置the）第八

補充 figure of eight （打結、溜冰、舞步等的）八字形

🎧 0100

end [ɛnd] **n.** （動作或事件的）結束、終點
　　　　 v. 結束、終止

— **ending** **n.** （故事等）結局、結尾

— **endless** **adj.** 無盡的、不結束的

— **endlessly** **adv.** 無盡地

— **endmost** **adj.** 末端的

反 begin 開始
補充 in the end 最後
at the end of 末尾、盡頭

考前衝刺——**加分補給站** 試比較同義不同用法的finish（見p.040）

end和finish都作「結束」的意思，用法有什麼差別呢？
finish較有「做完一件事」的感覺，而end則是「一件事完畢了」（並沒有人做它）。例如你可以說The lesson ended.「課結束了」（它就是結束了，和你做了什麼無關），和I finished the lesson.「我上完課了」。

🎧 0101
Eng·lish [ˈɪŋglɪʃ] **n.** 英語 **adj.** 英國的、英國人的

— **Englishman** **n.** 英國人
— **Englishwoman** **n.** 英國女子
— **England** **n.** 英國

補充 talk in English 用英語交談

🎧 0102
e·qual [ˈikwəl] **adj.** 相等的、平等的 **n.** 對手
v. 等於、比得上

— **equally** **adv.** 相等地、公平地
— **equality** **n.** 相等、均等
— **equalize** **v.** 使……相等、使……平等
— **equalization** **n.** 同等化

反 unequal 不相等的、不平等的
補充 equal sign 等號
on equal terms with sb. 平等相處

輕鬆點，學些延伸小常識吧！

英文中的等號是equal sign，那加減乘除又該怎麼說？

加號：plus sign

減號：minus sign

乘號：multiplication sign

除號：division sign

如果想說「1加1等於2」，就是One plus one equals two.。「2減1等於1」，就是Two minus one equals one.。是不是沒想像中的難？

🎧 0103

ev·er [ˈɛvɚ] **adv.** 總是、永遠、（疑問或否定句裡）從來、至今

—**forever** **adv.** 永遠
—**everlasting** **adj.** 永遠的、不朽的 **n.** 永遠
—**everlastingly** **adv.** 永久地
—**evergreen** **adj.** 常青的 **n.** 常青樹

反 never 永不
補充 as ever 依舊、依然
ever after 從今以後一直

🎧 0104

ev·er·y [ˈɛvrɪ] **adj.** 每、每個

—**everything** **pron.** 每件事
—**everyone/everybody** **pron.** 每個人
—**everyday** **adj.** 每天的
—**everyplace** **adv.** 到處

反 none 沒有一個
補充 every time 每次

考前衝刺──**加分補給站**

every和each都表「每一（個）」的意思，用法有什麼差別呢？
each比較強調「各個」的感覺，而every則是當作一個整體。例如everyone needs to bring food就是「大家全部都要帶食物」的意思，而each person needs to bring food就是「大家各自都要帶各自的食物」的意思。

🎧 0105

ex·am·i·na·tion/ex·am [ɪgˌzæməˈneʃən]/[ɪgˈzæm] **n.** 考試

—**examine** **v.** 檢查、考試
—**examinee** **n.** 應試者
—**examiner** **n.** 主考官、審查員

補充 pass the examination 通過考試
fail the examination 沒有通過考試

🎧 0106

ex·cept [ɪkˈsɛpt] **conj./prep.** 除了……之外

—**exception** **n.** 例外（的人、事）、除外
—**exceptional** **adj.** 例外的、特殊的
—**exceptionally** **adv.** 例外地、特殊地
—**exceptive** **adj.** 例外的

小提醒！試比較拼法相近的expect（見p.129）

同 excluding 除了……之外
搭配詞 except for 除了……之外

🎧 0107

eye [aɪ] **n.** 眼睛

—**eyeball** **n.** 眼球

—**eyebrow** **n.** 眉毛

—**eyelash** **n.** 睫毛

—**eyelid** **n.** 眼瞼

補充 keep an eye on sb.
密切關注、照看
cast an eye on 粗略的看
一下

Ff

🎧 0108

face [fes] **n.** 臉、面部 **v.** 面對

—**facial** **adj.** 臉的、面部的

—**facially** **adv.** 從臉部

—**faceless** **adj.** 沒有臉的

補充 face to face 面對面
save face 留面子

🎧 0109

fall [fɔl] **n.** 秋天、落下 **v.** 倒下、落下

—**falling** **n.** 落下、跌倒 **adj.** （自主的）落下的

—**fallen** **adj.** （被動的）落下的

—**falloff** **n.** 下降、減少

同 drop 落下
反 rise
補充 fall behind others
落後他人

🎧 0110

fan [fæn] **n.** 風扇、粉絲 **v.** 搧（風）、煽動

—**fanatic** **n.** 粉絲 **adj.** 狂熱的

—**fanatical** **adj.** 狂熱的、入迷的

—**fanatically** **adv.** 狂熱地

補充 fan club 粉絲成立的
社團

🎧 0111

farm [fɑrm] **n.** 農場、農田 **v.** 耕作

—**farmer** **n.** 農夫

—**farming** **n.** 農業、經營農地

—**farmland** **n.** 農田

搭配詞 farm out 出租、
招人承包
補充 farm belt 農業區

🎧 0112
fat [fæt] **adj.** 肥胖的 **n.** 脂肪

—**fatty** **adj.** 肥胖的 **n.** 胖子

—**fattiness** **n.** 多脂肪、油膩

—**fatten** **v.** 養肥

反 thin 瘦的
補充 get / grow fat 發胖
fat-free 不含脂肪的

🎧 0113
fa·ther [ˈfɑðɚ] **n.** 父親

—**fatherly** **adj.** 父親的、慈愛的

—**fatherless** **adj.** 無父親的

—**fatherhood** **n.** 父親身份、父權

—**fatherland** **n.** 祖國

反 mother 母親
補充 Like father, like son.
（諺語）有其父必有其子。

🎧 0114
fear [fɪr] **n.** 恐怖、害怕 **v.** 害怕、恐懼

—**fearful** **adj.** 恐怖的、害怕的

—**fearfully** **adv.** 恐怖地、非常、極為

—**fearless** **adj.** 無懼的、大膽的

反 courage 勇氣
補充 be in fear of sth.
為……提心吊膽

考前衝刺——**加分補給站** 試比較同義不同用法的fright（見p.133）

fear和fright都表「害怕、恐懼」的意思，用法有什麼差別呢？
fear的時間比較長久，而fright是突然發生的。例如你可以一生都有fear of spiders「對蜘蛛的恐懼」，但一瞬間出現蜘蛛被嚇到，就要說the spider gave me a fright而不能說the spider gave me a fear.。

🎧 0115
feel [fil] **v.** 感覺、覺得

—**feeling** **n.** 感覺、感受

—**feelings** **n.** 感情、敏感

搭配詞 feel like 想要
feel for 對……有感情
補充 feel free to 請自便

🎧 0116
fight [faɪt] **n.** 打架、打仗、爭論 **v.** 打架、打仗、奮鬥

—**fighting** **n.** 戰鬥 **adj.** 好戰的、戰鬥的

—**fighter** **n.** 戰士

—**fightable** **adj.** 有戰鬥力的

補充 fight for... 為……而戰
fight back 還擊

考前衝刺——**加分補給站** 試比較同義不同用法的combat（見p.337）

fight和combat都表「打鬥」的意思，用法有什麼差別呢？
fight不一定是很嚴重的打鬥，像小朋友那樣推來推去的也可以叫做fight。而combat比較危險、比較認真而正式，很可能會致死。

🎧 0117
fi·nal [ˈfaɪnl] **adj.** 最後的、最終的 **n.** 期末考、決賽
—**finally** **adv.** 終於、最後
—**finalize** **v.** 完成、結束
—**finale** **n.** 最終章、結尾

反 initial 最初的
補充 take one's final(s)
參加期末考

🎧 0118
fin·ger [ˈfɪŋgɚ] **n.** 手指
—**fingertip** **n.** 指尖
—**fingerprint** **n.** 指紋
—**fingernail** **n.** 指甲

反 toe 腳趾
補充 put one's finger on
sb./sth. 準確指出、指認

🎧 0119
fin·ish [ˈfɪnɪʃ] **n.** 結束、完成
v. （把事情）做完、完成
—**finished** **adj.** 完成的
—**finishing** **n.** 完成 **adj.** 最後的
—**finisher** **n.** 完工者

反 start 開始
補充 finish doing sth. 完
成某事

考前衝刺——**加分補給站** 試比較同義不同用法的end（見p.035）

end和finish都作「結束」的意思，用法有什麼差別呢？
finish較有「做完一件事」的感覺，而end則是「一件事完了」（並沒有人做它）。例如你可以說The lesson ended.「課結束了」（它就是結束了，和你做了什麼無關），和I finished the lesson.「我上完課了」。

🎧 0120
fire [faɪr] **n.** 火、火災 **v.** 射擊、解雇
— **firing** **n.** 燒毀、發射
— **fireproof** **adj.** 防火的、耐火的
— **firefighter** **n.** 消防隊員
— **firework** **n.** 煙火

反 water 水
補充 fire a shot 開一槍
set on fire 放火燒
make a fire 生火

🎧 0121
foot [fʊt] **n.** 腳
— **football** **n.** 【英】足球 【美加】橄欖球
— **footstep** **n.** 腳步（聲）
— **footnote** **n.** 註腳 **v.** 給……作註腳

反 hand 手
補充 at the foot of the
mountain 在山腳下

🎧 0122
for·get [fəˈɡɛt] **v.** 忘記
— **forgetful** **adj.** 健忘的
— **forgetfully** **adv.** 健忘地
— **forgetfulness** **n.** 健忘、疏忽

反 remember 記得
補充 forget it 算了（忘了
它吧）
forget to do sth. 忘記要
做某事
forget doing sth. 忘記已
經做了某事

🎧 0123
four [for] **n.** 四 **adj.** 四的
— **fourteen** **n.** 十四 **adj.** 十四的
— **forty** **n.** 四十 **adj.** 四十的
— **fourth** **adj.** （前置the）第四個
　　　　 n. （前置the）第四

補充 four-footed 四隻腳
的
four-star 四星的

🎧 0124
free [fri] **adj.** 自由的、免費的 **v.** 釋放、解放
— **freely** **adv.** 自由地、坦率地
— **freedom** **n.** 自由
— **freeway** **n.** 【美】高速公路

同 liberate 釋放、使……
獲自由
補充 for free 免費
be free from / of sth. 沒
有（壓力、憂慮）的

見下頁的「延伸小常識」

輕鬆點，學些延伸小常識吧！

英文裡面常會看到食品上有"fat-free" "sugar-free" 的字眼，難道是「免費的脂肪」、「免費的糖」嗎？No、no、no！這裡的free是指「不受脂肪、糖的束縛」，所以其實是「沒有脂肪」、「沒有糖」的意思。其他類似用語還有：

smoke-free 禁止吸菸

calorie-free 零熱量

oil free 不含油份

caffeine-free 不含咖啡因

🎧 0125

fresh [frɛʃ] **adj.** 新鮮的、無經驗的、淡（水）的

—**freshly** **adv.** 精神飽滿地

—**freshman** **n.** 新鮮人、大一新生

—**freshen** **v.** 使……新鮮、使……精神飽滿

反 stale 不新鮮的
補充 fresh air 新鮮空氣
fresh water 淡水

🎧 0126

friend [frɛnd] **n.** 朋友

—**friendly** **adj.** 友好的

—**friendship** **n.** 友情

—**friendless** **adj.** 沒有朋友的

反 enemy 敵人
補充 make friends with
sb. 和某人交朋友

🎧 0127

fruit [frut] **n.** 水果

—**fruitful** **adj.** 結實累累的、多產的

—**fruitfully** **adv.** 多產地

—**fruitlet** **n.** 小果子

補充 fruit machine 吃角子老虎機（=slot machine）

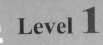

Gg

🎧 0128

gar·den [ˈɡɑrdn̩] **n.** 花園

　　├─**gardening** **n.** 園藝
　　└─**gardener** **n.** 園丁

補充 botanical garden 植物園

🎧 0129

gas [ɡæs] **n.** 汽油、瓦斯、氣體 **v.** 給……加入瓦斯

　　├─**gasoline** **n.** 汽油
　　└─**gassy** **adj.** 氣體的

補充 gas station 加油站
turn on the gas 開瓦斯

🎧 0130

gen·er·al [ˈdʒɛnərəl] **adj.** 全體的、一般的 **n.** 將軍

　　├─**generally** **adv.** 通常、一般地
　　├─**generalize** **v.** 概括、歸納
　　├─**generalization** **n.** 概括、歸納
　　└─**generalized** **adj.** 廣義的

反 special 特殊的
補充 in general 普遍來說
general election 大選

小提醒！試比較拼法相近的generate（見p.406）

🎧 0131

ghost [ɡost] **n.** 鬼、靈魂

　　├─**ghostly** **adj.** 鬼的
　　├─**ghostlike** **adj.** 像鬼的、恐怖的
　　└─**ghostwrite** **v.** 代筆

補充 as white as a ghost
蒼白得像個鬼

輕鬆點，學些延伸小常識吧！

說到鬼，不只東方人怕，西方人也怕！西方人的鬼怪文化也是歷史悠久，
並且有許多不同類型的鬼怪，現在就來瞧一瞧吧！

> phantom 幽靈　　　　　　　> zombie 僵屍

> monster 怪物　　　　　　　> vampire 吸血鬼

> werewolf 狼人　　　　　　　> skeleton 骷髏

> mummy 木乃伊　　　　　　> demon 惡魔

🎧 0132

girl [gɜl] **n.** 女孩

　—**girlish** **adj.** 女孩（氣的）
　—**girlhood** **n.** 少女時期
　—**girlfriend** **n.** 女朋友

同 lass 少女
反 boy 男孩
補充 girl scout 女童子軍

🎧 0133

give [gɪv] **v.** 給、提供、捐助

　—**giver** **n.** 贈予者
　—**giving** **n.** 贈品
　—**giveaway** **n.** 洩露 **adj.** 洩露的

反 receive 接受
搭配詞 give in 屈服
give up 放棄
補充 give and take 相互妥協

🎧 0134

glass [glæs] **n.** 玻璃、玻璃杯

　—**glasses** **n.** 眼鏡
　—**glassy** **adj.** 玻璃般的、透亮的
　—**glassful** **n.** 一杯的容量

補充 a glass of... 一杯……

考前衝刺——**加分補給站** 試比較同義不同用法的cup（見p.026）

cup和glass都可表「杯子」的意思，用法有什麼差別呢？
差別很簡單，就在於glass是玻璃做的，而cup不見得是。glass本來就是「玻璃」的意思，變成杯子當然也就會是玻璃杯了。

🎧 0135

god [gɑd] **n.** 神、上帝

　—**goddess** **n.** 女神
　—**godly** **adj.** 神的、似神的
　—**godlike** **adj.** 上帝般的、神聖的

補充 for God's sake 看在上帝的份上

🎧 0136

good [gʊd] **adj.** 好的、優良的 **n.** 善行、好處

　—**goodness** **n.** 善良、仁慈
　—**goodwill** **n.** 善念
　—**goodhearted** **adj.** 好心的

反 bad 壞的
搭配詞 good at 擅長做某事
補充 as good as one's word 說到做到

🎧 0137
grow [gro] **v.** 種植、生長
—**growth** **n.** 種植、生長、增大
—**grown** **adj.** 成熟的、長大了的
—**grownup** **n.** 成人

搭配詞 grow up 成長、長大
補充 growing season 生長季節

🎧 0138
guide [gaɪd] **n.** 嚮導、引導者、指南 **v.** 引導、引領
—**guiding** **adj.** 引導性的
—**guidance** **n.** 引導
—**guideline** **n.** 指導方針
—**guidable** **adj.** 可引導的

反 misguide 把……引導錯誤
補充 guide sb. to... 引導某人……
guide book 說明書

Hh

🎧 0139
hair [hɛr] **n.** 頭髮、毛髮
—**haircut** **n.** 剪髮
—**hairdo** **n.** （女性）做頭髮
—**hairstyle** **n.** 髮型
—**hairdresser** **n.** 髮型設計師

補充 by a hair's breadth 極細小、千鈞一髮
hair gel 髮膠

🎧 0140
hand [hænd] **n.** 手 **v.** 遞交
—**handy** **adj.** 手邊的、便利的
—**handily** **adv.** 在手邊、便利地
—**handful** **n.** 一把、少量
—**handmade** **adj.** 手工的
—**handwritten** **adj.** 手寫的

反 foot 腳
搭配詞 hand in 繳交
補充 hand in hand 手牽手
hand to mouth 勉強維生的

🎧 0141
hap·py [ˈhæpɪ] **adj.** 快樂的、幸福的
—**happily** **adv.** 快樂地、幸福地
—**happiness** **n.** 快樂、幸福

反 unhappy 痛苦的
補充 happy birthday 生日快樂
happy go lucky 隨遇而安的

🎧 0142
hard [hɑrd] **adj.** 硬的、難的 **adv.** 努力地

—**hardly** **adv.** 幾乎不、簡直不
—**harden** **v.** 使……變硬、變麻木
—**hardness** **n.** 堅硬、硬度
—**hardship** **n.** 困難、艱苦

反 soft 軟的
補充 work hard 努力工作
hard disk 硬碟

🎧 0143
head [hɛd] **n.** 頭、領袖 **v.** 率領、朝某方向行進

—**heady** **adj.** 頭痛的、任意而為的
—**headily** **adv.** 任意而為地
—**headache** **n.** 頭痛
—**headline** **n.** （報紙等）標題

同 lead 領導
補充 head office 總公司、總部
the head of... ……的頭、首領

🎧 0144
heart [hɑrt] **n.** 心、中心、核心

—**hearty** **adj.** 衷心的
—**heartily** **adv.** 衷心地
—**heartbreak** **n.** 心碎
—**heartless** **adj.** 冷酷無情的

補充 heart disease 心臟病
heart-shaped 心形的

🎧 0145
high [haɪ] **adj.** 高的 **adv.** 高度地

—**highly** **adv.** 高度地、很、非常
—**highness** **n.** （地位）高貴
—**height** **n.** 高度、海拔

反 low 低的
補充 high profile 高姿態的
high class 高級的、一流的

🎧 0146
his·to·ry [ˈhɪstrɪ] **n.** 歷史

—**historical** **adj.** 歷史的
—**historically** **adv.** 歷史上、以歷史觀點
—**historian** **n.** 歷史學家
—**historic** **adj.** 史上著名的

補充 ancient history 古代史
make history 創造歷史

🎧 0147

home [hom] **n.** 家庭（成員）、住家、祖國
adv. 在家、到家

— **homey** **adj.** 家的、家常的
— **hometown** **n.** 故鄉、家鄉
— **homesick** **adj.** 思鄉病
— **homework** **n.** 回家作業

反 abroad 在海外
補充 at home 在家
home page （網頁的）首頁

考前衝刺—— **加分補給站** 試比較同義不同用法的house

home和house都可表「家」的意思，用法有什麼差別呢？
差別就在於house只是一棟你對它沒有感情的房子，你不一定對它有家的歸屬感，隨便路邊一棟房子也可以叫做house。相反地，home就是你有歸屬感、認定它是你的家的地方，並不是只要住在裡面就可以叫做home。

🎧 0148

hope [hop] **n.** 希望、期望 **v.** 希望、期望

— **hopeful** **adj.** 抱持希望的
— **hopefully** **adv.** 抱持希望地
— **hopeless** **adj.** 沒有希望的

反 despair 絕望
補充 in the hope... 懷著……的希望

🎧 0149

house [haʊs] **n.** 家庭（實體）、住宅

— **housing** **n.** 提供住房
— **household** **n.** 一家人、一戶
adj. 家庭的、家用的
— **housework** **n.** 家事

同 dwelling 住處
補充 from house to house 挨家挨戶

Test 單字記憶保溫隨堂考—2

學完了這麼多單字，你記住了幾個呢？趕快做做看以下的小測驗，看看自己學會多少囉！

(   ) 1. ear   (A) 耳朵   (B) 年   (C) 聽覺

(   ) 2. ease   (A) 東邊   (B) 容易   (C) 特別

(   ) 3. equal   (A) 有資格的   (B) 相等的   (C) 成功的

(   ) 4. fall   (A) 走廊   (B) 充滿   (C) 落下

(   ) 5. face   (A) 命運   (B) 臉部   (C) 虛假的

(   ) 6. fan   (A) 白飯   (B) 禁止   (C) 風扇

(   ) 7. foot   (A) 食物   (B) 腳   (C) 笨蛋

(   ) 8. glass   (A) 玻璃   (B) 抓緊   (C) 青草

(   ) 9. general   (A) 一般的   (B) 指定的   (C) 特殊的

(   ) 10. god   (A) 好的   (B) 神   (C) 金色的

(   ) 11. guide   (A) 男子   (B) 嚮導   (C) 偽裝

(   ) 12. hair   (A) 頭髮   (B) 繼承人   (C) 兔子

解答：

1. A	2. B	3. B	4. C	5. B
6. C	7. B	8. A	9. A	10. B
11. B	12. A			

( ) 1. earth (A) 蟲子 (B) 地震 (C) 地球

( ) 2. end (A) 結束 (B) 進入 (C) 和

( ) 3. eat (A) 八 (B) 吃 (C) 它

( ) 4. ever (A) 經常 (B) 每個 (C) 永遠

( ) 5. except (A) 除了 (B) 預期 (C) 片段

( ) 6. fat (A) 肥胖的 (B) 未來的 (C) 兄弟的

( ) 7. fear (A) 羽毛 (B) 害怕 (C) 價格

( ) 8. fight (A) 打鬥 (B) 力量 (C) 適合

( ) 9. final (A) 好的 (B) 手指的 (C) 最後的

( ) 10. garden (A) 花園 (B) 成績 (C) 搗碎

( ) 11. gas (A) 猜測 (B) 拿取 (C) 汽油

( ) 12. grow (A) 種植 (B) 排列 (C) 發光

解答：

1. C	2. A	3. B	4. C	5. A
6. A	7. B	8. A	9. C	10. A
11. C	12. A			

Ii

🎧 0150

ice [aɪs] **n.** 冰 **v.** 結冰
—**iced** **adj.** 冰過的
—**icy** **adj.** 多冰的、被冰覆蓋的
—**icebox** **n.** 冷藏庫

補充 ice cream 冰淇淋
iced coffee 冰咖啡

輕鬆點，學些延伸小常識吧！

夏天一到，大家會不會多喝些冰的飲料、還有吃多些冰品來消暑呢？下面是一些中西方各種冰品的說法：

> ice sucker 冰棒
> shaved ice 剉冰
> slushie 冰沙

> sundae 聖代霜淇淋
> snow ice 雪花冰
> ice cream cone 甜筒

🎧 0151

im·por·tant [ɪmˋpɔrtn̩t] **adj.** 重要的
—**importantly** **adv.** 重要地
—**importance** **n.** 重要

反 unimportant 不重要的
補充 most important of all 最重要的是
very important person / VIP 很重要的人

考前衝刺—— **加分補給站** 試比較同義不同用法的significant（見p.237）

important和significant都有「重要的」的意思，但significant特指一件事情「因為富有特殊意義或價值而顯得重要」，並無任何緊迫性或警示性；而important是個普遍使用的字眼，單純強調某人、事、物具有「重要性」，會因為修飾對象的不同，而帶有警示、緊迫的意味。

🎧 0152

in·ter·est [ˋɪntərɪst] **n.** 興趣、嗜好、利益
v. 使……感興趣
├─ **interesting** **adj.** 有趣的、引人興趣的
├─ **interestingly** **adv.** 有趣地
├─ **interested** **adj.** 對……感興趣的
└─ **interestedly** **adv.** 保持興趣地

小提醒！試比較拼法相似的interact（見p.292）

反 indifference 冷淡、漠不關心
補充 be interested in doing sth. 對某事感興趣

Jj

🎧 0153

joke [dʒok] **n.** 笑話、玩笑 **v.** 開玩笑
├─ **joker** **n.** 小丑、愛開玩笑的人
├─ **jokey** **adj.** 愛開玩笑的
└─ **jokingly** **adv.** 打趣地

同 kidding 玩笑的
補充 just joking 開玩笑而已
play a joke on sb. 跟某人開玩笑

🎧 0154

joy [dʒɔɪ] **n.** 歡樂、喜悅
├─ **joyful** **adj.** 喜悅的
├─ **joyfully** **adv.** 喜悅地
└─ **joyless** **adj.** 不高興的、無趣的

同 pleasure 愉快、高興
反 sorrow 悲傷
補充 have joy 玩得愉快

🎧 0155

juice [dʒus] **n.** 果汁
├─ **juicy** **adj.** 多汁的、【口】利潤多的
├─ **juicer** **n.** 果汁機
└─ **juiceless** **adj.** 無汁的

搭配詞 juice up 使……生氣蓬勃
補充 fruit juice 水果果汁

Kk

🎧 0156

keep [kip] **v.** 保持、維持、履行、看管 **n.** 生計

— **keeping** **n.** 保存、看守

— **keeper** **n.** 保管人、管理人

反 lose 失去
搭配詞 keep up with... 跟上……
補充 keep quiet 保持安靜
keep in mind 銘記在心

🎧 0157

kid [kɪd] **n.**【口】小孩、小鬼 **v.** 開玩笑

— **kidding** **adj.** 玩笑的

— **kiddie** **n.** （年紀很小的）小孩

同 joke 開玩笑
補充 just kidding 開個玩笑而已
no kidding 我是認真的！

考前衝刺——**加分補給站** 試比較同義不同用法的child（見p.021）

child和kid都表「小孩」的意思，用法有什麼差別呢？
其實沒有什麼差別，頂多就是child稍微正式一點點，畢竟kid以前是「小山羊」的意思。不過現在幾乎都可以代換著使用了。

🎧 0158

kill [kɪl] **n.** 殺 **v.** 殺、破壞

— **killing** **adj.** 致命的 **n.** 謀殺

— **killed** **adj.** 被殺的

— **killer** **n.** 殺手、兇手

反 save 拯救（生命等）
搭配詞 kill off 殺光
補充 kill time 消磨時光

🎧 0159

kind [kaɪnd] **adj.** 親切的、仁慈的 **n.** 種類

— **kinda** **adv.**【口】有些、有點

— **kindly** **adj.** 親切的、仁慈的
　　　　　 adv. 親切地、仁慈地

— **kindness** **n.** 仁慈、善意

反 cruel 冷酷無情的
補充 a kind of 一種
it's very kind of sb. to do sth. 某人如此之好，做了某事

🎧 0160
king [kɪŋ] **n.** 國王
—**king**ly **adj.** 國王的、國王似的
—**king**dom **n.** 王國
—**king**hood **n.** 王位

反 queen 皇后
補充 the king of... ……之王
king-size 特大號的

🎧 0161
know [no] **v.** 知道、認識
—**know**ing **n.** 知曉 **adj.** 會意的、有知識的
—**know**ingly **adv.** 會意地
—**know**able **adj.** 能明白的
—**know**ledge **n.** 知識

補充 well-known 眾所周知的
know-how 技術、竅門
as you / we know 正如你（們）/ 我們知道的一樣

考前衝刺——**加分補給站** 試比較同義不同用法的understand（見p.090）

know和understand 都指「知道、瞭解」的意思，用法有什麼差別嗎？
知道和瞭解還是有些不同的地方。例如I know her是「我知道、認識她」，而
I understand her則是「我瞭解她、懂她的意思」。這之間還是有一點差別。

Ll

🎧 0162
land [lænd] **n.** 陸地、土地 **v.** 登陸、登岸
—**land**ing **n.** 降落、著陸
—**land**lord **n.** 房東、地主
—**land**lady **n.** 女房東、女地主
—**land**mark **n.** 地標

反 sea 海
補充 come to land 著陸、登陸
Holy Land 聖地

🎧 0163
late [let] **adj.** 遲的、晚的 **adv.** 很遲、很晚
—**late**st **adj.** 最遲的、最新的
—**late**ly **adv.** 最近
—**late**ness **n.** 遲、晚

反 early 早的
補充 be late for... 遲到
stay up late 晚睡、熬夜
it's too late to do sth. 現在再做某事已經太晚了

🎧 0164
laugh [læf] **n.** 笑、笑聲 **v.** 笑
—**laughing** **adj.** 笑的
—**laughter** **n.** 笑、笑聲
—**laughable** **adj.** 可笑的
—**laughably** **adv.** 可笑地

搭配詞 laugh at 嘲笑
補充 burst out laughing 放聲大笑

考前衝刺──加分補給站

laugh和smile都是「笑」的意思，用法有什麼差別嗎？
其實就是程度的差別而已。laugh是笑開了、笑出聲，而smile的幅度就比較
小，只是微笑，沒有發出聲音。

🎧 0165
law [lɔ] **n.** 法律
—**lawful** **adj.** 合法的、法定的
—**lawfully** **adv.** 合法地、守法地
—**lawyer** **n.** 律師
—**lawmaking** **n.** 立法 **adj.** 立法的

補充 break the law 觸犯法律
law firm 法律事務所

🎧 0166
lay [le] **v.** 放置、產卵、擬定
—**laying** **n.** 放置、鋪設
—**layer** **n.** 一層
—**layoff** **n.** 臨時解雇
—**layout** **n.** 佈局、版面設計

同 put 放置
搭配詞 lay down 放下
lay eggs 下蛋

🎧 0167
la·zy [ˈlezɪ] **adj.** 懶惰的
—**lazily** **adv.** 懶惰地
—**laziness** **n.** 懶惰
—**laze** **v.** 混日子、懶散

同 idle 無所事事的
反 diligent 勤勉的、勤奮的
補充 be too lazy to do sth. 太懶了以至於不願做某事

🎧 0168
lead [lid] **v.** 領導、引領 **n.** 領導、榜樣
— **leader n.** 領袖
— **leadership n.** 領導力、領袖地位
— **leaderless adj.** 無領袖的

反 follow 跟隨
搭配詞 lead to 導致、導向
補充 follow one's lead 以某人為榜樣

🎧 0169
learn [lɜn] **v.** 學習、知悉、瞭解（強調結果）
— **learning n.** 學習、學問
— **learned adj.** 知識豐富的、學問上的
— **learner n.** 學習者
— **learnable adj.** 能學會的

反 teach 教導
搭配詞 learn of 得知

考前衝刺──**加分補給站** 試比較同義不同用法的study（見p.085）

study和learn都有「學習」的意思，用法有什麼差別嗎？
study是有花時間、力氣，刻意去學的。learn就不一定是刻意的，每天生活中就算不故意想著要去學東西，也總是能學到一些什麼，這時就不能用study而要用learn。

🎧 0170
lev·el [ˈlɛvl] **n.** 水準、標準、水平面 **adj.** 水平的
v. 變平
— **levelly adv.** 水平地
— **leveling n.** 整平
— **leveler n.** 使……平等的人（或事物）、整平器

同 horizontal 水平的
補充 on a level 在同等水準上
level sth. down / up 弄平

🎧 0171
life [laɪf] **n.** 生活、生命
— **lifeless adj.** 沒有生命的
— **lifelong adj.** 一生的
— **lifestyle n.** 生活方式

反 death 死亡
補充 life insurance 人壽保險

小提醒！試比較拼法相似的live（見p.057）

🎧 0172

light [laɪt] **n.** 光、燈 **v.** 點（火）、變亮
adj. 輕的、明亮的、淺色的
— **lightly** **adv.** 輕微地、少量地
— **lighting** **n.** 照明（設備）
— **lighten** **v.** 使⋯⋯明亮、變亮
— **lighter** **n.** 打火機

反 darkness 黑暗
補充 lightweight 分量
輕、不重要
as light as a feather 輕如
鴻毛

🎧 0173

like [laɪk] **conj.** 像、如 **v.** 喜歡
— **liking** **n.** 喜歡、喜好
— **likeness** **n.** 相似之處
— **likewise** **adv.** 同樣地、照樣地

反 dislike 不喜歡
補充 look like... 看起來
像⋯⋯
like it or not 不管你喜不
喜歡

🎧 0174

line [laɪn] **n.** 線、線條
— **linear** **adj.** 線的、直線的
— **lineal** **adj.** 直系的
— **lineally** **adv.** 直系地

搭配詞 line up 排隊
補充 draw a line 畫線

🎧 0175

lis·ten [ˈlɪsn̩] **v.** 聽
— **listening** **n.** 傾聽 **adj.** 收聽的
— **listener** **n.** 聽眾
— **listenable** **adj.** 值得一聽的

搭配詞 listen to 傾聽、聆
聽 listen in 收聽（廣
播）、監聽

輕鬆點，學些延伸小常識吧！

多聽英文廣播，不僅英文聽力會變好，英文的整體能力也會在不知不覺間
就提升了！
這裡介紹大家一些網路英文電台，內容包括全球新聞、西洋流行樂、運動
體育、議題對談等等，挑喜歡的下手吧！

ICRT（台灣）：http://www.icrt.com.tw/

CNN TV（美國）：http://edition.cnn.com/audio/radio/cnntv.html?hpt=tv

BBC Radio（英國）：http://www.bbc.co.uk/radio/

ABC Radio（澳洲）：http://www.abc.net.au/radio/listenlive.htm

🎧 0176

live [laɪv] **adj.** 有生命的、活的

　　　[lɪv] **v.** 活、生存、居住

　　lively **adj.** 精力充沛的、生動的、愉快的

　　　　　　adv. 活潑地

　　living **adj.** 活的 **n.** 生計

　　livable **adj.** 適合居住的

　　livability **n.** 可居住性

反 die 死
搭配詞 live up to 實踐
補充 live on sth. 以……為食

小提醒！試比較拼法相似的life（見p.055）

🎧 0177

long [lɔŋ] **adj.** 長久的 **adv.** 長期地 **n.** 長時間 **v.** 渴望

　　longing **n.** 渴望 **adj.** 渴望的

　　longingly **adv.** 渴望地

同 lengthy 長的
反 short 短的
補充 long for 渴望
long-term 長期的

🎧 0178

loud [laʊd] **adj.** 大聲的、響亮的

　　loudly **adv.** 大聲地、吵鬧地

　　loudness **n.** 高分貝、音量

　　loudspeaker **n.** 擴音器

反 silent 安靜的
補充 be loud in one's praise of sth. / sb. 盛讚某人、某物

🎧 0179

love [lʌv] **n.** 愛 **v.** 愛、熱愛

　　loving **adj.** 鍾愛的

　　lovingly **adv.** 鍾愛地

　　lovely **adj.** 可愛的

　　lover **n.** 戀人

同 affection 愛情
反 hate
搭配詞 in love with 愛上
補充 love child 私生子
love-crossed 失戀的

🎧 0180

luck·y [ˈlʌkɪ] **adj.** 有好運的

　　luck **n.** 好運、運氣

　　luckily **adv.** 幸運地、幸好

　　luckless **adj.** 運氣不好的

同 fortunate 幸運的、僥倖的
補充 lucky bird / cat 幸運兒

學完了這麼多單字，你記住了幾個呢？趕快做做看以下的小測驗，看看自己學會多少囉！

(   ) 1. ice   (A) 火   (B) 冰   (C) 土

(   ) 2. important   (A) 進口的   (B) 港口的   (C) 重要的

(   ) 3. interest   (A) 內部   (B) 測試   (C) 興趣

(   ) 4. joke   (A) 歡愉   (B) 笑話   (C) 鬼

(   ) 5. joy   (A) 享用   (B) 加入   (C) 喜悅

(   ) 6. kid   (A) 踢   (B) 開玩笑   (C) 滑倒

(   ) 7. kind   (A) 親切的   (B) 飛行的   (C) 幼稚的

(   ) 8. king   (A) 玩笑話   (B) 國王   (C) 好笑的人

(   ) 9. late   (A) 遲的   (B) 端著的   (C) 初生的

(   ) 10. laugh   (A) 迷路   (B) 笑   (C) 左邊

(   ) 11. law   (A) 法律   (B) 躺下   (C) 名叫

(   ) 12. lay   (A) 疲累   (B) 睡著   (C) 放置

解答：

1. B	2. C	3. C	4. B	5. C
6. B	7. A	8. B	9. A	10. B
11. A	12. C			

(   ) 1. juice   (A) 壓扁   (B) 果汁   (C) 開啟

(   ) 2. keep   (A) 保留   (B) 跳過   (C) 細心的

(   ) 3. kill   (A) 寒冷   (B) 保護   (C) 殺

(   ) 4. know   (A) 知道   (B) 現在   (C) 磕頭

(   ) 5. land   (A) 手   (B) 車道   (C) 土地

(   ) 6. lazy   (A) 迷糊的   (B) 懶惰的   (C) 朦朧的

(   ) 7. learn   (A) 倚靠   (B) 學習   (C) 瘦的

(   ) 8. life   (A) 生活   (B) 生存   (C) 線

(   ) 9. light   (A) 喜愛   (B) 生命   (C) 光

(   ) 10. listen   (A) 列出   (B) 聽   (C) 發覺

(   ) 11. loud   (A) 大聲的   (B) 允許的   (C) 簡單的

(   ) 12. lucky   (A) 勇敢的   (B) 輕浮的   (C) 幸運的

解答：

1. B	2. A	3. C	4. A	5. C
6. B	7. B	8. A	9. C	10. B
11. A	12. C			

Mm

🎧 0181

mad [mæd] **adj.** 神經錯亂的、發瘋的
— **madly** **adv.** 瘋狂地、狂暴地
— **madness** **n.** 瘋狂
— **madman** **n.** 瘋子、狂人

同 insane 神經錯亂的
補充 go mad 發瘋
be mad about... 對……
癡心、狂熱

🎧 0182

mail [mel] **n.** 郵件 **v.** 郵寄
— **mailing** **n.** 郵寄
— **mailman** **n.** 郵差
— **mailbox** **n.** 郵筒

補充 e-mail 電子郵件
mail sth. to sb. 寄某物給
某人

🎧 0183

man [mæn] **n.** 成年男人、人類（不分男女）
— **manly** **adj.** 有男子氣概的
— **mankind** **n.** 人類
— **manhood** **n.** （男子）成年期

反 woman 女人
補充 a coming man 後起
之秀
a man of honor 講信用的
人

🎧 0184

mar·ket [`mɑrkɪt] **n.** 市場
— **marketing** **n.** 銷售、行銷
— **marketable** **adj.** 有市場的、暢銷的
— **marketability** **n.** 市場性

補充 in the market 在市
場上；上市
come into the market 上
市

🎧 0185

mar·ry [`mærɪ] **v.** 使……結為夫妻、結婚
— **married** **adj.** 已婚的
— **marriage** **n.** 婚姻
— **marriageable** **adj.** 適婚的

反 divorce 離婚
補充 marry sb. 與某人結
婚
get married 結婚

考前衝刺——**加分補給站** 試比較同義不同用法的wed（見p.092）

marry和wed都有「結婚」的意思，用法有什麼差別嗎？
marry是單純指結婚這件事，就算沒有辦什麼儀式，公證簽個字也一樣是結婚。wed就會有婚禮了，通常比較隆重一些。

🎧 0186

mean [min] **adj.** 惡意的 **v.** 意指、意謂
—**meaning** **n.** 意義
—**meaningful** **adj.** 有意義的
—**meaningfully** **adv.** 有意義地
—**meanly** **adv.** 卑賤地、惡意地

同 malicious 惡意的
反 noble 高尚的
補充 by means of 藉……方式
by all means 不惜一切地
by no means 絕不

🎧 0187

milk [mɪlk] **n.** 牛乳 **v.** 擠奶
—**milky** **adj.** 乳的、乳狀的
—**milkshake** **n.** 奶昔

補充 spill the milk 把事情弄糟
as white as milk 跟牛乳一樣白

🎧 0188

mis·take [mə`stek] **n.** 錯誤、過失
—**mistaken** **adj.** 弄錯的、過失的
—**mistakenly** **adv.** 錯誤地
—**mistakable** **adj.** 易出錯的、易被誤解的

同 error 錯誤
補充 make a mistake 犯錯

🎧 0189

mo·ment [`momənt] **n.** 一會兒、片刻
—**momentary** **adj.** 短暫的
—**momentarily** **adv.** 短暫地、隨時
—**momentous** **adj.** 極為重大的

同 instant 傾刻
補充 at any moment 隨時

🎧 0190

moth·er [`mʌðɚ] **n.** 母親、媽媽
—**motherly** **adj.** 母親的
—**motherhood** **n.** 母性
—**motherless** **adj.** 沒有母親的

反 father 父親
補充 mother tongue 母語
mother country 祖國

🎧 0191

mouth [mauθ] **n.** 嘴、口、口腔

—**mouthed** **adj.** 有嘴巴的

—**mouthful** **n.** 一口（的量）

—**mouthwash** **n.** 漱口水

補充 in the mouth of... 出於……之口
give mouth to sth. 吐露

🎧 0192

move [muv] **v.** 移動、行動、使……感動

—**moved** **adj.** 受到感動的

—**moving** **adj.** 行進的、令人感動的

—**movingly** **adv.** 動人地

—**movement** **n.** 行動、動作、（社會）運動

—**movable** **adj.** 可動的

反 stop 停止
搭配詞 move up 提升
補充 move forward 前進

🎧 0193

mu·sic [ˈmjuzɪk] **n.** 音樂

—**musical** **adj.** 音樂的

—**musician** **n.** 音樂家

補充 play music 播放音樂
music hall 音樂廳

Nn

🎧 0194

na·tion [ˈneʃən] **n.** 國家、國民（強調民族涵義）

—**national** **adj.** 全國性的、國家的 **n.** 國民

—**nationally** **adv.** 全國性地

—**nationality** **n.** 國籍

補充 nation-wide 全國的
a developing nation 發展中國家

考前衝刺——**加分補給站** 試比較同義不同用法的country（見p.025）

country和nation都可表「國家」的意思，用法有什麼差別呢？
country是政治上的國家，與國家所在的那塊土地。你生在那裡，你就屬於它，不是你自己選擇的。而nation中的人都有共識和歸屬感，強調的是「人」而不是「土地」。

🎧 0195

na·ture [ˈnetʃɚ] **n.** 自然界、大自然、天性
—**natural** **adj.** 自然的、天然的
—**naturally** **adv.** 自然地、天生地
—**naturalism** **n.** 自然主義

補充 nature reserve 自然保護區
in nature 本質上、事實上
against nature 違反自然的

🎧 0196

news [njuz] **n.** 新聞、消息（不可數）
—**newscast** **n.** 新聞廣播
—**newscaster** **n.** 新聞廣播員
—**newspaper** **n.** 報紙

補充 good news 好消息
break the news to sb. 委婉地把壞消息轉告某人

🎧 0197

nine [naɪn] **n.** 九 **adj.** 九的
—**nineteen** **n.** 十九 **adj.** 十九的
—**ninety** **n.** 九十 **adj.** 九十的
—**ninth** **adj.** （前置the）第九個 **n.** （前置the）第九

補充 up to the nines 十全十美地
nine-to-five （上班）朝九晚五

🎧 0198

noise [nɔɪz] **n.** 喧鬧聲、噪音、聲音
—**noisy** **adj.** 嘈雜的、喧鬧的、熙熙攘攘的
—**noisily** **adv.** 吵鬧地
—**noiseless** **adj.** 無聲的、噪音小的

反 silence 無聲、寂靜
補充 make a noise 製造噪音
without noise 悄悄地

🎧 0199

north [nɔrθ] **n.** 北、北方 **adj.** 北方的
—**northern** **adj.** 北方的 **n.** （大寫）北方人
—**northward** **adj.** 向北方的 **adv.** 向北方
—**northwardly** **adv.** 向北方、來自北方

反 south 南方的
補充 in the north 在北方

🎧 0200

note [not] **n.** 筆記、便條 **v.** 記錄、注釋
—**noted** **adj.** 有名的
—**noteworthy** **adj.** 值得注意的
—**notebook** **n.** 筆記本、筆記型電腦

補充 take a notes 做筆記
strike the right note 說或做得恰當

🎧 0201
no·tice [ˈnotɪs] **n.** 佈告、公告、啟事 **v.** 注意
　—**noticeable** **adj.** 顯而易見的
　—**noticeably** **adv.** 顯而易見地

反 ignore 忽視
補充 notice of 注意到
catch sb.'s notice 引起某人注意

🎧 0202
nurse [nɝs] **n.** 護士
　—**nursing** **n.** 看護、護理
　—**nursery** **n.** 幼兒室、育嬰室
　—**nursemaid** **n.** 保姆

補充 put out to nurse 托人管理
at nurse 交由奶媽代管、照顧中

Oo

🎧 0203
of·fice [ˈɔfɪs] **n.** 辦公室、行政機關、處室
　—**officer** **n.** 警察、公務員
　—**official** **adj.** 官方的、正式的 **n.** 官員
　—**officially** **adv.** 官方地、正式地

補充 office hours 辦公時間
office lady 粉領族

輕鬆點，學些延伸小常識吧！

二十世紀開始，人們會用上班人士的工作服顏色來區分工作階級，而所謂的「粉領族」（pink collar）就是所謂的女性上班族。隨著時代一直向前走，也開始出現更多的顏色分法，到底還有哪些呢？

white collar　白領——辦公室職員

blue collar　藍領——肉體勞動者

gray collar　灰領——維修保養人員

gold collar　金領——大老闆、大企業家等

open collar　開領——在家上班的Soho族

purple collar　紫領——身兼技術與知識，打造個人口碑的的「師」字輩人物

🎧 0204

out [aut] **adv.** 離開、向外 **adj.** 外面的、在外的

—**outside** **prep.** 在……外面 **adj.** 外面的

—**output** **v.** 輸出 **n.** 出產、產量

—**outlook** **n.** 前景、看法

—**outcome** **n.** 結果、後果

—**outdoor** **adj.** 戶外的、露天的

反 in 在……裡面、裡面的
補充 out of the way 不平凡的
the ins and outs 徹底、完全地

🎧 0205

o·pen [`opən] **adj.** 開的、公開的 **v.** 打開

—**openly** **adv.** 公然地

—**opening** **n.** 開頭 **adj.** 開始的

反 close 關的
補充 open-minded 心胸寬闊的
bring sth. into the open 公開某事

🎧 0206

o·ver [`ovɚ] **prep.** 在……上方、遍及、超過
adj. 結束的、過度的

—**overseas** **adv.** 在海外 **adj.** 在海外的

—**oversleep** **v.** 睡過頭

—**overnight** **adv.** 通宵 **adj.** 一整晚的

—**overhead** **adv.** 在頭上 **adj.** 在頭上的

—**overload** **v.** 使……超載 **n.** 負荷過多

反 under 在……下方
補充 over and over 反覆、一遍又一遍
all over 到處、各方面
over there 在那邊

🎧 0207

own [on] **adj.** 自己的 **v.** 擁有（所有權）

—**owner** **n.** 持有人

—**ownership** **n.** 所有權

反 disown 否認所有權
補充 of one's own 自己的
come into one's own 獲得應有的名聲、榮譽等

考前衝刺——加分補給站 試比較同義不同用法的possess（見p.221）

own和possess都可表「擁有」的意思，用法有什麼差別呢？
own是擁有真正的物品，而possess除了物品外，更常用來說擁有一些特質、一些不是這麼容易可以買賣的東西。例如你可以說possess a sense of humor「有幽默感」，而不能說own a sense of humor。

Pp

🎧 0208

paint [pent] **n.** 顏料、油漆
v. 粉刷、油漆、（用顏料）繪畫

—**painting** **n.** 繪畫、上油漆
—**painter** **n.** 畫家
—**painted** **adj.** 著色的、上油漆的
—**paintbrush** **n.** 油漆刷、畫筆

補充 paint sth. out 用漆
（顏料）塗去
paint over sth. 用塗料覆
蓋某物

考前衝刺——加分補給站 試比較同義不同用法的draw（見p.030）

paint和draw都可表「畫」的意思，用法有什麼差別呢？
paint通常是用那種有毛的油畫、水彩筆，而draw是用簡單的鉛筆、原子
筆。另外，paint完成度較高，而draw則可能只是單純構圖、畫下靈光一閃
的點子。

🎧 0209

par·ent(s) [`pɛrənts] **n.** 雙親、家長

—**parental** **adj.** 雙親的
—**parentally** **adv.** 身為雙親地
—**parenthood** **n.** 雙親身份

反 child 小孩
補充 parent firm 母公司
rely on one's parents 依
靠父母

🎧 0210

part [pɑrt] **n.** 部分 **v.** 分離、使分開

—**partly** **adv.** 不完全地、一定程度上
—**partial** **adj.** 部分的
—**partially** **adv.** 部分地

同 portion （一）部分
反 whole 全部的
補充 part-time job 兼職
take part in 參加

🎧 0211

pass [pæs] **n.** （考試）及格、通行證
v. 經過、消逝、通過

—**passable** **adj.** 可通過的
—**passably** **adv.** 可通過地
—**passage** **n.** 通行、通道
—**passerby** **n.** 路人

反 fail 不及格、失敗
搭配詞 pass by 經過
pass sth. to sb. 傳某物給
某人

0212
pay [pe] **n.** 工資、薪水 **v.** 付錢
—**paid** **adj.** 已付清的
—**payment** **n.** 支付、付款
—**payable** **adj.** 應付的、到期的

反 owe 欠債
補充 pay sth. out 為某事物付款
pay sth. off 償清

0213
per·son [`pɝsn] **n.** 人
—**personal** **adj.** 私人的、本人的
—**personally** **adv.** 親自
—**personage** **n.** 大人物、要人

同 people 人
補充 in person 親自
a person of figure 有聲望的人

0214
pi·an·o [pɪ`æno] **n.** 鋼琴
—**pianist** **n.** 鋼琴家

補充 play the piano 彈鋼琴

輕鬆點,學些延伸小常識吧!

説到「彈鋼琴」,這個我們認為應該是拿來「彈」的樂器,在外國人眼中卻是要用「玩」的,甚至其他用「吹」的、「拉」的樂器,他們通通都覺得是用「玩」的!看看他們還「玩」了哪些樂器吧!

play the saxophone 吹(玩)薩克斯風

play the violin 拉(玩)小提琴

play the drums 打(玩)鼓

play the guitar 彈(玩)吉他

play hand cymbals 敲(玩)鈸

0215
plan [plæn] **n.** 計畫、安排 **v.** 計畫、規劃
—**planned** **adj.** 有計畫的
—**planning** **n.** 訂計畫
—**planner** **n.** 計畫者

搭配詞 plan on 打算
補充 according to plan 按計畫實行

🎧 0216
plant [plænt] **n.** 植物、工廠 **v.** 栽種
—**planting** **n.** 種植、栽培
—**plantation** **n.** 大農場
—**planter** **n.** 栽培者

反 animal 動物
補充 plant pot 花盆

考前衝刺——加分補給站 試比較同義不同用法的grow（見p.045）

plant和grow都可表「栽種」的意思，用法有什麼差別呢？
雖然種植物時plant和grow都可以說，但plant的重點是種下去的動作，而
grow的重點是讓植物成長。plant雖然種了下去，接下來到底有沒有長大，
我們也不知道。

🎧 0217
play [ple] **n.** 遊戲、玩耍、表演
　　　　v. 玩、做遊戲、扮演、演奏
—**playful** **adj.** 愛玩的
—**player** **n.** 運動員、演奏者、玩家
—**playground** **n.** 運動場、遊戲場
—**playwright** **n.** 劇作家

反 work 工作
補充 in full play 正起勁
play with... 和……一起玩

🎧 0218
please [pliz] **v.** 請、使……高興、取悅
—**pleased** **adj.** 高興的、滿意的
—**pleasing** **adj.** 令人愉快的
—**pleasure** **n.** 愉快、高興

同 delight 使……高興
反 displease 得罪、觸怒
補充 if you please 請
please oneself 隨某人的
意

🎧 0219
pock·et [ˋpɑkɪt] **n.** 口袋 **v.** 把……裝入口袋
—**pocketful** **n.** 一袋的量
—**pocketable** **adj.** 可置於口袋的
—**pocketbook** **n.** 口袋書、袖珍本

補充 pick a pocket 扒竊

🎧 0220
point [pɔɪnt] **n.** 尖端、點、要點、（比賽中所得的）分數
　　　　　 v. 瞄準、指向
　—**pointed** **adj.** 尖頭的、針對性的
　—**pointedly** **adv.** 針對地
　—**pointing** **n.** 指示
　—**pointer** **n.** 指針
　—**pointless** **n.** 無重點的

搭配詞 point out 指出
補充 point a finger at sb.
責備某人

🎧 0221
poor [pʊr] **adj.** 貧窮的、可憐的、差的、壞的
　—**poorly** **adv.** 貧窮地、拙劣地
　—**poorness** **n.** 貧窮、拙劣

同 needy 貧窮的
反 rich 富有的
補充 the poor 窮人
as poor as a rat 一貧如
洗

🎧 0222
pos·si·ble [ˈpɑsəbl̩] **adj.** 可能的
　—**possibily** **adv.** 有可能地
　—**possibility** **n.** 可能性

同 likely 可能的
反 impossible 不可能的
補充 if possible 如果可能
的話
as soon as possible 儘快

🎧 0223
pow·er [ˈpaʊɚ] **n.** 力量、權力、動力、電力
　—**powerful** **adj.** 強大的、有權力的
　—**powerfully** **adv.** 強大地、強烈地
　—**powerless** **adj.** 無力的

反 weakness 軟弱
補充 power off 斷掉電源
power station 發電站
have power over sb. 掌
控某人

考前衝刺──**加分補給站** 試比較同義不同法的strength（見p.238）

power和strength都可表「力量」的意思，用法有什麼差別呢？
strength有「力氣」的意思，而power則是能夠使用「力氣」的速度和氣
勢。也就是說，如果你是個肌肉很大、力氣很大的人，你就有strength，但
不代表一定有power。

🎧 0224

prac·tice [`præktɪs] **n.** 實踐、練習、熟練
—**practiced** **adj.** 熟練的、有經驗的
—**practical** **adj.** 實踐的、實際的
—**practically** **adv.** 實際上

反 theory 理論
補充 in practice 實際上
put sth. into practice 付諸實踐

🎧 0225

pre·pare [prɪ`pɛr] **v.** 預備、準備
—**prepared** **adj.** 有作準備的
—**preparation** **n.** 預備、準備
—**preparative** **adj.** 預備的、準備的

補充 prepare for 為……做準備
prepare the ground for sth. 為某事準備條件

🎧 0226

print [prɪnt] **n.** 印跡、印刷字體、出版 **v.** 印刷
—**printing** **n.** 印刷（業）
—**printer** **n.** 印表機、印刷業者
—**printable** **adj.** 可印刷的
—**printout** **n.** （電腦的）列印文件

補充 in print 已出版
out of print 絕版

🎧 0227

pur·pose [`pɝpəs] **n.** 目的、意圖
—**purposely** **adv.** 故意地
—**purposive** **adj.** 有目的的
—**purposeless** **adj.** 無目的的

同 intention 目的、意圖
補充 on purpose 故意地
for (the) purpose of... 為了……

小提醒！試比較拼法相似的propose（見p.158）

Test 單字記憶保溫隨堂考—4

學完了這麼多單字，你記住了幾個呢？趕快做做看以下的小測驗，看看自己學會多少囉！

( ) 1. mad   (A) 發瘋的   (B) 傷心的   (C) 矜持的

( ) 2. market   (A) 標記   (B) 市場   (C) 猴子

( ) 3. mistake   (A) 錯誤   (B) 攜帶   (C) 賭博

( ) 4. nation   (A) 敘述   (B) 國家   (C) 頻道

( ) 5. nature   (A) 成熟   (B) 圖片   (C) 自然界

( ) 6. noise   (A) 鼻子   (B) 噪音   (C) 好奇

( ) 7. office   (A) 下面   (B) 警察   (C) 辦公室

( ) 8. open   (A) 烤的   (B) 寫字的   (C) 開的

( ) 9. own   (A) 擁有   (B) 一個   (C) 開啟

( ) 10. paint   (A) 痛苦   (B) 顏料   (C) 原子筆

( ) 11. part   (A) 部分   (B) 公園   (C) 等級

( ) 12. pass   (A) 過去   (B) 撒尿   (C) 通過

解答：

1. A	2. B	3. A	4. B	5. C
6. B	7. C	8. C	9. A	10. B
11. A	12. C			

(   ) 1. mail   (A) 男性   (B) 郵寄   (C) 賣場

(   ) 2. marry   (A) 結婚   (B) 愉快的   (C) 破壞的

(   ) 3. mean   (A) 男性的   (B) 惡意的   (C) 毛茸茸的

(   ) 4. news   (A) 新的   (B) 新聞   (C) 新來的

(   ) 5. nine   (A) 很久   (B) 酒精的   (C) 九

(   ) 6. north   (A) 記憶的   (B) 備註的   (C) 北方的

(   ) 7. over   (A) 結束的   (B) 烤箱的   (C) 開始的

(   ) 8. out   (A) 外面的   (B) 強壯的   (C) 噘嘴的

(   ) 9. parent   (A) 伴侶   (B) 房東   (C) 家長

(   ) 10. person   (A) 兒子   (B) 人   (C) 單數

(   ) 11. piano   (A) 鋼琴   (B) 木琴   (C) 小提琴

(   ) 12. plan   (A) 鍋子   (B) 計畫   (C) 玩弄

解答：

1. B	2. A	3. B	4. B	5. C
6. C	7. A	8. A	9. C	10. B
11. A	12. B			

(   ) 1. man   (A) 名字   (B) 意思   (C) 男人

(   ) 2. milk   (A) 麥克風   (B) 牛奶   (C) 磨坊

(   ) 3. moment   (A) 管理階層   (B) 模仿   (C) 片刻

(   ) 4. mouth   (A) 嘴   (B) 鼻子   (C) 眉毛

(   ) 5. music   (A) 音樂   (B) 靈感   (C) 魔術

(   ) 6. move   (A) 抱怨   (B) 移動   (C) 電影

(   ) 7. mother   (A) 阿姨   (B) 妻子   (C) 母親

(   ) 8. nurse   (A) 護士   (B) 皮包   (C) 北方人

(   ) 9. note   (A) 錯誤   (B) 敲門   (C) 筆記

(   ) 10. pocket   (A) 口袋   (B) 鍋子   (C) 棒子

(   ) 11. plant   (A) 安排   (B) 植物   (C) 褲子

(   ) 12. prepare   (A) 預備   (B) 重新製作   (C) 重播

解答：

1. C	2. B	3. C	4. A	5. A
6. B	7. C	8. A	9. C	10. A
11. B	12. A			

Qq

🎧 0228

queen [kwin] **n.** 女王、皇后
— **queenly** **adj.** 女王的、皇后的
— **queenship** **n.** 女王身份、皇后身份

反 king 國王
補充 queen-size 大號的
the Queen's English 標準英語

🎧 0229

ques·tion [ˈkwɛstʃən] **n.** 疑問、詢問 **v.** 質疑、懷疑
— **questionnaire** **n.** 問卷
— **questioner** **n.** 詢問者
— **questionable** **adj.** 可疑的
— **questionably** **adv.** 可疑地

反 answer 答案
補充 out of question 根本不用考慮
come into question 成為需要考慮的問題

Rr

🎧 0230

race [res] **n.** 種族、比賽、賽跑 **v.** 賽跑
— **racial** **adj.** 種族的
— **racially** **adv.** 人種上
— **racism** **n.** 種族主義
— **racer** **n.** 賽跑者

同 running 賽跑
補充 a race against time 跟時間賽跑
the human race 人類

🎧 0231

rain [ren] **n.** 雨、雨水 **v.** 下雨
— **rainy** **adj.** 下雨的、多雨的
— **rainfall** **n.** 下雨、降雨量
— **raindrop** **n.** 雨滴
— **rainbow** **n.** 彩虹

同 shower 陣雨
補充 rain off 因下雨取消或延期
rain cats and dogs 下傾盆大雨

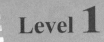
🎧 0232

read [rid] **v.** 讀、看（書、報等）、朗讀
—**reading** **n.** 閱讀、朗讀、讀物
—**reader** **n.** 讀者
—**readable** **adj.** 易讀的、可讀的
—**readability** **n.** 可讀性

搭配詞 read out 宣讀
補充 read aloud 朗讀

🎧 0233

re·al [ˈriəl] **adj.** 真的（存在）、真實的
adv. 真正地（存在）
—**really** **adv.** 實際上、很、真的（用於疑問句）
—**reality** **n.** 現實、真實
—**realize** **v.** 了解、領悟、實現

反 false 假的
補充 real estate 不動產

考前衝刺──**加分補給站** 試比較同義不同用法的true（見p.089）

real和true都可表「真實的」的意思，用法有什麼差別呢？
real是真實存在這個世界上的，例如你可以說ghosts are not real「鬼才不是真實存在的」。而true則是表示一件事是真的、沒有騙人的。例如what he said was true「他講的是真的」。

🎧 0234

rea·son [ˈrizn̩] **n.** 理由、動機
—**reasoning** **n.** 推論、推理
—**reasonable** **adj.** 合理的
—**reasonably** **adv.** 合理地

同 motive 動機
反 unreason 不合理
補充 there is reason in...
某事有道理

🎧 0235

re·ceive [rɪˈsiv] **v.** 收到
—**receipt** **n.** 收到
—**receiver** **n.** 收件者、接受者
—**receivable** **adj.** 可接收的

反 send 寄送
補充 receive sth. from
sb. 收到某人的東西
receive sb. 歡迎某人

🎧 0236

re·port [rɪ`port] **n.** 報導、報告 **v.** 報告、報導
— **reporter** **n.** 報告者
— **reportedly** **adv.** 據報導
— **reportable** **adj.** 值得報導的

補充 report back 回報
make a report of... 作報告

🎧 0237

rest [rɛst] **n.** 睡眠、休息 **v.** 休息
— **restful** **adj.** 充分休息的、悠閒的
— **restfully** **adv.** 悠閒地
— **resting** **adj.** 靜止不動的
— **restless** **adj.** 靜不下來的、無法休息的

反 activate 使……活動起來
補充 at rest 靜止不動
have / take a rest 休息一下

🎧 0238

rich [rɪtʃ] **adj.** 富裕的
— **richly** **adv.** 富裕地、完全地
— **richness** **n.** 富裕、富足

同 wealthy 富裕的
反 poor 貧窮的
補充 be rich in... 有很充裕的……
the rich 富人

🎧 0239

right [raɪt] **adj.** 正確的、右邊的 **n.** 權利、右方
— **righteous** **adj.** 正直的、公正的
— **righteously** **adv.** 正直地、公正地
— **rightward** **adv.** 向右、在右邊
　　　　　　 adj. 向右的、在右邊的

同 correct 正確的
反 false 錯誤的
搭配詞 right away 立刻
補充 all right 情況良好
have the right 有權利、有資格

🎧 0240

ro·bot [`robət] **n.** 機器人
— **robotic** **adj.** 機器人的
— **robotize** **v.** 使……如機器人般自動

補充 robot bomb 無人飛機、自動導航飛彈

🎧 0241

rock [rɑk] **n.** 岩石 **v.** 搖晃
— **rocky** **adj.** 岩石的、多岩石的
— **rocking** **n.** 搖擺
— **rocker** **n.** 搖滾樂手
— **rocklike** **adj.** 像岩石般堅硬的

同 stone 石頭
補充 as firm as a rock 堅如磐石
off one's rocker 精神失常

🎧 0242

roll [rol] **n.** 名冊、卷 **v.** 滾動、捲

— **rolling** **adj.** 滾動的
— **rolled** **adj.** 碾壓過的
— **roller** **n.** 滾動物

補充 rock and roll 搖滾樂
call the roll 點名

🎧 0243

room [rum] **n.** 房間、室、空間

— **roomy** **adj.** 寬敞的
— **roomful** **n.** 一整個房間
— **roommate** **n.** 室友

同 space 空間
補充 give room 騰出空間
room with... 和……住一起

🎧 0244

rule [rul] **n.** 規則 **v.** 統治

— **ruler** **n.** 統治者
— **ruling** **n.** 統治、管理 **adj.** 統治的、管理的

同 govern 統治、管理
補充 make a rule 制定規則
rule out 排除
as a rule 通常

考前衝刺——**加分補給站** 試比較同義不同用法的govern（見p.134）

rule跟govern都有「統治、治理」一個國家或區域的意思，但govern的權利是由人民所賦與的，必須對人民的生活負起責任；而rule則是由君主、國王等非經由民意認可的權利所執行。

Ss

🎧 0245

sad [sæd] **adj.** 令人難過的、悲傷的

— **sadly** **adv.** 令人難過地
— **sadness** **n.** 難過、悲傷

反 glad 高興的
補充 sad to say 不幸的是

考前衝刺——**加分補給站** 試比較同義不同用法的sorrowful（見p.237）

sad和sorrowful都可表「悲傷的」的意思，用法有什麼差別呢？
sad包含很多種不同心情不好的理由，例如因為生氣所以心情不好、因為嫉妒而心情不好、根本不知道為什麼就心情不好等等。**sorrowful**也是其中一種，是「傷心、難過」的那種心情不好，和生氣嫉妒沒有關係。

🎧 0246
sail [sel] **n.** 帆、篷、航行、船隻 **v.** 航行
— **sailing** **n.** 航海、航行
— **sailor** **n.** 船員、水手
— **sailboat** **n.** 帆船

補充 sail through 順利通過
at full sail 開足馬力

考前衝刺——**加分補給站**

sail和voyage都可表「航行」的意思，用法有什麼差別呢？
voyage是要去旅行冒險，可以航行著去，也可以用別的方式去。至於sail是航行，但不見得要去旅行冒險，也可能是航行去上班之類的。

🎧 0247
sand [sænd] **n.** 沙、沙子
— **sanded** **adj.** 沙地的、沙色的
— **sandy** **adj.** 沙子的、多沙的
— **sandstorm** **n.** 沙塵暴

補充 numberless as the sands 不可勝數
built on sand 不穩固的

🎧 0248
scene [sin] **n.** 戲劇的一場、風景
— **scenic** **adj.** 風景的、美景的、舞台的
— **scenically** **adv.** 自然美景上
— **scenery** **n.** 風景、景色

同 view 景色
補充 behind the scenes 在後臺、幕後
on the scene 到場、在場

🎧 0249
sea [si] **n.** 海
— **seacoast** **n.** 海岸
— **seafood** **n.** 海鮮
— **seaward** **adv.** 朝著海洋 **adj.** 向海的

同 ocean 海洋
補充 go to the sea 到海邊去
on the sea 在海上

🎧 0250

sense [sɛns] **n.** 感知、意義

—**sensible** **adj.** 明理的、意識到的
—**sensibly** **adv.** 意識到地
—**sensibility** **n.** 感受力、識別力
—**sensitive** **adj.** 敏感的、易受傷害的
—**sensitively** **adv.** 敏感地

補充 make sense 有意義
in a sense 在某種意義上來說
bring to one's senses 使頭腦正常

🎧 0251

sen·tence [ˈsɛntəns] **n.** 句子、判決

—**sentencer** **n.** 判決者
—**sentential** **adj.** 句子的、句法的、判決的
—**sententious** **adj.** 警句的、意味深遠的

反 charge 控告
補充 make a sentence 造句
sentence sb. to death 判某人死罪

> **考前衝刺——加分補給站** 試比較同義不同用法的judge（見p.143）
>
> sentence和judge都有表「判決」的意思，用法有什麼差別呢？
> sentence是判了刑，判決説這個人必須要被罰哪些東西。而judge就只是判決有沒有罪、這事情好不好這樣而已。

🎧 0252

serve [sɝv] **v.** 服務、招待

—**service** **n.** 服務
—**server** **n.** 侍者
—**servant** **n.** 僕人

搭配詞 serve for 充當、用作
serve on 擔任

🎧 0253

sev·en [ˈsɛvən] **n.** 七 **adj.** 七的

—**seventeen** **n.** 十七 **adj.** 十七的
—**seventy** **n.** 七十 **adj.** 七十的
—**seventh** **adj.**（前置the）第七個
　　　　　　n.（前置the）第七

補充 Seven Seas 世界七大洋

🎧 0254
shake [ʃek] **n.** （不由自主的）搖動、震動 **v.** 搖、發抖
— **shakily** **adv.** 顫抖地、搖動地
— **shaking** **n.** 搖動、揮動
— **shaker** **n.** 攪拌器、調酒器

補充 shake hands 握手
shake down 搖落

考前衝刺——加分補給站

shake和tremble都可表「搖動」的意思，用法有什麼差別呢？
shake後面可以接名詞，例如shake the bottle「搖動這個瓶子」，而tremble就不行，所以不能說tremble the bottle。

🎧 0255
sharp [ʃɑrp] **adj.** 鋒利的、刺耳的、尖銳的、嚴厲的
— **sharply** **adv.** 鋒利地、嚴厲地
— **sharpness** **n.** 鋒利、嚴厲
— **sharpen** **v.** 使……鋒利、加劇
— **sharpener** **n.** 磨具

反 blunt 遲鈍的
補充 as sharp as a needle 非常機敏的
a sharp eye 敏銳的目光

🎧 0256
shine [ʃaɪn] **n.** 光亮 **v.** 照耀、發光、發亮
— **shiny** **adj.** 發光的、閃耀的
— **sunshine** **n.** 陽光、晴天
— **sunshiny** **adj.** 陽光普照的、晴朗的

同 brightness 光亮
反 rain 下雨
補充 put a good shine on 將……擦得雪亮

🎧 0257
ship [ʃip] **n.** 大船、海船 **v.** 用船運、裝運
— **shipping** **n.** 運輸（業）
— **shipman** **n.** 船員
— **shipment** **n.** 裝運的貨物

補充 burn one's ship(boat) 破釜沉舟

考前衝刺——加分補給站 試比較同義不同用法的boat（見p.015）

boat和ship都是「船」的意思，用法有什麼差別呢？
boat通常比較小，而ship是大艘的，像郵輪那樣的大船，可能會有很多層、可以載很多人。boat的載客量就小很多。

🎧 0258
shop [ʃɑp] **n.** 商店、店鋪 **v.** 購物、逛街

├─ **shopping** **n.** 購物、逛街
├─ **shopper** **n.** 購物者
└─ **shopkeeper** **n.** 店主、店經理

同 store 商店
補充 go shopping 購物

🎧 0259
short [ʃɔrt] **adj.** 短的、不足的 **adv.** 突然地

├─ **shortly** **adv.** 簡短地、立刻
├─ **shortage** **n.** 缺少、不足
├─ **shorten** **v.** 使……變短、縮短
└─ **shorts** **n.** 短褲

反 long 長的、遠的
補充 be short of sth. 某物短缺

🎧 0260
sick [sɪk] **adj.** 有病的、患病的、想吐的、厭倦的

├─ **sickly** **adj.** 多病的、令人作嘔的 **adv.** 病態地
├─ **sickness** **n.** 生病
└─ **sicken** **v.** 使……生病、使……噁心

同 ill 生病的
反 healthy 健康的
補充 be sick of... 對……感到厭惡

🎧 0261
sight [saɪt] **n.** 視力、情景、景象

├─ **sightly** **adj.** 賞心悅目的
├─ **sightless** **adj.** 看不見的
├─ **sightsee** **v.** 遊覽、觀光
└─ **sightseeing** **n.** 遊覽、觀光

同 vision 視力
補充 at the sight of... 一看見……就……
at first sight 初次見面

🎧 0262
sim·ple [ˈsɪmpl] **adj.** 簡單的、簡易的

├─ **simply** **adv.** 簡單地
├─ **simplify** **v.** 簡化、使……單純
└─ **simplicity** **n.** 簡單易懂、單純、純樸

反 complex 複雜的
補充 simple life 簡樸的生活
simple-minded 頭腦簡單的

考前衝刺──**加分補給站** 試比較同義不同用法的easy（見p.035）

simple和easy都表示「簡單的」的意思，用法有什麼差別呢？
simple除了簡單，還包含了「單純」的意思，表示一件事情沒什麼複雜的步驟，easy就不一定單純。拿來形容人時意思也不同：she's simple是說她純樸或頭腦簡單，而she's easy則是說要和她發生關係相對容易。

🎧 0263
six [sɪks] **n.** 六 **adj.** 六的
—**sixteen** **n.** 十六 **adj.** 十六的
—**sixty** **n.** 六十 **adj.** 六十的
—**sixth** **adj.** （前置the）第六個
　　　n. （前置the）第六

補充 six-pack 半打的啤酒、飲料等；六塊腹肌

🎧 0264
skill [skɪl] **n.** （專門）技能、熟練性、技術人員
—**skilled** **adj.** 熟練的、有技能的
—**skillful** **adj.** 手藝好的、靈巧的
—**skillfully** **adv.** 巧妙地

同 ability 專門能力
補充 be skilled in...
在……有技巧

🎧 0265
skin [skɪn] **n.** 皮、皮膚
—**skinny** **adj.** 瘦的
—**skinless** **adj.** 沒有皮膚的
—**skincare** **adj.** 護膚的

補充 skin color 膚色

🎧 0266
sleep [slip] **n.** 睡眠、睡眠期 **v.** 睡
—**sleeping** **n.** 睡眠 **adj.** 睡著的
—**sleepy** **adj.** 想睡的
—**sleepily** **adv.** 想睡地
—**sleepless** **adj.** 失眠的

同 slumber 睡眠
反 wake 清醒
補充 go to sleep 入睡
sound sleep 熟睡

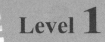

🎧 0267

smoke [smok] **n.** 煙、煙塵 **v.** 抽煙

—**smoking** **n.** 冒煙、吸菸
—**smoked** **adj.** 煙薰的
—**smoky** **adj.** 冒煙的、充滿煙霧的
—**smoker** **n.** 吸菸者

補充 heavy smoke 濃煙
smoke-free 禁煙的

🎧 0268

snow [sno] **n.** 雪 **v.** 下雪

—**snowy** **adj.** 雪的、下雪的
—**snowfall** **n.** 降雪（量）
—**snowman** **n.** 雪人

補充 Snow White 白雪公主
light snow 小雪

🎧 0269

soft [sɔft] **adj.** 軟的、柔和的

—**softly** **adv.** 柔和地、輕輕地
—**softness** **n.** 柔軟、柔和
—**soften** **v.** 使……變軟、使……柔和
—**software** **n.** （電腦）軟體

反 hard 硬的
補充 soft drink 非酒精類飲料
be soft on sb. 對……態度溫和

🎧 0270

some [sʌm] **adj.** 一些的、若干的 **pron.** 若干、一些

—**someone** **pron.** 一個人、某一個人
—**something** **pron.** 某物、某事
—**sometimes** **adv.** 有時
—**somehow** **adv.** 不知怎麼的、以某個方式

反 all 全部的
補充 some time or other 總有一天

🎧 0271

sound [saʊnd] **n.** 聲音、聲響
v. 發出聲音、聽起來像 **adj.** 健全的

—**soundless** **adj.** 無聲的
—**soundly** **adv.** 健全地、堅實地
—**soundness** **n.** 健全、堅實

反 silence 寂靜、使……安靜
補充 sound good 聽起來不錯

考前衝刺——**加分補給站** 試比較同義不同用法的voice（見p.091）

sound和voice都可表「聲音」的意思，用法有什麼差別呢？
voice是人聲，只能是人或擬人的生物發出的聲音。sound就可以很廣泛，任何東西發出的聲音都可以叫做sound。

🎧 0272
sour [saur] **adj.** 酸的 **n.** 酸的東西 **v.** 變酸
— **sourly** **adv.** 酸地、不懷好意地
— **sourness** **n.** 酸味

補充 go sour 變酸、變壞

🎧 0273
south [sauθ] **n.** 南、南方 **adj.** 南方的
— **southern** **adj.** 南方的 **n.** （大寫）南方人
— **southward** **adj.** 向南方的 **adv.** 向南方
— **southwardly** **adv.** 向南方、來自南方

反 north 北方的
補充 in the south 在南部

🎧 0274
space [spes] **n.** 空間、太空 **v.** 隔開、分隔
— **spacious** **adj.** 寬闊的
— **spaciously** **adv.** 寬闊地
— **spaceship** **n.** 太空船
— **spaceman** **n.** 太空人

同 room 空間
反 time 時間
補充 in space 在宇宙中
space age 太空時代

🎧 0275
speak [spik] **v.** （單方的）說話、講話
— **speaking** **n.** 說話、談話 **adj.** 說話的
— **spoken** **adj.** 口頭的
— **speaker** **n.** 說話者、揚聲器

搭配詞 speak of 談及
補充 speak the truth 說真話
speak for oneself 為自己辯護

考前衝刺——**加分補給站** 試比較同義不同用法的talk（見p.086）

speak和talk都可表「說話」的意思，用法有什麼差別呢？
speak比較正式，且不見得一定是一人以上的對話，像是I speak English「我會講英文」就和你身邊到底有沒有人在跟你講英文沒有關係。talk通常都會有一個人以上在互動。

0276

sport [sport] **n.** （競賽性質的）運動、消遣

— **sporting** **adj.** 運動的、從事運動的

— **sportingly** **adv.** 運動方面

— **sporty** **adj.** 【口】運動比賽的

補充 do sports 做運動
sports car 跑車

考前衝刺——**加分補給站** 試比較同義不同用法的exercise（見p.129）

sport和exercise在字面上雖然都是「運動」的意思，不過exercise專門指「健身性質」的運動，比如健行、仰臥起坐、使用健身器材等等；而sport是指「競賽性質」的運動，比如各種球類運動等。

0277

stair [stɛr] **n.** 樓梯

— **downstairs** **adj.** 樓下的 **adv.** 在樓下

— **upstairs** **adj.** 樓上的 **adv.** 在樓上

補充 below stairs 在地下室

0278

state [stet] **n.** 狀態、情形、州、國土
v. 陳述、說明、闡明

— **statement** **n.** 陳述、聲明、宣佈

— **stated** **adj.** 交待清楚的、指定的

— **stateless** **adj.** 無國家的

同 condition 情形
補充 in the state of... 處在……的狀態中
state of affairs 事態

0279

strange [strendʒ] **adj.** 陌生的、奇怪的、不熟悉的

— **strangely** **adv.** 陌生地、奇怪地、不熟悉地

— **stranger** **n.** 陌生人

— **strangeness** **n.** 奇異、陌生

反 familiar 熟悉的
補充 be strange to...
對……不習慣
strangely enough 說也奇怪

0280

stud·y [ˋstʌdɪ] **n.** 學習（著重努力過程）
v. 學習、研究

— **studied** **adj.** 研究深入的、精通的

— **student** **n.** 學生

搭配詞 study out 研究出
補充 study for... 為……
而學習

考前衝刺──**加分補給站** 試比較同義不同用法的learn（見p.055）

study和learn都有「學習」的意思，用法有什麼差別嗎？
study是有花時間、力氣，刻意去學的。learn就不一定是刻意的，每天生活中就算不故意想著要去學東西，也總是能學到一些什麼，這時就不能用study而要用learn。

🎧 0281

sur·prise [sə`praɪz] **n.** 驚喜、詫異
v. 使驚喜、使詫異

——**surprising** **adj.** 令人驚喜的、驚人的
——**surprisingly** **adv.** 驚人地
——**surprised** **adj.** 對……感到驚訝的

補充 to one's surprise 令某人驚訝的是
in surprise 驚奇地

考前衝刺──**加分補給站** 試比較同義不同用法的astonish（見p.330）

surprise和astonish都可表「驚訝」的意思，用法有什麼差別呢？
其實差別並不大，頂多就是astonish的程度更大，更驚訝一些。通常surprise會是用在「沒有預期到會發生這件事」的狀況（例如在街上突然遇到老師），而astonish則是用在「沒想到這種事有可能」的狀況（例如台北在六月下雪）。

Tt

🎧 0282

talk [tɔk] **n.** （彼此的）談話、聊天 **v.** 說話、對人講話

——**talking** **n.** 講話 **adj.** 說話的
——**talker** **n.** 講話的人
——**talkative** **adj.** 愛講話的
——**talkatively** **adv.** 愛講話地

搭配詞 talk of 提到……
補充 talk tall 吹牛
talk sb. into sth. 說服某人去做某事

考前衝刺──**加分補給站** 試比較同義不同用法的speak（見p.084）

speak和talk都可表「說話」的意思，用法有什麼差別呢？
speak比較正式，且不見得一定是一人以上的對話，像是I speak English「我會講英文」就和你身邊到底有沒有人在跟你講英文沒有關係。talk通常都會有一個人以上在互動。

🎧 0283
taste [test] **n.** 味覺 **v.** 品嘗、辨味
— **tasteful** **adj.** 有品味的
— **tastefully** **adv.** 有品味地
— **tasty** **adj.** 美味的
— **tasteless** **adj.** 沒味道的、沒品味的

補充 to one's taste 合某人的口味
in good taste 得體、大方

🎧 0284
teach [titʃ] **v.** 教、教學、教導
— **teaching** **n.** 教學、學說
— **teacher** **n.** 教師、老師
— **teachable** **adj.** 可教的、適於教學的

反 learn 學習
補充 teach sb. a lesson 教訓某人
teach oneself 自學

🎧 0285
think [θɪŋk] **v.** 想、思考、認為
— **thinking** **n.** 思考 **adj.** 思想的
— **thinker** **n.** 思想家
— **thinkable** **adj.** 能列入考慮的、可行的

搭配詞 think of 想到
補充 think aloud 自言自語
think before act / think twice 三思而後行

🎧 0286
thought [θɔt] **n.** 思考、思維
— **thoughtful** **adj.** 沉思的、細心的、體貼的
— **thoughtfully** **adv.** 沉思地、體貼地
— **thoughtless** **adj.** 不經思考的、不體貼的
— **thoughtlessly** **adv.** 草率地、不體貼地

同 thinking 思考
補充 at the thought of... 一想到……

🎧 0287
three [θri] **n.** 三 **adj.** 三的
— **third** **adj.** （前置the）第三的
　　　　 n. （前置the）第三
— **thirteen** **n.** 十三 **adj.** 十三的
— **thirty** **n.** 三十 **adj.** 三十的

補充 third party 第三方
third force 第三勢力

🎧 0288

time [taɪm] **n.** 時間
—**timely** **adj.** 及時的
—**timeless** **adj.** 不受時間影響的、永恆的
—**timer** **n.** 計時員、計時器

反 space 空間
搭配詞 time out 休息時間
補充 all the time 一直
from time to time 有時、不時

🎧 0289

tire [taɪr] **n.** 輪胎 **v.** 使……疲倦
—**tiring** **adj.** 累人的、無聊的
—**tired** **adj.** 疲累的
—**tiresome** **adj.** 令人疲勞的、煩人的
—**tireless** **adj.** 不厭倦的

同 fatigue 使……疲倦
反 refresh 使……精神一振
補充 have a flat tire 爆胎
be tired of... 倦怠於……

🎧 0290

to·tal [ˈtotl] **adj.** 全部的（總值）**n.** 總數、全部
　　　　　　 v. 總計
—**totally** **adv.** 全部地
—**totalize** **v.** 使……為一體

反 partial 一部份的
補充 in total 整個地

考前衝刺——**加分補給站**

total和entire都可表「全部的」的意思，用法有什麼差別呢？
total是「一個一個加起來以後的全部」，entire是一個整體。例如你可以說
the entire world「全世界」，而不能說the total world。

🎧 0291

touch [tʌtʃ] **n.** 接觸、碰、觸摸 **v.** 碰、觸摸、感觸
—**touchable** **adj.** 可碰觸的
—**touching** **adj.** 感人的、動人的
—**touchingly** **adv.** 感人地
—**touched** **adj.** 受感動的

搭配詞 touch on 涉及
補充 keep in touch with...
與……保持聯繫

🎧 0292
train [tren] **n.** 火車 **v.** 教育、訓練
—**training** **n.** 訓練
—**trainer** **n.** 訓練人員
—**trainee** **n.** 受訓者
—**trainable** **adj.** 可訓練的

補充 train attendant 列車服務員

🎧 0293
trou·ble [ˈtrʌbḷ] **n.** 憂慮 **v.** 使……煩惱、折磨
—**troubled** **adj.** 為難的、煩惱的
—**troublesome** **adj.** 令人煩惱的、麻煩的
—**troublemaker** **n.** 麻煩製造者

補充 trouble-free 無憂無慮的
in trouble 有麻煩

🎧 0294
true [tru] **adj.** （事實為）真的、對的
—**truly** **adv.** 真實地、真正地
—**truth** **n.** 實話、真理
—**truthful** **adj.** 誠實的
—**truthfully** **adv.** 不疑有他地

反 false 不真實的、假的
補充 too good to be true 好得令人難以置信
come true 實現

考前衝刺──**加分補給站** 試比較同義不同用法的real（見p.075）

real和true都可表「真實的」的意思，用法有什麼差別呢？
real是真實存在這個世界上的，例如你可以說ghosts are not real「鬼才不是真實存在的」。而true則是表示一件事是真的、沒有騙人的。例如what he said was true「他講的是真的」。

🎧 0295
two [tu] **n.** 二 **adj.** 二的
—**twice** **adv.** 兩次、兩倍
—**twelve** **n.** 十二 **adj.** 十二的
—**twenty** **n.** 二十 **adj.** 二十的

補充 two-timer 劈腿的人

Uu

🎧 0296

un·der [ˈʌndɚ] **prep.** 小於、少於、低於
adv. 在下、在下面、往下面

—**undergo** **v.** 經歷、忍受
—**underground** **adj.** 地面下的
—**underline** **v.** 在……下面劃線
—**underwear** **n.** 內衣

反 over 在……上方
補充 under the weather
不太舒服

🎧 0297

un·der·stand [ˌʌndɚˈstænd] **v.** 理解、明白

—**understanding** **n.** 理解、領會 **adj.** 明白的
—**understandingly** **adv.** 領會地
—**understandable** **adj.** 可理解的
—**understandably** **adv.** 可理解地

同 comprehend 理解
反 misunderstand 誤會、曲解
補充 difficult to
understand 很難明白

考前衝刺——**加分補給站** 試比較同義不同用法的know（見p.053）

know和understand 都指「知道、瞭解」的意思，用法有什麼差別嗎？
知道和瞭解還是有些不同的地方。例如I know her是「我知道、認識她」，
而I understand her則是「我瞭解她、懂她的意思」。這之間還是有一點差別。

🎧 0298

up [ʌp] **adv.** 向上地 **prep.** 在高處、向（在）上面

—**upward** **adv.** 向上 **adj.** 向上的
—**upgrade** **v.** 升級
—**upload** **v.** 上傳

反 down 向下地
搭配詞 up to date 最新的
補充 get up 起來
climb up 爬上

🎧 0299

use [juz] **v.** 使用、消耗 [jus] **n.** 使用

—**user** **n.** 使用者、用戶
—**used** **adj.** 用過的、舊的
—**useful** **adj.** 有用的、有益的、有幫助的
—**usefully** **adv.** 有用地
—**useless** **adj.** 無用的、無效的

搭配詞 used to 過去時常
補充 of no use 沒有用的
make use of sth. 使用、利用某物

Vv

🎧 0300

view [vju] **n.** 視力、看見、景觀 **v.** 觀看、視察

——**viewer** **n.** 觀眾、參觀者

——**viewable** **adj.** 值得一看的

——**viewless** **adj.** 無景色的

——**viewpoint** **n.** 觀點

同 sight 看見、景象
補充 in one's view 依某
人看來
bird's eye view 鳥瞰全景

🎧 0301

voice [vɔɪs] **n.** （從嗓子發出的）聲音、發言 **v.** 發聲

——**voiced** **adj.** 有聲音的、濁音的

——**voiceless** **adj.** 沒有聲音的

——**voiceprint** **n.** 聲紋

補充 with one voice 異口
同聲地
voice mail 語音信箱

考前衝刺——加分補給站 試比較同義不同用法的sound（見p.083）

sound和voice都可表「聲音」的意思，用法有什麼差別呢？
voice是人聲，只能是人或擬人的生物發出的聲音。sound就可以很廣泛，
任何東西發出的聲音都可以叫做sound。

Ww

🎧 0302

wait [wet] **n.** 等待、等待的時間 **v.** 等待

——**waiting** **n.** 等待 **adj.** 等待的

——**waiter** **n.** （男）侍者

——**waitress** **n.** 女侍者

補充 wait for 等候
wait on 服侍、招待

🎧 0303

warm [wɔrm] **adj.** 暖和的、溫暖的 **v.** 使暖和

—**warmly** **adv.** 溫暖地
—**warmth** **n.** 溫暖
—**warmness** **n.** 溫暖、熱情

反 cold 寒冷的
搭配詞 warm up 暖身、預備練習
補充 keep warm 保持溫暖

🎧 0304

wa·ter [ˈwɔtɚ] **n.** 水 **v.** 澆水、灑水

—**watering** **n.** 澆水、灑水 **adj.** 流口水的
—**watered** **adj.** 已澆過水的
—**waterfall** **n.** 瀑布
—**watermelon** **n.** 西瓜

反 fire 火
補充 go through fire and water 赴湯蹈火
fresh water 淡水

🎧 0305

weak [wik] **adj.** 無力的、虛弱的

—**weakly** **adv.** 無力地、虛弱地
—**weakness** **n.** 虛弱、軟弱
—**weaken** **v.** 使……變弱、削弱

同 feeble 虛弱的
反 strong 強壯的
補充 be weak in...
在……做得不好

🎧 0306

wed [wɛd] **v.** 結婚

—**wedded** **adj.** 已婚的
—**wedding** **n.** 婚禮、結婚

補充 wedding march 結婚進行曲
go to the wedding 參加婚禮

輕鬆點,學些延伸小常識吧!

各種結婚紀念日的說法(美式):

1年:paper wedding(紙婚式)

2年:cotton wedding(棉婚式)

3年:leather wedding(皮革婚式)

4年:linen wedding(亞麻婚式)

5年:wood wedding(木婚式)

6年:iron wedding(鐵婚式)

7年:wool wedding(羊毛婚式)

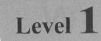

8年：bronze wedding（青銅婚式）

9年：pottery wedding（陶婚式）

10年：tin wedding（錫婚式）

11年：steel wedding（鋼婚式）

12年：silk wedding（絲婚式）

13年：lace wedding（蕾絲婚式）

14年：ivory wedding（象牙婚式）

15年：crystal wedding（水晶婚式）

20年：china wedding（瓷婚式）

考前衝刺──加分補給站 試比較同義不同用法的marry（見p.060）

marry和wed都有「結婚」的意思，用法有什麼差別嗎？
marry是單純指結婚這件事，就算沒有辦什麼儀式，公證簽個字也一樣是結婚。wed就會有婚禮了，通常比較隆重一些。

🎧 0307

week [wik] **n.** 星期

—**weekly** **adj.** 每星期的 **adv.** 每週 **n.** 週刊
—**weekday** **n.** 平日、工作日
—**weekend** **n.** 週末

補充 in a week 一週之後

🎧 0308

weigh [we] **v.** 稱重

—**weight** **n.** 重、重量
—**weighty** **adj.** （重量）重的、沉重的
—**weightless** **adj.** 無重量的

補充 weigh in with 有把握地提出
weigh on 壓在肩上、壓在心上

🎧 0309

west [wɛst] **n.** 西、西方 **adj.** 西方的

—**western** **adj.** 西方的 **n.** （W大寫）西方人
—**westward** **adj.** 向西方的 **adv.** 向西方
—**westwardly** **adv.** 向西方、來自西方

反 east 東方的
補充 in the west 在西方

🎧 0310

white [hwaɪt] **adj.** 白色的 **n.** 白色

—**whiten** **v.** 刷白、變白

—**whitening** **n.** 刷白、變白

—**whitewash** **v.** 粉刷 **n.** 石灰水、粉飾真相

反 black 黑色的
補充 white lie 善意的謊言

🎧 0311

will [wɪl] **n.** 意志、意志力 **aux.** 將、會

—**willing** **adj.** 願意的

—**willingly** **adv.** 心甘情願地

—**willingness** **n.** 願意、樂意

補充 against one's will 違背自己的意願

🎧 0312

wom·an [ˈwʊmən] **n.** 成年女人、婦女

—**womanly** **adj.** 婦女的 **adv.** 像婦女地

—**womanhood** **n.** （女子）成年期

—**womanize** **v.** 追求女色

反 man 男人
補充 woman-to-woman 女人之間的、坦承的
woman of the street 精通世故的女人

🎧 0313

work [wɜk] **n.** 工作、勞動、作品 **v.** 操作、工作、做

—**working** **n.** 工作、勞動 **adj.** 工作的

—**worker** **n.** 工作者、工人

—**workable** **adj.** 可運作的

—**workload** **n.** 工作量

反 play 玩樂
補充 at work 在工作
working class 勞動階級

🎧 0314

wor·ry [ˈwɜɪ] **n.** 憂慮、擔心
v. 煩惱、擔心、發愁

—**worried** **adj.** 擔心的

—**worriedly** **adv.** 擔心地

—**worrisome** **adj.** 令人煩惱的

—**worriless** **adj.** 沒有煩惱的

搭配詞 worry about 擔心

🎧 0315

write [raɪt] **v.** 書寫、寫下、寫字

—**writing** **n.** 書寫、著作

—**written** **adj.** 寫下來的、書面的

—**writer** **n.** 作家

搭配詞 write down 寫下
補充 write up（讚頌的）評論文章

學完了這麼多單字，你記住了幾個呢？趕快做做看以下的小測驗，看看自己學會多少囉！

( ) 1. queen (A) 退出 (B) 皇后 (C) 疑問
( ) 2. race (A) 專家 (B) 比賽 (C) 等級
( ) 3. reason (A) 理由 (B) 真實 (C) 孩子
( ) 4. report (A) 出口 (B) 報告 (C) 進口
( ) 5. robot (A) 機器人 (B) 強盜 (C) 詐騙集團
( ) 6. sail (A) 購買 (B) 打折 (C) 航行
( ) 7. scene (A) 掃描 (B) 場景 (C) 螢幕
( ) 8. sense (A) 意義 (B) 香味 (C) 送出
( ) 9. shine (A) 神殿 (B) 提示 (C) 發光
( ) 10. simple (A) 青春痘 (B) 酒窩 (C) 簡單的
( ) 11. skill (A) 殺人 (B) 技能 (C) 燒烤
( ) 12. surprise (A) 打開 (B) 篡位 (C) 驚喜
( ) 13. touch (A) 傷害 (B) 觸摸 (C) 拉扯
( ) 14. voice (A) 聲音 (B) 歌唱 (C) 旋律
( ) 15. weak (A) 星期 (B) 虛弱的 (C) 惡毒的

解答：

1. B	2. B	3. A	4. B	5. A
6. C	7. B	8. A	9. C	10. C
11. B	12. C	13. B	14. A	15. B

( ) 1. white   (A) 白色的   (B) 灰色的   (C) 黑色的

( ) 2. worry   (A) 擔憂   (B) 歉意   (C) 感動

( ) 3. write   (A) 右邊   (B) 寫   (C) 正確的

( ) 4. warm   (A) 農業的   (B) 傷害   (C) 溫暖的

( ) 5. use   (A) 檢視   (B) 關閉   (C) 使用

( ) 6. under   (A) 在上方   (B) 在下方   (C) 在之間

( ) 7. trouble   (A) 使開心   (B) 使哭泣   (C) 使煩惱

( ) 8. tire   (A) 時間   (B) 輪胎   (C) 緊的

( ) 9. total   (A) 全部的   (B) 嬰孩的   (C) 等級的

( ) 10. thought   (A) 即使   (B) 通過   (C) 思考

( ) 11. taste   (A) 黏貼   (B) 加快速度   (C) 品嚐

( ) 12. strange   (A) 奇怪的   (B) 困擾的   (C) 常見的

( ) 13. stair   (A) 男爵   (B) 瞪視   (C) 樓梯

( ) 14. speak   (A) 說話   (B) 頂端   (C) 放大

( ) 15. space   (A) 多餘的   (B) 步調   (C) 空間

解答：

1. A	2. A	3. B	4. C	5. C
6. B	7. C	8. B	9. A	10. C
11. C	12. A	13. C	14. A	15. C

( ) 1. smoke (A) 煙 (B) 廢墟 (C) 霧

( ) 2. snow (A) 煙霧 (B) 雪 (C) 冰雹

( ) 3. sound (A) 外表 (B) 歌詞 (C) 聲音

( ) 4. sour (A) 鹹的 (B) 酸的 (C) 苦的

( ) 5. skin (A) 皮膚 (B) 親戚 (C) 跳躍

( ) 6. short (A) 鼻音的 (B) 運動的 (C) 短的

( ) 7. sick (A) 直條的 (B) 生病的 (C) 滑順的

( ) 8. sharp (A) 尖的 (B) 彈奏的 (C) 亮的

( ) 9. rule (A) 角色 (B) 規則 (C) 滾動

( ) 10. receive (A)看到 (B) 收到 (C) 察覺到

( ) 11. rain (A) 雨 (B) 奔跑 (C) 雪

( ) 12. sand (A) 沙 (B) 輸送 (C) 花費

( ) 13. true (A) 真實的 (B) 悲傷的 (C) 信任的

( ) 14. weigh (A) 等待 (B) 秤重 (C) 路線

( ) 15. work (A) 舞蹈 (B) 採購 (C) 工作

解答：

1. A	2. B	3. C	4. B	5. A
6. C	7. B	8. A	9. B	10. B
11. A	12. A	13. A	14. B	15. C

Reading Test
閱讀測驗—1

單字有沒有記熟呢？能不能靈活運用呢？快來檢視自己的學習成果，看看是否要繼續在現有LEVEL增進實力，抑或朝著後面LEVEL層層突破，高分衝刺！

Curtis Stone is the host of TLC's Take Home Chef. He has blond hair and beautiful blue eyes. When he was young, his parents were usually too busy to cook for him. So his grandmother cooked meals for him, and she taught him how to cook when he was only four years old.

After graduating from college, he decided to become a chef. Now he is a famous chef and travels to many countries to show people how to cook tasty and healthy meals.

(　　) 1. What is the main idea of the article?
    (A) How Curtis Stone became a chef.
    (B) Why Cutis Stone has blond hair.
    (C) Where Curtis Stone cooks meals.

(　　) 2. When did Curtis Stone learn how to cook?
    (A) When he became an adult.
    (B) When he was a teenager.
    (C) When he was four years old.

(　　) 3. What can be inferred from the article?
    (A) Curtis Stone is too busy to cook for his parents.
    (B) Curtis Stone teaches his grandmother how to cook when he was four.
    (C) Curtis Stone is a good cook.

柯提斯‧史東是TLC頻道節目《帥哥廚師到我家》的主持人，他有一頭金髮和美麗的藍眼。當他還小時，他的父母經常太忙，以致無法為他料理三餐，所以他的祖母做飯給他吃，並在他4歲就教他怎麼烹飪。

他大學畢業後，決定成為主廚。現在他是知名主廚，並到很多國家教大家如何做出美味、健康的料理。

1. 本題詢問本文的主題，三個選項意思分別為：
(A) 柯提斯‧史東是如何成為大廚的。
(B) 柯提斯‧史東為何有一頭金髮。
(C) 柯提斯‧史東在哪裡烹飪。
依照文義，(A) 選項為最佳答案。

2.本題詢問Curtis Stone何時開始學習烹飪，三個選項意思分別為：
(A) 當他成年時。
(B) 當他是青少年時。
(C) 當他4歲時。
依照文章第一段最後一句說明，他的祖母在他4歲就教他怎麼烹飪，(C)選項為正解。

3. 本題詢問，從這篇文章中，我們可以推斷以下何者正確：
(A) Curtis Stone太忙碌，以致無法為雙親下廚。
(B) Curtis Stone在4歲時教祖母如何烹飪。
(C) Curtis Stone是廚藝精湛的廚師。

依照文中指出，Curtis Stone是<帥哥廚師到我家>的主持人，且到很多國家教大家如何做出美味、健康的料理，可判斷(C)為正解。

答案：1. (A)　　2. (C)　　3. (C)

A Little Princess is a children's novel by Frances Hodgson Burnett. The story is about Sara Crewe, the only child of a rich aristocrat living in India. When Sara was little, her mother passed away. As a British military officer, her father needs to fight during World War I, so he enrolls Sara at a girl's boarding school back in England. Sara doesn't want to leave her father, but he tells her that she must be brave.

Sara becomes popular at school because she is very kind. But after the death of her father, the school's principal learns that Sara can no longer pay for school, so she becomes very mean to Sarah and gives her a lot of work to do. Their neighbor Mr. Carrisford feels bad for Sarah. He is actually the business partner of Sara's father. One day, Sara visits Mr. Carrisford, and he discovers that she is the daughter of his business partner. He tells Sara that her father has left her a lot of money and helps her regain her wealth.

(   ) 1. What of the following is NOT true?
   (A) Sara's mother died when she was very young.
   (B) Sara's father is a soldier.
   (C) The principal is very mean to Sara.

(   ) 2. Who is Mr. Carrisford?
   (A) The principal of the boarding school.
   (B) A British military officer.
   (C) The business partner of Sara's father.

(   ) 3. What can be inferred from the article?
   (A) Sara's father is poor.
   (B) Sara lives with her father in England before going to the boarding school.
   (C) Sara's father and Mr. Carrisford know each other.

解答

〈小公主〉是一本兒童小說，作者為Frances Hodgson Burnett，故事主角莎拉克魯是一位富裕貴族的女兒，她和父親住在印度。當莎拉很小的時候，媽媽就過世了，她父親的職業是一名英國軍官，必須參加第一次世界大戰，所以他幫莎拉在英格蘭的一所女子寄宿學校註冊。莎拉不想離開父親，但父親告訴她要勇敢。

莎拉因為個性很仁慈，在學校受到歡迎。但是她父親過世後，校長發現她付不出學費，所以對她非常殘酷，並叫她做很多工作。學校的鄰居卡里斯福德先生對於莎拉的處境感到很難過，他事實上是莎拉父親的生意合夥人。有一天莎拉去拜訪卡里斯福德先生，他發現她原來是生意合夥人的女兒，便告知她父親留了很多錢給她，也幫助莎拉取回了她的財富。

1. 本題詢問以下何者為非，三個選項意思分別為：
(A) 莎拉很小的時候，媽媽就過世了。
(B) 莎拉的爸爸是一名士兵。
(C) 校長對莎拉很殘酷。
依照文章內容，(B)選項為非，莎拉的爸爸是一名軍官，而非士兵；(A)、(C)選項均正確。

2. 本題詢問卡里斯福德先生是誰：
(A) 寄宿學校的校長。
(B) 英國軍官。
(C) 莎拉父親的生意合夥人。
依照文章第二段內容得知，卡里斯福德先生是莎拉父親的生意合夥人，(C)選項為正解。

3. 本題詢問，從這篇文章中，我們可以推斷以下何者正確：
(A) 莎拉的父親很窮。
(B) 莎拉上寄宿學校前，和父親住在英格蘭。
(C) 莎拉的父親和卡里斯福德先生彼此認識。
依照文章內容得知，(A)選項錯，莎拉的父親是一名富裕的貴族(a rich aristocrat)；
(B)選項錯，莎拉原本和父親住在印度；(C)選項為正解。

答案：1. (B)　　2. (C)　　3. (C)

Reading Test
閱讀測驗—3

單字有沒有記熟呢？能不能靈活運用呢？快來檢視自己的學習成果，看看是否要繼續在現有LEVEL增進實力，抑或朝著後面LEVEL層層突破，高分衝刺！

A romantic comedy, *Shallow Hal* describes a nice guy named Hal Larson. He has problems seeing women's inner beauty. After being hypnotized by a life coach, he starts to see nothing but people's inner beauty, and he falls in love with a very fat woman who has a beautiful heart.

His best friend Mauricio is surprised by his change. He tries to break Hal's hypnosis so Hal can see what his girlfriend really looks like. But Hal begins to realize his true feelings for his girlfriend. Even though she may not be pretty, she is a great woman because she often goes to the hospital to take care of children with cancer. Hal is touched by her inner beauty and finally learns to appreciate people's inner beauty.

(   ) 1. What is the movie about?
   (A) A man who finally learns to appreciate women's inner beauty.
   (B) A fat woman who is hypnotized.
   (C) A life coach who falls in love with a fat woman.

(   ) 2. Why can Hal start to see people's inner beauty?
   (A) He was trained by his best friend Mauricio.
   (B) He was touched by children with cancer.
   (C) He was hypnotized by a life coach.

(   ) 3. What can be inferred from the article?
   (A) Hal no longer loves his girlfriend.
   (B) Hal won't break up with his girlfriend.
   (C) Hal is angry with the life coach.

解答

〈情人眼裡出西施〉是一部浪漫喜劇片，描述一位個性很好的男生名叫霍爾拉森，他有個障礙，那就是無法看見女生的內在美。他被生命教練催眠後，開始變得只能看見別人的內在美，於是他愛上了一位心地很善良的肥胖女子。

他最好的朋友馬利西歐對於他的改變感到驚訝，並嘗試要破解霍爾被催眠的狀態，這樣他才能看見女友真正的長相。但是霍爾開始明瞭他對女友真實的感覺，雖然她可能不太漂亮，但她是很了不起的女人，因為她常常去醫院照顧癌症病童。霍爾深受她的內在美而感動，也終於學會欣賞人們的內在美了。

1. 本題詢問文中所提電影 述內容為何，三個選項意思分別為：
(A) 一個終於學會欣賞女人內在美的男子。
(B) 一個被催眠的肥胖女子。
(C) 一個愛上肥胖女子的生命教練。
依照文章內容，(A)選項為最佳答案。

2. 本題詢問為何霍爾能夠開始看見人們的內在美：
(A) 他是被好友馬利西歐訓練出來的。
(B) 他被癌症病童所感動。
(C) 他被一位生命教練所催眠。
依照文章第一段內容得知，霍爾是因接受生命教練的催眠，開始只能看見別人的內在美，因此(C)選項為正解。

3. 本題詢問，從這篇文章中，我們可以推斷以下何者正確：
(A) 霍爾不再愛女友了。
(B) 霍爾不會跟女友分手。
(C) 霍爾面對生命教練，感到生氣。
依照文章第二段內容得知，霍爾開始明瞭他對女友真實的感覺，並深受她的內在美所感動，因此(B)選項為正解。

答案：1. (A)　　2. (C)　　3. (B)

Level 2

考前衝刺
英文單字Level 2

Aa

🎧 0316
ab·sent [ˈæbsn̩t] **adj.** 缺席的
— **absently adv.** 缺席地
— **absence n.** 缺席

反 present 到場的
補充 be absent from 缺席
absent-minded 心不在焉的

🎧 0317
ac·cept [əkˈsɛpt] **v.** 接受
— **accepted adj.** 公認的
— **acceptable adj.** 可接受的
— **acceptably adv.** 合意地

反 refuse 拒絕
補充 accept the challenge 接受挑戰

🎧 0318
ac·tive [ˈæktɪv] **adj.** 活躍的
— **actively adv.** 活躍地
— **activity n.** 活動
— **activate v.** 使……活躍
— **activation n.** 活化

反 inactive 不活躍的
補充 be active in...
在……方面積極、活躍
active service（軍人）現役

🎧 0319
ad·vance [ədˈvæns] **n.** 前進、發展 **v.** 前進、提升
— **advancing adj.** 行進的、前進的
— **advanced adj.** 先進的、高等的
— **advancement n.** 前進、晉升

反 recede 退步、退後
補充 in advance 提前、預先
advance payment 預付訂金

考前衝刺——**加分補給站** 試比較同義不同用法的progress（見p.157）

advance和progress都有「前進、先進」的意思，但兩個單字所用的方面並不相同。advance意指「時代、科技」有進步，而progress指的是「按照既定目標前進」的進步，多用於抽象上的「某方面」有進步。

0320

a·larm [əˋlɑrm] **n.** 驚恐、警報器 **v.** 使驚慌

—**alarming** **adj.** 令人驚慌的、告急的

—**alarmed** **adj.** 受驚的

—**alarmist** **n.** 危言聳聽之人 **adj.** 危言聳聽的

反 soothe 使……平靜、撫慰
補充 alarm clock 鬧鐘

0321

al·pha·bet [ˋælfəˌbɛt] **n.** 字母、字母表

—**alphabetical** **adj.** 照字母（順序）的

—**alphabetically** **adv.** 照字母（順序）地

—**alphabetize** **v.** （照字母順序）排列、用字母標記

補充 English alphabet 英語字母表

0322

ap·pear [əˋpɪr] **v.** 出現、露面

—**appearance** **n.** 出現、露面

—**disappear** **v.** 消失、不見

—**disappearance** **n.** 失蹤、不見

反 hide 躲藏起來
補充 appear at hearing 出席法庭聆訊
first appearance 初次出現

0323

ap·ply [əˋplaɪ] **v.** 請求、應用、使……適用

—**applied** **adj.** 應用的、實用的

—**application** **n.** 申請書、應用

—**applicable** **adj.** 可應用的

—**applicability** **n.** 適用性

—**applicant** **n.** 申請人

同 request 請求
搭配詞 apply to 申請

0324

ar·gue [ˋɑrgjʊ] **v.** （不一定要有相關知識的）爭辯、辯論

—**argument** **n.** 爭論、議論

—**arguer** **n.** 爭論者

—**argumentative** **adj.** （好）爭論的

—**argumentatively** **adv.** 爭論激烈地

同 dispute 爭論
反 harmonize 協調、和解
搭配詞 argue out 把……爭論清楚

考前衝刺——加分補給站 試比較同義不同用法的debate（見p.120）

argue跟debate都有「辯論、爭論」的意思，但是在argue時，不一定要具備對爭論議題的充足知識，可以是意氣之爭；而debate是在具備相關知識為前提下，對某個議題作爭論或辯論。

🎧 0325

ar·range [əˋrendʒ] **v.** 佈置、安排、籌備

— **arranged** **adj.** 安排好的

— **arrangement** **n.** 佈置、準備

同 dispose 佈置、配置
反 disturb 擾亂
補充 arrange with sb. about sth. 與某人商定某事
arranged marriage 父母決定的婚姻

🎧 0326

ar·rest [əˋrɛst] **n.** 阻止、逮捕、拘留 **v.** 逮捕、拘捕

— **arresting** **adj.** 逮捕的、引人注目的

— **arrestor** **n.** 逮捕者

— **arrestee** **n.** 被捕的人

反 release 釋放
補充 under arrest 被逮捕
house arrest 軟禁

🎧 0327

at·tend [əˋtɛnd] **v.** 參加、出席、照顧、陪同

— **attendance** **n.** 到場、出席、護理

— **attendant** **adj.** 參加的、護理的

　　　　　　 n. 出席者、隨從

— **attendee** **n.** 出席者

同 accompany 陪同
搭配詞 attend to 專心、注意
attend on 照顧

🎧 0328

at·ten·tion [əˋtɛnʃən] **n.** 注意、專心

— **attentive** **adj.** 注意的、留心的

— **attentively** **adv.** 專心一意地

— **attentiveness** **n.** 專注

反 inattention 不注意
補充 pay attention to 注意到
attention span 注意力的持續時間

考前衝刺——加分補給站 試比較同義不同用法的concentration（見p.265）

attention 跟concentration都有「注意、專心」的意思，兩者之間的差別在於attention的注意力是「短的」，是被某個人或事物引起的「短暫注意力」；而concentration是「長時間集中精神在某人或某事物」上的注意力。

🎧 0329
a·void [ə'vɔɪd] **v.** 避開、避免
└─ **avoidable** **adj.** 能避免的
└─ **avoidance** **n.** 避免、躲避

反 face 面對
補充 avoid doing sth. 避免做某事

Bb

🎧 0330
bake [bek] **v.** （用烤箱）烘焙、烤
└─ **bakery** **n.** 麵包店
└─ **baker** **n.** 麵包師傅

補充 bake potato 烤馬鈴薯
baker's dozen 十三（個）

🎧 0331
bat·tle ['bætl̩] **n.** （較長時間、或位於某區域的）戰役
└─ **battleship** **n.** 戰艦
└─ **battlefield** **n.** 戰場
└─ **battlefront** **n.** 戰線

補充 battle station 戰鬥基地
battle cry（戰爭時的）口號、吶喊

🎧 0332
bear [bɛr] **n.** 熊 **v.** 忍受、承擔、生小孩
└─ **bearing** **n.** 忍耐、生育期
└─ **bearable** **adj.** 可忍受的
└─ **bearably** **adv.** 可忍受地
└─ **bearish** **adj.** 像熊一樣的

同 endure 忍受
反 evade 迴避、逃開
補充 bear... in mind 把⋯⋯銘記在心
bear hug 緊緊地擁抱

🎧 0333
beg [bɛg] **n.** 乞討、懇求
└─ **beggar** **n.** 乞丐
└─ **beggary** **n.** 赤貧
└─ **beggarly** **adj.** （像）乞丐的、赤貧的

同 beseech 哀求、乞求
補充 beg your pardon 請見諒

🎧 0334

bit·ter [ˋbɪtɚ] **adj.** 苦的、嚴厲的、尖刻的

—**bitterly** **adv.** 痛苦地、殘酷地

—**bitterness** **n.** 苦味、痛苦

—**bittersweet** **adj.** 苦甜參半的

反 sweet 甜的
補充 bitter end 最後、結局、到底、至死
bitter chocolate 苦巧克力

輕鬆點，學些延伸小常識吧！

巧克力可是一種百變的甜點，從苦到甜、從黑到白、從加了水果到加了酒，各種滋味各種口感都有。這裡介紹最基礎的巧克力給大家認識一下。

bitter chocolate　苦巧克力

bittersweet chocolate　苦甜巧克力

sweet chocolate　甜巧克力

milk chocolate　牛奶巧克力

white chocolate　白巧克力

Couverture chocolate　調溫巧克力

🎧 0335

blank [blæŋk] **adj.** 空白的 **n.** 空白 **v.** 使……成空白

—**blanked** **adj.** 被忽視的

—**blankly** **adv.** 茫然地

—**blankness** **n.** 空白、空洞、呆板

反 filled 填寫好的
補充 in blank 預留空白的位置（如表格）
blank cheque 空白支票

🎧 0336

blind [blaɪnd] **adj.** 瞎的、盲人的

　　v. 使……失明、使……盲目

—**blindly** **adv.** 盲目地

—**blinding** **adj.** 令人盲目的

—**blindness** **n.** 盲目、愚昧

同 sightless 看不見的
補充 the blind 盲人
blind alley 沒有前途的職業

🎧 0337

boil [bɔɪl] **n.** 煮沸、沸騰 **v.** （水）沸騰、使發怒

—**boiling** **adj.** 沸騰的

—**boiled** **adj.** 已經煮沸過的

—**boiler** **n.** 燒水壺、鍋爐

反 freeze 結凍
補充 boiled / boiling water 開水
boiling point 沸點

🎧 0338
bomb [bɑm] **n.** 炸彈 **v.** 轟炸
—**bomber** **n.** 轟炸機
—**bombard** **v.** 砲擊、轟炸
—**bombproof** **n.** 防空洞 **adj.** 防炸彈的

補充 bomb squad 防爆小組

🎧 0339
bor·row [ˋbɑro] **v.** 向……借來、採用
—**borrowing** **n.** 借來（的東西）
—**borrower** **n.** 借用人
—**borrowable** **adj.** 可借來的

反 loan 借貸
補充 borrow sth. from...
從……借某物
borrow trouble 杞人憂天

🎧 0340
both·er [ˋbɑðɚ] **v.** 打擾 **n.** 令人煩惱的事物
—**bothered** **adj.** 感到煩擾的
—**botheration** **n.** 苦惱
—**bothersome** **adj.** 令人討厭的、麻煩的

反 aid 幫助
補充 bother to V 特地費心做某事

小提醒！試比較拼法相近的brother（見p.017）

🎧 0341
brief [brif] **adj.** 短暫的、簡短的 **n.** 摘要、短文
—**briefly** **adv.** 短暫地、簡潔地
—**briefness** **n.** 短暫
—**briefcase** **n.** 公事包

反 lengthy 冗長的
補充 in brief 簡而言之

🎧 0342
broad [brɔd] **adj.** 寬闊的、概要的
—**broadly** **adv.** 寬闊地、大體上
—**broaden** **v.** 變寬闊、闊大
—**broadness** **n.** 寬闊、廣大

反 narrow 窄的
補充 broad-minded 肚量大的
broad jump 立定跳遠

🎧 0343
broad·cast [ˋbrɔdˏkæst] **n.** 廣播節目 **v.** 廣播、播出
—**broadcasting** **n.** 廣播、播出
—**broadcaster** **n.** 廣播電台、廣播員

補充 broadcast on... 為／在……報導
broadcast domain 廣播區域

🎧 0344

brush [brʌʃ] **n.** 刷子 **v.** 刷、擦掉

　　—**brushed** **adj.** 刷去的、擦拭的

　　—**brushy** **adj.** 如毛刷的

　　—**brushwork** **n.** 書法、筆法、繪法

補充 brush away 刷去
brush aside 漠視

🎧 0345

burn [bɜn] **n.** 烙印、燒傷 **v.** 燃燒

　　—**burning** **adj.** 燃燒的 **n.** 燃燒

　　—**burnt** **adj.** 燒過的、燒掉的

　　—**burner** **n.**（火爐等）火口

　　—**burnout** **n.** 燒個精光

反 extinguish 熄滅
搭配詞 burn up 燒掉、發怒
補充 burn the candle at both ends 操勞過度
burn the midnight oil 日以繼夜地工作

🎧 0346

busi·ness [ˈbɪznɪs] **n.** 商業、買賣

　　—**businessman** **n.** 商人、實業家

　　—**businesswoman** **n.** 女商人、女實業家

　　—**businessperson** **n.**（不含性別歧視之）商人

同 trade 買賣、貿易
補充 in business 營業中
business combination 企業合併
have business with 與某人／某事有關

Cc

🎧 0347

ca·ble [ˈkebl̩] **n.** 纜繩、電纜

　　—**cable**vision **n.** 有線電視

　　—**cable**way **n.** 空中索道

補充 cable car 纜車
cable railway 纜車道

🎧 0348

calm [kɑm] **adj.** 平靜的 **v.** 使……平靜
　　　　　　n. 安靜、鎮定

　　—**calmly** **adv.** 冷靜沉著地、寧靜地

　　—**calmness** **n.** 平靜、沉著

　　—**calmative** **adj.** 鎮痛的、鎮靜的 **n.** 鎮靜劑

同 peaceful 平靜的
反 excited 興奮的
搭配詞 calm down 平靜下來

🎧 0349
can·dle [ˈkændl̩] **n.** 蠟燭、燭光
— **candlelight** **n.** 燭光
— **candlelit** **adj.** 燭光的
— **candlestick** **n.** 燭台

補充 burn the candle 蠟燭燃燒

🎧 0350
cash [kæʃ] **n.** 現金 **v.** 付現
— **cashier** **n.** 出納員
— **cashless** **adj.** 沒有現金的、不用現金的
— **cashbook** **n.** 現金出納帳

反 credit 賒帳
搭配詞 cash in on 利用、賺錢
補充 in cash 用現金付款
Cash Flow 現金流量

🎧 0351
change [tʃendʒ] **n.** 零錢、變化 **v.** 改變、兌換
— **changed** **adj.** 已改變的
— **changeful** **adj.** 變化多端的
— **changeable** **adj.** 易變的、可變的
— **changeably** **adv.** 多變地

反 remain 維持（現狀）
搭配詞 change into 把……變成
補充 keep the change 不用找零錢
change hands 易手、轉讓

🎧 0352
char·ac·ter [ˈkærɪktɚ] **n.** 個性
— **characteristic** **adj.** 特有的、典型的
　　　　　　　　 n. 特性、特色
— **characteristically** **adv.** 典型地、有代表性地
— **characterize** **v.** 具有……的特質
— **characterization** **n.** （對性格的）描述

同 individuality 個性
補充 in character 符合個性的

🎧 0353
choice [tʃɔɪs] **n.** 選擇 **adj.** 精選的
— **choicely** **adv.** 精選地、卓越地
— **choose** **v.** 選擇
— **chosen** **adj.** 挑選過的
— **chooser** **n.** 做選擇的人

補充 at one's own choice 隨意、自由選擇
have no choice but to... 不得不做……

考前衝刺——**加分補給站** 試比較同義不同用法的selection（見p.165）

choice跟selection都是「選擇」的意思，choice可以表示慎重作出的選擇，也可以表示隨意的選擇；而selection的淘汰意味、比較意味較濃，是從好幾個選項裡精挑細選出最適合的選項。

🎧 0354

claim [klem] **n.** （擁有權利而提出）要求、權利

v. 主張

—**claimable** **adj.** 可要求的
—**claimant** **n.** 要求者、原告
—**claimer** **n.** 申請者、索賠者

反 disclaim 放棄、拒絕承認
補充 claim chart 專利權項表

🎧 0355

clas·sic [ˈklæsɪk] **n.** 經典作品

adj. 古典的、經典的、一流的

—**classical** **adj.** 古典的、經典的、極好的
—**classically** **adv.** 經典地
—**classicality** **n.** 古典、優雅
—**classicism** **n.** 古典主義

反 modern 現代的
補充 a classic ground 名勝古蹟

classical music 古典音樂

🎧 0356

clev·er [ˈklɛvɚ] **adj.** 聰明的、伶俐的

—**cleverly** **adv.** 聰明地、伶俐地
—**cleverish** **adj.** 聰明的、巧妙的
—**cleverness** **n.** 聰明、伶俐

反 unclever 愚蠢的
搭配詞 clever at 擅長
補充 clever-clever 自以為聰明的

🎧 0357

clothes [kloz] **n.** 衣服

—**clothe** **v.** 穿衣、給……穿衣
—**clothing** **n.** （總稱）衣服
—**cloth** **n.** 布料

同 apparel 衣服
補充 clothes hanger 衣架

a wolf in sheep's clothing 披著羊皮的狼、偽君子

🎧 0358

club [klʌb] **n.** 社團、俱樂部

—**clubber** **n.** 俱樂部會員、社團成員
—**clubbing** **n.** 上俱樂部
—**clubby** **adj.** （社交上）排他的

補充 book club 圖書俱樂部

night club 夜店

🎧 0359
col·lect [kə`lɛkt] **v.** 收集
——**collected** **adj.** 收集起的
——**collection** **n.** 收集
——**collective** **adj.** 集合而成的、集體的
　　　　　　　　　　n. 集體、共同體
——**collectively** **adv.** 集體地

同 gather 收集
補充 collect oneself 心平氣和、平心靜氣、鎮定一下

🎧 0360
com·pare [kəm`pɛr] **v.** 比較（異同）
——**comparison** **n.** 比較、比喻
——**comparative** **adj.** 比較的 **n.** 比較級
——**comparatively** **adv.** 比較地、對比地
——**comparable** **adj.** 可比較的、比得上的
——**comparably** **adv.** 可比較地、同等地

補充 compare to... 比喻為
compare with/to 比較

考前衝刺——**加分補給站**

compare和contrast都有比較的意思，但contrast比的東西差異很大，有種「對比」的感覺，compare就不一定要差這麼多。

🎧 0361
com·plain [kəm`plen] **v.** 抱怨
——**complainingly** **adv.** 抱怨地
——**complaint** **n.** 抱怨、抗議
——**complainer** **n.** 愛抱怨的人

補充 complain about... 抱怨（人、事物）

🎧 0362
com·plete [kəm`plit] **adj.** 完整的、完全的 **v.** 完成
——**completed** **adj.** 完整的、包含全部內容的
——**completely** **adv.** 完整地、完全地
——**completeness** **n.** 完整、完全

同 total 完全的
反 incomplete 不完全的
補充 complete with 包括、連同

小提醒！試比較拼法相近的compete（見p.194）

🎧 0363
com·put·er [kəmˋpjutɚ] **n.** 電腦
— **computerize** **v.** 用電腦處理、電腦化
— **computerized** **adj.** 電腦化的、有關電腦的
— **computerization** **n.** 使用電腦、電腦化

補充 computer geek 電腦怪胎
computer virus 電腦病毒

🎧 0364
con·firm [kənˋfɝm] **v.** 證實、批准
— **confirmed** **adj.** 確實的
— **confirmedly** **adv.** 堅定地
— **confirmation** **n.** 證實、批准
— **confirmative** **adj.** 證實的、批准的
— **confirmable** **adj.** 可證實的

同 ratify（正式）批准
反 void 使……作廢
補充 confirmed case 確診病例

🎧 0365
con·flict [ˋkɑnflɪkt] **n.** 衝突、爭鬥 **v.** 衝突
— **conflicting** **adj.** 起衝突的、牴觸的
— **conflicted** **adj.**（因衝突而）困擾的
— **conflictive** **adj.** 起衝突的、牴觸的

反 harmonize 和諧
補充 in conflict 在衝突中
conflict between ethnic groups 族群衝突

🎧 0366
con·grat·u·la·tions [kənˌɡrætʃəˋleʃənz]
n. 祝賀、恭喜
— **congratulate** **v.** 道賀、恭喜
— **congratulator** **n.** 道賀者
— **congratulatory** **adj.** 恭喜的
— **congrats** **n.**【口】恭喜

補充 congratulations on... 祝賀……
Congratulations on your graduation! 恭喜畢業！

輕鬆點，學些延伸小常識吧！

不同場合的恭賀用語：
Congrats on your promotion! 恭賀升官！
Congrats on your marriage! 恭賀喜結良緣！
Congratulations! May all your hopes and dreams come true.
恭喜！希望你所有的願望和夢想都能實現。

🎧 0367
con·sid·er [kən`sɪdɚ] **v.** 仔細考慮
—**consider**ing **prep.** 考慮到……
　　　　　　　conj. 就……而論
—**consider**ed **adj.** 考慮過的
—**consider**ate **adj.** 考慮周全的、體貼的
—**consider**ately **adv.** 體貼地
—**consider**ation **n.** 仔細考慮、體貼

同 deliberate 仔細思考
補充 consider... as... 認為……是……

🎧 0368
con·tain [kən`ten] **v.** 包含（物體）、控制
—**contain**ment **n.** 包含、封鎖、遏制
—**contain**er **n.** 容器（盒、罐、箱等）
—**contain**erize **v.** 把……裝入貨櫃

補充 foods containing nut 含堅果的食物

🎧 0369
con·trol [kən`trol] **n.** 管理、控制 **v.** 支配、控制
—**control**led **adj.** 掌控下的、被控制的
—**control**ler **n.** 管理人、主計員
—**control**lable **adj.** 可控制的、控制下的

同 command 控制（權）
補充 control room 操控室、機房
under/out of control 在控制之下／失去控制

🎧 0370
con·ve·nient [kən`vinjənt] **adj.** 方便的、合宜的
—**conveni**ently **adv.** 方便地、合宜地
—**conveni**ence **n.** 便利

反 inconvenient 不方便的
補充 convenience store 便利商店
convenience food 真空食品

🎧 0371
cour·age [`kɝɪdʒ] **n.** 膽量、勇氣
—**courage**ous **adj.** 英勇的、勇敢的
—**courage**ously **adv.** 勇敢地

反 timidity 膽怯
補充 screw up one's courage 鼓起勇氣

🎧 0372

court [kort] **n.** 法院、朝廷

　　　　　　v. 向……求愛（婚）、獻殷勤

—**courtly** **adj.** 宮廷式的、典雅的、奉承的

—**courtliness** **n.** 謙遜、禮讓

—**courtship** **n.** 求婚、求偶（期）

補充 court of law 法庭
in court 在法庭上

🎧 0373

cra·zy [ˈkrezɪ] **adj.** 發狂的、瘋癲的

—**crazily** **adv.** 狂熱地

—**craziness** **n.** 狂熱、瘋癲

—**craze** **n.** 一時狂熱 **v.** 使……發狂

同 mad 發瘋的
補充 go crazy 變得瘋狂

🎧 0374

cream [krim] **n.** 乳脂、奶油、乳製品

—**creamy** **adj.** 含奶油的、多乳脂的

—**creamily** **adv.** 奶油般地

—**creaminess** **n.** 乳脂狀、奶油色

補充 cream puff 奶油泡
芙

cream-colored 奶油色的

🎧 0375

cre·ate [krɪˈet] **v.** （藝術、物體之）創造

—**creation** **n.** 創造、創作品

—**creator** **n.** 創作者

—**creative** **adj.** 創造的、富創造力的

—**creatively** **adv.** 創造性地

—**creativity** **n.** 創造力

反 destroy 摧毀
補充 create a scene 吵
架、（當面）大吵大鬧

考前衝刺──**加分補給站** 試比較同義不同用法的invent（見p.142）

create跟invent都有「創造」的意思，但create更偏向創造「生命」（比如上帝造人）或是「藝術作品」；而invent的「創造」仍然包含著「發明」的意思，即是創造出「具體的、有形的物品」，而且是「前所未有」的物品。

🎧 0376
crime [kraɪm] n. 罪、犯罪行為
—— criminal n. 犯人 adj. 犯法的、犯罪的
—— criminally adv. 犯罪地
—— criminality n. 犯罪、有罪
—— criminative adj. 負罪的

補充 commit a crime 犯罪
crime wave 犯罪率激增

🎧 0377
cru·el [ˈkruəl] adj. 殘忍的、無情的
—— cruelly adv. 殘忍地
—— cruelty n. 殘忍、無情

同 pitiless 無情的
補充 be cruel to sb. 對某人殘忍

🎧 0378
cul·ture [ˈkʌltʃɚ] n. 文化
—— cultured adj. 有文化的、有修養的
—— cultural adj. 文化的
—— culturally adv. 文化地

補充 culture shock 文化衝擊

🎧 0379
cu·ri·ous [ˈkjʊrɪəs] adj. 求知的、好奇的
—— curiously adv. 好奇地
—— curiousness n. 好奇、好學
—— curiosity n. 好奇心

反 disinterested 不感興趣的
補充 be curious of...
對……感到好奇
curiosity kills the cat 好奇心殺死一隻貓

🎧 0380
cus·tom [ˈkʌstəm] n. 習俗、習慣、惠顧
—— customer n. 顧客
—— customary adj. 習俗上的、慣例的
—— customarily adv. 習俗上、慣例上
—— customize v. 訂做、客製化
—— customization n. 客製化

補充 a custom to do...
做……的習慣
customer value 客戶價值

Dd

🎧 0381

deaf [dɛf] **adj.** 耳聾的
— **deafness** **n.** 耳聾
— **deafen** **v.** 使……耳聾
— **deafening** **adj.** 震耳欲聾的
— **deafeningly** **adv.** 震耳欲聾地

反 hearing 聽見的
補充 turn a deaf ear to...
對……充耳不聞
deaf-and-dumb 又聾又啞的

🎧 0382

de·bate [dɪˋbet] **v.** 討論、辯論 **n.** 討論、辯論
— **debater** **n.** 辯論的人
— **debatable** **adj.** 足以爭論的、有爭議的

補充 debate on... 對……爭論

考前衝刺──**加分補給站** 試比較同義不同用法的argue（見p.107）

debate跟argue都有「辯論、爭論」的意思，但是debate是在具備相關知識為前提下，對某個議題作爭論或辯論；而在argue時，不一定要具備對爭論議題的充足知識，可以是意氣之爭。

🎧 0383

dec·o·rate [ˋdɛkəˏret] **v.** 裝飾、佈置
— **decoration** **n.** 裝飾、佈置
— **decorative** **adj.** 裝飾（用）的
— **decorator** **n.** 裝飾者、裝潢師

同 adorn 裝飾
補充 decorate with...
以……來裝飾
home decorating 居家室內設計

🎧 0384

de·liv·er [dɪˋlɪvə] **v.** 傳送、遞送、送貨
— **delivery** **n.** 遞送、交貨
— **deliverer** **n.** 遞送員
— **deliveryman** **n.** 送貨員

補充 delivery a speech 演講
deliver the goods 不負眾望

🎧 0385

de·ny [dɪˋnaɪ] **v.** 否認、拒絕
— **denial** **n.** 否認、拒絕
— **deniable** **adj.** 可否認的
— **denier** **n.** 否定的人

反 acknowledge 承認
補充 deny doing sth. 否認做某事
deny to do sth. 拒絕做某事

🎧 0386
de·pend [dɪˈpɛnd] **v.** 依賴、依靠
- **depend**ence **n.** 依賴、依靠
- **depend**ency **n.** 依賴、附屬物
- **depend**ent **adj.** 依賴的、依靠的、附屬的
- **depend**able **adj.** 可依賴的、可靠的
- **depend**ability **n.** 可靠度

同 rely 信賴、依賴
補充 depend on... 取決於……、依賴

🎧 0387
de·scribe [dɪˈskraɪb] **v.** 敘述、描述
- **descrip**tion **n.** 敘述、描述
- **descrip**tive **adj.** 敘述的、描述的
- **descrip**tively **adv.** 敘述地

反 misrepresent 錯誤陳述
補充 describe A as B 把 A 描繪成 B
describe oneself 描述自我

🎧 0388
de·sign [dɪˈzaɪn] **n.** 設計、計謀 **v.** 設計、圖謀
- **design**ing **adj.** 有計劃的
- **design**ed **adj.** 設計過的、蓄意的
- **design**edly **adv.** 蓄意地
- **design**er **n.** 設計師

補充 designer brand 設計師品牌（的產品）
interior design 室內設計

🎧 0389
de·tect [dɪˈtɛkt] **v.** 查出、探出、發現
- **detec**tion **n.** 查出、發現
- **detec**tor **n.** 發現者、探測器
- **detec**tive **n.** 偵探 **adj.** 偵探的、探測的
- **detec**table **adj.** 可發覺的

補充 detective film 偵探電影

輕鬆點，學些延伸小常識吧！

各種類別的電影，你都會說了嗎？

- > comedy 喜劇片
- > thriller 驚悚片
- > action movie 動作片
- > romance 愛情文藝片
- > horror movie 恐怖片
- > drama 劇情片
- > sci-fi 科幻片
- > documentary 紀錄片

🎧 0390
de·vel·op [dɪˋvɛləp] **v.** 發展、開發
　—**developing** **adj.** 發展中的、開發中的
　—**developed** **adj.** 已開發的、先進的
　—**development** **n.** 發展、開發
　—**developer** **n.** 開發者

反 repress 抑制
補充 developed country
已開發國家
developing country 開發
中國家

🎧 0391
dis·agree [ˏdɪsəˋgri] **v.** 不符合、不同意
　—**disagreement** **n.** 意見不合、不同意
　—**disagreeable** **adj.** 不認同的
　—**disagreeably** **adv.** 不認同地

反 agree 同意
補充 in disagreement
with 處於不協調的狀況

🎧 0392
dis·cuss [dɪˋskʌs] **v.** 討論、商議
　—**discussion** **n.** 討論、商議
　—**discussible** **adj.** 值得討論的
　—**discussant** **n.** 討論者
　—**discusser** **n.** 論述

補充 come up for
discussion 被提出來討論
under discussion 在討論
中、在審議中

🎧 0393
dis·tance [ˋdɪstəns] **n.** 距離 **v.** 疏遠
　—**distant** **adj.** 遠的、冷淡的
　—**distantly** **adv.** 遠遠地、冷淡地

同 interval 間隔、距離
補充 in the distance 在遠
處
keep sb. at a distance 對
某人不友善

🎧 0394
di·vide [dəˋvaɪd] **v.** （把整體）分開
　—**dividing** **adj.** 區分的
　—**divided** **adj.** 被分割的
　—**dividedly** **adv.** 分別地
　—**division** **n.** 分割、除去

反 unite 聯結
補充 divide into... 分
成……等份

考前衝刺——**加分補給站** 試比較同義不同用法的separate（見p.165）

divide跟separate都有「分開」的意思，不過divide特指「把原本的一個整體」分開成幾個部份，而separate則沒有此限定，是一個單純的「分開舉動」。

0395

doubt [daʊt] **n.** 懷疑、疑問 **v.** 懷疑、不信任
— **doubtful** **adj.** 懷疑的、疑惑的
— **doubtfully** **adv.** 懷疑地
— **doubtless** **adv.** 無疑地

反 certainty 確實
補充 beyond doubt 無疑地、不容懷疑

0396

dra·ma [ˋdrɑmə] **n.** 劇本、戲劇
— **dramatic** **adj.** 劇本的、戲劇化的
— **dramatically** **adv.** 戲劇化地、激烈地
— **dramatics** **n.** 演技

補充 drama queen 愛小題大作的人

0397

drug [drʌg] **n.** 藥、藥物、毒品
— **druggist** **n.** 藥劑師、藥商
— **druggie** **n.** 吸毒犯
— **drugstore** **n.** 藥局

同 medication 藥物
補充 drug dealer 藥頭、毒犯
take / use drug 吸毒

0398

dull [dʌl] **adj.** 遲鈍的、乏味的、單調的
— **dully** **adv.** 遲鈍地、單調地
— **dullness** **n.** 遲鈍、乏味
— **dullish** **adj.** 稍微遲鈍的

同 boring 無聊的
反 sharp 敏銳的
補充 dull pain 隱隱作痛
dull witted 愚笨的

0399

du·ty [ˋdjutɪ] **n.** （職務的）責任、義務、關稅
— **dutiful** **adj.** 盡責的
— **dutifully** **adv.** 盡責地、忠實地
— **dutiable** **adj.** 應繳關稅的

補充 take sb.'s duty 代勞
duty free shop 免稅商店

考前衝刺——加分補給站 試比較同義不同用法的responsibility（見p.234）

duty跟responsibility字面上都有「責任、義務」的意思，但duty則是由工作、命令等產生的「外來加諸的」責任，而responsibility多是「自覺應該負起的責任」。所以「責任感」會說是sense of responsibility而不是sense of duty。

Test 單字記憶保溫隨堂考—1

學完了這麼多單字,你記住了幾個呢?趕快做做看以下的小測驗,看看自己學會多少囉!

(   ) 1. absent   (A) 附加的   (B) 送出的   (C) 缺席的

(   ) 2. advance   (A) 前進   (B) 事件   (C) 冒險

(   ) 3. alphabet   (A) 字母   (B) 信件   (C) 高音

(   ) 4. argue   (A) 擔心   (B) 爭辯   (C) 判斷

(   ) 5. battle   (A) 響聲   (B) 戰役   (C) 打擊

(   ) 6. bake   (A) 攜帶   (B) 後面   (C) 烘烤

(   ) 7. bitter   (A) 奶油   (B) 更好的   (C) 苦的

(   ) 8. boil   (A) 煮沸   (B) 煎   (C) 炒

(   ) 9. candle   (A) 蠟燭   (B) 把手   (C) 搖籃

(   ) 10. cable   (A) 鍵盤   (B) 墊子   (C) 纜線

(   ) 11. clever   (A) 剪開的   (B) 提升的   (C) 聰明的

(   ) 12. collect   (A) 回憶   (B) 收集   (C) 上色

(   ) 13. describe   (A) 描述   (B) 開處方   (C) 收為徒弟

(   ) 14. doubt   (A) 欠債   (B) 懷疑   (C) 傾倒

(   ) 15. develop   (A) 跳躍   (B) 發展   (C) 展現

解答:

1. C	2. A	3. A	4. B	5. B
6. C	7. C	8. A	9. A	10. C
11. C	12. B	13. A	14. B	15. B

(　　) 1.drug 　　 (A) 藥物 　　 (B) 地毯 　　 (C) 抹布

(　　) 2. design 　　 (A) 展示 　　 (B) 請求 　　 (C) 設計

(　　) 3. deny 　　 (A) 同意 　　 (B) 建議 　　 (C) 否認

(　　) 4. create 　　 (A) 創造 　　 (B) 吞食 　　 (C) 搬運

(　　) 5. crime 　　 (A) 彩色 　　 (B) 押韻 　　 (C) 罪

(　　) 6. cruel 　　 (A) 悲傷的 　　 (B) 殘忍的 　　 (C) 緩慢的

(　　) 7. courage 　　 (A) 法庭 　　 (B) 勇氣 　　 (C) 年紀

(　　) 8. bomb 　　 (A) 炸彈 　　 (B) 墳墓 　　 (C) 梳子

(　　) 9. brief 　　 (A) 重要的 　　 (B) 短暫的 　　 (C) 公務的

(　　) 10. blank 　　 (A) 細長的 　　 (B) 透明的 　　 (C) 空白的

(　　) 11. beg 　　 (A) 乞求 　　 (B) 抱住 　　 (C) 忍受

(　　) 12. arrange 　　 (A) 逮捕 　　 (B) 安排 　　 (C) 測量

(　　) 13. alarm 　　 (A) 意外 　　 (B) 手臂 　　 (C) 警報

(　　) 14. accept 　　 (A) 接受 　　 (B) 除外 　　 (C) 預期

(　　) 15. active 　　 (A) 活躍的 　　 (B) 正確的 　　 (C) 保護的

解答：

1. A	2. C	3. C	4. A	5. C
6. B	7. B	8. A	9. B	10. C
11. A	12. B	13. C	14. A	15. A

Ee

🎧 0400
earn [ɝn] **v.** 賺取、得到
— **earning** **n.** 收入、工資
— **earner** **n.** 賺錢的人、有利可圖之事物

反 spend 花錢
補充 earn a living 謀生
earn an honest penny 正當手段謀生

🎧 0401
ed·u·ca·tion [ˌɛdʒʊˋkeʃən] **n.** 教育
— **educational** **adj.** 教育的
— **educationally** **adv.** 教育上
— **educationist** **n.** 教育學家

補充 receive education 接受教育

🎧 0402
ef·fect [ɪˋfɛkt] **n.** 影響、效果、法律效力
— **effective** **adj.** 有效的、生效的
— **effectively** **adv.** 有效地
— **effectiveness** **n.** 有效

反 cause 緣由、原因
補充 in effect 實際上

小提醒！試比較拼法相近的affect（見p.188）

🎧 0403
e·lect [ɪˋlɛkt] **adj.** 挑選的、當選的 **v.** 挑選、選舉
— **election** **n.** 選舉、當選
— **elector** **n.** 選舉人
— **elective** **adj.** 選舉的
— **electively** **adv.** 選舉地

補充 election campaign 競選活動
presidential election 總統大選

🎧 0404
el·e·ment [ˋɛləmənt] **n.** 基本要素
— **elemental** **adj.** 基本的、自然力的
— **elementary** **adj.** 初級的、基本的

補充 elementary school 小學
in one's element 如魚得水

🎧 0405

e·mot·ion [ɪˈmoʃən] **n.** 情感
—**emotional** **adj.** 情感的、情緒的
—**emotionally** **adv.** 情感上
—**emotionless** **adj.** 無情感的

反 physicality 物質
補充 suppress one's emotion 壓抑情緒
emotional quotient 情緒智商（EQ）

輕鬆點，學些延伸小常識吧！

現下相當流行用各種商數（quotient）來把一個人的各種特值數據化，來看看除了EQ外，我們還有哪些主要特質已經可以用數字來做衡量吧

intelligence quotient 智能商數

creativity quotient 創造力商數

motion quotient 行動力商數

adversity quotient 逆境商數

learning quotient 學習商數

service quotient 服務商數

🎧 0406

en·cour·age [ɪnˈkɝɪdʒ] **v.** 鼓勵
—**encouraging** **adj.** 鼓舞人心的
—**encouragingly** **adv.** 鼓舞人心地
—**encouraged** **adj.** 受鼓舞的
—**encouragement** **n.** 鼓勵

反 discourage 打擊、使……洩氣
補充 encourage sb. to do sth. 鼓勵某人做某事

🎧 0407

en·er·gy [ˈɛnədʒɪ] **n.** 能量、精力
—**energetic** **adj.** 有活力的
—**energetically** **adv.** 有活力地
—**energize** **v.** 提供……能量

反 lethargy 無生氣
補充 energy policy 能源政策

🎧 0408

en·joy [ɪnˈdʒɔɪ] **v.** 享受、欣賞
—**enjoyment** **n.** 享受、愉快
—**enjoyable** **adj.** 有樂趣的
—**enjoyably** **adv.** 有樂趣地

補充 enjoy yourself 請隨意（祝你玩的開心）
take enjoyment in 從……得到樂趣

🎧 0409
en·vi·ron·ment [ɪnˋvaɪrənmənt] **n.** 環境
—**environmental** **adj.** 環境的、環境保育的
—**environmentally** **adv.** 環境上
—**environmentalism** **n.** 環境論
—**environmentalist** **n.** 環境學家

同 surroundings 環境
補充 a wholesome environment 良好的環境

🎧 0410
ex·act [ɪgˋzækt] **adj.** 正確的、精確的
—**exactly** **adv.** 精確地、正好地
—**exactness** **n.** 恰好、精確
—**exacting** **adj.** 嚴格的、辛苦的

補充 exact science精密科學

考前衝刺——**加分補給站** 試比較同義不同用法的accurate（見p.186）

exact跟accurate都有「精確的、準確的」的意思，不過accurate是「事物經由調校、比對、考究」等努力之後所得出的精確度，而exact則單純強調「事物是100%的精確、正確」。

🎧 0411
ex·cel·lent [ˋɛkslənt] **adj.** 極好的、出色的
—**excellently** **adv.** 極好的
—**excellence** **n.** 出色、優秀

同 wonderful 極好的
反 awful 極壞的
補充 be excellent in...
在……表現傑出
excellent company 優秀企業

🎧 0412
ex·cite [ɪkˋsaɪt] **v.** 刺激、鼓舞、使……興奮
—**exciting** **adj.** 令人興奮的、刺激的
—**excitingly** **adv.** 令人興奮地、刺激地
—**excited** **adj.** 興奮的、激動的
—**excitedly** **adv.** 興奮地、激動地
—**excitement** **n.** 興奮、激動

反 calm 使……鎮定
搭配詞 excited about
對……興奮
補充 great excitement 大為興奮

🎧 0413

ex·er·cise [ˈɛksəˌsaɪz] **n.** 練習

v. （健身性質的）運動、運用

—exercis**er** **n.** 做運動的人

—exercis**able** **adj.** 可運用的

補充 take exercise 做運動

exercise bike 健身腳踏車

考前衝刺——**加分補給站** 試比較同義不同用法的sport（見p.085）

exercise跟sport在字面上雖然都是「運動」的意思，不過exercise專門指「健身性質」的運動，比如健行、仰臥起坐、使用健身器材等等；而**sport**是指「競賽性質」的運動，比如各種球類運動等。

🎧 0414

ex·ist [ɪgˈzɪst] **v.** 存在

—exist**ing** **adj.** 現存的

—exist**ent** **adj.** 存在的

—exist**ence** **n.** 存在

反 die 死去
補充 exist in 存在於

🎧 0415

ex·pect [ɪkˈspɛkt] **v.** 期望、預計……會發生

—expect**ed** **adj.** 預期發生的

—expect**ation** **n.** 期望

—expect**ative** **adj.** 期望的

—expect**able** **adj.** 可預期的

—expect**ably** **adv.** 如預期

小提醒！試比較拼法相近的except（見p.037）

同 anticipate 預期、期望
補充 expected value 期望值

expect sb. to do 預期某人會……

🎧 0416

ex·pert [ˈɛkspət] **adj.** 熟練的、專門的 **n.** 專家

—expert**ly** **adv.** 熟練地

—expert**ise** **v.** 以專家知識判斷

同 proficient 精通的、熟練的
反 amateur 業餘的
補充 expert opinions 專家的意見
be expert at 擅長於

🎧 0417

ex·plain [ɪkˋsplen] **v.** 解釋、說明
—**explainable** **adj.** 可解釋的
—**explanation** **n.** 解釋
—**explanatory** **adj.** 解釋的
—**explanatorily** **adv.** 說明式地

反 obscure 使……難以理解
補充 explain sth. to sb. 和某人解釋某事

🎧 0418

ex·press [ɪkˋsprɛs] **v.** 表達、表示 **n.** 特快車、快遞
adj. 快遞的、明確的
—**expressly** **adv.** 明顯地
—**expressive** **adj.** 別有意味的、表現的
—**expression** **n.** 表達、表情、措辭

補充 express mail 快捷郵件
railway express 高速鐵路

Ff

🎧 0419

fail [fel] **v.** 失敗、不及格、身體（變差）
—**failing** **adj.** 正在衰退中 **n.** 弱點、缺失
—**failed** **adj.** 失敗了的
—**failure** **n.** 失敗、失策

反 pass 通過考試
補充 fail in... 在……上失敗、變弱

🎧 0420

fair [fɛr] **adj.** 公平的、合理的、天氣好的
adv. 光明正大地
—**fairly** **adv.** 公平地、合理地、簡直
—**fairness** **n.** 公平、合理
—**fairish** **adj.** 尚可的、還好的

同 impartial 公正的、不偏頗的
反 unfair 不公平的
補充 fair and square 真誠地、公正地
fair lady 窈窕淑女

🎧 0421

fault [fɔlt] **n.** 責任、過失、缺點 **v.** 犯錯
—**faulty** **adj.** 有缺點的
—**faultily** **adv.** 有缺點地
—**faultless** **adj.** 無缺點的

反 advantage 優點
補充 find fault with... 故意找……的碴

🎧 0422

fa·vor [ˈfevɚ] **n.** 偏好、偏袒 **v.** 贊成、有利於

同 prefer 較喜歡
反 dislike 不喜歡
補充 in favor of 支持
fortune's favorite 幸運兒

— **favored** **adj.** 優惠的
— **favorite** **adj.** 最喜歡的
— **favorable** **adj.** 贊成的、有利的
— **favorably** **adv.** 贊成地、有利地

🎧 0423

fes·ti·val [ˈfɛstəvl̩] **n.** 節日、慶祝活動

同 celebration 慶祝活動
補充 hold a festival 舉辦
慶祝會
Spring Festival 春節

— **festive** **adj.** 節日的、喜慶的
— **festivity** **n.** 慶典
— **festiveness** **n.** 歡慶

🎧 0424

firm [fɝm] **adj.** 堅固的 **adv.** 牢固地 **n.** 企業、公司

反 changeable 不穩定的
補充 a firm step 堅定的
腳步

— **firmly** **adv.** 穩固地、堅定地
— **firmness** **n.** 堅固、堅定
— **firmware** **n.** （電腦）韌體

考前衝刺—— **加分補給站**

firm跟enterprise都是指「公司、企業」，不過firm是正式登記的公司，並且可以指稱任何一種行業的公司；enterprise是商業公司，不一定有正式登記的公司行號。

🎧 0425

fit [fɪt] **adj.** （尺寸）適合的 **n.** 適合 **v.** 適合

反 unfit 不適合的
補充 keep fit 保持好身材
fitting room 試衣間

— **fitting** **adj.** 適合的 **n.** 試衣
— **fitted** **adj.** （衣服）合身的
— **fitness** **n.** 身體健康、適合

考前衝刺—— **加分補給站** 試比較同義不同用法的suit（見p.169）

fit跟suit都是表達與「人本身」的適合，而非「關係上、事務上」等抽象概念的適合。兩者的差異在於，fit指的是「尺寸、大小、形狀」上的適合，suit指的是樣式、條件、地位等的適合。

🎧 0426
fix [fɪks] **v.** 使穩固、修理
———**fixing** **n.** 固定、安裝
———**fixed** **adj.** 固定的、確定的
———**fixable** **adj.** 可固定的
———**fixer** **n.** 固定器

同 repair 修理
補充 fix up 修理

🎧 0427
flash [flæʃ] **n.** 一瞬間、（強烈）閃光
　　　　 v. 閃光、閃現出、靈光乍現
———**flashing** **n.** 閃光 **adj.** 閃爍的
———**flashlight** **n.** 手電筒
———**flashback** **v.** 以倒述方式

補充 in a flash 立刻、一瞬間
a flash of lightening 閃電

🎧 0428
fol·low [ˈfɑləw] **v.** 跟隨、聽從
———**following** **n.** 下一個 **adj.** 接著的
———**follower** **n.** 追隨者、信徒

反 lead 領導
補充 in the following... 在接下來的……
follow the fashion 跟隨潮流
follow-up 後續行動、後續報導

🎧 0429
fool [ful] **n.** 傻子 **v.** 愚弄、欺騙
———**fooling** **n.** 戲謔言行
———**foolish** **adj.** 愚蠢的
———**foolishness** **n.** 愚蠢
———**foolery** **n.** 愚蠢言行

反 brain 聰明人
搭配詞 fool sb. around 耍弄某人

🎧 0430
for·give [fəˈgɪv] **v.** 原諒、寬恕、赦免
———**forgiving** **adj.** 寬容的
———**forgiveness** **n.** 原諒、赦免
———**forgivable** **adj.** 可原諒的

反 censure 責備
補充 forgive doing sth. 原諒做某事
forgive and forget 盡釋前嫌

🎧 0431

for·mal [ˋfɔrml] **adj.** 正式的、有禮的、刻板的

——**formally** **adv.** 正式地、形式上地

——**formality** **n.** 禮節、拘泥形式

——**formalize** **v.** 使……正式化、使……形式化

——**formalization** **n.** 形式化

小提醒！試比較拼法相近的**normal**（見p.221）

反 informal 不正式的
補充 formal introduction 正式介紹

🎧 0432

fright [fraɪt] **n.** 驚駭、恐怖、驚嚇

——**frightful** **adj.** 可怕的

——**frighten** **v.** 震驚、使害怕

——**frightening** **adj.** 令人害怕的

——**frightened** **adj.** 受驚的

反 fearlessness 無畏
搭配詞 frighten away 嚇跑、嚇走
補充 fright mail 恐嚇郵件

🎧 0433

func·tion [ˋfʌŋkʃən] **n.** 功能、作用

——**functional** **adj.** 機能的、實用的

——**functionally** **adv.** 功能地

——**functionality** **n.** 機能

小提醒！試比較拼法相近的**fortune**（見p.207）

反 malfunction 故障
補充 function word 功能詞（無實際意義的詞，又叫虛詞，如英文裡的介系詞of）

Gg

🎧 0434

gain [gen] **v.** 得到、獲得

——**gainer** **n.** 獲利者、得到者

——**gainful** **adj.** 有利益的

——**gainfully** **adv.** 有利益地

反 lose 失去
補充 No pain, no gain. 不勞則無獲。

🎧 0435
gen·er·ous [ˋdʒɛnərəs] **adj.** 慷慨的、大方的、寬厚的

— **generously** **adv.** 慷慨地、大方地
— **generosity** **n.** 慷慨、大方

反 stingy 吝嗇的
補充 be generous to...
對……寬容的

🎧 0436
gen·tle [ˋdʒɛntl̩] **adj.** 溫和的、溫柔的、上流的

— **gently** **adv.** 溫柔地
— **gentleness** **n.** 溫和、有禮、高貴
— **gentleman** **n.** 紳士、家世好的男人
— **gentlemanly** **adj.** 紳士的

反 rough 粗野的
補充 gentleman farmer
鄉紳

🎧 0437
ge·og·ra·phy [dʒiˋɑgrəfɪ] **n.** 地理（學）、地形

— **geographic** **adj.** 地理（學）的
— **geographically** **adv.** 地理上
— **geographer** **n.** 地理學家

補充 geographic
information system 地理
資訊系統

🎧 0438
gov·ern [ˋgʌvɚn] **v.** 統治、治理

— **governor** **n.** （美國）州長、（機構）董事
— **government** **n.** 政府
— **governance** **n.** 統治（權）、管理（權）
— **governable** **adj.** 可統治的

反 misgovern 治理不當
補充 a democratic
government 民主政體

考前衝刺——加分補給站 試比較同義不同用法的rule（見p.077）

govern跟rule都有「統治、治理」一個國家或區域的意思，但govern的權利是由人民所賦與的，必須對人民的生活負起責任；而rule則是由君主、國王等非經由民意認可的權利所執行。

🎧 0439
greed·y [ˋgridɪ] **adj.** 貪婪的

— **greedily** **adv.** 貪婪地
— **greed** **n.** 貪心、貪婪

補充 be greedy for... 貪
求……

🎧 0440

guard [gɑrd] **v.** 警衛 **n.** 防護、守衛
—**guarded** **adj.** 謹慎的、小心的
—**guardian** **n.** 保護者、守護者
—**guardroom** **n.** 警衛室
—**bodyguard** **n.** 保鑣

同 protest 保護
補充 guard dog 看門狗

輕鬆點，學些延伸小常識吧！

知道什麼種類的狗最適合當看門狗嗎？讓大家學英文同時長知識一下！

> German Shepherd 德國牧羊犬　　> Mastiff 獒犬

> Saint Bernard 聖博納犬　　> Chow Chow 鬆獅犬

> Akita Inu 秋田犬　　> Chinese Shar-Pei 沙皮犬

Hh

🎧 0441

hab·it [ˈhæbɪt] **n.** （個人）習慣
—**habitual** **adj.** 習慣的
—**habitually** **adv.** 習慣上
—**habituate** **v.** 使……習慣於
—**habituated** **adj.** 習慣的

補充 form the habit of...
養成……的習慣

🎧 0442

heal·thy [ˈhɛlθɪ] **adj.** 健康的
—**healthily** **adv.** 健康地
—**health** **n.** 健康
—**healthiness** **n.** 健康

反 unhealthy 不健康的
補充 health food 保健食品

🎧 0443
help [hɛlp] **n.** 幫助、幫手 **v.** 幫助、救援
—**helper** **n.** 幫手
—**helpful** **adj.** 有用的、有助益的
—**helpfully** **adv.** 有用地
—**helpless** **adj.** 無助益的

同 aid 幫助
反 harm 傷害
搭配詞 help out 幫助……脫困

🎧 0444
he·ro [ˈhɪro] **n.** 英雄、勇士
—**heroic** **adj.** 英雄的、英勇的
—**heroically** **adv.** 英雄地
—**heroine** **n.** 女傑、女英雄

反 nobody 無名小卒
補充 hero worship 英雄崇拜
national hero 民族英雄

🎧 0445
hold [hold] **n.** 握住、握法 **v.** 握住、保持
—**holding** **n.** 把持
—**holder** **n.** 持有者、所有人
—**holdback** **n.** 妨礙

反 drop 拋下
搭配詞 hold on 堅持下去
hold down 壓制、抑制
補充 hold hands 牽手

🎧 0446
hon·est [ˈɑnɪst] **adj.** 誠實的、耿直的
—**honestly** **adv.** 誠實地
—**honesty** **n.** 誠實、耿直

同 truthful 講真話的
反 deceitful 詐欺的
補充 to be honest 實話說
honest-to-goodness 真真實實的

🎧 0447
hon·ey [ˈhʌnɪ] **n.** 蜂蜜、花蜜、甜心
—**honeyed** **adj.** 添加蜂蜜的、甜蜜的
—**honeybee** **n.** 蜜蜂
—**honeymoon** **n.** 蜜月

補充 honey-mouthed 甜言蜜語的
as sweet as honey 跟蜂蜜一樣甜

🎧 0448
ho·tel [hoˈtɛl] **n.** 旅館、飯店
—**hotelier** **n.** 飯店業者
—**motel** **n.** 汽車旅館
—**hostel** **n.** 青年旅館

同 inn 小旅館、客棧

🎧 0449
hum·ble [ˈhʌmbl̩] **adj.** 身份卑微的、謙虛的
　　　　　　　　　 v. 使……謙卑
—**humbly** **adv.** 卑微地、謙虛地
—**humbleness** **n.** 卑微、謙遜

反 proud 驕傲的
補充 eat humble pie 低聲下氣地道歉

考前衝刺──**加分補給站**

humble跟modest都有「謙虛」的意思。比較起來，humble是因為「心態上認為次人一等」而謙虛，更接近「謙卑」的意味；而modest則是「心胸寬闊」、「願意接受指正、批評」等的謙虛。

🎧 0450
hu·mid [ˈhjumɪd] **adj.** 潮濕的
—**humidly** **adv.** 潮溼地
—**humidity** **n.** 溼度
—**humidify** **v.** 使……潮溼、增加溼度
—**humidifier** **n.** 加溼器

同 moist 潮溼的
補充 humid weather 潮濕的天氣

🎧 0451
hu·mor [ˈhjumɚ] **n.** 詼諧、幽默
—**humorous** **adj.** 幽默的、風趣的
—**humorously** **adv.** 幽默地、風趣地
—**humorless** **adj.** 缺乏幽默感的

反 seriousness 嚴肅
補充 sense of humor 幽默感
school boy humor 無傷大雅的玩笑

🎧 0452
hun·ger [ˈhʌŋgɚ] **n.** 饑餓、渴望
—**hungry** **adj.** 饑餓的、渴求的
—**hungrily** **adv.** 饑餓地、渴望地

反 satisfaction
補充 hunger for 渴望
hunger strike 絕食抗議

🎧 0453
hur·ry [ˈhɝɪ] **n.** 倉促 **v.** （使）趕緊
—**hurrier** **n.** 行事倉促的人
—**hurried** **adj.** 倉促的、草率的
—**hurriedly** **adv.** 倉促地、草率地

反 delay 延遲
搭配詞 hurry up 快點

Test 單字記憶保溫隨堂考—2

學完了這麼多單字，你記住了幾個呢？趕快做做看以下的小測驗，看看自己學會多少囉！

( ) 1. education (A) 加法 (B) 教育 (C) 漸層

( ) 2. element (A) 國小 (B) 基本要素 (C) 大象

( ) 3. encourage (A) 憤怒 (B) 勇氣 (C) 鼓勵

( ) 4. environment (A) 環境 (B) 病毒 (C) 熨斗

( ) 5. fault (A) 責任 (B) 犯規 (C) 金庫

( ) 6. fail (A) 掉落 (B) 失敗 (C) 致命的

( ) 7. favor (A) 聰明 (B) 偏愛 (C) 口味

( ) 8. forgive (A) 原諒 (B) 提供 (C) 送禮

( ) 9. generous (A) 基因上的 (B) 慷慨的 (C) 大致上的

( ) 10. gentle (A) 男性的 (B) 有長角的 (C) 溫和的

( ) 11. geography (A) 地圖 (B) 地理 (C) 地球

( ) 12. greedy (A) 貪婪的 (B) 好聽的 (C) 綠色的

( ) 13. habit (A) 習慣 (B) 成功 (C) 嗜好

( ) 14. honest (A) 甜美的 (B) 誠實的 (C) 母愛的

( ) 15. honey (A) 錢 (B) 噁心的 (C) 甜心

解答：

1. B	2. B	3. C	4. A	5. A
6. B	7. B	8. A	9. B	10. C
11. B	12. A	13. A	14. B	15. C

( ) 1. elect (A) 挑選 (B) 腔調 (C) 建立

( ) 2. excite (A) 離開 (B) 刺激 (C) 引用

( ) 3. expert (A) 專家 (B) 繼承者 (C) 前輩

( ) 4. express (A) 按壓 (B) 表達 (C) 使印象深刻

( ) 5. festival (A) 樂園 (B) 禁食 (C) 慶祝活動

( ) 6. firm (A) 滑溜的 (B) 細瘦的 (C) 堅固的

( ) 7. flash (A) 閃光 (B) 打鬥 (C) 切開

( ) 8. function (A) 功能 (B) 機器 (C) 計算

( ) 9. govern (A) 統治 (B) 政治 (C) 討論

( ) 10. guard (A) 盾牌 (B) 守衛 (C) 牆壁

( ) 11. gain (A) 獲得 (B) 昏迷 (C) 失去

( ) 12. hero (A) 神話 (B) 英雄 (C) 女神

( ) 13. humble (A) 忙碌的 (B) 謙卑的 (C) 努力工作的

( ) 14. humid (A) 好笑的 (B) 幽默的 (C) 潮濕的

( ) 15. hunger (A) 飢餓 (B) 吊掛 (C) 接線生

解答：

1. A	2. B	3. A	4. B	5. C
6. C	7. A	8. A	9. A	10. B
11. A	12. B	13. B	14. C	15. A

Ii

🎧 0454

ig·nore [ɪgˋnor] **v.** （因不理睬而）忽視
—**ignor**ance **n.** 忽視、無知
—**ignor**ant **adj.** 無知的
—**ignor**antly **adv.** 無知地

反 recognize 認可
補充 ignore doing sth. 故意不做某事

🎧 0455

i·mag·ine [ɪˋmædʒɪn] **v.** 想像、設想
—**imagin**ation **n.** 想像力、妄想
—**imagin**ary **adj.** 想像中的、幻想中的
—**imagin**ative **adj.** 虛構的、幻想的
—**imagin**able **adj.** 能想像的、可想像的到的

同 fancy 想像
補充 imagine doing... 想像正在做……

🎧 0456

im·prove [ɪmˋpruv] **v.** 改善、促進
—**improv**ed **adj.** 改善後的
—**improve**ment **n.** 改善、促進
—**improv**able **adj.** 可改善的
—**improv**ably **adv.** 可改善地

同 better 增進、改善
反 decline 衰退
補充 improve on（某方面上）改善
make an improvement 獲得改善

🎧 0457

in·clude [ɪnˋklud] **v.** 包含、包括、含有
—**includ**ing **prep.** 包含、包括
—**includ**ed **adj.** 將……包含的
—**inclus**ive **adj.** 包含的、包括的
—**inclus**ively **adv.** 包含在內地

反 exclude 把……排除在外
補充 tax included 含稅的

🎧 0458

in·crease [ˋɪnkris] **n.** 增加 **v.** 增加
—**increas**ing **adj.** 越來越多的
—**increas**ingly **adv.** 越來越多地
—**increas**able **adj.** 可增加的

反 decrease 減少
補充 increase with... 隨……而增長

🎧 0459

in·de·pend·ent [ˌɪndɪˈpɛndənt] **adj.** 獨立的
—independently **adv.** 獨立地
—independence **n.** 自立、獨立
—independency **n.** 獨立

補充 independent of 獨立於
independence day 獨立紀念日
反 dependent 依賴的

🎧 0460

in·di·cate [ˈɪndəˌket] **v.** 指出、指示、暗示
—indication **n.** 指出、指示
—indicator **n.** 指示者
—indicative **adj.** 指示的、暗示的
—indicatively **adv.** 指示地、暗示地

反 conceal 隱藏
補充 indicate sth. to sb.
對某人暗示某事

🎧 0461

in·dus·try [ˈɪndəstrɪ] **n.** 工業
—industrial **adj.** 工業的
—industrially **adv.** 工業地
—industrialize **v.** 使……工業化
—industrialization **n.** 工業化

補充 industrial estate 工業區

🎧 0462

in·sist [ɪnˈsɪst] **v.** 堅持、強調、堅決主張
—insistence **n.** 堅持、強調
—insistent **adj.** 堅持的
—insistently **adv.** 堅持地

補充 insist on doing... 堅持做……

考前衝刺──加分補給站 試比較同義不同用法的persist（見p.358）

insist跟persist都有字尾「-sist」，都有「堅持」之意，不過insist是出自「正向、積極」的意義來「堅持做某件事」；而persist較為負面，帶有「頑固」的意味和決心，讓一件事「自始至終不停止」。

🎧 0463

in·stant [ˈɪnstənt] **adj.** 立即的、瞬間的 **n.** 立即
—instantly **adv.** 立即、馬上
—instance **n.** 緊急、迫切

同 immediate 立即的
補充 instant food 即食食品
for an instant 片刻
instant messenger 即時通訊軟體

🎧 0464

in·stru·ment ['ɪnstrəmənt] **n.** 樂器、器具
— instrumental **adj.** 用儀器的
— instrumentally **adv.** 用儀器地、用樂器演奏地
— instrumentality **n.** 工具、機構
— instrumentalist **n.** 演奏者

補充 instrument panel 儀表板

🎧 0465

in·tro·duce [ˌɪntrəˈdjus] **v.** 介紹、引進
— introducer **n.** 介紹人、引進人
— introduction **n.** 介紹、引進
— introductory **adj.** 介紹的、前言的

補充 introduce A to B 把 A介紹給B

🎧 0466

in·vent [ɪnˈvɛnt] **v.** 發明、創造（前所未有的具體物品）
— invention **n.** 發明、創造、創作品
— inventor **n.** 發明家、創作者
— inventive **adj.** 發明的、創造的

反 imitate 模仿
補充 invent gunpowder 發明火藥

考前衝刺──**加分補給站** 試比較同義不同用法的create（見p.118）

invent跟create都有「創造」的意思，但invent的「創造」仍然包含著「發明」的意思，即是創造出「具體的、有形的物品」，而且是「前所未有」的物品。而create更偏向創造「生命」（比如上帝造人）或是「藝術作品」。

🎧 0467

in·vi·ta·tion [ˌɪnvəˈteʃən] **n.** 請帖、邀請
— invitational **adj.** 被邀請的
— invite **v.** 邀請、招待
— inviting **adj.** 吸引人的
— invitee **n.** 被邀請者

反 reject 拒絕
補充 invite sb. out 約某人去約會
accept the invitation 接受邀請

Jj

🎧 0468

judge [dʒʌdʒ] **n.** 法官、裁判 **v.** 裁決

——**judgeship** **n.** 法官任期、職權

——**judgment** **n.** 判斷力

——**judgmental** **adj.**（不很客觀地）判斷的

同 umpire 仲裁、判決
搭配詞 judge by 根據……做判斷
補充 judgment call 主觀判斷

Ll

🎧 0469

le‧gal [ˈligl] **adj.** 合法的

——**legally** **adv.** 法律上

——**legalize** **v.** 使……合法化

——**legalization** **n.** 合法化

同 lawful 合法的
反 illegal 非法的
補充 legal age 法定年齡
legal system 司法制度

🎧 0470

lem‧on [ˈlɛmən] **n.** 檸檬

——**lemony** **adj.** 檸檬色的、檸檬味的

——**lemonade** **n.** 檸檬水

——**lemongrass** **n.** 檸檬草

補充 lemon juice 檸檬汁

🎧 0471

lend [lɛnd] **v.** 借出

——**lending** **n.** 借出

——**lender** **n.** 借東西給別人的人

——**lendable** **adj.** 可借出的

反 borrow 從……借來
補充 lend...to sb. 借……給某人
lend oneself to 同意加入

🎧 0472

length [lɛŋθ] **n.** 長度

——**lengthy** **adj.** 長的、冗長的

——**lengthily** **adv.** 長地、冗長地

——**lengthen** **v.** 延長、加長

反 width 寬度
補充 at length 最後、詳細地

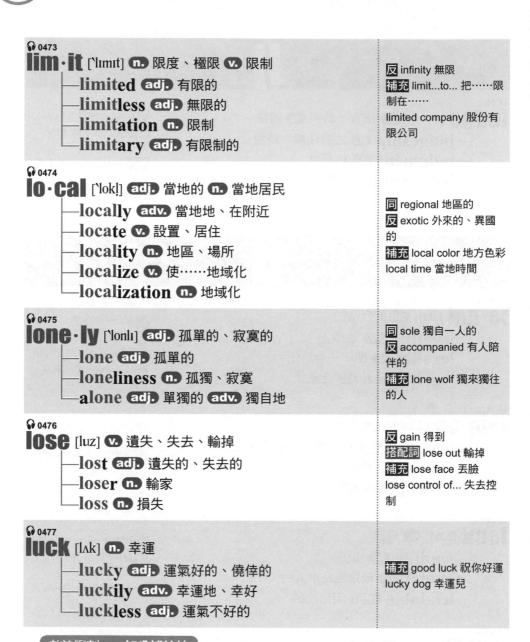

🎧 0473

lim·it [ˈlɪmɪt] **n.** 限度、極限 **v.** 限制
— **limited** **adj.** 有限的
— **limitless** **adj.** 無限的
— **limitation** **n.** 限制
— **limitary** **adj.** 有限制的

反 infinity 無限
補充 limit...to... 把……限制在……
limited company 股份有限公司

🎧 0474

lo·cal [ˈlokl] **adj.** 當地的 **n.** 當地居民
— **locally** **adv.** 當地地、在附近
— **locate** **v.** 設置、居住
— **locality** **n.** 地區、場所
— **localize** **v.** 使……地域化
— **localization** **n.** 地域化

同 regional 地區的
反 exotic 外來的、異國的
補充 local color 地方色彩
local time 當地時間

🎧 0475

lone·ly [ˈlonlɪ] **adj.** 孤單的、寂寞的
— **lone** **adj.** 孤單的
— **loneliness** **n.** 孤獨、寂寞
— **alone** **adj.** 單獨的 **adv.** 獨自地

同 sole 獨自一人的
反 accompanied 有人陪伴的
補充 lone wolf 獨來獨往的人

🎧 0476

lose [luz] **v.** 遺失、失去、輸掉
— **lost** **adj.** 遺失的、失去的
— **loser** **n.** 輸家
— **loss** **n.** 損失

反 gain 得到
搭配詞 lose out 輸掉
補充 lose face 丟臉
lose control of... 失去控制

🎧 0477

luck [lʌk] **n.** 幸運
— **lucky** **adj.** 運氣好的、僥倖的
— **luckily** **adv.** 幸運地、幸好
— **luckless** **adj.** 運氣不好的

補充 good luck 祝你好運
lucky dog 幸運兒

考前衝刺——加分補給站 試比較同義不同用法的fortune（見p.207）

luck跟fortune都是「運氣」的意思，不過luck指的是「意外、僥倖」的好運，比如中獎、或是收到意外的禮物；fortune則是「讓事情照自己所想的來發展」的好運，通常會影響這個人的生活，比如讓手術成功的好運。

Level 2 Test 單字記憶保溫隨堂考─3

學完了這麼多單字，你記住了幾個呢？趕快做做看以下的小測驗，看看自己學會多少囉！

( ) 1. ignore   (A) 高估   (B) 忽略   (C) 打呼

( ) 2. independent   (A) 按照   (B) 依賴的   (C) 獨立的

( ) 3. increase   (A) 增加   (B) 皺紋   (C) 減少

( ) 4. industry   (A) 嘗試   (B) 工業   (C) 打掃

( ) 5. imagine   (A) 想像   (B) 智慧   (C) 魔法

( ) 6. insist   (A) 幫助   (B) 堅持   (C) 進入

( ) 7. judge   (A) 裁決   (B) 丟棄   (C) 跳躍

( ) 8. legal   (A) 違法的   (B) 合法的   (C) 高貴的

解答：

1. B	2. C	3. A	4. B	5. A
6. B	7. A	8. B		

(   ) 1. luck   (A) 鎖   (B) 運氣   (C) 舔

(   ) 2. lose   (A) 欺騙   (B) 傷害   (C) 遺失

(   ) 3. lonely   (A) 寂寞的   (B) 一個人的   (C) 長的

(   ) 4. local   (A) 鎖上的   (B) 當地的   (C) 大聲的

(   ) 5. improve   (A) 證明   (B) 改善   (C) 讚賞

(   ) 6. invitation   (A) 度假   (B) 增強   (C) 邀請

(   ) 7. invent   (A) 抱怨   (B) 發明   (C) 插入

(   ) 8. introduce   (A) 介紹   (B) 減少   (C) 開始

解答：

1. B	2. C	3. A	4. B	5. B
6. C	7. B	8. A		

(　　　) 1. lend 　　　 (A) 借出 　　　 (B) 借入 　　　 (C) 土地

(　　　) 2. length 　　　 (A) 深度 　　　 (B) 寬度 　　　 (C) 長度

(　　　) 3. lemon 　　　 (A) 成為 　　　 (B) 新鮮 　　　 (C) 檸檬

(　　　) 4. limit 　　　 (A) 限制 　　　 (B) 省略 　　　 (C) 黯淡

(　　　) 5. instrument 　　　 (A) 樂器 　　　 (B) 音樂 　　　 (C) 旋律

(　　　) 6. instant 　　　 (A) 技巧 　　　 (B) 站立 　　　 (C) 瞬間

(　　　) 7. indicate 　　　 (A) 指出 　　　 (B) 唸出 　　　 (C) 強迫

(　　　) 8. include 　　　 (A) 包含 　　　 (B) 孤立 　　　 (C) 提示

解答：

1. A	2. C	3. C	4. A	5. A
6. C	7. A	8. A		

Mm

🎧 0478

ma·gic [ˈmædʒɪk] **n.** 魔術 **adj.** 魔術的
—**magical** **adj.** 魔術的、魔幻的
—**magically** **adv.** 魔法般地、魔幻地
—**magician** **n.** 魔術師

補充 perform magic （表演）魔術

🎧 0479

main [men] **adj.** 主要的 **n.** 要點
—**mainly** **adv.** 主要地、大部份地
—**mainline** **n.** 主幹線
—**mainland** **adj.** 大陸的、本土的 **n.** 大陸
—**mainstream** **n.** 主流

反 minor 次要的
補充 mainland China 中國大陸
main course 主菜

輕鬆點，學些延伸小常識吧！

吃正式西餐的時候，一道一道上來的菜色總讓人眼花瞭亂，大家知道正式西餐的出菜順序是什麼嗎？

1. starter/appetizer 開胃菜　　2. soup 湯品　　3. main course 主菜
4. salad 冷菜或沙拉　　5. dessert 點心　　6. beverage 飲料

🎧 0480

mark [mɑrk] **n.** 記號 **v.** 標記
—**marked** **adj.** 有記號的
—**markedly** **adv.** 引人注目的
—**marker** **n.** 標誌、紀念碑、麥克筆

搭配詞 mark down 記下
補充 over the mark 過度
beside the mark 不相干

🎧 0481

mass [mæs] **n.** 大量、（一團）塊、堆、大眾
—**massed** **adj.** 群集的
—**massive** **adj.** 大量的
—**massively** **adv.** 大量地

補充 in a mass 全部、全體、整個地
mass media 大眾傳播媒體

🎧 0482

ma·te·ri·al [mə`tɪrɪəl] **n.** 物質 **adj.** 物質的
—**materialy** **adj.** 物質上
—**materiality** **n.** 物質性、實體
—**materialize** **v.** 使……物質化
—**materialization** **n.** 物質化、具體化

反 spirit 精神
補充 material evidence 物證
raw material 原料

🎧 0483

mea·sure [`mɛʒɚ] **v.** 測量
—**measured** **adj.** 測量過的、慎重的
—**measurement** **n.** 測量
—**measurable** **adj.** 可測量的

搭配詞 measure up 合格、符合標準
補充 for good measure 作為額外增加

🎧 0484

med·i·cine [`mɛdəsn̩] **n.** 醫學、藥物
—**medical** **adj.** 醫學的、藥物的
—**medically** **adv.** 醫學上
—**medicable** **adj.** 能治療的

補充 take medicine 吃藥
medicine chest 醫藥箱（櫃）

考前衝刺——加分補給站 試比較同義不同用法的drug（見p.123）

medicine跟drug都指「藥物」，但medicine是「藥物的總稱」，不限定是藥丸、膠囊、藥粉……等，所以吃藥才會說是「take medicine」。而drug泛指「某種藥」，尤其是在口語上直接跟毒品劃上等號，切誤混淆。

🎧 0485

mem·o·ry [`mɛmərɪ] **n.** 記憶、回憶
—**memorial** **adj.** 記憶的、紀念的 **n.** 紀念物
—**memorize** **v.** 記住、熟記
—**memorization** **n.** 記住、熟記

同 remembrance 記憶（力）
補充 in memory of... 為了紀念……
memory module（電腦）記憶體

🎧 0486
mil·i·tar·y [ˈmɪləˌtɛrɪ] **adj.** 軍事的 **n.** 軍事
—**militar**ily **adv.** 軍事上
—**militar**ize **v.** 使……軍事化
—**militar**ization **n.** 軍事化
—**militar**ist **n.** 軍事家
—**militar**ism **n.** 軍國主義

同 army 軍隊
補充 military law 軍法
military base 軍事基地

🎧 0487
mil·lion [ˈmɪljən] **n.** 百萬
—**million**ed **adj.** 數以百萬計的
—**million**aire **n.** 百萬富翁
—**million**airess **n.** 百萬富婆

補充 millions of... 數百萬的……

🎧 0488
mix [mɪks] **n.** 混合物 **v.** 混合
—**mix**ed **adj.** 混合的、摻雜的
—**mix**er **n.** 攪拌器
—**mix**able **adj.** 可混合的

搭配詞 mix up 混合
補充 mixed marriage 異族結婚
mixed blessing 好壞參半的事

🎧 0489
mo·dern [ˈmɑdən] **adj.** 現代的
—**modern**ize **v.** 使……現代化
—**modern**ization **n.** 現代化
—**modern**ity **n.** 現代性、新式物品

反 ancient 古代的
補充 modern life 現代生活

🎧 0490
mon·ster [ˈmɑnstə] **n.** 怪物
—**monstr**ous **adj.** 似怪物的、恐怖的
—**monstr**ously **adv.** 恐怖地、驚駭地

補充 monster parents 怪物家長
the green-eyed monster 嫉妒心

🎧 0491
mul·ti·ply [ˈmʌltəplaɪ] **v.** 增加、繁殖、相乘
—**multiplier** **n.** 倍數、乘數
—**multipliable** **adj.** 可增加的、可相乘的
—**multiple** **adj.** 複數的
—**multiplex** **adj.** 多樣的

反 divide 相除
補充 multiple-choice 多選擇的

Nn

🎧 0492
nar·row [ˈnæro] **adj.** 窄的、狹長的
—**narrowly** **adv.** 窄地、狹長地
—**narrowness** **n.** 狹窄、窄小

反 wide 寬闊的
搭配詞 narrow down 縮小（選擇範圍）
補充 narrow bed 墳墓（委婉的說法）

🎧 0493
nec·es·sa·ry [ˈnɛsəˌsɛrɪ] **adj.** 必要的、不可缺少的
—**necessarily** **adv.** 必定、必要地
—**necessity** **n.** 必需品、必要性
—**necessitous** **adj.** 緊急的、貧困的

反 unnecessary 不必要的
補充 if necessary 如果有必要的話

🎧 0494
neg·a·tive [ˈnɛɡətɪv] **adj.** 否定的、消極的
n. 反駁、否認
—**negatively** **adv.** 否定地、消極地
—**negativity** **n.** 否定性、消極性
—**negation** **n.** 否定、反對

反 positive 積極的
補充 negative vote 反對票
negative capital 負債

🎧 0495
neigh·bor [ˈnebɚ] **n.** 鄰居 **v.** 靠近於……
—**neighborly** **adj.** 鄰居般的、親切的
—**neighboring** **adj.** 鄰近的
—**neighborhood** **n.** 鄰近地區、街坊
—**neighborless** **adj.** 無鄰居的

補充 in the neighborhood of... 在……的附近

🎧 0496

nov·el [ˈnɑvl] **n.** 長篇小說 **adj.** 新穎的、新奇的
—**novelist** **n.** 小說家
—**novelistic** **adj.** 小說的
—**novelity** **n.** 新奇（的事物）

同 fiction 小說

Oo

🎧 0497

o·bey [əˈbe] **v.** 遵行、服從
—**obedience** **n.** 遵行、服從
—**obedient** **adj.** 遵行的、服從的
—**obediently** **adv.** 遵行地、服從地

反 disobey 不遵行、不服從
補充 obey the rule 遵循規則

🎧 0498

ob·ject [ˈabdʒɪkt] **n.** 對象、物體、受詞
[abˈdʒɛkt] **v.** 抗議、反對
—**objection** **n.** 反對
—**objective** **adj.** 客觀的 **n.** 目標、受格
—**objectively** **adv.** 客觀地
—**objectivity** **n.** 客觀性

反 subject 主詞
搭配詞 object to 對……反對
補充 an object of study 研究對象

考前衝刺——加分補給站 試比較同義不同用法的oppose（見p.222）

object跟oppose都是「反對」之意，但在作為動詞時，本身的用法就不一樣了。object通常作不及物動詞，後接to再接受詞；oppose則是及物動詞。此外，object純粹是反對「意見、想法」等，oppose則包含了「抵抗、抵制、反抗」此種較激烈的意識在裡面。

🎧 0499

op·er·ate [ˈɑpəˌret] **v.** 運轉、操作、營運、手術
—**operating** **adj.** 操作的、業務上的
—**operator** **n.** 操作者
—**operative** **adj.** 運轉的、操作的

同 function 使（機器）轉
補充 operate on...
在……上操作
operating room 手術室

🎧 0500
or·gan [ˋɔrgən] **n.** 器官
— **organic** **adj.** 器官的、有機的
— **organically** **adv.** 有機種植地

補充 organic chemistry
有機化學

🎧 0501
or·gan·i·za·tion [ˏɔrgənəˋzeʃən] **n.** 組織、機構
— **organizational** **adj.** 組織上的
— **organize** **v.** 組織、系統化
— **organized** **adj.** 有組織的、有系統的
— **organizer** **n.** 組織者、組織幹部

同 institution 機構
補充 nonprofit
organization 非營利組織
organized crime 組織犯罪

Pp

🎧 0502
pack [pæk] **n.** 一包 **v.** 一包
— **packed** **adj.** 塞得滿滿的
— **package** **n.** 包裹 **v.** 包裝
— **packaging** **n.** 包裝
— **packaged** **adj.** 包裝的

反 unpack 打開包裹
搭配詞 pack off 寄出、送走、匆匆離開
補充 package holiday 旅行社安排好的行程

🎧 0503
pain [pen] **n.** 疼痛
— **painful** **adj.** 痛苦的
— **painfully** **adv.** 痛苦地、強烈地
— **painless** **adj.** 不痛的

反 comfort 舒適
補充 pain killer 止痛藥
give sb. a pain 使……煩心

🎧 0504
par·tic·u·lar [pɚˋtɪkjələ] **adj.** 特別的
n. 細目、詳細情況
— **particularly** **adv.** 特別地
— **particularity** **n.** 特性
— **particularize** **v.** 使……特殊、詳細說明
— **particularization** **n.** 詳述

反 general 普遍的
補充 in particular 尤其是

考前衝刺——**加分補給站**

particular和special的意思都是「特別的」，但particular是指在一群相同事物中，其中有一項「跟別人比起來特別不一樣」，是程度上的不同。而special在語意上較無限定範圍，單純指「某個東西很特別」。

🎧 0505

pa·tient [ˈpeʃənt] **adj.** 有耐心的 **n.** 病人
—**patiently** **adv.** 耐心地
—**patience** **n.** 耐性、耐心

反 inpatient 沒耐心的
搭配詞 patient with 對……有耐心
補充 patient as Job 有十足的耐性

🎧 0506

peace [pis] **n.** 和平
—**peaceful** **adj.** 和平的
—**peacefully** **adv.** 和平地
—**peacetime** **n.** 和平時期
—**peacemaker** **n.** 調解人、和事佬

反 war 戰爭
補充 peaceful coexistence 和平共存

🎧 0507

per·fect [ˈpɝfɪkt] **adj.** 完美的
—**perfectly** **adv.** 完美地、完全地
—**perfective** **adj.** 完美的、完成式的 **n.** 完成式
—**perfection** **n.** 完美
—**perfectionist** **n.** 完美主義者
—**perfectionism** **n.** 完美主義

反 imperfect 不完美的
補充 Practice makes perfect. 熟能生巧。
perfect stranger 完全不認識的人

輕鬆點，學些延伸小常識吧！

英文裡有許多諺語（Proverb）都像" Practice makes perfect."這樣簡短又有力，這裡給大家介紹一下，學起來用在口說或作文都很好用！

Haste makes waste. 欲速則不達。

Seeing is believing. 百聞不如一見。

Unity is strength. 團結就是力量。

Knowledge is power. 知識就是力量。

Live and learn. 活到老，學到老。

Sow nothing, reap nothing. 無功不受祿。

🎧 0508

pe·ri·od [`pɪrɪəd] **n.** 期間、時代

——**periodical** **adj.** 週期的、定期的

——**periodically** **adv.** 週期地、定期地

——**periodicity** **n.** 定期

補充 in the period of...
在……期間
period pain 經痛

🎧 0509

pho·to·graph/pho·to [`fotəˌgræf]/[`foto]

n. 照片 **v.** 照相

——**photographer** **n.** 攝影師

——**photographic** **adj.** 攝影的、逼真的

——**photographically** **adv.** 攝影地、逼真地

——**photography** **n.** 照相術

補充 take a photo 照相

🎧 0510

pick [pɪk] **n.** 挑選 **v.** 摘、選擇

——**picking** **n.** 挑選、外快

——**picked** **adj.** 精挑細選的

——**picky** **adj.** 挑剔的

搭配詞 pick up 撿起、獲得
補充 pick your way 小心翼翼地走著
have a bone to pick 不同意

🎧 0511

pleas·ure [`plɛʒɚ] **n.** 愉悅

——**pleasurable** **adj.** 令人快活的

——**pleasant** **adj.** 愉快的

——**pleasantly** **adv.** 愉快地

同 delight 欣喜、愉快
反 misery 悲慘
補充 to one's pleasure...
令某人開心的是……
My pleasure.（這是）我的榮幸。

🎧 0512

po·em [`poɪm] **n.** 詩

——**poet** **n.** 詩人

——**poetry** **n.** 詩（集）

——**poetic** **adj.** 詩（人）的

補充 write a poem 寫詩

🎧 0513

po·lite [pə`laɪt] **adj.** 有禮貌的

——**politely** **adv.** 有禮貌地

——**politeness** **n.** 禮貌、客氣

同 mannerly 有禮貌的
反 impolite 無禮的
補充 be polite to sb. 對某人禮貌

0514

pop·u·lar [ˈpɑpjələ] **adj.** 流行的、受歡迎的、通俗的

— **popularly** **adv.** 流行地、通俗地
— **popularity** **n.** 流行、普及
— **popularize** **v.** 使……流行、使……普及

反 unpopular 不受歡迎的
補充 popular among 在……之間流行
contrary to popular opinion 事實不然

0515

pos·i·tive [ˈpɑzətɪv] **adj.** 確信的、積極的、正的

— **positively** **adv.** 積極地、正向的
— **positivity** **n.** 積極性

反 negative 消極的、負的
補充 positive criticism 建設性的批評

0516

post [post] **n.** 郵件 **v.** 郵寄、公佈 **adv.** 快速地

— **postal** **adj.** 郵政的、郵件的
— **postage** **n.** 郵資
— **poster** **n.** 張貼、海報
— **postcard** **n.** 明信片

搭配詞 post up 張貼
補充 post office 郵局
post-free 免郵資的

0517

pre·fer [prɪˈfɜ] **v.** 偏愛、較喜歡

— **preferred** **adj.** 更被喜歡的
— **preference** **n.** 偏愛、較喜歡
— **preferential** **adj.** 優先的
— **preferable** **adj.** 更好的

同 favor 偏愛
搭配詞 prefer to 較喜歡

0518

pres·ent [ˈprɛznt] **adj.** 目前的、出席的
n. 片刻、禮物 [prɪˈzɛnt] **v.** 呈現

— **presently** **adv.** 目前
— **presenter** **n.** 呈現者、引見者
— **presence** **n.** 出席、在場

同 gift 禮物
反 absent 未出席的
搭配詞 present to 出現在
補充 at present 目前
present tense 現在式

小提醒！試比較拼法相近的**prevent**（見p.225）

0519

pres·i·dent [ˈprɛzədənt] **n.** 總統

— **presidential** **adj.** 總統（制）的
— **presidency** **n.** 總統任期

補充 presidential election 總統大選
presidential suite 總統套房

🎧 0520
pri·vate [ˈpraɪvɪt] **adj.** 私密的、私下的、私有的

— **privately** **adv.** 私下地
— **privacy** **n.** 隱私
— **privatize** **v.** 使……私有化
— **privatization** **n.** 私有化

同 personal 私人的
反 public 公眾的
補充 private school 私立學校
private secretary 私人祕書

🎧 0521
pro·duce [prəˈdjus] **v.** 生產 [ˈprɑdjus] **n.** 產品

— **producer** **n.** 製造者
— **product** **n.** 產品
— **production** **n.** 生產、產量
— **productive** **adj.** 生產的、多產的
— **productivity** **n.** 生產力

補充 produce effect 生效
production line 生產線

🎧 0522
pro·gress [ˈprɑgrɛs] **n.** 進展 [prəˈgrɛs] **v.** 進行

— **progression** **n.** 前進、連續
— **progressive** **adj.** 進步的、先進的、進行式的
— **progressively** **adv.** 先進地、前進地

反 decline 衰退
補充 make progress in...
在……有進展

考前衝刺──**加分補給站** 試比較同義不同用法的advance（見p.106）

advance和progress都有「前進、先進」的意思，但兩個單字所用的方面並不相同。advance意指「時代、科技」有進步，而progress指的是「按照既定目標前進」的進步，多用於抽象上的「某方面」有進步。

🎧 0523
proj·ect [ˈprɑdʒɛkt] **n.** 計畫 [prəˈdʒɛkt] **v.** 推出、投射

— **projector** **n.** 投影機
— **projection** **n.** 規劃、投射、預估
— **projective** **adj.** 投影的

補充 project oneself into 將自己設身處地於……
project manager 專案經理

🎧 0524

prom·ise [ˋprɑmɪs] **n.** 諾言 **v.** 對……承諾
—**promising** **adj.** 有前途的
—**promisingly** **adv.** 有前途地
—**promisor** **n.** 許諾者
—**promissory** **adj.** 約定好的

反 renege 食言、背信
補充 promised land 應許之地、天堂
A promise is a promise. 一諾千金。

🎧 0525

pro·pose [prəˋpoz] **v.** 提議、求婚
—**proposed** **adj.** 被提議的
—**proposer** **n.** 提議人
—**proposal** **n.** 提出（建議）、求婚
—**proposition** **n.** 提議、建議

小提醒！試比較拼法相近的purpose（見p.070）

反 oppose 反對
搭配詞 propose to... 向……求婚
補充 propose a toast 提議乾杯

🎧 0526

pro·tect [prəˋtɛkt] **v.** 保護
—**protected** **adj.** 受保護的
—**protection** **n.** 保護
—**protector** **n.** 保護者
—**protective** **adj.** 保護的
—**protectively** **adv.** 保護（性）的

小提醒！試比較拼法相近的protest（見p.300）

反 attack 攻擊
搭配詞 protect from... 保護使免於……

🎧 0527

pro·vide [prəˋvaɪd] **v.** 提供
—**providing** **adj.** 假如……（提供此條件）
—**provided** **adj.** 假如……（提供此條件）
—**provider** **n.** 供應者

反 deprive 剝奪
搭配詞 provide with 提供
provide against 為……作準備

考前衝刺——**加分補給站** 試比較同義不同用法的supply（見p.169）

provide跟supply都有「供應、提供」的意思，但provide提供的是「應付各種意外、災害、或緊急狀況時的物品」，而supply強調「定期供應」，提供的是「替代品或補充用品」。

🎧 0528
pun·ish [ˈpʌnɪʃ] **v.** 處罰
—**punishment** **n.** 處罰
—**punisher** **n.** 施罰者
—**punishable** **adj.** 該罰的

反 award 獎賞
補充 punish sb. for...
因……而懲罰某人
punish sb. with.. 用……
懲罰某人

🎧 0529
puz·zle [ˈpʌzl̩] **n.** 難題、謎題
　　　　　v. 使費解、使苦思
—**puzzling** **adj.** 令人苦思的、令人搞糊塗的
—**puzzled** **adj.** 困惑的、茫然的
—**puzzlement** **n.** 謎題、費解

同 baffle 把……難倒
搭配詞 puzzle over 苦思
補充 jigsaw puzzle 拼圖

輕鬆點，學些延伸小常識吧！

想知道生活裡一些有趣好玩的玩具／消遣小物的英文該怎麼說嗎？

> Rubik's cube　魔術方塊　　　> table game　桌上遊戲

> Poker　撲克牌　　　　　　　> Mahjong　麻將

> Monopoly　大富翁　　　　　　> chess　西洋棋

學完了這麼多單字，你記住了幾個呢？趕快做做看以下的小測驗，看看自己學會多少囉！

(　) 1. magic 　　(A) 魔法 　　(B) 想像 　　(C) 智者

(　) 2. mass 　　(A) 混亂 　　(B) 大量 　　(C) 跳過

(　) 3. material 　　(A) 母性的 　　(B) 物質的 　　(C) 特別的

(　) 4. medicine 　　(A) 醫院 　　(B) 藥房 　　(C) 藥物

(　) 5. narrow 　　(A) 窄的 　　(B) 長的 　　(C) 尖的

(　) 6. necessary 　　(A) 清潔的 　　(B) 必要的 　　(C) 固定的

(　) 7. negative 　　(A) 正面的 　　(B) 負面的 　　(C) 中等的

(　) 8. neighbor 　　(A) 港灣 　　(B) 馬術 　　(C) 鄰居

(　) 9. obey 　　(A) 乞求 　　(B) 服從 　　(C) 祈禱

(　) 10. object 　　(A) 投射 　　(B) 抗議 　　(C) 拒絕

(　) 11. operate 　　(A) 運轉 　　(B) 評價 　　(C) 表現

(　) 12. organization 　　(A) 人員 　　(B) 器官 　　(C) 組織

(　) 13. pack 　　(A) 一包 　　(B) 背後 　　(C) 黑色

(　) 14. pain 　　(A) 疼痛 　　(B) 麵包 　　(C) 玻璃

(　) 15. participate 　　(A) 分開 　　(B) 參與 　　(C) 部分

解答：

1. A	2. B	3. B	4. C	5. A
6. B	7. B	8. C	9. B	10. B
11. A	12. C	13. A	14. A	15. B

( ) 1. main (A) 麵食的 (B) 主要的 (C) 男性的

( ) 2. mark (A) 記號 (B) 製作 (C) 混亂

( ) 3. measure (A) 確定的 (B) 微小的 (C) 測量

( ) 4. memory (A) 記憶 (B) 成員 (C) 相簿

( ) 5. military (A) 軍事的 (B) 嚴厲的 (C) 堅強的

( ) 6. monster (A) 巨大的 (B) 可怕的 (C) 怪物

( ) 7. mix (A) 混合 (B) 叫喊 (C) 調整

( ) 8. million (A) 億 (B) 百萬 (C) 千萬

( ) 9. novel (A) 長篇小說 (B) 橢圓 (C) 獎品

( ) 10. organ (A) 猩猩 (B) 器官 (C) 訂製

( ) 11. patient (A) 天真的 (B) 有耐心的 (C) 困擾的

( ) 12. peace (A) 青豆 (B) 一塊 (C) 和平

( ) 13. perfect (A) 表演的 (B) 完美的 (C) 有責任的

( ) 14. protect (A) 保護 (B) 簽署 (C) 抗議

( ) 15. puzzle (A) 謎題 (B) 嘴巴 (C) 鳴叫

解答：

1. B	2. A	3. C	4. A	5. A
6. C	7. A	8. B	9. A	10. B
11. B	12. C	13. B	14. A	15. A

Qq

🎧 0530

quan·ti·ty [ˈkwɑntətɪ] **n.** 數量
— **quantify** **v.** 以數量表示、將……定量
— **quantifier** **n.** 數量詞
— **quantifiable** **adj.** 可計量的

小提醒！試比較拼法相近的qualify（見p.362）

反 quality 質量
補充 quantities of 許多

Rr

🎧 0531

re·cord [ˈrɛkəd] **n.** 紀錄、唱片 [rɪˈkord] **v.** 錄音、紀錄
— **record**able **adj.** 可紀錄的
— **record**ing **n.** 紀錄的、錄影的
— **record**er **n.** 紀錄者、書記員
— **record**ation **n.** 記載

補充 record-breaking 破紀錄的
record holder 紀錄保持者

🎧 0532

re·gard [rɪˈgɑrd] **n.** 關心、注意、關係
v. 注視、認為、與……有關
— **regard**ing **adj.** 關於、就……而論
— **regard**ful **adj.** 留心的
— **regard**less **adj.** 不留心的、不關切的
adv. 不顧一切後果

反 disregard 不管、不顧
補充 regard A as B 把 A 視為 B
in that regard 就那方面來說

🎧 0533

reg·u·lar [ˈrɛgjələ] **adj.** 平常的、定期的、規律的
— **regular**ity **n.** 規律性
— **regular**ize **v.** 使……規律
— **regular**ization **n.** 規律化

反 irregular 不規律的
補充 regular army 常備軍、正規軍

0534

re·ject [rɪˋdʒɛkt] **v.** 拒絕、丟棄、駁回
- **rejecter** **n.** 拒絕者
- **rejection** **n.** 拒絕、摒棄、廢棄物
- **rejective** **adj.** 拒絕的

反 approve 贊成、同意
補充 reject sb. or sth. out of hand 一口回絕

0535

re·peat [rɪˋpit] **n.** 重複 **v.** 重複
- **repeating** **adj.** 反覆的、連發的
- **repeated** **adj.** 重複的
- **repeatedly** **adv.** 再三
- **repeater** **n.** 複誦者、重複者

補充 repeat a year 留級
History repeats itself. 歷史會重演。

0536

re·quire [rɪˋkwaɪr] **v.** 需要
- **requirement** **n.** 需要
- **required** **adj.** 必需的、必修的（科目）

同 need 需要
補充 require sth. from sb. 向某人要求某物
the first requirement 第一要件

0537

re·spect [rɪˋspɛkt] **n.** 尊重 **v.** 尊重、尊敬
- **respected** **adj.** 受尊重的
- **respectable** **adj.** 值得尊敬的
- **respectably** **adv.** 可敬地、相當地
- **respectful** **adj.** 尊敬人的
- **respectfully** **adv.** 恭敬的

同 admire 欽佩
反 disrespect 不尊重
補充 show respect to 尊敬

考前衝刺──加分補給站 試比較同義不同用法的awe（見p.331）

respect與awe同樣都有尊敬的意思，awe除了尊敬以外，多少還有點因為太尊敬而不敢接近的感覺。respect就不會有這種難以接近、害怕的感覺。

0538

re·spon·si·bil·i·ty [rɪspɑnsəˋbɪlɪtɪ] **n.** 責任、義務
- **responsible** **adj.** 負責任的
- **responsibly** **adv.** 負責任地

反 irresponsibility 不負責任
補充 be responsible for...
為……負責
sense of responsibility 責任感

考前衝刺——加分補給站 試比較同義不同用法的duty（見p.123）

responsibility跟duty字面上都有「責任、義務」的意思，但responsibility多是「自覺應該負起的」責任，而duty則是由工作、命令等產生的「外來加諸的」責任。所以「責任感」會說是sense of responsibility而不是sense of duty。

🎧 0539
re·view [rɪˋvju] **n.** 複習 **v.** 回顧、檢查
— **reviewer** **n.** 檢查者
— **reviewal** **n.** 校閱、覆查
— **reviewable** **adj.** 可回顧的

反 preview 預習
搭配詞 have a review over... 複習……

🎧 0540
roy·al [ˋrɔɪəl] **adj.** 皇家的、王室的、莊嚴的
— **royally** **adv.** 皇家地、莊嚴地
— **royalty** **n.** 王位、皇族、莊嚴
— **royalist** **n.** 君主主義者

同 majestic 莊嚴的
補充 royal family 皇室成員

Ss

🎧 0541
sat·is·fy [ˋsætɪsˏfaɪ] **v.** 使……滿足、使……滿意
— **satisfying** **adj.** 令人滿足的
— **satisfied** **adj.** 滿足的、滿意的
— **satisfaction** **n.** 滿足
— **satisfactory** **adj.** 令人滿意的

同 content 使……滿意
反 dissatisfy 使……不滿意
補充 be satisfied with... 對……感到滿意

🎧 0542
sci·ence [ˋsaɪəns] **n.** 科學
— **scientist** **n.** 科學家
— **scientific** **adj.** 科學的、科學家的
— **scientifically** **adv.** 科學上

補充 science fiction 科幻小說
science park 科學園區

🎧 0543

search [sɝtʃ] **n.** 調查、檢索 **v.** 搜索、搜尋
—**searching** **adj.** 搜索的
—**searcher** **n.** 搜索者、檢察官
—**searchable** **adj.** 能搜索到的

搭配詞 search for 尋找
補充 search engine（網路）搜索引擎（如 google、yahoo等）

🎧 0544

se·cret [ˈsikrɪt] **n.** 秘密 **adj.** 祕密的
—**secretly** **adv.** 祕密地、背地
—**secretary** **n.** 祕書
—**secrecy** **n.** 祕密、守密

反 revealed 揭露的
補充 keep a secret 保守祕密
secret ballot 無記名投票

🎧 0545

se·lec·tion [səˈlɛkʃən] **n.** 選擇、選定
—**select** **v.** 挑選 **adj.** 挑選過的
—**selective** **adj.** 選擇性的
—**selectively** **adv.** 有選擇的
—**selectivity** **n.** 選擇性

補充 selected course 選修課

考前衝刺——加分補給站 試比較同義不同用法的choice（見p.113）

selection跟choice都是「選擇」的意思，selection的淘汰意味、比較意味較濃，是從好幾個選項裡精挑細選出最適合的選項；而choice可以表示慎重作出的選擇，也可以表示隨意的選擇。

🎧 0546

sep·a·rate [ˈsɛpərɪt] **adj.** 分開的 /
[ˈsɛpˌret] **v.** 分開
—**separately** **adv.** 分離地
—**separated** **adj.** 分居的
—**separation** **n.** 分開、分居
—**separable** **adj.** 可分隔的

同 segregate 分離
反 unite 連結
補充 separate A into B 把 A 分成 B
go separate ways 分道揚鑣

考前衝刺——加分補給站 試比較同義不同用法的divide（見p.122）

separate跟divide都有「分開」的意思，不過divide特指「把原本的一個整體」分開成幾個部份，而separate則沒有此限定，是一個單純的「分開舉動」。

🎧 0547

set·tle [ˋsɛtl] **v.** 安排、解決
─ **settler** **n.** 解決問題的人
─ **settlement** **n.** 解決、安排

反 unsettle 使……混亂、不安定
搭配詞 settle down 定居、平靜下來、專心於
補充 settle one's hash 使……平靜下來

🎧 0548

shoot [ʃut] **n.** 射擊 **v.** 射傷、射擊
─ **shot** **n.** 射傷、射擊
─ **shooting** **n.** 發射、打獵
─ **shooter** **n.** 射手、槍砲

搭配詞 shoot for 爭取、為……努力
補充 shoot the shit 瞎聊

🎧 0549

sign [saɪn] **n.** 記號、標誌 **v.** 簽署
─ **signing** **n.** 署名、簽約
─ **signer** **n.** 簽名者
─ **signboard** **n.** 招牌、佈告板
─ **signpost** **n.** 路標、指示牌

補充 the high sign 暗號

🎧 0550

si·lence [ˋsaɪləns] **n.** 沉默 **v.** 使……靜下來
─ **silencer** **n.** 消音器
─ **silent** **adj.** 沉默的
─ **silently** **adv.** 寂靜地

反 noise 吵嚷
補充 break silence 爆料（不再沉默）
break the silence 打破寂靜

🎧 0551

slen·der [ˋslɛndɚ] **adj.** 苗條的
─ **slenderize** **v.** 使苗條
─ **slenderness** **n.** 苗條

同 slim 苗條的
反 plump 豐滿的

🎧 0552

slip [slɪp] **v.** 滑倒
─ **slippy** **adj.** 滑的、敏捷的
─ **slippery** **adj.** 滑的、靠不住的
─ **slippers** **n.** 拖鞋

同 slide 滑動
搭配詞 slip down 下滑
補充 pink slip 解雇信
slip sb. a mickey 在飲料中下藥

🎧 0553
so·ci·e·ty [sə`saɪətɪ] **n.** 社會
— **social** **adj.** 社會的
— **socially** **adv.** 社會地
— **socialize** **v.** 使……社會化
— **socialization** **n.** 社會化

補充 society column
（報紙的）社會專欄
social welfare 社會服利

🎧 0554
speed [spid] **n.** 速度、急速 **v.** 加速
— **speedy** **adj.** 迅速的、快的
— **speedily** **adv.** 迅速地
— **speediness** **n.** 迅速、快

搭配詞 speed up 加速
補充 at full speed 盡全速
speed dating 快速約會

🎧 0555
spir·it [`spɪrɪt] **n.** 精神、靈魂
— **spiritual** **adj.** 精神的、靈魂的
— **spiritually** **adv.** 精神上、心靈上
— **spiritless** **adj.** 了無生氣的

同 soul 靈魂
補充 in good spirit 高
興、欣喜
The spirit is willing but
the body weak. 愛莫能
助。

🎧 0556
stan·dard [`stændəd] **n.** 標準 **adj.** 標準的
— **standardize** **v.** 使標準化
— **standardization** **n.** 標準化

補充 up to the standard
達到標準
standard time 標準時間

🎧 0557
steal [stil] **v.** 偷、騙取
— **stealing** **n.** 偷 **adj.** 偷竊的
— **stolen** **adj.** 被偷的
— **stealth** **n.** 鬼鬼祟祟
— **stealthy** **adj.** 鬼鬼祟祟的

反 give 給予
搭配詞 steal from 從某人
／某處偷走
補充 steal sb's heart 擄
獲某人的心
steal the show 大出風頭

🎧 0558
stick [stɪk] **n.** 棍、棒 **v.** 黏
— **sticker** **n.** 標籤
— **sticky** **adj.** 黏的、棘手的
— **stickiness** **n.** 黏性

同 pole 竿、柱
搭配詞 stick to 忠於、信
守
補充 in a cleft stick 進退
兩難
a carrot and stick 威恩併
施

🎧 0559
straight [stret] **adj.** 筆直的、正直的
　　　　 adv. 直地、正直地 **n.** 直（線）
—**straightness** **n.** 筆直、正直
—**straighten** **v.** 把……弄直
—**straightforward** **adj.** 一直向前的
　　　　　　　　　 adv. 一直向前地

反 curved 彎曲的
搭配詞 straight out 直截了當
補充 straight face 面無表情

🎧 0560
strict [strɪkt] **adj.** 嚴格的
—**strictly** **adv.** 嚴格地
—**strictness** **n.** 嚴格、嚴密
—**stricture** **n.** 限制、狹窄部位

同 harsh 嚴厲的
反 amenable 肯順從的

🎧 0561
strike [straɪk] **n.** 罷工 **v.** 打擊
—**striking** **adj.** 打擊的、引人注目的、罷工的
—**strikingly** **adv.** 引人注目地
—**striker** **n.** 罷工者、打擊者

反 tap 輕拍
搭配詞 strike out 刪去
補充 strike off the rolls 開除
strike a bargain 成交、達成協定

🎧 0562
sub·ject [ˈsʌbdʒɪkt] **n.** 主題、科目、主詞
　　　　　 adj. 服從的、易受……的
—**subjective** **adj.** 主觀的、主詞的
—**subjectively** **adv.** 主觀地
—**subjectivity** **n.** 主觀（性）

反 object 受詞
搭配詞 subject to 服從、遭受
補充 change the subject 改變話題

🎧 0563
sub·tract [səbˈtrækt] **v.** 減去、扣除、移走
—**subtraction** **n.** 減去、扣除、移走
—**subtractive** **adj.** 減去的、負的
—**subtrahend** **n.** 減數

同 deduct 扣除、減除
反 add 加上

🎧 0564

suc·ceed [sək`sid] **v.** 成功

── **success** **n.** 成功
── **successful** **adj.** 成功的
── **successfully** **adv.** 成功地

反 failure 失敗
補充 key to success 成功的關鍵

🎧 0565

suit [sut] **n.** 套 **v.** 適合

── **suitable** **adj.** 適合的
── **suitably** **adv.** 適合地、相配地
── **suitability** **n.** 適合、相配度
── **suitcase** **n.** 小行李箱

搭配詞 suit to 相稱
補充 suit oneself 隨心所欲的行事

考前衝刺── **加分補給站** 試比較同義不同用法的fit（見p.131）

suit跟fit都是表達與「人本身」的適合，而非「關係上、事務上」等抽象概念的適合。兩者的差異在於，suit指的是樣式、條件、地位等的適合，fit指的是「尺吋、大小、形狀」上的適合。

🎧 0566

sup·ply [sə`plaɪ] **v.** 供給 **n.** 供應品

── **supplied** **adj.** 備有……的
── **supplier** **n.** 供應者、供應商

反 demand 需要
搭配詞 supply with 提供

考前衝刺── **加分補給站** 試比較同義不同用法的provide（見p.169）

supply跟provide都有「供應、提供」的意思，但supply強調「定期供應」，提供的是「替代品或補充用品」，而provide提供的是「應付各種意外、災害、或緊急狀況時的物品」。

🎧 0567

sup·port [sə`port] **n.** 支持者、支撐物 **v.** 支持

── **supporter** **n.** 支持者
── **supportive** **adj.** 支持的、贊助的
── **supportable** **adj.** 可支援的
── **supportability** **n.** 支持

同 uphold 支撐、支持
補充 in support of 支持、支援
pillar of support 後援、支柱

🎧 0568

sur·vive [sə`vaɪv] **v.** 倖存、殘存
—**survivor** **n.** 倖存者
—**survival** **n.** 倖存、殘存
—**surviv**ability **n.** 生存能力

搭配詞 survive from...
從……倖存下來
補充 survival kit 救命揹包
survival of the fittest 適者
生存

🎧 0569

sym·bol [`sɪmbl̩] **n.** 象徵、標誌
—**symbolic** **adj.** 象徵（性）的
—**symbolically** **adv.** 象徵（性）地
—**symbolize** **v.** 象徵、標誌
—**symboli**zation **n.** 象徵

補充 symbol of freedom
自由的象徵

Tt

🎧 0570

tear [tɪr] **n.** 眼淚 / [tɛr] **v.** 撕、撕破
—**tearing** **adj.** 撕裂般的
—**tearful** **adj.** 含淚的、流淚的
—**tearfully** **adv.** 流淚地
—**teardrop** **n.** 眼淚

反 mend 修補
搭配詞 tear down 拆除
補充 tear oneself away
強迫自己離開

🎧 0571

teen(s) [tin(z)] **n.** 十多歲
—**teenage** **n.** 青少年時期 **adj.** 十幾歲的
—**teenaged** **adj.** 十幾歲的、青少年的
—**teenager** **n.** 青少年

同 adolescent 青少年的
反 adult 成人的

🎧 0572

ter·rif·ic [tə`rɪfɪk] **adj.** 驚人的、棒極了的
—**terrifically** **adv.** 非常地
—**terrify** **v.** 使害怕
—**terrifying** **adj.** 令人害怕的
—**terrifyingly** **adv.** 令人害怕地

同 excellent 棒極了的

🎧 0573

thick [θɪk] **adj.** 厚的、濃密的

—**thickly** **adv.** 厚地、濃密地

—**thicken** **v.** 變厚、變密

—**thickness** **n.** 厚、濃密

反 thin 細薄的
補充 thick as pea soup
非常濃厚
thick and thin 任何狀況下

🎧 0574

thun·der [ˈθʌndɚ] **n.** 雷、打雷 **v.** 打雷

—**thundering** **adj.** 如雷鳴的 **adv.** 非常地

—**thunderous** **adj.** 打雷的、轟隆作響的

—**thunderously** **adv.** 轟隆作響地

—**thunderstorm** **n.** 雷雨

補充 steal sb's thunder
搶走某人的鋒頭
have a face like thunder
盛怒的表情

🎧 0575

top·ic [ˈtɑpɪk] **n.** 主題、題目

—**topical** **adj.** 主題的、時事的

—**topically** **adv.** 時事地

—**topicality** **n.** 具話題性

補充 common topic 共同
的話題

🎧 0576

tour [tʊr] **n.** 觀光 **v.** 遊覽

—**touring** **adj.** 遊客的

—**tourist** **n.** 遊客

—**tourism** **n.** 觀光、遊覽

補充 on tour 周遊各地中
tourist attraction 名勝景
點

輕鬆點，學些延伸小常識吧！

遇到要用對外國人介紹台灣名勝景點的狀況時，你能説出口的有多少呢？

> National Palace Museum　故宮博物院
> Shilin Night Market　士林夜市
> Confucius Temple　孔廟
> Cingjing Farm　清境農場
> Kenting National Park　墾丁國家公園
> Anping Castle　安平古堡
> Sun-Moon Lake　日月潭
> Taroko Gorge　太魯閣

🎧 0577

tra·di·tion [trə`dɪʃən] **n.** 傳統

— **traditional** **adj.** 傳統的

— **traditionally** **adv.** 傳統上

— **traditionalism** **n.** 傳統主義

— **traditionalist** **n.** 傳統主義者

同 custom（社會）習俗
補充 follow the tradition 遵循傳統

🎧 0578

trav·el [`trævl] **n.** 旅行 **v.** 旅行

— **traveling** **adj.** 旅行的

— **traveled** **adj.** 旅行經驗多的

— **traveler** **n.** 旅行者、旅客

同 trip 旅行
搭配詞 travel around 四處旅遊
補充 travel agency 旅行社

考前衝刺——加分補給站

trip、travel、tour都有「旅行、觀光」的意思，那麼不同的地方在哪裡？比較起來trip是最口語話的字眼，用途很廣，舉凡長時間或短時間的旅行都可以用trip這個字，而travel指的是「時間較長」的旅行，目的為「充實見識、工作、探險」等較非觀光的性質。而tour就是以「觀光、遊覽、參觀名勝景點」為主的旅行了。

🎧 0579

treat [trit] **v.** 處理、對待

— **treatment** **n.** 款待、治療

— **treatable** **adj.** 能治療的

搭配詞 treat with 對待
補充 kind treatment 善待

🎧 0580

trust [trʌst] **n.** 信任 **v.** 信任

— **trusty** **adj.** 可信的、可靠的

— **trustily** **adv.** 可信地、可靠地

— **trustful** **adj.** 相信的、信任的

— **trustfully** **adv.** 相信地、信任地

— **trustworthy** **adj.** 值得相信的

反 distrust 不信任
搭配詞 trust in 信任
補充 misplace sb's trust 信任了不對的人

考前衝刺——加分補給站 試比較同義不同用法的believe（見p.013）

trust跟believe都表示了「相信不疑」的意思，但trust包含了「信任」的意思在裡面，信任對象通常是「人」和「人品」。而believe相信的對象則是「事情、某人說的話、信仰」等等。

Uu

🎧 0581

u·ni·form [ˈjunəˌfɔrm] **n.** 制服、校服
v. 使一致 **adj.** 一致的、規律的
—**uniformed** **adj.** 穿著制服的
—**uniformly** **adv.** 一致地、規律地
—**uniformity** **n.** 一致、單調、統一

反 distinct 與其他不同的
補充 wear a uniform 穿制服

Vv

🎧 0582

val·ue [ˈvælju] **n.** 價值 **v.** 重視、評價
—**valuable** **adj.** 有價值的、昂貴的
—**valuably** **adv.** 昂貴地
—**valueless** **adj.** 無價值的
—**valuate** **v.** 對……估價
—**valuation** **n.** 估價

補充 value A as B A與B 的評價一樣

考前衝刺——**加分補給站** 試比較同義不同用法的worth（見p.175）

value跟worth在字面上都是「價值」的意思，不過worth指的是較抽象的價值，這個價值與「努力」、「時間」等等值，而value就是指實質的價值了，可以換算成金錢、財寶等。

🎧 0583

vic·to·ry [ˈvɪktərɪ] **n.** 勝利
—**victor** **n.** 勝利者
—**victorious** **adj.** 勝利的
—**victoriously** **adv.** 勝利地

同 win 贏
反 loss 輸
補充 a moral victory 精神上的勝利

Ww

🎧 0584

wake [wek] **v.** 喚醒、醒

— **waken** **v.** 醒來、睡醒

— **wakeful** **adj.** 不眠的、警醒的

— **wakefully** **adv.** 不眠地、警醒地

— **awake** **adj.** 清醒的、警惕的

反 sleep 睡覺
搭配詞 wake up 醒來
補充 wake the dead 吵死人了

🎧 0585

wide [waɪd] **adj.** 寬闊的、寬廣的

— **widely** **adv.** 寬闊地、寬廣地

— **widen** **v.** 使……變寬

— **width** **n.** 寬、廣

— **widespread** **adj.** 分佈廣泛的、普遍的

反 narrow 狹窄的
補充 all wool and a yard wide 真材實料、值得信賴

🎧 0586

wild [waɪld] **adj.** 野生的、野性的

— **wildly** **adv.** 野生地、野性地

— **wildness** **n.** 野蠻、荒野

— **wildlife** **n.** 野生動植物

同 untamed 未馴化的
反 tame 馴服的、馴養的
補充 go wild 變得瘋狂
wild field 荒地

🎧 0587

wond·er [ˈwʌndɚ] **n.** 奇蹟、驚奇
　　　　　　　　　v. 對……感到驚奇

— **wondering** **adj.** 驚訝的、疑惑的

— **wonderingly** **adv.** 驚訝地

— **wonderful** **adj.** 令人驚奇的、極好的

— **wonderfully** **adv.** 驚人地、極好地

— **wonderland** **n.** 仙境

同 amazement 驚奇
搭配詞 wonder at... 對……感到驚奇
補充 no wonder 難怪
I wonder if... 我猜、我想……

🎧 0588

worth [wɜθ] **n.** 價值 **adj.** 有……的價值
—**worthy** **adj.** 有價值的、值得的
—**worthwhile** **adj.** 值得……的
—**worthless** **adj.** 無價值的

補充 be worth doing sth.
值得做某事
not worth a damn 一點也
不值得……

考前衝刺——**加分補給站** 試比較同義不同用法的value（見p.173）

worth跟value在字面上都是「價值」的意思，不過worth指的是較抽象的價值，這個價值與「努力」、「時間」等等值，而value就是指實質的價值了，可以換算成金錢、財寶等。

Yy

🎧 0589

youth [juθ] **n.** 青年
—**youthful** **adj.** 年輕的、青年的
—**youthfully** **adv.** 年輕的
—**youthhood** **n.** 青春期

反 old 年老的
補充 in the youth 在年輕
時

Test 單字記憶保溫隨堂考—5

學完了這麼多單字，你記住了幾個呢？趕快做做看以下的小測驗，看看自己學會多少囉！

(	) 1. quantity	(A) 數量	(B) 品質	(C) 資格
(	) 2. regular	(A) 角度大的	(B) 平常的	(C) 長方形的
(	) 3. reject	(A) 抱怨	(B) 拒絕	(C) 投射
(	) 4. responsibility	(A) 投入	(B) 回應	(C) 責任
(	) 5. royal	(A) 皇家的	(B) 忠誠的	(C) 高大的
(	) 6. satisfy	(A) 使滿意	(B) 使難過	(C) 使困惑
(	) 7. selection	(A) 部分	(B) 選擇	(C) 選舉
(	) 8. separate	(A) 絕望	(B) 配合	(C) 分離
(	) 9. slender	(A) 苗條的	(B) 借人的	(C) 最後的
(	) 10. standard	(A) 等待的	(B) 站立的	(C) 標準的
(	) 11. stick	(A) 棍棒	(B) 走動	(C) 時鐘
(	) 12. terrific	(A) 噁心的	(B) 棒極了的	(C) 破裂的
(	) 13. thunder	(A) 打雷	(B) 閃電	(C) 獵人
(	) 14. uniform	(A) 表格	(B) 制服	(C) 組織
(	) 15. value	(A) 價值	(B) 勇氣	(C) 獎品

解答：

1. A	2. B	3. B	4. C	5. A
6. A	7. B	8. C	9. A	10. C
11. A	12. B	13. A	14. B	15. A

(   ) 1. youth   (A) 幼稚   (B) 青年   (C) 發誓

(   ) 2. wonder   (A) 迷路   (B) 探訪   (C) 驚奇

(   ) 3. wild   (A) 野性的   (B) 開闊的   (C) 寬的

(   ) 4. victory   (A) 輪船   (B) 歷史   (C) 勝利

(   ) 5. trust   (A) 信任   (B) 同意   (C) 利益

(   ) 6. travel   (A) 旅行   (B) 纏繞   (C) 散步

(   ) 7. topic   (A) 上方   (B) 主題   (C) 熱帶

(   ) 8. teen   (A) 隊伍   (B) 十   (C) 十幾歲的

(   ) 9. succeed   (A) 成功   (B) 完整   (C) 種子

(   ) 10. supply   (A) 供給   (B) 支持   (C) 幫助

(   ) 11. support   (A) 支持   (B) 供給   (C) 反對

(   ) 12. survive   (A) 重生   (B) 倖存   (C) 抵達

(   ) 13. symbol   (A) 象徵   (B) 樂器   (C) 響聲

(   ) 14. strike   (A) 丟棄   (B) 痛恨   (C) 打擊

(   ) 15. straight (A) 正確的   (B) 筆直的   (C) 很好的

解答：

1. B	2. C	3. A	4. C	5. A
6. A	7. B	8. C	9. A	10. A
11. A	12. B	13. A	14. C	15. B

Reading Test
閱讀測驗—1

單字有沒有記熟呢？能不能靈活運用呢？快來檢視自己的學習成果，看看是否要繼續在現有LEVEL增進實力，抑或朝著後面LEVEL層層突破，高分衝刺！

Andrea Bocelli is an Italian singer and record producer. He became blind when he was 12. As a young boy, he showed great passion for music and won a singing competition at the age of 14.

Bocelli began his singing career when he was 24, and his career took off ten years later. He has achieved international success in both classical and pop music industry. During his career, he recorded 26 albums and performed duets with the greatest artists such as Luciano Pavarotti and Celine Dion. One of his song "The prayer" (duet with Celine Dion) won the Golden Globe Award for Best Original Song. He is 60 years old now, and he still travels around the world to give performances to the audience.

(　　) 1. What is the main idea of this article?
    (A) Bocelli is blind.
    (B) Bocelli won international success when he was 24.
    (C) Bocelli is a successful singer.

(　　) 2. Who used to work with Bocelli?
    (A) Celine Farach.
    (B) Luciano Pavarotti.
    (C) Luke Pavarotti.

(　　) 3. What can be inferred from the article?
    (A) Bocelli is still very active now.
    (B) Bocelli is a female singer.
    (C) Bocelli is retired.

安德烈波伽利是義大利歌手、唱片製作人，他12歲時失明。當他很小時，就對音樂展現高度的熱愛，並在14歲時贏得歌唱比賽的冠軍。

波伽利在24歲時開始歌唱生涯，他的事業經過10年後才有了起色，他在古典音樂和流行樂界都獲得國際成功。在他的歌唱生涯中，他錄製了26張專輯，並與最傑出的藝人如盧奇亞諾帕華洛帝和席琳狄翁一起表演。他的其中一首歌「祈禱」（與席琳狄翁雙重唱）獲得金球獎最佳原聲帶獎。他今年60歲，仍赴世界各地為觀眾演出。

1. 本題詢問本文的主題，三個選項意思分別為：
(A) 波伽利失明。
(B) 波伽利24歲時就獲得國際成功。
(C) 波伽利是成功的歌手。
依照文章內容，(A)、(B)選項雖是事實，但主旨應綜觀波伽利的職業生涯成就，因此(C)為最佳答案。

2. 本題詢問誰曾經與波伽利共事過？三個選項分別為：
(A) 席琳法拉奇(Celine Farach)。
(B) 盧奇亞諾帕華洛帝(Luciano Pavarotti)。
(C) 路克帕華洛帝(Luke Pavarotti)。
依照文章內容，(A)、(C)選項均非與波伽利共事的人，僅(B)選項為正解。

3. 本題詢問，從這篇文章中，我們可以推斷以下何者正確：
(A) 波伽利至今仍很活躍。
(B) 波伽利是女歌手。
(C) 波伽利已退休。
依照文章內容得知，波伽利是男歌手，因文中提及他時用he，因此(B)選項錯。而文章最後一段提及他今年60歲，仍在世界各地演唱，因此尚未退休，因此(C)選項錯。本題(A)選項為正解。

答案：1. (C)　　2. (B)　　3. (A)

Reading Test
閱讀測驗—2

單字有沒有記熟呢？能不能靈活運用呢？快來檢視自己的學習成果，看看是否要繼續在現有LEVEL增進實力，抑或朝著後面LEVEL層層突破，高分衝刺！

Betty is a dietician. She teaches people how to select food and have a healthy diet. She believes that you are what you eat, so she always encourages her clients to enjoy real food instead of processed food.

In fact, real food contains a lot of anti-oxidants and fibers, which are good for our body. Some people even find that they no long need to take medicine after changing their diet. For those who struggle with obesity, Betty provides them with diet suggestion lists to help them lose weight.

(   ) 1. What of the following is NOT true?

    (A) Betty highly recommends her clients to eat processed food.

    (B) Betty teaches people how to eat the right food.

    (C) Real food is more nutritious than processed food.

(   ) 2. What does Betty believe in?

    (A) We can eat whatever we want.

    (B) We are what we eat.

    (C) A healthy diet can't improve our health.

(   ) 3. What can be inferred from the article?

    (A) Having a good diet will do harm to our body.

    (B) Betty encourages her clients to eat processed food.

    (C) Obese people can lose weight with proper diet.

解答

貝蒂是營養師，她教人們如何選擇食物並擁有健康的飲食。她相信人如其食，所以總是鼓勵她的客戶吃真正的食物，而非加工食品。

事實上，真正的食物含有大量的抗氧化劑和纖維，對我們的身體很有益處。有些人甚至發現他們改變飲食習慣後，就不再需要吃藥了。對於受到肥胖問題困擾的人來說，貝蒂會提供飲食建議清單，來幫助他們減肥。

1. 本題詢問以下何者為非，三個選項意思分別為：
(A) 貝蒂高度推薦她的客戶吃加工食品。
(B) 貝蒂教導人們如何吃對食物。
(C) 真正的食物比加工食品來得營養。

依照文章內容，(A)選項錯，因為貝蒂鼓勵她的客戶吃真正的食物，而非加工食品。(B)、(C)均正確，本題要選　述錯誤的答案，因此(A)選項為正解。

2. 本題詢問貝蒂相信什麼？三個選項分別為：
(A) 我們可以想吃什麼就吃麼。
(B) 人如其食。
(C) 健康的食物無法改善我們的健康。

依照文章內容第一段，貝蒂相信人如其食(you are what you eat)，因此僅(B)選項為正解。

3. 本題詢問，從這篇文章中，我們可以推斷以下何者正確：
(A) 擁有健康的飲食對我們的身體有害。
(B) 貝蒂鼓勵她的客戶吃加工食品。
(C) 肥胖的人可以透過適當的飲食減重。

依照文章內容最後一段提及，貝蒂會提供飲食建議清單，來幫助肥胖的人減肥，由此可推斷(C)選項為正解。

答案：1. (A)　　　2. (B)　　　3. (C)

單字有沒有記熟呢？能不能靈活運用呢？快來檢視自己的學習成果，看看是否要繼續在現有LEVEL增進實力，抑或朝著後面LEVEL層層突破，高分衝刺！

Kevin is an excellent math teacher. He started his teaching career after graduating from National Taiwan Normal University. He believes that teachers shouldn't have preferences for certain students because with proper guidance, all students can be successful in different fields.

Kevin is gentle but strict to his students. In addition to teaching his students how to multiply and divide fractions, he is also a spiritual teacher. Many of his students later become engineers, scientists, and university professors. Because of his devotion to education, he is well-respected by his students and parents alike.

(　　) 1. What of the following is true?
    (A) Kevin teaches geography.
    (B) Kevin is a fine educator.
    (C) Kevin started his teaching career when he was a university student.

(　　) 2. What does Kevin believe in?
    (A) Teachers shouldn't have preferences for good students.
    (B) Teachers should be harsh on students.
    (C) Students should keep a distance from their teachers.

(　　) 3. What can be inferred from the article?
    (A) Kevin is not a supportive teacher.
    (B) All of Kevin's students become millionaires.
    (C) Kevin is very popular among his students and parents.

凱文是很優秀的數學老師，他在於國立台灣師範大學畢業後開始教書。他相信老師不應偏愛特定學生，因為透過適當的引導，所有學生在不同領域都能有成就。

凱文對學生既溫和又嚴格，除了教他們分數的乘法和除法以外，他也是位心靈導師。他的許多學生後來成為工程師、科學家及大學教授，由於他對教育的貢獻，他很受到學生和家長的敬重。

1. 本題詢問以下何者為真，三個選項意思分別為：
(A) 凱文教地理。
(B) 凱文是一名優秀的教育家。
(C) 凱文在唸大學時就開始教書的生涯。
依照文章內容，(A)選項錯，凱文教的是數學，並非地理；(C)選項錯，凱文在師大畢業後才開始教書；根據文章內容，(B)選項正確，凱文是位優秀的老師。

2. 本題詢問凱文相信什麼？三個選項意思分別為：
(A) 老師不應偏愛好學生。
(B) 老師應該對學生很嚴酷。
(C) 學生應跟老師保持距離。
依照文章內容第一段，凱文相信老師不應偏愛特定學生，因此僅(A)選項為正解。(B)選項中，harsh (adj)這個單字的意思是令人感到不快的嚴厲，與strict (adj)嚴格不同，因此(B)選項錯誤。(C)選項中，文章並無提及凱文認為學生應跟老師保持距離，因此(C)選項錯誤。

3. 本題詢問，從這篇文章中，我們可以推斷以下何者正確：
(A) 凱文並不給予學生支持。
(B) 凱文的所有學生都成為百萬富翁。
(C) 凱文非常受到學生和家長的歡迎。
依照文章內容最後一段提及，由於凱文對教育的貢獻，他很受到學生和家長的敬重，由此可推斷(C)選項為正解。(A)選項錯，因為凱文除了教數學，也是學生的心靈導師，可見他會給予學生心靈的支持；(B)選項錯，文章並未提及所有學生都是百萬富翁。

答案：1. (B)　　2. (A)　　3. (C)

Level 3

考前衝刺
英文單字Level 3

Aa

🎧 0590

ac·ci·dent [ˈæksədənt] **n.** 意外事故、偶發事件
—**accidental** **adj.** 意外的、偶然的
—**accidentally** **adv.** 意外地、偶然地
—**accidentalism** **n.** 偶然論

補充 accident rate 肇事率
have an accident 發生意外

🎧 0591

ac·count [əˈkaʊnt] **n.** 帳目、記錄 **v.** 視為、負責
—**accounting** **n.** 會計（學）、結帳、帳單
—**accountancy** **n.** 會計工作
—**accountable** **adj.** 應對……負責的
—**accountably** **adv.** 應對……負責地

補充 bank account 銀行帳戶
account for sth. 為……負責

🎧 0592

ac·cu·rate [ˈækjərɪt] **adj.** 精確的、準確的
—**accurately** **adv.** 精確地、準確地
—**accuracy** **n.** 精確、準確

反 inaccurate 不正確的
補充 be accurate at sth. 對……很精確

考前衝刺──**加分補給站** 試比較同義不同用法的exact（見p.128）

accurate跟exact都有「精確的、準確的」的意思，不過accurate是「事物經由調校、比對、考究」等努力之後所得出的精確度，而exact則單純強調「事物是100%的精確、正確」。

🎧 0593

ache [ek] **n.** 疼痛
—**headache** **n.** 頭痛
—**stomachache** **n.** 胃痛
—**toothache** **n.** 牙痛

反 comfort 舒適
補充 ache for sth. 渴望某事／為某事感到遺憾

🎧 0594

a·chieve [əˈtʃiv] **v.** 實現、完成
—**achiever** **n.** 獲得成功的人
—**achievement** **n.** 成績、成就
—**achievable** **adj.** 可實現的、可達到的

補充 achieve the goal 達成目標
a great achievement 一大成就

🎧 0595

ad·mire [əd`maɪr] **v.** 欽佩、讚賞
—**admiring** **adj.** 欽佩的、羨慕的
—**admiringly** **adv.** 欽佩地、羨慕地
—**admiration** **n.** 欽佩、讚賞
—**admirable** **adj.** 值得欽佩的、極好的
—**admirably** **adv.** 值得欽佩地、極好地

反 despise 看不起
補充 admire sb. for 讚賞某人……

🎧 0596

ad·mit [əd`mɪt] **v.** 容許……進入、承認、允許
—**admitted** **adj.** 公認的
—**admittedly** **adv.** 公認地
—**admittance** **n.** 容許……進入、承認

同 allow 允許
搭配詞 admit of 有……的餘地、容許
補充 admit a student to college 允許某學生進入大學
admit one's guilt 認罪

🎧 0597

a·dopt [ədɑpt] **v.** 收養、採用
—**adopted** **adj.** 被收養的、被採用的
—**adoption** **n.** 收養、採用
—**adoptive** **adj.** 收養的、採用的
—**adopter** **n.** 養父／養母、採用者
—**adoptee** **n.** 被收養者

補充 adoptive parents 養父母
adopt sb. as his/her son/daughter 收養某人為兒子／女兒

🎧 0598

ad·van·tage [əd`væntɪdʒ] **n.** 利益、優勢
—**advantaged** **adj.** 佔優勢的
—**advantageous** **adj.** 有利的、有幫助的
—**advantageously** **adv.** 有利地、有幫助地

同 benefit 利益
反 disadvantage 不利條件
補充 take advantage of 利用
have an advantage over sb. 比某人佔優勢

🎧 0599

ad·ven·ture [əd`vɛntʃɚ] **n.** 冒險
—**adventuring** **adj.** 充滿冒險的
—**adventurer** **n.** 冒險者、投機者
—**adventuresome** **adj.** 冒險性的

反 inertia 惰性、安逸
補充 the spirit of adventure 冒險精神
adventure novel 冒險小說

🎧 0600

ad·ver·tise [ˈædvɚˈtaɪz] **v.** 登廣告、作宣傳
—**advertisement** **n.** 廣告、宣傳
—**advertising** **n.** 廣告業、登廣告
—**advertiser** **n.** 廣告客戶

補充 put an advertisement in newspaper 在報上登廣告

🎧 0601

ad·vise [ədˈvaɪz] **v.** 勸告
—**advised** **adj.** 深思熟慮的
—**adviser** **n.** 顧問、勸告者
—**advisory** **adj.** 顧問的、勸告的
—**advice** **n.** 忠告、勸告

補充 advise sb. against 勸某人不要……
legal adviser/advisor 法律顧問

🎧 0602

af·fect [əˈfɛkt] **v.** 影響、使感動、假裝
—**affecting** **adj.** 令人感動的
—**affected** **adj.** 受影響的、假裝的
—**affection** **n.** 影響、情愛
—**affectionate** **adj.** 充滿感情的
—**affectless** **adj.** 不受影響的

補充 be affected by... 受……影響

小提醒！試比較拼法相近的**effect**（見p.126）

考前衝刺——**加分補給站**

affect和influence都有「影響」的意思，不同的是affect所引起的影響較為即時而顯著，而influence偏向潛移默化的影響，著重在「思想、人格」上的影響。

🎧 0603

a·maze [əˈmez] **v.** 使大為驚奇
—**amazing** **adj.** 驚人的
—**amazingly** **adv.** 驚人地
—**amazed** **adj.** 吃驚的
—**amazedly** **adv.** 愕然
—**amazement** **n.** 吃驚

同 astonish 使……吃驚
補充 be amazed at sth. 對某事感到吃驚
in amazement 驚訝地

🎧 0604
am·bi·tion [æmˈbɪʃən] n. 雄心壯志、志向
- ambitious adj. 野心勃勃的
- ambitiously adv. 野心勃勃地
- ambitiousness n. 偉大抱負

反 contentment 心滿意足
補充 a great ambition 雄大的抱負
sb. be filled with ambition 某人充滿了雄心壯志

🎧 0605
ap·pre·ci·ate [əˈpriʃɪet] v. 欣賞、鑒賞、感謝
- appreciation n. 欣賞、鑒賞、感謝
- appreciative adj. 欣賞的、鑒賞的、感謝的
- appreciator n. 鑒賞者
- appreciatory n. 有鑒賞力的

反 disparage 貶低、輕視
補充 be not appreciated 不被賞識

🎧 0606
ap·prove [əˈpruv] v. 批准、認可
- approving adj. 贊成的、嘉許的
- approved adj. 被認可的
- approval n. 批准、認可
- approvable adj. 可批准的

反 disapprove 不認可
搭配詞 approve of 贊成
補充 be officially approved 經由官方認可
approve a project 批准該計畫

🎧 0607
as·sist [əˈsɪst] v. 說明、援助
- assistant n. 助手、助理 adj. 助理的、輔助的
- assistance n. 援助、幫助
- assistantship n. 助教職務、研究生獎學金

同 help 幫助
補充 assist sb. in Ving 協助某人做某事

🎧 0608
at·tract [əˈtrækt] v. 吸引
- attraction n. 吸引力、
- attractive adj. 吸引人的、動人的
- attractively adv. 引人注目地

反 repel 使……反感
補充 be attracted to sb. 被某人吸引
attract sb.'s attention 引起某人的注意

🎧 0609
au·to·mat·ic [ˌɔtəˈmætɪk] adj. 自動的
- automatically adv. 自動地
- automation n. 自動化
- automaticity n. 自動性

反 manual 手工的、用手操作的
補充 fully automatic 全自動

Bb

🎧 0610
bare [bɛr] **adj.** 暴露的、僅有的
— **barely** **adv.** 簡直沒有、幾乎不能
— **bareness** **n.** 赤裸
— **barefooted** **adj.** 打赤腳的
— **barehanded** **adj.** 空手的

反 clothed 有穿衣服的
補充 be bare to the waist 上半身打赤膊
be bare of sth. 幾乎沒有某物

🎧 0611
be·have [bɪ`hev] **v.** 行動、舉止
— **behavior** **n.** 行為、舉止
— **behavioral** **adj.** 行為的

同 conduct 行為
補充 behave courageously 表現得勇敢
behave in an offensive manner 作出令人厭惡的行為

🎧 0612
ben·e·fit [`bɛnɪfɪt] **n.** 益處、利益
— **beneficial** **adj.** 有益處的
— **beneficially** **adv.** 受益地
— **beneficiary** **n.** 受益人

補充 benefit by / from 得益於……
of benefit (to sb.) 對……有益處

考前衝刺——加分補給站 試比較同義不同用法的profit（見p.226）

profit和benefit都有「利益」的意思，但benefit泛指可得到的好處、利益、回報等，不一定指經濟上的利益；而profit專指透過投資等方式取得的「經濟利益」。

🎧 0613
bless [blɛs] **v.** 祝福
— **blessing** **n.** （上帝的）賜福、祝福
— **blessed** **adj.** 被祝福的、喜樂的
— **blessedly** **adv.** 幸福地

反 curse 詛咒
補充 God bless you. 上帝保佑你
be blessed with... 有幸得到……

🎧 0614
breath [brɛθ] **n.** 呼吸、氣息
— **breathe** **v.** 呼吸、生存
— **breathed** **adj.** 無聲的、有氣的
— **breathless** **adj.** 沒有呼吸的
— **breathtaking** **adj.** 驚人（到讓人忘了呼吸）的

補充 take a deep breath 深呼吸
be short of breath 氣喘吁吁

🎧 0615
bril·liant [ˈbrɪljənt] **adj.** 有才氣的、出色的
— **brilliantly** **adv.** 出色地、光彩奪目地
— **brilliance** **n.** 光彩、出眾的才智

反 dull 暗淡無光的、笨的
補充 a brilliant idea 絕妙的點子

🎧 0616
bur·y [ˈbɛrɪ] **v.** 埋
— **buried** **adj.** 被埋的
— **burier** **n.** 被埋的人或物
— **burial** **n.** 埋葬、葬禮 **adj.** 埋葬的、葬禮的

反 dig 挖掘
補充 bury one's nose in a book 埋頭看書
bury the hatchet 和解

Cc

🎧 0617
cap·i·tal [ˈkæpətl] **n.** 首都、資本
adj. 主要的、（字母）大寫的、處死刑的
— **capitalize** **v.** 資本化、用大寫寫（字母）
— **capitalization** **n.** 資本化、用大寫寫（字母）
— **capitalism** **n.** 資本主義
— **capitalist** **n.** 資本家、資本主義者

補充 capital assets 資本、資產
capital punishment 死刑
make capital (out) of sth. 利用

🎧 0618
cast [kæst] **n.** 投擲、演員班底 **v.** 用力擲、選角
— **casting** **n.** 投擲、分配角色
— **caster** **n.** 投擲者、投擲物
— **castoff** **adj.** 被丟棄的

同 throw 投、擲
搭配詞 cast away 丟掉、浪費
cast out 逐出
補充 cast a vote 投票
cast the first stone 首先發難

0619

cel·e·brate [ˋsɛləˌbret] **v.** 慶祝、慶賀

— **celebrated** **adj.** 著名的
— **celebration** **n.** 慶祝、慶典
— **celebrator** **n.** 慶祝者
— **celebratory** **adj.** 興高采烈的

補充 Let's celebrate! 咱們來慶祝一下吧！

考前衝刺——**加分補給站** 試比較同義不同用法的commemorate（見p.394）

celebrate和commemorate都有「慶祝某活動」的意思，但celebrate慶祝的活動多是有「讚揚、誇耀、稱頌」的性質，而commemorate則是慶祝「具有紀念意義」的事件或活動。

0620

chal·lenge [ˋtʃælɪndʒ] **n.** 挑戰 **v.** 向……挑戰

— **challenging** **adj.** 有挑戰性的
— **challenged** **adj.** 身殘人士（委婉說法）
— **challenger** **n.** 挑戰者

補充 challenge sb. to a duel 要求某人參加決鬥
rise to the challenge 接受挑戰

0621

charm [tʃɑrm] **n.** 魅力 **v.** 迷住、使……陶醉

— **charming** **adj.** 有魅力的、迷人的
— **charmingly** **adv.** 迷人地
— **charmed** **adj.** 被迷住的
— **charmless** **adj.** 沒有魅力的

同 enchantment 魅力、迷人之處
補充 charm sb. with sth. 用某物迷住某人
The third time is the charm. 凡事試三次，一定會成功。

0622

cheer [tʃɪr] **n.** 歡呼 **v.** 喝采、振奮

— **cheering** **n.** 歡呼、喝采
— **cheerful** **adj.** 高興的、樂意的
— **cheerfully** **adv.** 高興地、樂意地

反 depress 使……消沉
搭配詞 cheer up 高興起來、使高興
補充 cheer squad 啦啦隊

0623

civ·il [ˋsɪvl] **adj.** 國家的、公民的、文明的

— **civilize** **v.** 使……文明、使……開化
— **civilized** **adj.** 文明的、開化的
— **civilization** **n.** 文明（國家）

反 barbaric 半開化的
補充 civil service 文官（職務）
keep a civil tongue in your head 說話要文明有禮

見下頁的「延伸學習小教室」

輕鬆點,學些延伸小常識吧!

所謂的Civil Service或是Public Service(文官職務),就是公務員的意思。在台灣上至總統下至各公家機關辦事服務員,都可稱作「Civil Service」。來看一下台灣主要的Civil Service的英文都怎麼說吧!

President 總統

Vice-President 副總統

Premier of the Republic of China 行政院院長

Legislative Speaker 立法院院長

Minister of Foreign Affairs 外交部部長

Minister of Economic Affairs 經濟部部長

Secretary-General to the President 總統府祕書長

🎧 0624

com·bine [kəmˋbaɪn] **v.** 聯合、結合
—**combined** **adj.** 聯合的
—**combination** **n.** 聯合、結合、聯盟
—**combinative** **adj.** 結合的

反 separate 分開
補充 combine A with B 結合A與B、聯合

🎧 0625

com·fort [ˋkʌmfət] **n.** 舒適 **v.** 安慰
—**comforting** **adj.** 安慰人的
—**comfortingly** **adv.** 安慰人地
—**comfortable** **adj.** 舒服的
—**comfortably** **adv.** 舒服地

同 ease 舒適
補充 comfort station 公共廁所(休息室)
creature comfort 讓人舒適、安心之物

🎧 0626

com·mand [kəˋmænd] **n.** 命令、指令 **v.** 命令、指揮
—**commanding** **adj.** 指揮的
—**commander** **n.** 指揮官、司令官
—**commandeer** **v.** 強行徵募

反 countermand 取消命令
補充 at / by sb.'s command 奉某人之命、受某人指揮的
has command of 使用或控制某事物的能力、掌握

🎧 0627

com·mu·ni·cate [kəˋmjunəˏket] **v.** 溝通、交流

— **communication** **n.** 溝通、交流
— **communicative** **adj.** 暢談的、交際的
— **communicable** **adj.** 可傳達的

反 conceal 隱蔽、隱瞞
補充 communicate with sb. 與某人溝通、通訊、通話

🎧 0628

com·mer·cial [kəˋmɝʃəl] **n.** 商業廣告
　　　　　　　　　　　　 adj. 商業的

— **commercially** **adv.** 商業上、貿易上
— **commerce** **n.** 商業、貿易
— **commercialize** **v.** 使……商業化
— **commercialization** **n.** 商業化

反 noncommercial 非商業的
補充 commercial bank 商業銀行
Commercial Paper 商業本票

🎧 0629

com·pete [kəmˋpit] **v.** 競爭

— **competition** **n.** 競爭
— **competitor** **n.** 競爭者
— **competitive** **adj.** 競爭的、好爭的
— **competitively** **adv.** 競爭地、好爭地

搭配詞 compete with / against 與……競爭、對抗

小提醒！試比較拼法相近的 **complete**（見p.115）

🎧 0630

con·cern [kənˋsɝn] **v.** 關心、涉及

— **concerning** **adj.** 關於
— **concerned** **adj.** 牽掛的、關心的、有關的
— **concernedly** **adv.** 牽掛地、關心地
— **concernment** **n.** 有關係的事、牽掛

搭配詞 concern about 對……關心
補充 to whom it may concern 致相關者（用於信件等開頭）

考前衝刺──**加分補給站** 試比較同義不同用法的care（見p.019）

concern跟care都有「關心」的意思，不過concern是出於理智上的關心，更著重在對關心對象的考慮上；而care是發自內心的關懷於擔憂，是一種情感的流露。

0631
con·clude [kənˋklud] **v.** 締結、結束、得到結論
—**concluding** **adj.** 最後的
—**conclusion** **n.** 結論、終了
—**conclusive** **adj.** 決定性的
—**conclusively** **adv.** 決定性地

同 finish 終結
搭配詞 conclude to / that 最後決定……
補充 bring to a conclusion 使終結

0632
con·di·tion [kənˋdɪʃən] **n.** 條件、情況
v. 以……為條件
—**conditioned** **adj.** 有條件的
—**conditional** **adj.** 有……條件的
—**conditionally** **adv.** 有……條件地
—**conditioner** **n.** 調節器、調節員

同 circumstances 情況
補充 in mint condition 處於絕佳狀態
in a delicate condition 懷孕

0633
con·fi·dent [ˋkɑnfədənt] **adj.** 有信心的
—**confidently** **adv.** 有信心地
—**confidence** **n.** 信心

反 uncertain 沒有把握的
補充 be confident of/that 對……有自信、有信心

0634
con·fuse [kənˋfjuz] **v.** 使……迷惑
—**confusing** **adj.** 令人困惑的
—**confusingly** **adv.** 令人困惑地
—**confused** **adj.** 混亂的
—**confusedly** **adv.** 混亂地
—**confusion** **n.** 混亂、困惑

反 clarify 把……搞清楚
補充 confuse A with B 把A和B混同、混淆

0635
con·nect [kəˋnɛkt] **v.** 連接、連結
—**connected** **adj.** 有關連的、連貫的
—**connectedly** **adv.** 連貫地
—**connection** **n.** 連接、連結
—**connective** **adj.** 連接的 **n.** 連接物

反 disconnect 切斷
搭配詞 connect with 與……聯繫
補充 connect the dots 理解彼此經驗／想法上的差異

🎧 0636
con·scious [ˋkɑnʃəs] **adj.** 意識到的
　　—**conscious**ly **adv.** 有意識地
　　—**conscious**ness **n.** 意識

反 unconscious 無意識的
補充 be conscious of 意識到……、察覺到……

🎧 0637
con·tract [ˋkɑntrækt] **n.** 契約、合約 /
　　　　　　[kənˋtrækt] **v.** 訂契約、收縮
　　—**contract**ed **adj.** 已訂約的、收縮的
　　—**contract**ion **n.** 收縮、痙攣
　　—**contract**ive **adj.** 有收縮性的
　　—**contract**or **n.** 立約者、承包商

同 contract 契約、協定
搭配詞 contract with 與……訂合約
contract out 退出合約

🎧 0638
cred·it [ˋkrɛdɪt] **n.** 借貸、賒帳、信用
　　　　　　　　 v. 借貸、相信、歸功於
　　—**credit**or **n.** 債權人、貸方
　　—**credit**able **adj.** 可信貸的、值得稱讚的
　　—**credit**ably **adv.** 值得稱讚地

反 cash 現金
補充 credit card 信用卡
credit rating 信用評價、信用等級
credit sb. with 認為……有某優點、成就

🎧 0639
cur·rent [ˋkɝənt] **adj.** 流通的、目前的
　　　　　　　　 n. 電流、水流
　　—**current**ly **adv.** 目前、現在、流通地
　　—**curren**cy **n.** 流通、貨幣、通貨

同 present 目前的
反 antiquated 過時的、陳舊的
補充 current affairs 時事
swim with the current 順應潮流

Dd

🎧 0640
dare [dɛr] **v.** 敢、挑戰
　　—**dar**ing **adj.** 大膽的 **n.** 勇敢
　　—**dar**ingly **adv.** 大膽地
　　—**dare**say **v.** 猜想、臆測

反 refrain 忍住、抑制
補充 dare not utter a word 不敢吭聲
Don't you dare. 你敢的話，我會很生氣。

🎧 0641
de·fine [dɪˈfaɪn] v. 下定義、給……作界定
—definition n. 定義
—definite adj. 明確的、肯定的
—definitely adv. 當然、肯定
—definitive adj. 決定性的、最後的
—definitively adv. 決定性地、最後

補充 define separately
另行定義
define A as B 定義A為B

🎧 0642
de·moc·ra·cy [dəˈmɑkrəsɪ] n. 民主制度
—democrat n. 民主主義者
—democratic adj. 民主的
—democratically adv. 民主地
—democratize v. 使……民主化
—democratization n. 民主化

反 autocracy 獨裁、專制制度
補充 high-quality democracy 優質民主
Democratic Progressive party 民進黨、民主進步黨

🎧 0643
de·pos·it [dɪˈpɑzɪt] n. 押金、存款 v. 存入、放入
—deposition n. 儲存物
—depositor n. 存款人
—depository n. 受託人、保管處

反 withdraw 提款
補充 deposit safe 保險箱
deposit account 存款帳戶

🎧 0644
de·stroy [dɪˈstrɔɪ] v. 損毀、毀壞
—destructor n. 破壞者
—destruction n. 損毀、毀壞
—destructive adj. 毀滅性的
—destructively adv. 毀滅性地

反 create 創造
補充 completely destroy 片甲不留
Destroy the lion while he is yet but a whelp. 防患於未然。

🎧 0645
de·ter·mine [dɪˈtɜmɪn] n. 決定
—determined adj. 已下決心的、果斷的
—determination n. 決心
—determinative adj. 決定的
—determinatively adv. 確定地

搭配詞 determined on 專心致力於
補充 determined to accomplish 志在必得
determined to become strong 發奮圖強

D a b c d e f g h i j k l m n o p q r s t u v w x y z

考前衝刺──**加分補給站** 試比較同義不同用法的decide（見p.028）

determine和decide都是「決定」的意思，但兩者之間的差異其實很大。determine是「下定決心去做某事」，不但會去做這個已經決定的事，還會堅持下去；而decide單純意味著「經過考量後，做出一個決定」。

🎧 0646
dil·i·gent [ˈdɪlədʒənt] **adj.** 勤勉的、勤奮的
— **diligently** **adv.** 勤勉地、勤奮地
— **diligence** **n.** 勤勉、勤奮

反 lazy 懶散的
補充 A diligent scholar, and the master's paid. 學生勤奮，等於酬謝了老師。

🎧 0647
dirt [dɝt] **n.** 泥土、塵埃
— **dirty** **adj.** 髒的、下流的
— **dirtily** **adv.** 髒地、下流地
— **dirtiness** **n.** 骯髒、下流

同 grime 塵垢
補充 wash dirt off 把髒東西洗掉
dish the dirt 八卦瑣事

🎧 0648
dis·ap·point [ˌdɪsəˈpɔɪnt] **v.** 使……失望
— **disappointing** **adj.** 令人失望的
— **disappointingly** **adv.** 令人失望地
— **disappointed** **adj.** 失望的
— **disappointedly** **adv.** 失望地

反 inspire 鼓舞
補充 disappoint in love 失戀
be disappointed with 失望於

🎧 0649
do·mes·tic [dəˈmɛstɪk] **adj.** 國內的、家務的
— **domestically** **adv.** 在國內地、家務上
— **domesticate** **v.** 使……居家、馴化
— **domesticated** **adj.** （動物）被馴化的
— **domestication** **n.** 居家化、馴化

同 household 家庭的
反 foreign 國外的
補充 domestic science 家政學

🎧 0650
dust [dʌst] **n.** 灰塵、灰 **v.** 打掃、拂去灰塵
— **dusty** **adj.** 多灰塵的
— **dustbin** **n.** 垃圾箱
— **dustpan** **n.** 簸箕
— **dustproof** **adj.** 防塵的

搭配詞 dust off... 除去……的灰塵
補充 done and dusted 事情成功
turn to dust 無效、無價值

Test 單字記憶保溫隨堂考—1

學完了這麼多單字，你記住了幾個呢？趕快做做看以下的小測驗，看看自己學會多少囉！

(   ) 1. adopt   (A) 收養   (B) 適應   (C) 慢速的

(   ) 2. adventure   (A) 優勢   (B) 冒險   (C) 抱怨

(   ) 3. assist   (A) 幫助   (B) 討厭的人   (C) 評估

(   ) 4. amaze   (A) 使人驚奇   (B) 使人迷惑   (C) 使人頭暈

(   ) 5. attract   (A) 同意   (B) 允許   (C) 吸引

(   ) 6. behave   (A) 擁有   (B) 成為   (C) 行動、做出舉止

(   ) 7. bury   (A) 忙碌的   (B) 購買   (C) 掩埋

(   ) 8. challenge   (A) 挑戰   (B) 改變   (C) 傳說

(   ) 9. bare   (A) 忍受   (B) 裝置   (C) 暴露的

(   ) 10. civil   (A) 邪惡的   (B) 文明的   (C) 交通的

(   ) 11. combine   (A) 梳理   (B) 結合   (C) 配對

(   ) 12. communicate   (A) 溝通   (B) 共同生活   (C) 照顧

(   ) 13. accident   (A) 意外   (B) 加速   (C) 冒險

(   ) 14. account   (A) 算術   (B) 時間   (C) 帳戶

(   ) 15. accurate   (A) 精確的   (B) 專業的   (C) 累積的

解答：

1. A	2. B	3. A	4. A	5. C
6. C	7. C	8. A	9. C	10. B
11. B	12. A	13. A	14. C	15. A

(　　) 1. ache　　　(A) 疼痛　　(B) 疾病　　(C) 傷口

(　　) 2. achieve　　(A) 拿回　　(B) 達成　　(C) 抵達

(　　) 3. admire　　(A) 欣賞　　(B) 同情　　(C) 配合

(　　) 4. admit　　　(A) 繳交　　(B) 承認　　(C) 省略

(　　) 5. advertise　(A) 宣傳　　(B) 勸告　　(C) 提議

(　　) 6. affect　　　(A) 影響　　(B) 假裝　　(C) 配合

(　　) 7. ambition　(A) 安於現狀　(B) 雄心壯志　(C) 展示

(　　) 8. approve　　(A) 進步　　(B) 證明　　(C) 認可

(　　) 9. benefit　　(A) 適合　　(B) 仁慈　　(C) 益處

(　　) 10. brilliant　(A) 出色的　(B) 驕傲的　(C) 氣色好的

(　　) 11. charm　　(A) 魅力　　(B) 臉色　　(C) 傷害

(　　) 12. cheer　　(A) 喝采　　(B) 座椅　　(C) 乳酪

(　　) 13. comfort　(A) 計算　　(B) 努力　　(C) 舒適

(　　) 14. command　(A) 命令　　(B) 需求　　(C) 賠償

(　　) 15. commercial　(A) 口訣　　(B) 廣告　　(C) 紀念

解答：

1. A	2. B	3. A	4. B	5. A
6. A	7. B	8. C	9. C	10. A
11. A	12. A	13. C	14. A	15. B

( ) 1. destroy	(A) 解說	(B) 毀滅	(C) 玩弄
( ) 2. diligent	(A) 隨性的	(B) 慈祥的	(C) 勤奮的
( ) 3. dirt	(A) 破洞	(B) 浸濕	(C) 泥土
( ) 4. domestic	(A) 鄉村的	(B) 家務的	(C) 拱形的
( ) 5. dare	(A) 敢	(B) 誰	(C) 鹿
( ) 6. define	(A) 使變好	(B) 使變糟	(C) 定義
( ) 7. determine	(A) 決定	(B) 嚇阻	(C) 佔為己有
( ) 8. democracy	(A) 民主	(B) 嘗試	(C) 遊行
( ) 9. deposit	(A) 存款	(B) 乘坐	(C) 擺放
( ) 10. advantage	(A) 優勢	(B) 冒險	(C) 事件
( ) 11. advise	(A) 建議	(B) 想像	(C) 發明
( ) 12. automatic	(A) 自動的	(B) 射擊的	(C) 原子的
( ) 13. bless	(A) 流血	(B) 減少	(C) 祝福
( ) 14. breath	(A) 呼吸	(B) 胸部	(C) 銅製品
( ) 15. cast	(A) 箱子	(B) 投擲	(C) 現金

解答：

1. B	2. C	3. C	4. B	5. A
6. C	7. A	8. A	9. A	10. A
11. A	12. A	13. C	14. A	15. B

Ee

🎧 0651

ea·ger [ˋigɚ] **adj.** 渴望的
- **eagerly** **adv.** 渴望地
- **eagerness** **n.** 渴望

反 apathetic 冷淡的
補充 be eager for 積極、渴望的
eager desire 迫切的心情

🎧 0652

ed·it [ˋɛdɪt] **v.** 編輯、發行
- **edition** **n.** 版本
- **editable** **adj.** 可編輯的
- **editor** **n.** 編輯
- **editorial** **adj.** 編輯上的

搭配詞 edit out 刪去

🎧 0653

ed·u·cate [ˋɛdʒəˏket] **v.** 教育
- **educated** **adj.** 受過教育的
- **education** **n.** 教育
- **educational** **adj.** 教育的
- **educator** **n.** 教師、教育家

反 learn 學習
補充 educate students 教育學生

🎧 0654

e·lec·tric [ɪˋlɛktrɪk] **adj.** 電的
- **electrically** **adv.** 用電力
- **electricity** **n.** 電、電力
- **electrician** **n.** 電工
- **electronic** **adj.** 電子的

補充 electric wave 電波
electric storm 雷雨

🎧 0655

em·pha·size [ˋɛmfəˏsaɪz] **v.** 強調
- **emphasis** **n.** 強調
- **emphatic** **adj.** 強調的
- **emphatically** **adv.** 強調地

同 stress 強調
補充 put great emphasis on 著重……

🎧 0656

em·ploy [ɪmˋplɔɪ] **v.** 從事、雇用
- **employment** **n.** 職業
- **employer** **n.** 老闆、雇主
- **employee** **n.** 從業人員、職員

同 hire 雇用
補充 employ all available means 用盡一切手段
employ oneself in 忙於、從事於

🎧 0657

en·gage [ɪnˋgedʒ] **v.** 僱用、允諾、訂婚
- **engaging** **adj.** 迷人的、可愛的
- **engaged** **adj.** 從事於……的、已訂婚的
- **engagement** **n.** 預約、訂婚

搭配詞 engage in 從事於、忙於
補充 engagement ring 訂婚戒指

🎧 0658

en·gine [ˋɛndʒən] **n.** 引擎
- **engineer** **n.** 工程師
- **engineering** **n.** 工程、工程學

補充 engine driver 火車司機
civil engineer 土木工程師

🎧 0659

e·rase [ɪˋres] **v.** 擦掉
- **eraser** **n.** 橡皮擦
- **erasure** **n.** 擦去、消掉
- **erasable** **adj.** 可擦掉的

反 insert 插入
搭配詞 erase from 擦掉

輕鬆點,學些延伸小常識吧!

在學校上課或是在辦公室辦公,總免不了用到各式各樣的文具用品。下面的文具單字裡,你知道的有多少了呢?

ballpoint pen 鋼珠筆

stapler 訂書機

paper clip 迴紋針

binder clip 長尾夾

correction tape 立可帶

sello tape 透明膠帶

sticky label 標籤貼

🎧 0660

ex·hi·bi·tion [ˌɛksəˈbɪʃən] **n.** 展覽
—**exhibit** **v.** 展示、公開 **n.** 展示品
—**exhibitor** **n.** 展示者、參展者
—**exhibitive** **adj.** 供展覽的

同 show 陳列、展出
補充 public exhibition 公開展覽
World Trade Center Exhibition Hall 2 世貿二館

🎧 0661

ex·pense [ɪkˈspɛns] **n.** 費用
—**expensive** **adj.** 昂貴的
—**expensively** **adv.** 昂貴地

同 cost 費用
補充 living expense 生活費用
at the expense 以某人的費用、以……為代價

🎧 0662

ex·per·i·ment [ɪkˈspɛrəmənt] **n.** 實驗 **v.** 實驗
—**experimenter** **n.** 實驗者
—**experimental** **adj.** 實驗的
—**experimentally** **adv.** 實驗地

搭配詞 experiment on 用……做實驗

🎧 0663

ex·plode [ɪkˈsplod] **v.** 向外爆炸、推翻
—**exploded** **adj.** 炸開了的
—**explosion** **n.** 爆炸、爆發
—**explosive** **adj.** 爆炸的、爆發性的
—**explosively** **adv.** 爆發性地

同 blast 爆炸、爆破
反 implode 向內爆炸
補充 explode with rage/anger 勃然大怒

🎧 0664

ex·port [ˈɛksport] **n.** 出口貨、輸出 [ɪkˈsport] **v.** 輸出
—**exporter** **n.** 出口商
—**exportable** **adj.** 可輸出的
—**exportation** **n.** 輸出、出口、出口貨

反 import 進口
補充 export sth. to... 輸出某物到……
export deal 出口協議

Ff

🎧 0665
faith [feθ] **n.** 信念、信仰
— **faithful** **adj.** 忠誠的
— **faithfully** **adv.** 忠誠地
— **faithless** **adj.** 不忠的、不信神的

補充 be in bad faith 不誠實的
article of faith 信條
have no faith in 不信任

🎧 0666
fa·mil·iar [fə`mɪljə] **adj.** 熟悉的、親密的
— **familiarly** **adv.** 親密地
— **familiarity** **n.** 熟悉、通曉
— **familiarize** **v.** 使……熟悉
— **familiarization** **n.** 熟悉

反 unfamiliar 不熟悉的
補充 be familiar with 熟悉
have a familiar ring (to it) 似曾聽聞／體會過

🎧 0667
fan·cy [`fænsɪ] **n.** 想像力、愛好
v. 想像、愛好 **adj.** 花俏的
— **fancier** **n.** 空想家
— **fanciful** **adj.** 想像的
— **fancifully** **adv.** 想像地
— **fanciless** **adj.** 缺乏想像的

反 plain 樸實的
補充 take a fancy to 喜歡上
fancy-free 未解戀愛滋味的、天真無邪的

🎧 0668
fash·ion [`fæʃən] **n.** 時髦、流行
— **fashionable** **adj.** 時髦的
— **fashionably** **adv.** 時髦地

同 vogue 流行（物）
補充 go out of fashion 過時、被潮流淘汰
fashion week 時裝週

輕鬆點，學些延伸小常識吧！

時裝週是時尚界的盛事，每年在世界各地都會定期舉辦時裝週，展示當年或當季最新的潮流服飾。來補充一下流行資訊，翻到下一頁看看有哪些城市會有時裝週活動，還有這些時裝週的名稱吧！

Olympus Fashion Week　紐約時裝週

Pret-a-porter Paris　巴黎時裝週

London Fashion Week　倫敦時裝週

Milan Fashion Week　米蘭時裝週

Moda Barcelona　巴塞隆納時裝週

🎧 0669

fea·ture [ˋfitʃɚ] **n.** 特徵、特色

v. 以……為特色、由……主演

—**featuring** **adj.** 以……為特色的、與……合唱的

—**featured** **adj.** 作為特色的

—**featureless** **adj.** 無特色的

同 characteristic 特徵
補充 feature film 劇情片
feature-length 長篇的

🎧 0670

fla·vor [ˋflevɚ] **n.** 味道、風味 **v.** 添情趣、添風味

—**flavoring** **adj.** 調料、香料

—**flavorful** **adj.** 充滿……的味道

—**flavorless** **adj.** 沒有味道的

同 taste 滋味
補充 sweet flavor 甘味
literary flavor 文學氣息

🎧 0671

float [flot] **n.** 使……漂浮

—**floating** **adj.** 漂浮的

—**floater** **n.** 漂浮物

—**floatable** **adj.** 可漂浮的

反 sink 下沉、沉入
補充 float parade 花車遊行

🎧 0672

folk [fok] **n.** 人們 **adj.** 民間的

—**folklore** **n.** 民間傳說、民俗

—**folkway** **n.** 社會習俗

—**folktale** **n.** 民間故事

補充 country folk 鄉村歌謠
folk custom 民間風氣

🎧 0673
for·tune [ˈfɔrtʃən] **n.** 運氣、財富
—**fortunate** **adj.** 幸運的
—**fortunately** **adv.** 幸運
—**fortuneless** **adj.** 不幸的、沒有財產的

反 misfortune 不幸、厄運
補充 fortune cookie 幸運餅乾（藏有預言字條的餅乾）
a small fortune 相當大筆的金錢

小提醒！試比較拼法相近的function（見p.133）

考前衝刺——**加分補給站** 試比較同義不同用法的luck（見p.144）

fortune跟luck都是「運氣」的意思，不過fortune則是「讓事情照自己所想的來發展」的好運，通常會影響這個人的生活，比如讓手術成功的好運；luck指的是「意外、僥倖」的好運，比如中獎、或是收到意外的禮物。

🎧 0674
found [faʊnd] **v.** 建立、打基礎
—**founding** **adj.** 建立的、創辦的
—**founded** **adj.** 有基礎的
—**founder** **n.** 創立者
—**foundation** **n.** 建立、基礎、基金會

反 destroy 摧毀
搭配詞 found on 建立在……之上

🎧 0675
freeze [friz] **v.** 凍結
—**freezing** **adj.** 結凍的
—**freezer** **n.** 冷凍庫、製冰機

反 heat 把……加熱
搭配詞 freeze over 冰封
補充 freeze-dry 冷凍乾燥

🎧 0676
fre·quent [ˈfrikwənt] **adj.** 常有的、頻繁的
—**frequently** **adv.** 頻繁地
—**frequency** **n.** 頻繁、頻率
—**frequenter** **n.** 常客
—**frequentation** **n.** 時常往來

反 rare 罕見的
補充 frequent flier 飛行常客

🎧 0677
frus·trate [ˈfrʌstret] **v.** 使……受挫、擊敗
—**frustrating** **adj.** 令人挫折的
—**frustrated** **adj.** 感到挫折的
—**frustration** **n.** 挫折、失敗

反 support 支持
補充 be frustrated by 因……而灰心喪志

Gg

🎧 0678

globe [glob] **n.** 球、球狀物、地球

— **global** **adj.** 球狀的、全球的

— **globally** **adv.** 全球地

— **globalize** **v.** 全球化

— **globalization** **n.** 全球化

同 sphere 球體、球形
補充 global village 地球村

考前衝刺──加分補給站 試比較同義不同用法的earth（見p.034）

globe跟earth指的都是「地球」，但globe常用以指「整個地球」，比如某事物「遍及全球」；而earth強調其為「行星」的特質，或是用於較抽象的概念上。

🎧 0679

glo·ry [ˈglorɪ] **n.** 榮耀、光榮

— **glorious** **adj.** 榮耀的

— **gloriously** **adv.** 榮耀地

— **glorify** **v.** 讚美、使……添光輝

搭配詞 glory in 因……而洋洋得意
補充 glory days 往日的光輝時光

🎧 0680

grad·u·ate [ˈgrædʒuɪt] **n.** 畢業生 /

[ˈgrædʒuˌet] **v.** 授予學位、畢業

— **graduated** **adj.** 已畢業的、畢業生的

— **graduation** **n.** 畢業典禮、畢業

搭配詞 graduate from 畢業於……
補充 graduate school 研究所

graduate course 研究所課程

Hh

🎧 0681

harm [hɑrm] **n.** 損傷、損害 **v.** 傷害、損害

— **harmful** **adj.** 有害的

— **harmfully** **adv.** 有害地

— **harmless** **adj.** 無害的

反 heal 治療
補充 do harm 傷害
no harm 不妨、不礙事

🎧 0682
har·vest [ˈharvɪst] **n.** 收穫 **v.** 收穫、收割穀物

—**harvester** **n.** 收穫者、收割機

—**harvestable** **adj.** 收穫的

—**harvestless** **adj.** 沒有收穫的

補充 After a bad harvest sow again. 歉收之後再播種。（比喻：再接再厲）

🎧 0683
heal [hil] **v.** 治癒、復原

—**healing** **adj.** 有治療功能的

—**healer** **n.** 治療物、醫者

—**healable** **adj.** 可治癒的

反 harm 傷害
搭配詞 heal up 治療（傷口）
補充 heal-all 萬靈藥

🎧 0684
hes·i·tate [ˈhɛzəˌtet] **v.** 遲疑、躊躇

—**hesitation** **n.** 遲疑、躊躇

—**hesitant** **adj.** 遲疑的、躊躇的

—**hesitantly** **adv.** 遲疑地、躊躇地

—**hesitancy** **n.** 猶豫

補充 do not hesitate to write me 不吝指教
hesitate about sth. 猶豫某事

🎧 0685
hon·or [ˈɑnɚ] **n.** 榮耀、名譽、尊敬

—**honorable** **adj.** 光榮的、值得尊崇的

—**honorably** **adv.** 光榮地、值得尊崇地

—**honorary** **adj.** （學位、官職等）名譽的

反 dishonor 使……不名譽
補充 do honor to 向某人表達敬意
honor roll 榮譽名冊、榮譽名單、榮譽榜
honor system 榮譽制度

🎧 0686
hor·ror [ˈharɚ] **n.** 恐怖、恐懼

—**horrible** **adj.** 可怕的

—**horribly** **adv.** 可怕地、非常

—**horrify** **v.** 使……恐懼

—**horrifying** **adj.** 令人恐懼的

—**horrified** **adj.** 感到恐懼的

反 delight
補充 horror film 恐怖片
in horror 處於驚嚇狀態

Test 單字記憶保溫隨堂考—2

學完了這麼多單字，你記住了幾個呢？趕快做做看以下的小測驗，看看自己學會多少囉！

( ) 1. eager   (A) 管家   (B) 渴望的   (C) 老鷹

( ) 2. emphasize   (A) 強調   (B) 變大   (C) 測量

( ) 3. exhibition   (A) 習慣   (B) 展覽   (C) 伸展

( ) 4. export   (A) 輸出   (B) 爆炸   (C) 展示

( ) 5. electric   (A) 電的   (B) 選擇的   (C) 立體的

( ) 6. engine   (A) 英國女性   (B) 引擎   (C) 車子

( ) 7. expense   (A) 懸疑   (B) 費用   (C) 補貼

( ) 8. experiment   (A) 實驗   (B) 經驗   (C) 解釋

( ) 9. fancy   (A) 柔弱的   (B) 細小的   (C) 花俏的

( ) 10. flavor   (A) 喜好   (B) 口味   (C) 花色

( ) 11. fortune   (A) 運氣   (B) 曲調   (C) 真實

( ) 12. freeze   (A) 起毛球   (B) 凍結   (C) 起泡

( ) 13. frequent   (A) 來回的   (B) 常有的   (C) 辯才無礙的

( ) 14. globe   (A) 耳垂   (B) 吞食   (C) 地球

( ) 15. frustrate   (A) 使提高   (B) 使生產   (C) 使受挫

解答：

1. B	2. A	3. B	4. A	5. A
6. B	7. B	8. A	9. C	10. B
11. A	12. B	13. B	14. C	15. C

(   ) 1. honor   (A) 努力的人   (B) 榮譽   (C) 感情豐富的人

(   ) 2. harm   (A) 後宮   (B) 農舍   (C) 傷害

(   ) 3. harvest   (A) 穿著   (B) 開刀   (C) 收穫

(   ) 4. heal   (A) 肉   (B) 治癒   (C) 腳踝

(   ) 5. hesitate   (A) 遲疑   (B) 忘記   (C) 升起

(   ) 6. horror   (A) 原始人   (B) 恐怖   (C) 捐獻者

(   ) 7. edit   (A) 編輯   (B) 修理   (C) 加上標點

(   ) 8. feature   (A) 表情   (B) 特徵   (C) 動作

(   ) 9. float   (A) 撐起   (B) 打擊   (C) 漂浮

(   ) 10. folk   (A) 民間的   (B) 家禽的   (C) 鄉村的

(   ) 11. glory   (A) 榮耀   (B) 亮晶晶的   (C) 血腥的

(   ) 12. graduate   (A) 畢業   (B) 逐漸的   (C) 磨損的

(   ) 13. found   (A) 建立   (B) 探測   (C) 追逐

(   ) 14. engage   (A) 訂婚   (B) 結婚   (C) 離婚

(   ) 15. fashion   (A) 時尚   (B) 車站   (C) 老氣

解答：

1. B	2. C	3. C	4. B	5. A
6. B	7. A	8. B	9. C	10. A
11. A	12. A	13. A	14. A	15. A

Ii

🎧 0687

i·de·al [aɪˈdiəl] **adj.** 理想的、完美的
- —**ideally** **adv.** 理想地、完美地
- —**ideality** **n.** 理想
- —**idealize** **v.** 理想化
- —**idealization** **n.** 理想化

同 perfect
反 problematic 有問題的
補充 ideal humidity 理想濕度

🎧 0688

im·me·di·ate [ɪˈmidɪɪt] **adj.** 直接的、立即的
- —**immediately** **adv.** 直接地、立即地
- —**immediacy** **n.** 直接、立即

同 instantaneous 立即的
補充 immediate ceasefire 立即停火

🎧 0689

im·port [ɪmˈport] **v.** 進口、輸入 /
[ˈɪmport] **n.** 輸入品、進口
- —**importer** **n.** 進口商
- —**importation** **n.** 進口、輸入
- —**importable** **adj.** 可輸入的

反 export 輸出、出口
補充 import duties 入口稅
processing trade for import 加工進口貿易

🎧 0690

im·press [ɪmˈprɛs] **v.** 留下深刻印象、使……感動
- —**impression** **n.** 印象、感想
- —**impressive** **adj.** 印象深刻的、感人的
- —**impressively** **adv.** 印象深刻地、感人地
- —**impressible** **adj.** 易感動的

補充 impress as 給予……的印象
be impressed by... 被……感動

🎧 0691

in·di·vid·u·al [ˌɪndəˈvɪdʒʊəl] **adj.** 個別的 **n.** 個人
- —**individually** **adv.** 單獨地
- —**individuality** **n.** 個體、特徵
- —**individualize** **v.** 使……有個性
- —**individualist** **n.** 個人主義者

反 general 全體的、公眾的
補充 individual character 品性

🎧 0692

in·dus·tri·al [ɪnˋdʌstrɪəl] **adj.** 工業的
—**industrially** **adv.** 工業地
—**industrialize** **v.** 使……工業化
—**industrialization** **n.** 工業化

補充 industrial alcohol 工業用酒精
Industrial Revolution 工業革命

🎧 0693

in·form [ɪnˋfɔrm] **v.** 通知、報告
—**informant** **n.** 提供消息者、告密者
—**information** **n.** 消息
—**informational** **adj.** 新知的
—**informative** **adj.** 情報的

反 conceal 隱瞞
補充 be informed respectfully 敬告
inform sb. of sth. 通知某人某事

🎧 0694

in·jure [ˋɪndʒɚ] **v.** 傷害、使……受傷
—**injury** **n.**（對人、動物的）傷害、（對物體的）損傷
—**injurious** **adj.** 有害的、中傷的
—**injuriously** **adv.** 有害地、中傷地

補充 injured party 受傷害的一方、受到不公平待遇的一方

考前衝刺——加分補給站

injure和hurt都有「受傷」的意思，不過injure多指意外事故造成的傷害，是「健康、成就、功能」上的傷害；而hurt可用來指肉體或精神上的傷害，更著重於「傷害帶來的疼痛」上。

🎧 0695

in·no·cent [ˋɪnəsn̩t] **adj.** 無辜的、純潔的
—**innocently** **adv.** 無辜地、純潔地
—**innocence** **n.** 無辜、純潔

反 guilty 罪惡的
補充 be innocent of 無辜、清白、沒有犯……的
innocent child 天真的小孩

🎧 0696

in·spect [ɪnˋspɛkt] **v.** 視查、檢查、檢閱
—**inspection** **n.** 視查、檢查、檢閱
—**inspective** **adj.** 注意的
—**inspector** **n.** 視察員、檢查者
—**inspectorial** **adj.** 視察員的

同 examine 檢查
補充 inspect the factory 視察工廠
school inspector 督學

🎧 0697

in·struc·tion [ɪnˋstrʌkʃən] **n.** 指令、教導
—**instructional** **adj.** 教學的
—**instruct** **v.** 指令、指導、訓練
—**instructive** **adj.** 有啟發性的
—**instructively** **adv.** 教育上地
—**instructor** **n.** 教員、指導者

補充 instruction sheet 說明書
work instruction 工作指令

🎧 0698

in·ter·rupt [ˌɪntəˋrʌpt] **v.** 干擾、打斷
—**interrupted** **adj.** 中斷的
—**interruptedly** **adv.** 中斷地
—**interruption** **n.** 干擾、打斷
—**interruptive** **adj.** 打岔的
—**interrupter** **n.** 干擾者

同 intrude 打擾
補充 interrupt a conversation 插話

🎧 0699

in·ves·ti·gate [ɪnˋvɛstəˌget] **v.** 研究、調查
—**investigation** **n.** 研究、調查
—**investigative** **adj.** 研究性質的、調查的
—**investigator** **n.** 研究者、調查者
—**investigatory** **adj.** 調查的、審查的

補充 investigate openly and secretly 明查暗訪
investigate and punish 究辦

Jj

🎧 0700
jeal·ous [ˋdʒɛləs] **adj.** 嫉妒的
—**jealously** **adv.** 嫉妒地
—**jealousy** **n.** 嫉妒
—**jealousness** **n.** 猜忌、吃醋

同 envious 嫉妒的、羨慕的
反 generous 心胸寬大的
搭配詞 jealous of 妒忌

🎧 0701
jour·nal [ˋdʒɝn!] **n.** 期刊、日誌
—**journalism** **n.** 新聞業、新聞寫作
—**journalist** **n.** 記者
—**journalistic** **adj.** 新聞業的、記者的
—**journalize** **v.** 寫入日誌

補充 yellow journalism 以誇張言論影響人心的新聞

Kk

🎧 0702
knight [naɪt] **n.** 騎士、武士 **v.** 封……為爵士
—**knightly** **adj.** 騎士（精神）的
—**knighthood** **n.** 騎士身份、（英國爵士）爵位

補充 white knight 援助企業不被收購的金主
knight in shining armor 出手相助者

🎧 0703
knit [nɪt] **n.** 編織物 **v.** 編織
—**knitting** **n.** 編織（物）
—**knitter** **n.** 編織者、編織用具
—**knitwear** **n.** 針織衣物

補充 knit fabric 針織
knit sth. together 把……編織在一起

Ll

🎧 0704

leak [lik] **n.** 漏洞 **v.** 洩漏、滲漏
— **leaky** **adj.** 有漏洞的、易洩密的
— **leaker** **n.** 洩密者
— **leakiness** **n.** 漏出

搭配詞 leak out 洩漏
補充 take a leak 上廁所

🎧 0705

lib·er·al [ˈlɪbərəl] **adj.** 自由主義的、開明的、慷慨的
— **liberally** **adv.** 自由地、慷慨地
— **liberalist** **n.** 自由主義者
— **liberalize** **v.** 自由化
— **liberalization** **n.** 自由化、慷慨
— **liberty** **n.** 自由

同 free 自由的
補充 Liberal hands make many friends. 慷慨的人朋友多。
liberty of speech 言論自由

🎧 0706

load [lod] **n.** 負載、工作量 **v.** 裝載、裝貨
— **loading** **n.** 裝貨、填充物
— **loaded** **adj.** 裝人／貨的
— **loader** **n.** 裝貨的人、裝貨機器

同 freight 裝貨於⋯⋯
補充 loaded with sth. 裝滿某物

Mm

🎧 0707

mag·net [ˈmægnɪt] **n.** 磁鐵
— **magnetic** **adj.** 有磁性的
— **magnetically** **adv.** 有磁性地
— **magnetism** **n.** 磁力、吸引力
— **magnetics** **n.** 磁力學

補充 a bar magnet 條狀磁鐵
magnetic field 磁場

🎧 0708
ma·jor [`medʒɚ] **adj.** 較大的、主要的 **v.** 主修
n. 成年人、主修
—**majority** **n.** 多數
—**majoritarian** **n.** 多數主義者

反 minor 次要的
搭配詞 major in 主攻、專修
補充 majority of 大多數

🎧 0709
man·age [`mænɪdʒ] **v.** 管理、處理
—**management** **n.** 處理、管理
—**manager** **n.** 經理、主管
—**manageable** **adj.** 可管理的

反 mismanage 對……管理不善
補充 manage to do sth. 設法做某事

🎧 0710
math·e·mat·ics/math [ˌmæθəˋmætɪks]/
[mæθ] **n.** 數學
—**mathematical** **adj.** 數學的
—**mathematically** **adv.** 數學上地
—**mathematician** **n.** 數學家

同 arithmetic 算術的

🎧 0711
ma·ture [məˋtjʊr] **adj.** 成熟的
—**maturely** **adv.** 成熟地
—**maturity** **n.** 成熟

反 immature 不成熟的
補充 Wine and judgment mature with age. 酒老味醇、人老識深。
of mature years 年老

🎧 0712
men·tal [`mɛntl] **adj.** 心理的、心智的
—**mentally** **adv.** 心理上、心智上
—**mentality** **n.** 精神狀態、心智
—**mentalist** **n.** 心靈主義者

反 physical 肉體的、身體的
補充 mental problem 心理問題
go mental 氣瘋了

🎧 0713
mer·chant [`mɝtʃənt] **n.** 商人 **adj.** 商人的
—**merchantable** **adj.** 有銷路的
—**merchandise** **n.** 貨物、商品 **v.** 推銷、買賣
—**merchandiser** **n.** 商人

補充 merchant prince 富商、富賈
merchant of doom 老是認為壞事會發生的人

🎧 0714

mess [mɛs] **n.** 雜亂 **v.** 弄亂

—**messy** **adj.** 亂七八糟的
—**messily** **adv.** 亂七八糟地
—**messiness** **n.** 亂七八糟、混亂

反 neatness 整潔
搭配詞 mess up 弄亂、弄糟
補充 in a great mess 一場糊塗
mess with 干擾、干預

🎧 0715

might [maɪt] **n.** 權力、力氣

—**mighty** **adj.** 強大的、有力的
—**mightily** **adv.** 強大地、有力地
—**mightiness** **n.** 強大、威力

補充 work with all one's might 盡全力工作
mighty work 奇跡

考前衝刺──**加分補給站** 試比較同義不同用法的power（見p.069）和strength（見p.238）

might和power都有「力量」的意思，但power更有「能力、權力」的意思，可能經過後天、外在的因素而得到這樣的力量；而might比較是指與生俱來的「力量、威力」。

🎧 0716

mir·a·cle [ˈmɪrəkl̩] **n.** 奇蹟

—**miraculous** **adj.** 神奇的、奇蹟的
—**miraculously** **adv.** 神奇地、奇蹟地

反 normalcy 常態
補充 work a miracle 創造奇蹟
miracle drug 特效藥

🎧 0717

mo·bile [ˈmobɪl] **adj.** 可動的、移動式的

—**mobilize** **v.** 動員、使……流通
—**mobilization** **n.** 動員、調動
—**mobility** **n.** 流動性、機動性

同 movable 可移動的
補充 mobile phone 手機
mobile communication 行動通訊

🎧 0718

moist [mɔɪst] **adj.** 潮濕的

—**moisten** **v.** 使……潮濕
—**moisture** **n.** 濕氣
—**moisturize** **v.** 增加……水份
—**moisturizer** **n.** 保濕霜、潤膚露

同 wet 潮濕的
反 dry 乾燥的
補充 moist around the edges 喝醉了

見下頁的「延伸學習小教室」

輕鬆點，學些延伸小常識吧！

愛漂亮的女孩子最不可或缺的就是保養品了。各式各樣的保養產品裡，除了這裡提到的 **moisturizer**（保濕霜、乳液）外，保養品世界還有許許多多不同功能的產品呢！

lotion 化妝水

facial scrub 臉部摩砂膏

essence 精華液

lanolin cream 綿羊油

exfoliator 去角質（產品）

facial mask 面膜

moisture spray 保濕噴霧

lip balm 護唇膏

🎧 0719

mood [mud] **n.** 心情、情緒
—**moody** **adj.** 情緒化的
—**moodily** **adv.** 情緒化地
—**moodiness** **n.** 情緒化

補充 of a mood 心情不好
in the mood for sth. 適合作某件事的狀態

🎧 0720

mor·al [`mɔrəl] **adj.** 道德的 **n.** 寓意
—**morally** **adv.** 道德上地
—**morality** **n.** 道德
—**moralize** **v.** 對……說教
—**moralization** **n.** 教化

反 immoral 不道德的
補充 draw a moral from... 從……中吸取教訓
moral victory 精神上的勝利

🎧 0721

mo·tor [`motɚ] **n.** 馬達、發電機
adj. 馬達的、發電機的
—**motorize** **v.** 使……（物品）機動化
—**motorization** **n.**（物品）機動化、馬達化
—**motorcycle** **n.** 摩托車

同 engine 發動機
補充 motor vehicle 汽車

🎧 0722

mur·der [`mɝdə] **n.** 謀殺 **v.** 謀殺、殘害
　—**murdering** **adj.** 殺人的
　—**murderer** **n.** 兇手
　—**murderous** **adj.** 謀殺的、致命的

補充 commit murder 犯殺人罪
scream blue murder 大聲咆哮或抱怨

考前衝刺——**加分補給站** 試比較同義不同用法的kill（見p.052）

murder跟kill都是「殺害生命」的意思，但murder只能用於人身上，是帶有目的及意圖的殺害；而kill強調「殺害」本身，對象可用於人或其他有生命的生物。

🎧 0723

mus·cle [`mʌsl] **n.** 肌肉、體力
　—**muscular** **adj.** 肌肉（發達）的
　—**muscularity** **n.** 肌肉發達

補充 muscle bound 肌肉僵硬的
muscle sb. out of sth. 強迫某人離開某事物

Nn

🎧 0724

nerve [nɝv] **n.** 神經
　—**nervous** **adj.** 神經質的、緊張的
　—**nervously** **adv.** 神經質地、提心吊膽地
　—**nervy** **adj.** 緊張的、神經過敏的

補充 on sb's nerves 惹惱某人
bundle of nerves 相當神經質的人

🎧 0725

no·ble [`nobl] **adj.** 高貴的 **n.** 貴族
　—**nobly** **adv.** 高貴地、貴族出身地
　—**nobleness** **n.** 高貴、高尚
　—**nobility** **n.** 高貴、貴族階級

反 ignoble 低賤的、不光彩的
補充 noble-minded 高尚的
a man of noble birth 一個出身名門的人

🎧 0726
nor·mal [`nɔrml] adj. 標準的、正常的
—— **normally** adv. 正常地、按慣例地
—— **normality** n. 正常、常態
—— **normalize** v. 使……正常化、使……常態化
—— **normalization** n. 正常化、常態化

小提醒！試比較拼法相近的**formal**（見p.133）

同 regular 正常的
反 abnormal 異常的
補充 under normal circumstance 正常情況下
normal temperature 正常體溫

Oo

🎧 0727
ob·serve [əb`zɜv] v. 觀察、評論
—— **observing** adj. 觀察力佳的
—— **observation** n. 觀察、評論
—— **observer** n. 觀察家、評論家
—— **observable** adj. 可觀察的

反 overlook 忽略
搭配詞 observe on 評論

🎧 0728
oc·ca·sion [ə`keʒən] n. 事件、場合、時機 v. 引起
—— **occasional** adj. 偶爾的、特殊場合的
—— **occasionally** adv. 偶爾

搭配詞 on occasion 有時
補充 rise to the occasion 成功克服困難

🎧 0729
op·por·tu·ni·ty [ˌɑpə`tjunɛtɪ] n. 機遇、機會
—— **opportunism** n. 投機主義、機會主義
—— **opportunist** n. 投機者
—— **opportunistic** adj. 投機取巧的

補充 golden opportunity 一生僅一次的絕佳機會
seize the opportunity 抓住機會

考前衝刺——加分補給站 試比較同義不同用法的chance（見p.020）

opportunity和chance都是「機會」的意思，但opportunity含有期待的意味，表示是個「預期內」會出現的機會；而chance多指偶然的機會，有「僥倖」的意思在裡面。

🎧 0730

op·pose [ɑˋpoz] **v.** 反對、反抗、使……相對

———**opposing** **adj.** 對面的
———**opposite** **adj.** 相反的、對立的
———**oppositely** **adv.** 相反地、對立地
———**opposition** **n.** 反對、反抗、對立

反 consent 同意、贊成
補充 as opposed to sth.
反對……

考前衝刺———**加分補給站** 試比較同義不同用法的object（見p.152）

oppose跟object都是「反對」之意，但在作為動詞時，本身的用法就不一樣了。oppose是及物動詞，而object通常作不及物動詞，後接to再接受詞。此外，oppose則包含了「抵抗、抵制、反抗」此種較激烈的意識在裡面；object純粹是反對「意見、想法」等，。

🎧 0731

op·ti·mis·tic [ˌɑptəˋmɪstɪk] **adj.** 樂觀（主義）的

———**optimism** **n.** 樂觀（主義）
———**optimist** **n.** 樂觀的人
———**optimize** **v.** 保持樂觀
———**optimization** **n.** 最佳化

反 pessimistic 悲觀的
補充 be optimistic
about... 對……樂觀

🎧 0732

or·i·gin [ˋɔrədʒɪn] **n.** 起源、起因

———**original** **adj.** 起初的 **n.** 原作
———**originally** **adv.** 起初地
———**originality** **n.** 創舉、原創力

反 outcome 結果
補充 the origin of... 某事
物的來源
original copy 正本

Pp

0733
par·tic·i·pate [pɑrˋtɪsəˌpet] **v.** 參與、分擔
—**participation** **n.** 參與
—**participative** **adj.** 參加的、分擔的
—**participator** **n.** 參與者、分擔者
—**participatory** **adj.** 參與的

同 partake 參與
搭配詞 participate in 參加、參與

0734
pas·sion [ˋpæʃən] **n.** 熱情
—**passionate** **adj.** 熱情的
—**passionately** **adv.** 熱情地
—**passionless** **adj.** 不熱情的、冷靜的

反 indifference 冷漠
補充 in a blaze of passion 盛怒之下
have a passion for sth. or sb. 對⋯⋯有熱情

0735
pay [pe] **n.** 薪水 **v.** 支付、償還
—**payment** **n.** 支付、付款
—**payable** **adj.** 應支付的、到期的
—**paycheck** **n.** 給薪支票
—**payback** **n.** 償還

搭配詞 pay for 為⋯⋯付出代價
pay in 把⋯⋯存入銀行
補充 pay by installments 分期付款
pay a visit to 參觀、訪問

0736
per·form [pɚˋfɔrm] **v.** 執行、表演
—**performing** **adj.** 表演的、表現的
—**performer** **n.** 表演者
—**performance** **n.** 演出

補充 perform a ceremony 舉行儀式
perform miracles 效果極好的

0737
per·mit [pɚˋmɪt] **v.** 容許 [ˋpɝmɪt] **n.** 批准
—**permission** **n.** 許可
—**permissive** **adj.** 許可的、寬容的
—**permissively** **adv.** 許可地
—**permissible** **adj.** 可允許的

同 allow 允許
搭配詞 permit of 容許
補充 permit doing sth. 允許做某事

🎧 0738
per·suade [pɚˈswed] **v.** 說服
— **persuader** **n.** 說服者
— **persuasion** **n.** 說服
— **persuasive** **adj.** 說服的、勸誘的
— **persuasively** **adv.** 口才好地、令人信服地

補充 persuade sb. into doing sth. 勸某人做某事
persuade sb. of sth. 勸某人相信某事

考前衝刺——加分補給站 試比較同義不同用法的convince（見p.269）

persuade和convince都有「說服」、「勸服」的意思，但persuade是以「理由」來說服某人去做某事，而convince是以「事實或道理」來讓某人相信某事。

🎧 0739
pit·y [ˈpɪtɪ] **n.** 同情 **v.** 憐憫
— **pitiful** **adj.** 可憐的、令人同情的
— **pitifully** **adv.** 可憐地
— **pitiless** **adj.** 無情的
— **pitilessly** **adv.** 無情地

補充 feel pity for...
對……同情
What a pity! 真是太糟了！

🎧 0740
plas·tic [ˈplæstɪk] **n.** 塑膠 **adj.** 塑膠的
— **plastics** **n.** 整型外科
— **plasticize** **v.** 使……塑化
— **plasticizer** **n.** 塑化劑
— **plasticity** **n.** 可塑性、柔軟性

補充 plastic bag 塑膠袋
plastic surgery 整型手術

🎧 0741
po·lit·i·cal [pəˈlɪtɪkl] **adj.** 政治的
— **politically** **adv.** 政治上
— **politician** **n.** 政治家、政客
— **politics** **n.** 政治學
— **policy** **n.** 政策

同 governmental 政治的
補充 political concerns 政治因素
crooked politician 不正派的政客

🎧 0742
pol·lute [pə`lut] **v.** 汙染
—**polluted** **adj.** 被污染的
—**pollution** **n.** 汙染
—**polluter** **n.** 污染者、污染源

補充 pollute A with B 用B
污染A

🎧 0743
pre·cious [`prɛʃəs] **adj.** 珍貴的
—**preciously** **adv.** 珍貴地
—**preciousness** **n.** 珍貴

同 valued 貴重的
補充 precious metal 貴金
屬
precious few/precious
little 非常稀有

🎧 0744
pres·sure [`prɛʃɚ] **n.** 壓力 **v.** 施壓
—**pressured** **adj.** 感到壓力的
—**pressurize** **v.** 加壓於
—**pressurized** **adj.** （容器等）加壓的
—**pressurization** **n.** 加壓

補充 under pressure 在
壓力下
pressure cooker 壓力鍋

🎧 0745
pre·vent [prɪ`vɛnt] **v.** 預防、阻止
—**prevention** **n.** 預防、阻止
—**preventive** **adj.** 預防的、阻止的
—**preventable** **adj.** 可預防的、可阻止的

補充 prevent sb. from
doing sth. 阻止某人做某
事

小提醒！試比較拼法相近的present（見p.156）

🎧 0746
proc·ess [`prɑsɛs] **n.** 過程 **v.** 處理、加工
—**processed** **adj.** 加工過的
—**processor** **n.** 加工者、製造者
—**procession** **n.** （行列）行進 **v.** 行進
—**processive** **adj.** 前進的

補充 in process of...
在……的過程中、進行中
processed food 加工食品

🎧 0747

prof·it [ˋprɑfɪt] **n.** 利潤 **v.** 獲利

— **profitable** **adj.** 可獲利的
— **profitably** **adv.** 可獲利地
— **profitability** **n.** 獲利性、有利
— **profitless** **adj.** 無利益的

反 loss 損失
補充 gain profit form...
從……中獲利

考前衝刺──**加分補給站** 試比較同義不同用法的benefit（見p.190）

profit和benefit都有「利益」的意思，但profit專指透過投資等方式取得的「經濟利益」，而benefit泛指可得到的好處、利益、回報等，不一定指經濟上的利益。

🎧 0748

pro·gram [ˋprogræm] **n.** 節目、電腦程式

— **programming** **n.** 編排節目、電腦的編製程序
— **programmer** **n.** 節目編排人、程式設計師
— **programmatic** **adj.** 節目的、計劃性的

補充 TV program 電視節目
program director 節目部主任

🎧 0749

pro·mote [prəˋmot] **v.** 提倡、晉升

— **promoter** **n.** 助長者、發起人
— **promotion** **n.** 提倡、晉升
— **promotional** **adj.** 提倡的、晉升的、獎勵的

反 demote 降級
補充 promote sb. to sth.
使某人晉升至……

🎧 0750

pure [pjʊr] **adj.** 純粹的、純淨的

— **purely** **adv.** 純粹地、純淨地、完全
— **purify** **v.** 使……純粹、淨化
— **purification** **n.** 洗淨、淨化

反 impure 不純淨的
補充 From a pure
source, pure water
comes. 源清則水潔。

🎧 0751

pur·sue [pɚˋsu] **v.** 追捕、追求

— **pursuit** **n.** 追捕、追求
— **pursuer** **n.** 追捕者、追求者
— **pursuant** **adj.** 追趕的、隨後的
— **pursuance** **n.** 追趕、追求

同 chase 追捕
補充 Fools pursue
pleasure regardless of
the cost. 傻瓜尋樂、不惜
代價。

Test 單字記憶保溫隨堂考—3

學完了這麼多單字，你記住了幾個呢？趕快做做看以下的小測驗，看看自己學會多少囉！

( ) 1. industrial　　(A) 工業的　　(B) 清掃的　　(C) 試用的

( ) 2. injure　　(A) 審判　　(B) 召喚　　(C) 傷害

( ) 3. innocent　　(A) 有罪的　　(B) 無辜的　　(C) 有創意的

( ) 4. investigate　　(A) 調查　　(B) 提供資金　　(C) 投入

( ) 5. inspect　　(A) 檢視　　(B) 尊敬　　(C) 期待

( ) 6. jealous　　(A) 努力的　　(B) 嫉妒的　　(C) 熱情的

( ) 7. journal　　(A) 帳號　　(B) 旅行　　(C) 日誌

( ) 8. knight　　(A) 夜晚　　(B) 膝蓋　　(C) 武士

( ) 9. interrupt　　(A) 交易　　(B) 穿越　　(C) 打斷

( ) 10. instruction　　(A) 內部問題　　(B) 結構　　(C) 教導

( ) 11. inform　　(A) 通知　　(B) 重組　　(C) 表格

( ) 12. impress　　(A) 使印象深刻　(B) 使受壓制　(C) 使成功

( ) 13. liberal　　(A) 圖書的　　(B) 自由主義的　(C) 住家的

( ) 14. load　　(A) 裝載　　(B) 漏斗　　(C) 蟾蜍

( ) 15. major　　(A) 主要的　　(B) 次要的　　(C) 最不重要的

解答：

1. A	2. C	3. B	4. A	5. A
6. B	7. C	8. C	9. C	10. C
11. A	12. A	13. B	14. A	15. A

( ) 1. ideal	(A) 理想的	(B) 靈驗的	(C) 想像中的
( ) 2. immediate	(A) 冥想的	(B) 直接的	(C) 療癒的
( ) 3. individual	(A) 個人	(B) 分離	(C) 連結性
( ) 4. knit	(A) 組合	(B) 頭蝨	(C) 編織
( ) 5. import	(A) 重要性	(B) 進口	(C) 港口
( ) 6. miracle	(A) 奇蹟	(B) 預言	(C) 假象
( ) 7. mobile	(A) 移動式的	(B) 酸澀的	(C) 高貴的
( ) 8. mood	(A) 控管	(B) 情緒	(C) 木頭
( ) 9. moral	(A) 道德上的	(B) 忠誠的	(C) 植物的
( ) 10. motor	(A) 馬達	(B) 機車	(C) 機器人
( ) 11. muscle	(A) 必需品	(B) 忙碌	(C) 肌肉
( ) 12. nerve	(A) 神經	(B) 腦力	(C) 閃躲
( ) 13. origin	(A) 起源	(B) 固體	(C) 堅硬物
( ) 14. normal	(A) 正式的	(B) 睡眠的	(C) 正常的
( ) 15. occasion	(A) 會議	(B) 場合	(C) 假期

解答：

1. A	2. B	3. A	4. C	5. B
6. A	7. A	8. B	9. A	10. A
11. C	12. A	13. A	14. C	15. B

( ) 1. magnet (A) 大型網子 (B) 磁鐵 (C) 耳機

( ) 2. mature (A) 自然的 (B) 成熟的 (C) 業餘的

( ) 3. mental (A) 牙齒的 (B) 心理的 (C) 租借的

( ) 4. moist (A) 潮濕的 (B) 泥濘的 (C) 寒冷的

( ) 5. murder (A) 意外 (B) 自殺 (C) 謀殺

( ) 6. noble (A) 熱情的 (B) 美麗的 (C) 高貴的

( ) 7. observe (A) 保留 (B) 觀察 (C) 預定

( ) 8. mess (A) 雜亂 (B) 大量的 (C) 失去的

( ) 9. opportunity (A) 機會 (B) 命運 (C) 場所

( ) 10. oppose (A) 巨大的 (B) 野性的 (C) 反對

( ) 11. optimistic (A) 悲觀的 (B) 冷淡的 (C) 樂觀的

( ) 12. leak (A) 洩漏 (B) 蔥 (C) 舔

( ) 13. passion (A) 熱情 (B) 熱帶 (C) 熱量

( ) 14. permit (A) 承認 (B) 批准 (C) 利潤

( ) 15. pity (A) 黏膩的 (B) 洞 (C) 同情

解答：

1. B	2. B	3. B	4. A	5. C
6. C	7. B	8. A	9. A	10. C
11. C	12. A	13. A	14. B	15. C

Qq

🎧 0752

quote [kwot] **v.** 引用、引證、報價、開價

—**quoter** **n.** 引用者、報價者
—**quotation** **n.** 引言、語錄
—**quotable** **adj.** 可引用的、適合引用的

補充 quote out of context
斷章取義
quotation mark 引號

輕鬆點，學些延伸小常識吧！

英文書寫裡面，跟中文一樣有各式各樣的標點符號。除了quotation mark
外，來看看其他標點符號的英文怎麼說吧！

period 句號

comma 逗號

colon 冒號

semicolon 分號

question mark 問號

exclamation mark 驚嘆號

slash 斜線

Rr

🎧 0753

re·act [rɪˋækt] **v.** 反應、反抗

—**reaction** **n.** 反應、反抗
—**reactive** **adj.** 反應性的
—**reactively** **adv.** 反應性地
—**reactor** **n.** 反應裝置

搭配詞 react to 作出反應
react against 反抗

🎧 0754
rec·og·nize [ˈrɛkəɡˌnaɪz] **v.** 辨認出、認可
—**recognizable** **adj.** 可辨認的
—**recognizably** **adv.** 可辨認地
—**recognition** **n.** 辨認出、認可

反 ignore 忽視
補充 recognize sb. as...
認識某人為……

🎧 0755
re·duce [rɪˈdjus] **v.** 減少、減輕
—**reduced** **adj.** 減少了的
—**reduction** **n.** 減少、減輕
—**reductive** **adj.** 減少的

同 decrease 減少
補充 be reduced to... 減
少到……
in reduced circumstances
窮困狀態

🎧 0756
re·gret [rɪˈɡrɛt] **n.** 悔意 **v.** 後悔、遺憾
—**regretful** **adj.** 後悔的
—**regretfully** **adv.** 後悔地
—**regrettable** **adj.** 令人後悔的
—**regrettably** **adv.** 令人後悔地

同 remorse 痛悔、自責
補充 regret doing sth. 後
悔做過某事

🎧 0757
re·late [rɪˈlet] **v.** 敘述、有關係
—**related** **adj.** 有關的
—**relative** **adj.** 相對的、與……有關係的
—**relation** **n.** 敘述
—**relational** **adj.** 有關係的、親屬的
—**relationship** **n.** （親屬）關係、人際關係

搭配詞 be related to
有關
relating to 關係到……

🎧 0758
re·lax [rɪˈlæks] **v.** 放鬆
—**relaxing** **adj.** 令人放鬆的
—**relaxed** **adj.** 感到放鬆的
—**relaxation** **n.** 放鬆、鬆弛

反 tighten 使……緊繃
補充 relax oneself 放鬆
自己

0759
re·lief [rɪˋlif] **n.** 解除、減輕（痛苦、負擔）
——**relieve** **v.** 緩和、解除、減輕（痛苦、負擔）
——**relieved** **adj.** 寬慰的
——**relievable** **adj.** 可減輕（痛苦、負擔）的

補充 give relief to 減輕、減免
relief road 紓通道

0760
re·li·gion [rɪˋlɪdʒən] **n.** 宗教
——**religious** **adj.** 宗教的、虔誠的
——**religiously** **adv.** 虔誠地
——**religionist** **n.** 篤信宗教者

反 atheism 無神論
補充 get religion（受刺激後而）變嚴肅

0761
re·ly [rɪˋlaɪ] **v.** 依賴
——**reliance** **n.** 信賴、依賴
——**reliant** **adj.** 信賴的、依賴的
——**reliable** **adj.** 可依賴的
——**reliably** **adv.** 可依賴地

同 depend 依賴
搭配詞 rely on 依靠、依賴

0762
re·mind [rɪˋmaɪnd] **v.** 提醒
——**reminder** **n.** 提醒物、提醒者、催函
——**remindful** **adj.** 令人回想的

反 forget 遺忘
搭配詞 remind of 使回想起……

0763
re·move [rɪˋmuv] **v.** 移動、移除
——**removed** **adj.** 遠離的、分離的
——**removal** **n.** 移動、移除
——**removable** **adj.** 可移動的
——**remover** **n.** 搬運工、去除劑

反 remain 維持
搭配詞 remove from 除掉、移開
補充 remove the cloth (after the meal) 餐後整理收拾

0764
rent [rɛnt] **n.** 租金 **v.** 租借
——**rental** **n.** 租金、出租 **adj.** 出租業的
——**renter** **n.** 承租人、出租人
——**rentable** **adj.** 可租賃的

搭配詞 rent out 出租
補充 rent-a-car 出租計程車
rent free 免租金的

🎧 0765

re·pair [rɪˋpɛr] **n.** 修理 **v.** 修理

—**repairable** **adj.** 可修理的
—**repairer** **n.** 修理者
—**repairman** **n.** 修理工

同 fix 修理
補充 under repair 修理中

🎧 0766

re·place [rɪˋples] **v.** 代替

—**replacement** **n.** 取代
—**replacer** **n.** 代替品
—**replaceable** **adj.** 可替換的

搭配詞 replace by
以……代替

🎧 0767

rep·re·sent [ˏrɛprɪˋzɛnt] **v.** 代表、象徵

—**representative** **adj.** 代表性的、典型的
　　　　　　　　n. 典型、代表
—**representation** **n.** 代表、代理、表示
—**representational** **adj.** 代表的

同 symbolize 象徵
補充 represent sth. to
sb. 向某人說明某事
representative
democracy 代議民主制

🎧 0768

re·sist [rɪˋzɪst] **v.** 抵抗

—**resistant** **adj.** 抵抗的
—**resistance** **n.** 抵抗
—**resister** **n.** 抵抗者
—**resistive** **adj.** 有抵抗力的
—**resistless** **adj.** 無抵抗力的

反 obey 順從
補充 resist doing sth. 抵
制做某事

🎧 0769

re·spond [rɪˋspɑnd] **v.** 回答、反應

—**respondent** **adj.** 回答的 **n.** 應答者
—**response** **n.** 回應、答覆
—**responsive** **adj.** 回答的、反應的、易受感動的
—**responsively** **adv.** 易受感動地

反 question 詢問
搭配詞 respond to
對……答覆

🎧 0770

re·spon·si·bil·i·ty [rɪˌspɑnsəˋbɪlətɪ] **n.** 責任
—**responsible** **adj.** 應負責的、作為原因的
—**responsibly** **adv.** 負責地、有責任感地

搭配詞 responsible for
是……的原因
補充 sense of
responsibility 責任感
take the responsibility for
sth. 負擔起某事的責任

考前衝刺——加分補給站 試比較同義不同用法的duty（見p.123）

responsibility跟duty字面上都有「責任、義務」的意思，但responsibility多是「自覺應該負起的」責任，而duty則是由工作、命令等產生的「外來加諸的」責任。所以「責任感」會説是sense of responsibility而不是sense of duty。

🎧 0771

re·strict [rɪˋstrɪkt] **v.** 限制
—**restricted** **adj.** 受限制的
—**restrictedly** **adv.** 受限制地
—**restriction** **n.** 限制
—**restrictive** **adj.** 限制的
—**restrictively** **adv.** 限制性地

同 confine 限制
補充 restrict sb. to sth.
限制某人做某事

🎧 0772

re·veal [rɪˋvil] **v.** 顯示
—**revealing** **adj.** 透露的
—**revealingly** **adv.** 透露真情地
—**revealer** **n.** 展示者

同 disclose 顯露
補充 reveal a secret 揭露秘密

🎧 0773

rob [rɑb] **v.** 搶劫
—**robber** **n.** 強盜
—**robbery** **n.** 搶案

補充 rob sb. of sth. 搶了某人的某物
Rob Peter and pay Paul.
挖東牆補西牆。

0774
ro·man·tic [ro`mæntɪk] **adj.** 浪漫的
n. 浪漫主義者
—**romantically** **adv.** 浪漫地
—**romanticize** **v.** 浪漫化
—**romance** **n.** 羅曼史

補充 romantic comedy
愛情喜劇

0775
rust [rʌst] **n.** 鐵鏽 **v.** 生鏽
—**rusty** **adj.** 生鏽的、生疏的
—**rustiness** **n.** 生鏽、腐蝕
—**rustproof** **adj.** 不鏽的

補充 be in rust 生鏽

Ss

0776
scarce [skɛrs] **adj.** 稀少的
—**scarcely** **adv.** 罕見
—**scarceness** **n.** 稀少

同 rare 稀有的
補充 scarce goods 稀有
物品

0777
schol·ar [`skɑlɚ] **n.** 有學問的人、學者
—**scholarly** **adj.** 學者的、學問精深的
—**scholarship** **n.** 獎學金
—**scholastic** **adj.** 學校的、學者的

補充 day scholar 日校生

0778
scream [skrim] **n.** 大聲尖叫 **v.** 大聲尖叫、作出尖叫聲
—**screaming** **adj.** 尖叫的
—**screamingly** **adv.** 尖叫地
—**screamer** **n.** 尖叫的人

搭配詞 scream for 強烈
要求
scream out 大叫

🎧 0779

sew [so] **v.** 縫、縫上
- **sewing** **n.** 縫紉（業）
- **sewer** **n.** 縫紉工、縫紉機

搭配詞 sew in 縫進
sew up【口】控制

🎧 0780

sex [sɛks] **n.** 性、性別
- **sexual** **adj.** 性的
- **sexy** **adj.** 性感的
- **sexily** **adv.** 性感地、富魅力地

搭配詞 sex up 加油添醋
補充 sex appeal 性感、吸引力
better than sex 極度令人享受

輕鬆點，學些延伸小常識吧！

英文上有些表示「極好、極棒」的事物都會用「better than XX」來作誇飾形容，除了better than sex外，還有很多類似的用法，都很淺顯意懂又有趣哦！

better than diamonds 比鑽石還好

better than chocolate 比巧克力還好

better than free 比免費的更好

better than wine 比酒更好

🎧 0781

shade [ʃed] **n.** 蔭涼處、樹蔭 **v.** 遮住、使……陰暗
- **shaded** **adj.** 遮陽的、蔭蔽的
- **shady** **adj.** 多蔭的、成蔭的
- **shadow** **n.** 陰暗之處、影子 **v.** 使……有陰影
- **shadowy** **adj.** 有陰影的、蔭涼的

搭配詞 shade from... 免受……的照射
補充 run after a shadow 捕風捉影

🎧 0782

shame [ʃem] **n.** 羞恥、羞愧 **v.** 使……羞愧
- **shameful** **adj.** 羞恥的、不檢點的
- **shamefully** **adv.** 羞恥地、不檢點地
- **shameless** **adj.** 不要臉的

反 honor 榮耀
補充 Shame on you! 你真丟臉！
put sb. to shame 令某人難堪

🎧 0783
sig·nif·i·cant [sɪgˋnɪfəkənt] **adj.** 重要的、有意義的

─**significantly** **adv.** 重大地、有意義地

─**significance** **n.** 重要性、含義

─**signification** **n.** 意義

反 insignificant 不重要的
補充 significant other 配偶

考前衝刺──加分補給站 試比較同義不同用法的important（見p.050）

significant 和important都有「重要的」的意思，但significant特指一件事情「因為富有特殊意義或價值而顯得重要」，並無任何緊迫性或警示性；而important是個普遍使用的字眼，單純強調某人、事、物具有「重要性」，會因為修飾對象的不同，而帶有警示、緊迫的意味。

🎧 0784
sin·cere [sɪnˋsɪr] **adj.** 真實的、誠摯的

─**sincerely** **adv.** 誠摯地、由衷地

─**sincerity** **n.** 真實、誠心

同 genuine 真誠的
反 insincere 不真誠的
補充 Imitation is the sincerest form of flattery. 模仿是最真誠的恭維。

🎧 0785
smooth [smuð] **adj.** 平滑的

 v. 使……平滑、使……平和

─**smoothly** **adv.** 平滑地、平穩地

─**smoothen** **v.** 使……平滑、使……平穩

─**smoothness** **n.** 平滑、平穩

反 rough 粗糙的
搭配詞 smooth over 掩飾、抒緩
補充 smooth-spoken 口齒伶俐的

🎧 0786
sor·row [ˋsɑro] **n.** 悲傷 **v.** 感到哀傷

─**sorrowful** **adj.** 悲傷的

─**sorrowfully** **adv.** 悲哀地

─**sorrows** **n.** 令人傷心的事

反 joy 開心
補充 share one's sorrow 和別人一樣悲傷
drown your sorrow 喝大量的酒以逃避悲傷

考前衝刺──加分補給站 試比較同義不同用法的sad（見p.077）

sorrowful和sad都可表「悲傷的」的意思，用法有什麼差別呢？
sad包含很多種不同心情不好的理由，例如因為生氣所以心情不好、因為嫉妒而心情不好、根本不知道為什麼就心情不好等等。sorrowful也是其中一種，是「傷心、難過」的那種心情不好，和生氣嫉妒沒有關係。

🎧 0787

spe·cif·ic [spɪˋsɪfɪk] **adj.** 具體的、特殊的、明確的

—**specifically** **adv.** 具體地、特殊地、明確地

—**specify** **v.** 具體說明、詳細指明

—**specification** **n.** 載明、詳述、規格

—**specificity** **n.** 具體性、明確性

同 particular 指定的、特殊的
反 vague 模糊的

🎧 0788

starve [stɑrv] **v.** 餓死、饑餓

—**starving** **adj.** 挨餓的、饑餓的

—**starvation** **n.** 饑餓、饑荒

—**starveling** **n.** 營養不良的人
  adj. 饑餓的、瘦弱的

搭配詞 starve for 渴望
補充 starve to death 餓死

🎧 0789

stiff [stɪf] **adj.** 僵硬的、硬挺的 **adv.** 僵硬地

—**stiffly** **adv.** 僵硬地、頑固地

—**stiffen** **v.** 使……僵硬、使……硬挺

—**stiffness** **n.** 僵硬、不自然

反 soft 柔軟的
補充 stiff-necked 頑固的
scared stiff 嚇到全身僵硬的

🎧 0790

strat·e·gy [ˋstrætədʒɪ] **n.** 戰略、策略

—**strategic** **adj.** 戰略的

—**strategically** **adv.** 戰略地

—**strategist** **n.** 戰略家、軍事家

補充 strategy advisor 戰略顧問

🎧 0791

strength [strɛŋθ] **n.** 力量、強度

—**strengthen** **v.** 加強、增強、變強大

—**strenuous** **adj.** 費力的、奮發的

—**strenuously** **adv.** 費力地、奮發地

反 weakness 軟弱
補充 Union is strength. 團結就是力量。

考前衝刺──**加分補給站** 試比較同義不同用法的power（見p.069）和might（見p.218）

strength和power都有「力量」的意思，但strength指的是「個人本身的身體力量和競爭優勢」；而power主要指「權力、權勢、個人及組織的在能力上的力量」。此外，power還有「電力」的意思。

0792
style [staɪl] **n.** 風格、時尚
—**styling** **n.** 款式、樣式
—**stylish** **adj.** 時尚的
—**stylishly** **adv.** 時尚地

同 fashion 時尚
搭配詞 in style 時髦的
out of style 過時的

0793
sub·stance [ˈsʌbstəns] **n.** 物質、物體、實質
—**substantial** **adj.** 實在的、堅固的
—**substantially** **adv.** 本質上、相當多地
—**substantiality** **n.** 實質性、內容

補充 substance abuse 藥物濫用
form and substance（內容）實在的

0794
sub·urb [ˈsʌbɝb] **n.** 市郊、郊區
—**suburban** **adj.** 市郊的、郊區的
—**suburbanize** **v.** 郊區化
—**suburbanite** **n.** 郊區居民

反 metropolis 大都市
補充 in the suburb 在郊區

0795
suf·fer [ˈsʌfɚ] **v.** 受苦、遭受
—**suffering** **n.** 痛苦（的經歷） **adj.** 受苦的
—**sufferer** **n.** 受苦者
—**sufferance** **n.** 忍受、忍耐力
—**sufferable** **adj.** 可忍受的

反 alleviate 減緩（痛苦）
搭配詞 suffer from 忍受、遭受
suffer through 挨過

0796
suf·fi·cient [səˈfɪʃənt] **adj.** 充足的
—**sufficiently** **adv.** 充足地
—**sufficiency** **n.** 充足
—**suffice** **v.** 足夠

同 enough 足夠的
反 insufficient 不充足的
補充 be sufficient in 在……方面是充足的

🎧 0797

sug·gest [sə`dʒɛst] **v.** 提議、建議

—**suggestion** **n.** 提議、建議
—**suggestive** **adj.** 示意的、暗示的
—**suggestively** **adv.** 示意地、暗示地
—**suggestible** **adj.** 可建議的

反 order 命令
補充 suggest doing sth.
建議做某事

🎧 0798

sum·ma·ry [`sʌmərɪ] **n.** 摘要
　　　　　　　adj. 概要的、即時的

—**summarily** **adv.** 概要地、立即
—**summarize** **v.** 總結、概括
—**summarization** **n.** 摘要、總結

反 unabridged 文本完整
版本的
搭配詞 in summary 總之

🎧 0799

sup·pose [sə`poz] **v.** 假定

—**supposing** **conj.** 假如
—**supposedly** **adv.** 大概、據稱
—**supposition** **n.** 想像、假定
—**suppositional** **adj.** 想像的、假定的

補充 be supposed to...
應該、有……義務
Suppose I do? 假如我這
樣呢？

🎧 0800

sus·pect [sə`spɛkt] **v.** 懷疑 **adj.** 可疑的
　　　　　[`sʌspɛkt] **n.** 嫌疑犯

—**suspected** **adj.** 有嫌疑的、被懷疑的
—**suspicion** **n.** 懷疑
—**suspicious** **adj.** 猜疑的、多疑的
—**suspiciously** **adj.** 猜疑地、多疑地

反 innocent 無辜的
補充 suspect sb. of
doing sth. 懷疑某人做某
事

🎧 0801

sys·tem [`sɪstəm] **n.** 系統

—**systematic** **adj.** 有系統的
—**systematically** **adv.** 有系統地
—**systematize** **v.** 使……系統化
—**systematization** **n.** 系統化

補充 All systems go. 一
切準備就緒
buck the system 對抗原
有體系

Tt

🎧 0802
tech·nique [tɛkˋnik] **n.** 技術、技巧
—**technical** **adj.** 技術上的、技能的
—**technically** **adv.** 技術上、技能上
—**technician** **n.** 技術人員
—**technology** **n.** 技術學、工藝學

同 technic 技巧

🎧 0803
tem·po·ra·ry [ˋtɛmpəˌrɛrɪ] **adj.** 暫時的
　　　　　　　　　　　　　n. 臨時員工
—**temporarily** **adv.** 暫時地
—**temporality** **n.** 暫時性
—**temporariness** **n.** 暫時性、臨時性

反 permanent 永久的

🎧 0804
the·o·ry [ˋθiərɪ] **n.** 理論、推論
—**theoretical** **adj.** 理論的
—**theoretically** **adv.** 理論上
—**theorist** **n.** 理論家

反 practice 實踐
搭配詞 in theory 理論上

🎧 0805
threat [θrɛd] **n.** 威脅、恐嚇
—**threaten** **v.** 威脅、恐嚇
—**threatening** **adj.** 威脅的、恐嚇的
—**threatened** **adj.** 受到威脅的

補充 Never make a threat you cannot carry out. 勿虛張聲勢。

🎧 0806
ti·dy [ˋtaɪdɪ] **adj.** 整潔的 **v.** 整頓
—**tidily** **adv.** 整潔地
—**tidiness** **n.** 整潔

搭配詞 tidy up 整理
tidy away 收拾好

🎧 0807

tight [taɪt] **adj.** 緊的、緊密的 **adv.** 緊地、安穩地

—**tightly** **adv.** 緊緊地、牢固地

—**tighten** **v.** 勒緊、使堅固

—**tightness** **n.** 堅固

反 loose 鬆的
補充 tighten one's belt 束緊腰帶、節約度日
hold tight 抓緊

🎧 0808

trace [tres] **n.** 蹤跡 **v.** 追溯

—**tracer** **n.** 追蹤者

—**traceable** **adj.** 可追蹤的

—**traceless** **adj.** 沒有蹤跡的

搭配詞 trace back 追溯到
補充 lose trace of sb. 失去某人的蹤跡
kick over the traces 不受拘束

🎧 0809

trans·port [træns`pɔrt] **v.** 輸送、運輸

[`trænspɔrt] **n.** 輸送

—**transportation** **n.** 運輸、輸送

—**transporter** **n.** 輸送者、運輸機

—**transportable** **adj.** 可運輸的、可運送的

補充 in a transport of delight 非常地高興

🎧 0810

trend [trɛnd] **n.** 趨勢、傾向

—**trendy** **adj.** 時尚的

—**trendily** **adv.** 時尚地

—**trendless** **adj.** 無特定傾向的

補充 trend setting 領導潮流的
trend toward sth. 某件事的趨勢

🎧 0811

tune [tjun] **n.** 調子、曲調 **v.** 調整音調

—**tuned** **adj.** 曲調調過的、調好電台的

—**tuneful** **adj.** 音調優美的

—**tunefully** **adv.** 音調優美地

—**tuneless** **adj.** 不和諧的

搭配詞 out of tune 走調
tune in 調到某個電台
補充 change sb's tune 改變做事方針

🎧 0812

typ·i·cal [`tɪpɪkl̩] **adj.** 典型的

—**typically** **adv.** 典型地

—**type** **n.** 類型、樣式、典型

—**typify** **v.** 為……的典型

反 atypical 非典型的
補充 true to type 預料之內的
be typical of 典型的、有代表性的

U

0813
u·nite [juˈnaɪt] **v.** 聯合、合併
—**united** **adj.** 聯合的、統一的
—**union** **n.** 聯合、組織
—**unity** **n.** 聯合、統一
—**unitize** **v.** 使……成為一體

反 disunite 使……分裂
補充 be united as one 團結一致
student union 學生會

0814
u·ni·verse [ˈjunəˌvɝs] **n.** 宇宙、天地萬物
—**universal** **adj.** 宇宙的、全體的
—**universally** **adv.** 普遍地、到處
—**universality** **n.** 普遍性

同 cosmos 宇宙
補充 universal time 格林威治標準時間

V

0815
var·y [ˈvɛrɪ] **v.** 使……變化、改變
—**various** **adj.** 多種的
—**variously** **adv.** 多樣地、多方面地
—**variety** **n.** 多樣化
—**variable** **adj.** 易變的、多變的
—**variably** **adv.** 變化地、易變地

搭配詞 vary with 隨……變化
vary between 在……之間變化

0816
vic·tim [ˈvɪktɪm] **n.** 受害者
—**victimize** **v.** 使……犧牲、使……受害
—**victimization** **n.** 犧牲、受害

反 criminal 罪犯
補充 victim of war 戰爭的受害者
fashion victim 盲目崇尚流行之人

🎧 0817

vi·sion [ˈvɪʒən] **n.** 視力、視覺、洞察力
—**visional** **adj.** 視力的
—**visible** **adj.** 可看見的
—**visibly** **adv.** 可看見地、明顯地
—**visibility** **n.** 能見度

補充 vision cable 電視電纜

tunnel vision 見識狹窄

W

🎧 0818

wealth [wɛlθ] **n.** 財富、財產
—**wealthy** **adj.** 富裕的、富有的
—**wealthily** **adv.** 富裕地、豐富地

反 poverty 貧困
補充 a wealth of 許多、大量
wealth gap 貧富差距

🎧 0819

web [wɛb] **n.** 網、蜘蛛網 **v.** 結網
—**webbed** **adj.** 蜘蛛網狀的、有蜘蛛網的
—**webby** **adj.** 網狀的
—**website** **n.** 網站
—**webmail** **n.** 網路郵件、網路郵局

同 cobweb 蜘蛛網
補充 web browser 網頁流覽器
web document 網路文件

輕鬆點，學些延伸小常識吧！

電腦及網路已經是我們生活中不可或缺的的一部份了，那它們的周邊產品的英文你都會說了嗎？一起來看看吧！

web camera 網路攝影機

printer 印表機

card reader 讀卡機

keyboard 鍵盤

monitor 電腦螢幕

external hard drive 外接式硬碟

speaker 喇叭

🎧 0820

weep [wip] **n.** 哭 **v.** 哭泣

　　┌**weeping** **adj.** 流淚的、滴水的 **n.** 哭泣
　　├**weepy** **adj.** 哭哭啼啼的
　　└**weeper** **n.** 哭泣的人

同 cry 哭
補充 weep one's heart out 哭得死去活來

Test 單字記憶保溫隨堂考—4

學完了這麼多單字，你記住了幾個呢？趕快做做看以下的小測驗，看看自己學會多少囉！

( ) 1. quote   (A) 完成   (B) 引用   (C) 閱讀

( ) 2. react   (A) 瞭解   (B) 表演   (C) 反應

( ) 3. reduce   (A) 減少   (B) 增加   (C) 計算

( ) 4. rely   (A) 依賴   (B) 鬆一口氣   (C) 真誠的

( ) 5. repair   (A) 代替   (B) 修理   (C) 代表

( ) 6. resist   (A) 抵抗   (B) 限制   (C) 幫助

( ) 7. reveal   (A) 隱藏   (B) 顯示   (C) 覆蓋

( ) 8. rust   (A) 生鏽   (B) 烘烤   (C) 休息

( ) 9. scarce   (A) 害怕的   (B) 少見的   (C) 關心的

( ) 10. shade   (A) 羞恥   (B) 陰影   (C) 形狀

( ) 11. significant   (A) 重要的   (B) 法定的   (C) 簽署的

( ) 12. stiff   (A) 僵硬的   (B) 平滑的   (C) 飢餓的

( ) 13. typical   (A) 特別的   (B) 典型的   (C) 奇怪的

( ) 14. trace   (A) 蹤跡   (B) 趨勢   (C) 筆跡

( ) 15. technique   (A) 技巧   (B) 調酒   (C) 維修

解答：

1. B	2. C	3. A	4. A	5. B
6. A	7. B	8. A	9. B	10. B
11. A	12. A	13. B	14. A	15. A

(	) 1. unite	(A) 高歌	(B) 聯合	(C) 點火
(	) 2. universe	(A) 大學	(B) 旋律	(C) 宇宙
(	) 3. vary	(A) 非常的	(B) 變化	(C) 詢問
(	) 4. victim	(A) 受害者	(B) 加害者	(C) 關係人
(	) 5. vision	(A) 聽覺	(B) 視覺	(C) 嗅覺
(	) 6. weep	(A) 哭泣	(B) 打掃	(C) 鞭打
(	) 7. web	(A) 網	(B) 畫面	(C) 線
(	) 8. recognize	(A) 認出	(B) 重組	(C) 複習
(	) 9. replace	(A) 代替	(B) 搬家	(C) 放置
(	) 10. represent	(A) 發表	(B) 代表	(C) 送信
(	) 11. scream	(A) 尖叫	(B) 哭泣	(C) 癱軟
(	) 12. sincere	(A) 過去的	(B) 堅持的	(C) 真誠的
(	) 13. wealth	(A) 體重	(B) 健康	(C) 財產
(	) 14. threat	(A) 招待	(B) 威脅	(C) 縫補
(	) 15. tidy	(A) 整潔的	(B) 極小的	(C) 遲到的

解答：

1. B	2. A	3. B	4. A	5. B
6. A	7. A	8. A	9. A	10. B
11. A	12. C	13. C	14. B	15. A

Reading Test
閱讀測驗—1

單字有沒有記熟呢？能不能靈活運用呢？快來檢視自己的學習成果，看看是否要繼續在現有LEVEL增進實力，抑或朝著後面LEVEL層層突破，高分衝刺！

Mandy just graduated from Yale University with brilliant grades. She wanted to be a journalist but only landed a job as an assistant to the editor-in-chief of a business magazine.

At first, she fumbled with her work and got ridiculed by her colleagues. Under a lot of pressure, she still remained cheerful and managed to survive in the office. She worked diligently and overcame a variety of challenges. Gradually, her boss was impressed by her and gave her a promotion. Now she is the column writer of the magazine.

(　　) 1. What is the main idea of this article?
   (A) How Mandy was ridiculed by her colleagues.
   (B) When Mandy graduated from Yale University.
   (C) How Mandy started from scratch to become a column writer.

(　　) 2. What did Mandy want to do in the beginning?
   (A) A journalist.
   (B) An assistant.
   (C) An editor-in-chief.

(　　) 3. What can be inferred from the article?
   (A) Mandy is struggling to keep her job.
   (B) Mandy is having a promising career.
   (C) Mandy is thinking about job hopping.

曼蒂剛從耶魯大學畢業,學業成績優異。她想當記者,但只找到一份擔任商業雜誌總編助理的工作。

她一開始工作摸索地很辛苦,並遭到同事嘲笑,承受了很多的壓力,但她仍然維持愉快的心情,設法在辦公室生存下來。她工作非常勤快,並克服很多挑戰。她的老闆逐漸對她感到印象深刻,並讓她升遷,現在她是那份雜誌的專欄作家。

1. 本題詢問以下何者為本文主題,三個選項意思分別為:
(A) 曼蒂如何被同事嘲笑。
(B) 曼蒂何時從耶魯大學畢業。
(C) 曼蒂如何從零開始,變成一名專欄作家。

依照文章內容,(A)選項為事實,但並非本文主題;(B)選項錯,本文未提到曼蒂何時從耶魯大學畢業,且亦非本文主題;根據文章內容,(C)選項為正解。

2. 本題詢問曼蒂剛畢業時想從事什麼工作?三個選項意思分別為:
(A) 一名記者。
(B) 一名助理。
(C) 一名總編。

依照文章內容第一段,曼蒂剛從耶魯大學畢業時,原想從事記者工作,因此僅(A)選項為正解。

3. 本題詢問,從這篇文章中,我們可以推斷以下何者正確:
(A) 曼蒂正在掙扎保住她的工作。
(B) 曼蒂的工作進展得很好。
(C) 曼蒂正在考慮跳槽。

依照文章內容最後一段提及,曼蒂已獲得升遷,現在是雜誌的專欄作家,由此可推斷(B)選項為正解。

答案:1. (C)   2. (A)   3. (B)

Reading Test
閱讀測驗—2

單字有沒有記熟呢？能不能靈活運用呢？快來檢視自己的學習
成果，看看是否要繼續在現有LEVEL增進實力，抑或朝著後面
LEVEL層層突破，高分衝刺！

Ho Feng-Shan was a Chinese diplomat for the Republic of China. Ho's father passed away when he was 7 years old. A bright and diligent student, he managed to attend the Ludwig Maximilian University of Munich in 1929, where he received his doctorate in political economics in 1932.

When Ho was assigned the post of Consul-General in Vienna during World War II, Austria was annexed by Nazi in 1938. The situation became very difficult for Jews residing in Austria. Although there were attempts to resist Nazism in Germany, their operations failed. The only way for the Jewish to escape the Nazi oppression was to leave Europe. Ho was sympathetic to the suffering of the Jewish people, and he risked his life and career to save over 3,000 Jews by issuing them visas, disobeying the instruction of his superiors. In 2000, Ho's heroic deeds were recognized posthumously by an Israeli organization Yad Vashem, which awarded him the title "Righteous Among the Nations". In 2005, the United Nations praised Ho as "China's Schindler".

(　　) 1. What is the main idea of this article?
(A) How Ho Feng-Shan managed to get his Ph.D.
(B) What Ho Feng-Shan had done for the Jews during World War II.
(C) How Nazism oppressed the Jews.

(　　) 2. Why did Ho Feng-Shan disobey the instructions of his superiors?
(A) He tried to get a promotion.
(B) He didn't get along with his superiors.
(C) He wanted to help the Jews leave Europe.

(　　) 3. What can be inferred from the article?
(A) Ho Feng-Shan remained an unsung hero.
(B) Ho Feng-Shan's deeds were recognized when he was alive.
(C) Ho Feng-Shan received tributes from around the world after he passed away.

解答

何鳳山是中華民國外交官，他的父親在他7歲時過世。他從小就是聰明、勤奮的學生，1929年赴德國慕尼黑大學讀書，於1932年取得政治經濟學博士學位。

當他被派駐奧地利維也納擔任領事館總領事時，第二次世界大戰爆發，維也納於1938年被納粹併吞，當地的猶太人處境非常艱難。雖然德國有人企圖反抗納粹主義，但是他們的行動失敗了，猶太人唯一逃離納綷壓迫的方式只有離開歐洲。何鳳山對於猶太人遭遇的苦難深感同情，他冒著失去生命和丟掉工作的危險，違反了上級主管的指示，核發簽證給超過3千名猶太人。他過世以後，英勇的事蹟於2000年受到以色列官方設立的猶太屠殺紀念館表揚，封他為「國際義人」。2005年，聯合國公開讚譽他是中國的辛德勒。

1. 本題詢問以下何者為本文主題，三個選項意思分別為：
(A) 何鳳山如何取得博士學位。
(B) 何鳳山在第二次世界大戰為猶太人所付出的事蹟。
(C) 納粹主義如何壓迫猶太人。

依照文章內容，(A)選項並非本文重點；(C)選項為如事實，但本文主要著墨在何鳳山援救猶太人的事蹟；因此(B)選項為正解。

2. 本題詢問何鳳山為何違反上級主管的指示？三個選項意思分別為：
(A) 他想獲得升遷。
(B) 他與上級主管處得不好。
(C) 他想幫猶太人逃離歐洲。

依照文章內容第二段，何鳳山對於猶太人遭遇的苦難深感同情，於是冒著生命危險，核發簽證給超過3千名猶太人，因此僅(C)選項為正解。

3. 本題詢問，從這篇文章中，我們可以推斷以下何者正確：
(A) 何鳳山至今仍是無名英雄。
(B) 何鳳山的事蹟於他仍在世時就獲得表揚。
(C) 何鳳山過世後，獲得來自世界各地的頌讚。

文章內容第二段提及posthumously (adv) 這個單字，意思是「於死後地」，句意指何鳳山過世後，英勇的事蹟始獲得以色列及聯合國的表揚，由此可推斷(C)選項為正解。

答案：1. (B)　　2. (C)　　3. (C)

Reading Test
閱讀測驗—3

單字有沒有記熟呢？能不能靈活運用呢？快來檢視自己的學習成果，看看是否要繼續在現有LEVEL增進實力，抑或朝著後面LEVEL層層突破，高分衝刺！

When Boyan Slat went diving in Greece, he was shocked to see more plastic bags than fish. When he learned that there was no apparent solution, he was even more shocked. After the vacation, he went back to school and developed a science project aimed to clean up the oceans. The project was awarded the Best Technical Design at Delft University of Technology.

Slat had been interested in engineering since he was a child. In 2013, he turned 18. He was so determined to address ocean pollution that he founded a non-profit organization called The Ocean Cleanup. After years of development, its first system is now installed at the Great Pacific Garbage Patch. Slat and his team hope that they can remove half of the plastic in the patch within five years.

(　　) 1. What is the main idea of this article?
    (A) What triggered Boyan Slat to address marine pollution.
    (B) When Boyan Slat won the Best Technical Design.
    (C) How Boyan Slat organized a team.

(　　) 2. How old was Boyan Slat when he founded The Ocean Cleanup?
    (A) 13.
    (B) 16.
    (C) 18.

(　　) 3. What can be inferred from the article?
    (A) The cleanup system is installed in the South Atlantic Ocean.
    (B) Boyan Slat is concerned about the rising sea levels.
    (C) A trial run of the cleanup system developed by Slat and his team has been set off.

波恩史萊特去希臘潛水時，很訝異看到海底塑膠袋比魚兒還多。當他發現世人對此並無明顯的解決之道時，他感到更詫異了。渡假回來後，他回到學校發展一項潔淨海洋的科學計畫，這個計畫獲得荷蘭台夫特科技大學的最佳技術設計獎。

史萊特小時候就對工程學很感興趣，2013年他18歲，決心要解決海洋污染的問題，因而創辦了一個非營利組織名稱為「海洋清潔計畫」。經過多年的研發，該計畫的首座潔淨系統終於安裝在太平洋垃圾帶。史萊特和他的團隊希望他們能在5年內把這帶的垃圾清除掉一半。

1. 本題詢問以下何者為本文主題，三個選項意思分別為：
(A) 促使波恩史萊特想解決海洋污染的原因。
(B) 波恩史萊特何時獲得最佳技術設計獎。
(C) 納波恩史萊特如何組織團隊。

依照文章內容，(B)、(C)選項為事實，但並非本文重點；(A)選項為正解。

2. 本題詢問何波恩史萊特幾歲成立「海洋清潔計畫」？三個選項意思分別為：
(A) 13歲。
(B) 16歲。
(C) 18歲。

依照文章內容第二段，2013年時，波恩史萊特18歲，創辦了一個非營利組織名稱為「海洋清潔計畫」，因此(C)選項為正解。

3. 本題詢問，從這篇文章中，我們可以推斷以下何者正確：
(A) 潔淨系統安裝在南大西洋海洋。
(B) 波恩史萊特很關心海平面上升。
(C) 波恩史萊特和他的團隊研發的潔淨系統已展開試驗運作。

依照文章內容第二段，(A)選項錯，因為潔淨系統安裝在太平洋垃圾帶；(B)選項錯，文中並無提及海平面上升問題；(C)選項為正解。

答案：1. (A)　　2. (C)　　3. (C)

考前衝刺
英文單字Level 4

Aa

🎧 0821

abandon [əˋbændən] v. 放棄

—**abandoned** adj. 被放棄的、被遺棄的
—**abandon**ment n. 放棄
—**abandon**er n. 放棄者
—**abandon**ee n. 【律】受領者

同 forsake 拋棄、遺棄
補充 abandon oneself to... 縱情、沉溺於……
abandoned property 拋棄財產

🎧 0822

absorb [əbˋsɔrb] v. 吸收

—**absorb**ing adj. 吸引人的
—**absorb**ed adj. 被吸收的
—**absorb**er n. 吸收器
—**absorb**able adj. 能被吸收的、容易吸收的

補充 be absorbed in... 專心於……
absorb oneself in sth. 對……產生極大興趣

🎧 0823

abstract [ˋæbstrækt] adj. 抽象的

v. 抽取、使……抽象化 n. 概要
—**abstract**ed adj. 出神的、發呆的
—**abstract**edly adv. 出神地、發呆地
—**abstract**ion n. 抽象（概念）
—**abstract**ive adj. 抽象的

反 concrete 具體的
補充 abstract art 抽象派、抽象藝術
abstract A from B 從B抽取出A

🎧 0824

access [ˋæksɛs] n. 接近、會面 v. 接近、會面

—**access**ory adj. 附屬的、附帶的
　　　　　　n. 裝飾品、附屬物
—**access**orily adv. 附屬地、附帶地
—**access**ible adj. 可接近的、容易接近的
—**access**ibly adj. 可接近地、容易接近地

搭配詞 access to 可以獲得、接近……
補充 access control（電腦）存取控制

🎧 0825

accomplish [ə`kɑmplɪʃ] **v.** 達成、完成
- **accomplished** **adj.** 已達成的、熟練的
- **accomplishment** **n.** 達成、成就
- **accomplishable** **adj.** 可完成的

反 relinquish 放棄、交出
補充 accomplished fact 既成事實
celebrate the accomplishment 慶祝成功

🎧 0826

accuse [ə`kjuz] **v.** 控告、指責
- **accusing** **adj.** 指責的
- **accusingly** **adv.** 指責地
- **accused** **adj.** 被控告的 **n.** 被告
- **accusation** **n.** 控告、指責
- **accuser** **n.** 原告、控告者

反 exculpate 開脫、使……無罪
補充 accuse sb. of sth. 控告某人某事
He who excuses himself accuses himself. 替自己辯解就是控告自己。

🎧 0827

acid [`æsɪd] **n.** 酸性物質
　　　　adj. （化學）酸的、尖酸苛薄的
- **acidly** **adv.** 尖酸苛薄地
- **acidity** **n.** （化學）酸性、酸度、尖酸言語
- **acidify** **v.** 使……酸化

反 kind 寬厚的
補充 acid tongue 嘲諷的
acid stomach 胃酸過多

🎧 0828

acquaint [ə`kwent] **v.** 使……熟悉、告知
- **acquainted** **adj.** 認識的
- **acquaintance** **n.** 認識的人、熟人
- **acquaintanceship** **n.** 認識、交往關係

同 inform 告知
補充 acquaint oneself with 使某人熟悉某物

🎧 0829

acquire [ə`kwaɪr] **v.** 取得、獲得
- **acquired** **adj.** 習得的、取得的
- **acquirement** **n.** 取得、成就
- **acquirable** **adj.** 可取得的
- **acquirer** **n.** 收購（公司）者

補充 acquired immunity 後天免疫性
acquire knowledge of... 求得……的知識

🎧 0830

adapt [ə`dæpt] **v.** 使……適應、改編（文本）

—**adapted** **adj.** 適應的

—**adaption** **n.** 適應、改編（文本）

—**adaptive** **adj.** 適應的

—**adapter** **n.** 適應者、改編（文本）者

反 unfit 不適應
補充 adapt oneself to...
使自己適應或習慣於……

🎧 0831

adjust [ə`dʒʌst] **v.** 調節、對準

—**adjusted** **adj.** 已調準的、適應的

—**adjustment** **n.** 調節、對準

—**adjuster** **n.** 調停者、調節器

—**adjustable** **adj.** 可調整的

—**adjustability** **n.** 調節性

搭配詞 adjust to 適應、
調節
補充 room for
adjustment 調整空間

🎧 0832

agency [`edʒənsɪ] **n.** 代理商

—**agent** **n.** 代理人

—**agential** **adj.** 代理人的

補充 through the agency
of 憑藉……的代理
travel agent 旅行社職員

🎧 0833

aggressive [ə`grɛsɪv] **adj.** 侵略的、攻擊的

—**aggressively** **adv.** 侵略地、攻擊地

—**aggress** **v.** 侵略、攻擊

—**aggression** **n.** 侵略、攻擊

—**aggressor** **n.** 侵略者、攻擊者

同 intrusive 入侵的
補充 assume the
aggressive 採取攻勢

🎧 0834

alcohol [`ælkəˌhɔl] **n.** 酒精

—**alcoholic** **adj.** 酒精的

—**alcoholicity** **n.** 酒精含量

—**alcoholism** **n.** 酗酒、酒精中毒

補充 alcohol-free 不含酒
精的
alcohol addiction 酒癮

🎧 0835

amuse [ə`mjuz] **v.** 娛樂、消遣
- **amusing** **adj.** 有趣的、好玩的
- **amusingly** **adv.** 有趣地、好玩地
- **amused** **adj.** 被取悅的、愉快的
- **amusedly** **adv.** 開心地、愉快地
- **amusement** **n.** 娛樂、有趣

補充 amuse oneself with... 以……自娛
amusement park 遊樂園

輕鬆點，學些延伸小常識吧！

喜歡去遊樂園玩嗎？知道遊樂園這麼多好玩的設施，它們的英文該怎麼說嗎？

merry-go-round 旋轉木馬

roller coaster 雲霄飛車

drop ride 自由落體

Ferris wheel 摩天輪

flume ride 滑水道

haunted house 鬼屋

🎧 0836

analyze [`ænḷˌaɪz] **v.** 分析、解析
- **analysis** **n.** 分析
- **analyst** **n.** 分析者
- **analystic** **adj.** 分析的
- **analystically** **adv.** 分析地

搭配詞 on analysis 經由分析
補充 analyze the motive 細查來意

🎧 0837

annoy [ə`nɔɪ] **v.** 煩擾、使……惱怒
- **annoying** **adj.** 惱人的、煩人的
- **annoyingly** **adv.** 惱人地、煩人地
- **annoyed** **adj.** 被惹惱的
- **annoyance** **n.** 煩擾、惱怒

反 please 使……開心
補充 be annoyed with sb. for sth. 為（某事）而對（某人）生氣

🎧 0838

anxious [ˋæŋkʃəs] **adj.** 憂心的、擔憂的、渴望的

—**anxiously** **adv.** 憂心地、擔憂地、渴望地

—**anxiety** **n.** 憂心、焦慮、渴望

搭配詞 be anxious to 渴望

be anxious about 為……擔心

🎧 0839

apology [əˋpɑlədʒɪ] **n.** 謝罪、道歉

—**apologize** **v.** 道歉、認錯

—**apologetic** **adj.** 道歉的、認錯的

—**apologetically** **adv.** 道歉地、認錯地

搭配詞 apologize for 因……而道歉

補充 extend apology 致歉

make no apologies 認為他人能接受而不道歉

🎧 0840

appointment [əˋpɔɪntmənt] **n.** 指定、約會、任用

—**appoint** **v.** 任命、約定、指派

—**appointed** **adj.** 任命的、指派的

—**appointer** **n.** 任命者

—**appointee** **n.** 被任命者

同 assign 指派、選定

補充 appoint especially 特派

make an appointment with 和……約會

考前衝刺——**加分補給站** 試比較同義不同用法的date（見p.027）

appointment 和date都有「約會」的意思，但appointment的約會多是「公事上、生意上」的約會，內容多為處理、討論公務，非私人性質；而date多指「男女間的」約會，為私人之約，浪漫意味濃厚。

🎧 0841

assign [əˋsaɪn] **n.** 分派、指定

—**assignment** **n.** （分派的）工作、作業

—**assignation** **n.** 分派、指定

—**assigner** **n.** 分配人

—**assignable** **adj.** 可分派的

同 appoint 指定、任命

補充 assign task 分配工作

plum assignment 好差事

🎧 0842

associate [əˋsoʃɪɪt] **n.** 同事 / [əˋsoʃɪet] **v.** 聯合

—**associated** **adj.** 聯合的

—**associative** **adj.** 聯合的、聯想的

—**association** **n.** 協會、聯合會、聯想

—**associational** **adj.** 聯想的

搭配詞 associate with 把……聯合在一起

補充 associate professor 副教授

benefit association 互助會

🎧 0843
assume [əˋsum] **v.** 假定、擔任、裝腔作勢
— **assuming** **adj.** 傲慢自大的
— **assumed** **adj.** 假定的、設想的
— **assumption** **n.** 假定、擔任、自大
— **assumptive** **adj.** 假定的、傲慢的

同 pretend 假裝
補充 assume power 掌權
assume liability 承擔責任

🎧 0844
assure [əˋʃur] **v.** 向……保證、使確信
— **assured** **n.** 被保險人 **adj.** 得到保證的、確信的
— **assuredly** **adv.** 一定地、確信地
— **assurer** **n.** 保證人、保險業者
— **assurance** **n.** 保證、保險

同 insure 確保、保證
補充 assure sb. that 使某人確信
endowment assurance 養老保險

🎧 0845
athletic [æθˋlɛtɪk] **adj.** 運動的、強健的
— **athletics** **n.** 體育運動
— **athletically** **adv.** 運動地
— **athlete** **n.** 運動員

補充 athletic field 運動場

🎧 0846
attach [əˋtætʃ] **v.** 連接、附屬、附加
— **attached** **adj.** 附屬的、依戀的
— **attachment** **n.** 連接、附著
— **attachable** **adj.** 可附加的

搭配詞 attached to 附屬於、愛慕
補充 attach case 公事包
attach importance to 重視

Bb

🎧 0847
biology [baɪˋɑlədʒɪ] **n.** 生物學
— **biological** **adj.** 生物（學）的
— **biologically** **adv.** 生物學上

補充 marine biology 海洋生物研究
biological parents 親生父母

🎧 0848

bloom [blum] **n.** 花、開花期 **v.** 開花、繁榮
- **blooming** **adj.** 開花的、繁榮的
- **bloomer** **n.** 開花植物
- **bloomy** **adj.** 盛開的

同 flower 花
補充 bloom of youth 風華正茂
come into bloom 開花

🎧 0849

boast [bost] **n.** 自誇 **v.** 自誇
- **boaster** **n.** 自誇的人
- **boastful** **adj.** 自誇的
- **boastfully** **adv.** 自誇地

同 brag 吹牛、自誇
搭配詞 boast about 自誇
補充 nothing to boast about 無以自誇

🎧 0850

bru·tal ['brutl] **adj.** 野蠻的、殘暴的
- **brutally** **adv.** 野蠻地、殘暴地
- **brutality** **n.** 野蠻、殘暴
- **brutalize** **v.** 變得野蠻、變得殘暴

反 humane 人道的、仁慈的
補充 brutal behavior 野蠻行為

Cc

🎧 0851

calculate ['kælkjə‚let] **v.** 計算
- **calculating** **adj.** 計算的、慎重的
- **calculated** **adj.** 計算後得到的、故意的
- **calculation** **n.** 計算
- **calculator** **n.** 計算機、計算者
- **calculable** **adj.** 可計算的

補充 calculate on an abacus 打算盤
mental calculation 心算
electronic calculator 電子計算機、電子計算器

🎧 0852

campaign [kæm'pen] **n.** 戰役、活動
v. 作戰、從事社會運動
- **campaigning** **n.** 參加運動、作戰
- **campaigner** **n.** 從事社會運動的人

補充 campaign slogan 競選口號
campaign trail 拉票活動

🎧 0853
cease [sis] **n.** 停息 **v.** 終止、停息
—**ceaseless** **adj.** 不停止的
—**ceaselessly** **adv.** 不停止地
—**ceasefire** **n.** 休戰期

同 stop 停止
反 commence 開始
補充 cease to hold office 停任

🎧 0854
circular [ˋsɝkjələ] **adj.** 圓形的、循環的
—**circularly** **adv.** 圓形地、循環地
—**circularity** **n.** 圓、環狀
—**circulate** **v.** 傳佈、循環
—**circulation** **n.** 通貨、循環、發行量
—**circulating** **adj.** 流通的、循環的

搭配詞 circulate about 在……附近流轉
補充 circular tour 環程旅行

🎧 0855
circumstance [ˋsɝkəm͵stæns]
n. 情況、環境、詳情
—**circumstanced** **adj.** 在某種情況的
—**circumstantial** **adj.** 視情況而定的、偶然的
—**circumstantially** **adv.** 視情況而定

同 condition 狀況
補充 under no circumstance 在任何情況下都不
circumstantial evidence 間接證據

🎧 0856
classification [͵klæsəfəˋkeʃən] **n.** 分類、類別
—**classificatory** **adj.** 類別的
—**classify** **v.** 分類
—**classified** **adj.** 分類的 **n.** 分類廣告
—**classifiable** **adj.** 可分類的

同 categorization 分類
補充 classification item 明細科目

🎧 0857
coarse [kors] **adj.** 粗糙的、粗魯的
—**coarsely** **adv.** 粗糙地、粗魯地
—**coarseness** **n.** 粗糙、粗魯
—**coarsen** **v.** 使……粗糙、使……粗魯

反 refined 精煉的、文雅的
補充 coarse jokes 低俗笑話

🎧 0858

comic [ˈkɑmɪk] **adj.** 滑稽的、喜劇的 **n.** 漫畫

—**comical** **adj.** 滑稽的

—**comically** **adv.** 滑稽地

—**comicality** **n.** 滑稽

補充 comic foil 丑角
comic book 漫畫書

🎧 0859

comment [ˈkɑmɛnt] **n.** 評語、註釋、評論

v. 做註解、做評論

—**commentor** **n.** 時事評論家、評注者

—**commentary** **n.** 評論、實況報導

—**commentate** **v.** 評論、解說

搭配詞 comment on...
對……評論
補充 No comment. （對事情）無話可說。

🎧 0860

commit [kəˈmɪt] **v.** 委任、承諾、犯（罪）

—**committed** **adj.** 忠誠的、堅定的

—**commitment** **n.** 委任、承諾、收監

—**committee** **n.** 委員會

搭配詞 commit to 致力於
補充 commit suicide 自殺
commit a crime 犯罪

🎧 0861

companion [kəmˈpænjən] **n.** 同伴

—**companionate** **adj.** 同伴的、友愛的

—**companionship** **n.** 友誼、伴侶關係

—**companionable** **adj.** 能成為同伴的、友善的

—**companionably** **adv.** 和善地

—**company** **n.** 伴侶、同伴

反 foe 敵人
補充 boon companion 好朋友、摯友

🎧 0862

complicate [ˈkɑmpləˌket]

v. 使……複雜、使……費解

—**complicated** **adj.** 複雜的

—**complication** **n.** 複雜、糾紛

—**complicacy** **n.** 複雜（事物）

同 confuse 使……困惑
反 simplify (v.) 使……簡化

🎧 0863
compose [kəm`poz] **v.** 組成、作曲

—**composing** **n.** 組成
—**composer** **n.** 作曲家、設計者
—**composition** **n.** 組合、作文、混合物

補充 be composed of
由……組成

🎧 0864
concentrate [`kɑnsṇ͵tret] **v.** 集中精神、專心

—**concentrated** **adj.** 集中的、專心的
—**concentration** **n.** 集中、專心
—**concentrator** **n.** 專心的人
—**concentrative** **adj.** 集中的、專心的

搭配詞 concentrate on
全神貫注
補充 in mental
concentration 入神

考前衝刺——**加分補給站** 試比較同義不同用法的attention（見p.108）

concentration 跟 attention都有「注意、專心」的意思，兩者之間的差別在
於concentration是「長時間集中精神在某人或某事物」上的注意力；而
attention的注意力是「短的」，是被某個人或事物引起的「短暫注意力」。

🎧 0865
concept [`kɑnsɛpt] **n.** 概念

—**conception** **n.** 概念、構想
—**conceptive** **adj.** 構想的、有想像力的
—**conceptual** **adj.** 概念上的
—**conceptually** **adv.** 概念上

補充 concept art 概念藝
術
concept album 概念專輯

🎧 0866
concrete [`kɑnkrit] **adj.** 具體的、混凝土的
　　　　　　　n. 水泥、混凝土

—**concretely** **adv.** 具體地
—**concreteness** **n.** 具體
—**concretion** **n.** 凝固（物）

反 abstract 抽象的
補充 concrete jungle 水
泥叢林（指都市）

🎧 0867

confess [kənˈfɛs] **v.** 承認、供認、坦白

—**confessed** **adj.** 自招的

—**confession** **n.** 承認、供認、坦白

—**confessional** **adj.** 自白的

—**confessor** **n.** 自白者

同 admit 承認
搭配詞 confess to 承認
補充 confess one's crime 認罪

🎧 0868

confine [kənˈfaɪn] **v.** 限制、侷限

—**confining** **adj.** 受限的

—**confined** **adj.** 受限制的、監禁的

—**confinement** **n.** 限制、監禁

搭配詞 confine to 限定在……
補充 confine sb. within sth. 把某人關在某物裡

🎧 0869

congress [ˈkɑŋgrəs] **n.** 國會、立法機關

—**congressional** **adj.** 國會的、立法機關的

—**congressman** **n.** 美國國會議員

補充 It would take an act of Congress. 這件事幾乎不可能做到。

🎧 0870

conjunction [kənˈdʒʌŋkʃən] **n.** 連接、關聯

—**conjunctional** **adj.** 連接的

—**conjunct** **adj.** 結合的、共同的

—**conjunctly** **adv.** 結合地

—**conjunctive** **adj.** 連結的、結合的 **n.** 連接詞

補充 in conjunction with 和……連接

🎧 0871

conquer [ˈkɑŋkɚ] **v.** 征服

—**conquered** **adj.** 被征服的

—**conquerable** **adj.** 可征服的

—**conqueror** **n.** 征服者

—**conquest** **n.** 征服、佔領

反 yield 屈服
補充 conquer nature 征服自然

🎧 0872

consequence [ˈkɑnsəˌkwɛns] **n.** 結果、影響

—**consequent** **adj.** 必然的、隨之引起的

—**consequently** **adv.** 結果、因此

—**consequential** **adj.** 隨之發生的、必然的

—**consequentially** **adv.** 必然

同 result 結果
補充 in consequence of 由於

🎧 0873

consist [kənˈsɪst] **v.** 組成、構成、一致

—**consistency** **n.** 一致、協調

—**consistent** **adj.** 一致的、協調的

—**consistently** **adv.** 一致地

搭配詞 consist of 由……組成
consist in 在於
補充 be consistent with... 與……一致

🎧 0874

constitute [ˈkɑnstəˌtjut] **v.** 構成、制定、設立（機構）

—**constitutive** **adj.** 制定的、構成的

—**constitution** **n.** 憲法、構造、體質

—**constitutional** **adj.** 憲法的、構造的

—**constitutionally** **adv.** 憲法上、構造上

補充 Constitution Day 行憲紀念日

🎧 0875

construct [kənˈstrʌkt] **v.** 建造、構築

—**constructer** **n.** 建造者、營造商

—**constructive** **adj.** 建設性的

—**constructively** **adv.** 建設性地

—**construction** **n.** 建築、結構

—**constructional** **adj.** 構造的、建造的

同 build 建造
搭配詞 under construction 架構中
補充 constructive accounting 設計會計

🎧 0876

consult [kənˈsʌlt] **v.** 請教、諮詢

—**consulter** **n.** 諮詢者、商量者

—**consultation** **n.** 請教、諮詢

—**consultative** **adj.** 請教的、諮詢的

—**consultant** **n.** 顧問、諮詢者

搭配詞 consult with 協商、商量
補充 business consultant 營業顧問
consulting room 診療室

🎧 0877

con·sume [kənˈsum] **v.** 消耗、耗費
——**consumer** **n.** 消費者
——**consumption** **n.** 消耗、用盡
——**consumptive** **adj.** 消費的
——**consumable** **adj.** 能用盡的 **n.** 消耗品

反 store 儲存
搭配詞 consume away 耗盡生命、枯萎凋謝
補充 consumer research 市場調查

🎧 0878

con·tent [ˈkɑntɛnt] **n.** 內容、滿足、目錄
[kənˈtɛnt] **adj.** 滿足的 **v.** 使……滿足
——**contented** **adj.** 滿足的、滿意的
——**contentedly** **adv.** 滿足地、安心地
——**contentment** **n.** 滿足、知足

同 satisfy 使……滿足
補充 be content to 願意
be content with 對……感到滿足

🎧 0879

con·test [ˈkɑntɛst] **n.** 比賽
[kənˈtɛst] **v.** 爭奪
——**contestant** **n.** 參加競賽者
——**contestation** **n.** 爭論
——**contestable** **adj.** 可競爭的、爭論的

同 competition
補充 the contest of... ……的競爭

🎧 0880

con·trar·y [ˈkɑntrɛrɪ] **n.** 矛盾、反面
adj. 相反的、反對的
——**contrarily** **adv.** 相反地、反對地
——**contrariness** **n.** 反對、矛盾
——**contrariwise** **adv.** 反之亦然

反 correspondent 一致的
搭配詞 contrary to 與……相反
補充 on the contrary 相反地

🎧 0881

con·trib·ute [kənˈtrɪbjut] **v.** 貢獻、捐獻
——**contribution** **n.** 貢獻、捐獻
——**contributive** **adj.** 貢獻的、捐獻的
——**contributor** **n.** 貢獻者、捐款人
——**contributory** **adj.** 捐助的、貢獻的

反 withdraw 撤回
搭配詞 contribute to 貢獻
補充 contribution box 捐獻箱

考前衝刺——**加分補給站** 試比較同義不同用法的devote（見p.272）

contribute和devote都是「貢獻」的意思，但contribute是強調「付出及貢獻的行為」，貢獻的可能是勞力、精神或金錢；而devote則是強調「獻身於某一事業或目標」，貢獻的是自我本身。

🎧 0882

con·vince [kənˋvɪns] **v.** 說服、信服

—convincing **adj.** 有說服力的
—convinced **adj.** 確信的
—convincible **adj.** 可說服人的

補充 convince sb. of sth. 說服某人

考前衝刺——**加分補給站** 試比較同義不同用法的persuade（見p.224）

convince和persuade都有「說服」、「勸服」的意思，但convince是以「事實或道理」來讓某人相信某事，而persuade是以「理由」來說服某人去做某事。

🎧 0883

co·op·er·ate [koˋɑpəˏret] **v.** 協力、合作

—cooperation **n.** 合作、協力
—cooperative **adj.** 合作的 **n.** 合作社
—cooperatively **adv.** 合作地
—cooperator **n.** 合作對象

補充 cooperative society 消費合作社
cooperate sb. in doing sth. 與某人合作做某事

🎧 0884

cor·re·spond [ˏkɔrəˋspɑnd] **v.** 符合、對應

—corresponding **adj.** 符合的、一致的、相對應的
—correspondency **n.** 符合、一致、相對
—correspondent **n.** 對應物、通訊記者、特派員

搭配詞 correspond to 相當於
correspond with 符合

🎧 0885

cour·te·sy [ˋkɝtəsɪ] **n.** 禮貌

—courteous **adj.** 有禮貌的
—courteously **adv.** 有禮貌地

同 politeness 有禮貌
反 rudeness 無禮
補充 by courtesy of... 承蒙……的好意

🎧 0886

craft [kræft] **n.** 手（工）藝、狡猾、手段
- **crafty** **adj.** 狡猾的
- **craftily** **adv.** 狡猾地、巧妙地
- **craftiness** **n.** 狡猾、熟練
- **craftsman** **n.** 工匠

補充 with craft 有技巧地、巧妙地
craft shop 工藝品店

🎧 0887

crit·i·cize [ˈkrɪtəˌsaɪz] **v.** 批評、批判
- **criticism** **n.** 評論、批評的論文
- **critic** **n.** 批評家、評論家
- **critical** **adj.** 評論的、關鍵的
- **critically** **adv.** 批評地、危急地

補充 criticize sb. for doing sth. 批評某人做了某事
self-criticism 自我批評

Dd

🎧 0888

de·clare [dɪˈklɛr] **v.** 宣告、公告
- **declared** **adj.** 公開宣布的、公然的
- **declarer** **n.** 宣告者
- **declaration** **n.** 宣告、公告
- **declarative** **adj.** 宣告的、公告的

反 retract 收回（聲明）
補充 declare war on 對……宣戰

🎧 0889

de·fend [dɪˈfɛnd] **v.** 保衛、防禦
- **defender** **n.** 保衛者、防禦者
- **defendant** **n.**【律】被告 **adj.** 辯護的
- **defense** **n.** 防禦
- **defensive** **adj.** 防禦的、保衛的
- **defensible** **adj.** 可辯護的、可防禦的

反 attack 攻擊
搭配詞 defend against 防禦
補充 Defense Ministry 國防部

見下頁的「延伸學習小教室」

輕鬆點，學些延伸小常識吧！

身為台灣的國民，都知道我們政府部門的英文該怎麼說嗎？

Presidential Office Building　總統府

Executive Yuan　行政院

Legislative Yuan　立法院

Control Yuan　監察院

Minister of Foreign Affairs　外交部

Minister of Economic Affairs　經濟部

🎧 0890

de·light [dɪˋlaɪt] **n.** 欣喜 **v.** 使……高興

— **delighted** **adj.** 高興的、欣喜的

— **delightedly** **adv.** 高興地、欣喜地

— **delightful** **adj.** 令人欣喜的

— **delightfully** **adv.** 令人欣喜地

同 please 使……高興
搭配詞 delight in 以……為樂
補充 delight oneself with 以……自娛

🎧 0891

de·mand [dɪˋmænd] **n.** 要求 **v.** 要求

— **demanding** **adj.** 高要求的

— **demander** **n.** 要求者

— **demandable** **adj.** 可要求的

反 supply 供給
搭配詞 on demand 一經要求

🎧 0892

dem·on·strate [ˋdɛmənˏstret] **v.** 展現、展示、表明

— **demonstrator** **n.** 示範者、論證者

— **demonstration** **n.** 證明、示範

— **demonstrative** **adj.** 證明的、示範的

— **demonstratively** **adv.** 證明地、示範地

同 display 展示
補充 demonstrate the powers 大顯神通
teach by demonstration 進行示範教學

🎧 0893

de·part [dɪˋpɑrt] **v.** 離開、走開

— **departed** **adj.** 過去的、往昔的

— **departure** **n.** 離去、出發

搭配詞 depart for 出發去（某地）
補充 departure time 出發時間、起飛時間

🎧 0894
de·press [dɪˋprɛs] **v.** 壓下、降低、使……沮喪、使……蕭條

— **depressed** **adj.** 沮喪的、壓下的、不景氣的

— **depression** **n.** 下陷、降低、經濟蕭條

— **depressive** **adj.** 壓抑的

反 cheer 鼓舞、使……振作

補充 atmospheric depression 低氣壓

🎧 0895
de·vote [dɪˋvot] **v.** 貢獻、奉獻

— **devoted** **adj.** 貢獻的

— **devotee** **n.** 熱心人士

— **devotion** **n.** 貢獻、奉獻

— **devotional** **adj.** 虔誠的、獻身的

補充 devote oneself to 專心致力於

考前衝刺——**加分補給站** 試比較同義不同用法的contribute（見p.268）

devote和contribute都是「貢獻」的意思，但devote則是強調「獻身於某一事業或目標」，貢獻的是自我本身；而contribute是強調「付出及貢獻的行為」，貢獻的可能是勞力、精神或金錢。

🎧 0896
di·gest [ˋdaɪdʒɛst] **n.** 摘要、分類

[daɪˋdʒɛst] **v.** 瞭解、消化

— **digestion** **n.** 領會、領悟、消化

— **digestive** **adj.** 消化的 **n.** 消化劑

— **digestible** **adj.** 可消化的、可摘要的

補充 literary digest 文摘 digestive biscuit 消化餅乾

🎧 0897
di·li·gence [ˋdɪlədʒəns] **n.** 勤勉、勤奮

— **diligent** **adj.** 勤勉的、勤奮的

— **diligently** **adv.** 勤勉地、勤奮地

反 laziness 懶惰
補充 work with diligence and without fatigue 孜孜不倦

🎧 0898
dis·gust [dɪsˋgʌst] **n.** 厭惡 **v.** 使……厭惡

— **disgusting** **adj.** 令人厭惡的

— **disgustingly** **adv.** 令人厭惡地

— **disgusted** **adj.** 厭惡的

— **disgustedly** **adv.** 厭惡地

同 repulse 使……產生反感
補充 to one's disgust 令人覺得噁心

🎧 0899
dis·cour·age [dɪsˋkɝɪdʒ] **v.** 使……洩氣、阻止、妨礙
—**discouraging** **adj.** 令人沮喪的
—**discouragingly** **adv.** 令人沮喪地
—**discouraged** **adj.** 沮喪的
—**discouragedly** **adv.** 沮喪地
—**discourag**ment **n.** 沮喪、洩氣、阻止

反 encourage 鼓勵
搭配詞 discourage from 阻攔、勸阻

🎧 0900
dis·miss [dɪsˋmɪs] **v.** 摒除、解散、解雇、駁回
—**dismissive** **adj.** 摒除的、解雇的
—**dismissively** **adv.** 摒除地、解雇地
—**dismissal** **n.** 解散、解雇
—**dismissible** **adj.** 可摒除的、可解雇的

反 employ 雇用
補充 dismiss a charge 駁回指控

🎧 0901
dis·pute [dɪˋspjut] **n.** 爭論、爭議
v. 爭論、對……提出質疑
—**disputation** **n.** 爭論、爭議
—**disputative** **adj.** 好爭論的
—**disputant** **n.** 爭論者、爭議人
—**disputable** **adj.** 有討論餘地的

反 agreement 同意
補充 dispute with sb. on sth. 與某人爭論某事
disputed territory 有爭議的領土

🎧 0902
distinguish [dɪˋstɪŋgwɪʃ] **v.** 辨別、分辨、使……出色
—**distinguishing** **adj.** 有區別的
—**distinguished** **adj.** 卓越的
—**distinguishable** **adj.** 可區別的
—**distinguishability** **n.** 區別性

補充 distinguish A from B 區別 A 和 B

🎧 0903
distribute [dɪˋstrɪbjut] **v.** 分配、分發
—**distributive** **adj.** 分發的、分佈的
—**distribution** **n.** 分配、配給
—**distributional** **adj.** 分配的、配給的
—**distributor** **n.** 分配者、批發商

反 gather 積聚
補充 distribute bonus 分紅
distribution right 經銷權

🎧 0904

dominant [ˋdɑmənənt] **adj.** 支配的

—**dominance** **n.** 優勢、支配（地位）、統治（地位）
—**dominate** **v.** 支配、統治
—**dominator** **n.** 支配者、統治者
—**domination** **n.** 支配、統治
—**dominative** **adj.** 支配的、統治的

同 controlling 支配的
搭配詞 dominate over 控制
補充 dominant mode 主模態

🎧 0905

durable [ˋdjʊrəbl̩] **adj.** 耐穿的、耐磨的

—**durably** **adv.** 耐穿地、耐磨地
—**durability** **n.** 耐久性

同 enduring 耐久的
補充 consumer durable 耐久消費品
durable goods 耐用品

Test 單字記憶保溫隨堂考—1

學完了這麼多單字，你記住了幾個呢？趕快做做看以下的小測驗，看看自己學會多少囉！

A. accuse	B. comment	C. boast	D. classification	E. abstract
F. acquire	G. abandon	H. complicate	I. concentrate	J. accomplish

_____ 1. to say that someone has committed a crime

_____ 2. to be very focused on something

_____ 3. to brag about something

_____ 4. to leave something or someone behind without caring

_____ 5. not concrete, not touchable but rather existing in the form of an idea

_____ 6. to finish a job and achieve something

_____ 7. to express what one thinks about a certain subject

_____ 8. to make things even harder to understand or make problems harder to solve

_____ 9. the act of putting things systematically into categories

_____ 10. to get something in one's possession

解答：

1. A	2. I	3. C	4. G	5. E
6. J	7. B	8. H	9. D	10. F

A. appointment	B. consequence	C. dominant	D. construct	E. distinguish
F. contribute	G. demand	H. confess	I. content	J. athletic

_____ 1. being the most powerful and having others under control

_____ 2. to build something, often big

_____ 3. to tell something or someone apart from other things or other people

_____ 4. to tell one's true thoughts, which are often embarrassing, or to admit to being guilty of something

_____ 5. feeling happy with what one already has and not wanting more

_____ 6. something that is directly caused by a certain happening or action

_____ 7. something you make when you want to schedule a date to meet with others, often for business or health-related reasons

_____ 8. to help with a project or a cause

_____ 9. to ask for something in an aggressive way

_____ 10. being very fit and good at sports

解答：

1. C	2. D	3. E	4. H	5. I
6. B	7. A	8. F	9. G	10. J

| A. consult | B. companion | C. convince | D. brutal | E. confine |
| F. contest | G. assume | H. delight | I. defend | J. cease |

_____ 1. an event held for people to compete against each other for championship

_____ 2. to think that something is true without having any concrete evidence

_____ 3. to ask someone's opinion on something

_____ 4. to make someone believe that what you said is true

_____ 5. acting in a terrible, cruel way, without any mercy

_____ 6. to protect someone, something, a place, or a position from outside attacking forces

_____ 7. to make someone happy

_____ 8. to stop doing something

_____ 9. someone who stands by you in a friendly way and keeps you company

_____ 10. to keep someone in a certain place and restrict them from doing things

解答：

| 1. F | 2. G | 3. A | 4. C | 5. D |
| 6. I | 7. H | 8. J | 9. B | 10. E |

Ee

🎧 0906

ec·o·nom·ic [ˌikəˈnɑmɪk] **adj.** 經濟上的
— **economical** **adj.** 節儉的
— **economics** **n.** 經濟學
— **economist** **n.** 經濟學家
— **economy** **n.** 經濟

補充 economic growth 經濟成長
be economical of 節省
market economy 市場經濟

🎧 0907

e·lim·i·nate [ɪˈlɪməˌnet] **v.** 消除、消滅、（比賽）淘汰
— **elimination** **n.** 消除、消滅、淘汰
— **eliminator** **n.** 整流器
— **eliminatant** **n.** 排除劑

搭配詞 eliminate from 從……除去

🎧 0908

em·bar·rass [ɪmˈbærəs] **v.** 使……困窘、使……尷尬
— **embarrassing** **adj.** 令人困窘的
— **embarrassingly** **adv.** 令人困窘地
— **embarrassed** **adj.** 尷尬的
— **embarrassedly** **adv.** 尷尬地
— **embarrassment** **n.** 困窘

搭配詞 be embarrassed about 對……感到尷尬
補充 become angry from embarrassment 惱羞成怒
financially embarrassed 破產

🎧 0909

en·dure [ɪnˈdjʊr] **v.** 忍受
— **enduring** **adj.** 持久的、耐久的
— **endurance** **n.** 忍受
— **endurable** **adj.** 能忍受的
— **endurably** **adv.** 能忍受地

同 bear 忍受
補充 endure pain 忍受痛苦

🎧 0910

en·force [ɪnˈfors] **v.** 實施、強迫
— **enforced** **adj.** 實施的、強迫的
— **enforcement** **n.** 實施、強迫
— **enforceable** **adj.** 可實施的、可強迫的

補充 enforce sth. on sb. 把……強加給某人
law enforcement 執法

🎧 0911
en·ter·tain [ˌɛntɚˈten] **v.** 招待、娛樂

—**entertaining** **adj.** 有趣的、令人愉悅的
—**entertainingly** **adv.** 有趣地、令人愉悅地
—**entertainment** **n.** 款待、娛樂
—**entertainer** **n.** 款待者、專業表演（以娛樂大眾）者

補充 entertain a rebellious scheme 包藏禍心

輕鬆點，學些延伸小常識吧！

我們的生活上充滿著各種娛樂活動，不過真正的「娛樂」是定義在有表演者和觀眾的活動才算是娛樂哦！所以可以稱得上是娛樂的有哪些事物呢？

circus 馬戲團表演

animation 動畫、卡通

film 電影

magic 魔術

opera 歌劇

concert 音樂會、演唱會

live show 實境秀

🎧 0912
en·thu·si·asm [ɪnˈθjuzɪˌæzəm] **n.** 熱衷、熱情

—**enthusiastic** **adj.** 熱衷的、熱情的
—**enthusiastically** **adv.** 熱衷地、熱情地
—**enthusiast** **n.** 對……熱衷的人

補充 great enthusiasm 滿腔熱血
a spell of enthusiasm 一股熱情

考前衝刺——加分補給站 試比較同義不同用法的passion（見p.223）

enthusiasm和passion都有「熱心、熱情」的意思，不同之處在於enthusiasm是對於某項事業、研究的熱衷，可解釋為相當濃厚的興趣；而passion是強烈的個人情感，比如愛、恨、或是生理上的衝動。

🎧 0913
es·tab·lish [əˈstæblɪʃ] **v.** 建立

—**established** **adj.** 已建立的
—**establisher** **n.** 建立者
—**establishment** **n.** 建立、創立、機構

反 destroy 破壞
補充 establish oneself in 定居於

🎧 0914

es·sen·tial [ə`sɛnʃəl] **n.** 基本要素

　　adj. 本質的、必要的、基本的

　　—**essentially** **adv.** 本質上、本來

　　—**essence** **n.** 本質、精華

　　—**essentiality** **n.** 根本性、要素、本質

同 basic 基本的
補充 be essential to 本質、根本、必要的

🎧 0915

es·ti·mate [`ɛstəmɪt] **n.** 評估 [`ɛstəmet] **v.** 評估

　　—**estimation** **n.** 評價、判斷、估計

　　—**estimative** **adj.** 估計的

　　—**overestimate** **v.** 高估

　　—**underestimate** **v.** 低估

搭配詞 estimate at 對……進行估計
補充 a ballpark estimate 大致的數字（但已相當接近）

🎧 0916

e·val·u·ate [ɪ`væljuɛt] **v.** 估計、評價

　　—**evaluation** **n.** 估價、評價

　　—**evaluative** **adj.** 可估價的、可評價的

補充 evaluation factor 評分因素

考前衝刺——**加分補給站**　試比較同義不同用法的estimate（見p.280）

evaluate和estimate都有「對某項事物進行評估、評價」的意思，不過evaluate常用來衡量「質」，並且會有一套客觀標準來進行評價；而estimate常用來衡量「量」，而且會被個人經驗或主觀感受所影響。

🎧 0917

ev·i·dence [`ɛvədəns] **n.** 證據、跡象 **v.** 證明、顯示

　　—**evident** **adj.** 明顯的

　　—**evidently** **adv.** 明顯地

　　—**evidential** **adj.**（作為）證據的

　　—**evidentiary** **adj.** 證據的

補充 on good evidence 證據充足
self-evident 自明的

🎧 0918
ex·ag·ger·ate [ɪgˋzædʒəˏret] **v.** 誇大
- —exaggerated **adj.** 誇大的
- —exaggeratedly **adv.** 誇張地
- —exaggeration **n.** 誇大（的言詞）
- —exaggerator **n.** 言過其實的人
- —exaggerative **adj.** 誇張的

同 overstate 把……講得誇張
補充 tend to exaggerate 會誇大

🎧 0919
ex·pand [ɪkˋspænd] **v.** 擴張、擴大、延長
- —expanding **adj.** 擴張中的、展開中的
- —expanded **adj.** 擴張的、展開的
- —expansion **n.** 擴張
- —expansionary **adj.** 擴張性的
- —expansive **adj.** 擴張的、廣闊的

反 shrink 縮小
搭配詞 expand in 把……擴展、發展
補充 expand one's horizon 擴展某人的視野

🎧 0920
ex·pose [ɪkˋspoz] **v.** 暴露、揭發
- —exposed **adj.** 暴露的、無遮蔽的
- —exposure **n.** 顯露

搭配詞 exposed to 遭受、暴露於
補充 expose sth. to the light of day 把某事暴露於光天化日之下

Ff

🎧 0921
fan·tas·tic [fænˋtæstɪk] **adj.** 想像中的、奇異古怪的
- —fantastically **adv.** 想像中地
- —fantasy **n.** 空想、異想
- —fantasize **v.** 想像、幻想

補充 have fantastic ideas 異想天開
indulge in fantasy 想入非非

🎧 0922
fa·tal [ˈfetl] **adj.** 致命的、決定性的
——**fatally** **adv.** 致命地、宿命地
——**fatality** **n.** 致命、死亡事故
——**fatalism** **n.** 宿命論
——**fatalness** **n.** 危險性、致命性

同 deadly 致命的
補充 fatal blow 致命的一擊

🎧 0923
fer·tile [ˈfɜtl] **adj.** 肥沃的、豐富的
——**fertility** **n.** 肥沃、繁殖力
——**fertilize** **v.** 使……肥沃、施肥
——**fertilization** **n.** 肥沃、施肥

反 barren 貧瘠的
補充 fertile fields 沃土

🎧 0924
fi·nance [ˈfaɪnæns] **n.** 財務 [faɪˈnæns] **v.** 融資
——**financial** **adj.** 金融的、財政的
——**financially** **adv.** 財政上
——**financier** **n.** 財政家

補充 Finance Ministry 財政部
financial crisis 金融危機

🎧 0925
flat·ter [ˈflætɚ] **v.** 諂媚、奉承
——**flattering** **n.** 諂媚的、奉承的
——**flattery** **n.** 諂媚、奉承
——**flatterer** **n.** 諂媚者、奉承者

反 insult 侮辱
補充 flatter oneself 自以為

🎧 0926
flex·i·ble [ˈflɛksəbl] **adj.** 有彈性的、易曲的
——**flexibly** **adv.** 易曲地、靈活地
——**flexibility** **n.** 彈性、易曲性
——**flexile** **adj.** 易曲的、柔軟的

反 inflexible 沒有彈性的
補充 flexible schedule 有彈性的時間表

🎧 0927
for·bid [fɚˈbɪd] **v.** 禁止、禁止入內
——**forbidding** **adj.** 嚴峻的、險惡的
——**forbiddingly** **adv.** 嚴峻地、險惡地
——**forbidden** **adj.** 被禁止的
——**forbiddance** **n.** 禁止

反 allow 允許
補充 forbid sb. to do sth. 禁止某人做某事
God forbid 不希望某事發生

考前衝刺───**加分補給站** 試比較同義不同用法的prohibit（見p.418）

forbid跟prohibit都有「禁止」的意思，但forbid是較為普遍的用詞，指的是上司、官方、長輩等做出的禁止命令，或是客觀條件上的不允許；而prohibit是指經由法律頒布後的明文規定，是正式的禁止行為。

🎧 0928
for·mu·la [ˈfɔrmjələ] **n.** 公式、法則
—**formulaic** **adj.** 公式的、刻板的
—**formulary** **n.** 公式集
—**formulate** **v.** 使……公式化
—**formularize** **v.** 用公式表示

補充 put into formula 公式化

🎧 0929
ful·fill [fʊlˈfɪl] **v.** 實踐、實現、履行
—**fulfilling** **adj.** 能實現志向的
—**fulfilled** **adj.** 志向實現的
—**fulfillment** **n.** 完成（志向）、實現、履行

補充 fulfill oneself 完全實現自己的抱負
fulfill one's promise 覆行諾言

🎧 0930
fur·nish [ˈfɜnɪʃ] **v.** 裝配（傢俱等）、供給
—**furnishing** **n.** 裝配、供給
—**furnisher** **n.** 傢俱商、供給商
—**furniture** **n.** 傢俱

搭配詞 furnish with 供給
補充 furnish sth. for sb. 為……供給某物

輕鬆點，學些延伸小常識吧！

每天在使用的、接觸的傢俱，都知道它們的英文該怎麼說了嗎？

couch 長沙發

single bed 單人床

double bed 雙人床

wardrobe 衣櫃

shoe cabinet 鞋櫃

bookcase 書架

hanger 衣架

combine unit 組合櫃

283

Gg

🎧 0931
gene [dʒin] **n.** 基因、遺傳因子
— **genetic** **adj.** 基因的、遺傳的、起源的
— **genetically** **adv.** 基因上
— **genetics** **n.** 遺傳學
— **geneticist** **n.** 遺傳學家

補充 gene pool 基因庫
genetic fingerprint 遺傳特徵

🎧 0932
gen·u·ine [ˈdʒɛnjuɪn] **adj.** 真正的、非假冒的、血統純正的
— **genuinely** **adv.** 真誠地、誠實地
— **genuineness** **n.** 真實、真誠

反 false 假冒的
補充 genuine milk 純（牛）乳、非人造乳

🎧 0933
grace [gres] **n.** 優美、優雅
— **graceful** **adj.** 優美的、優雅的
— **gracefully** **adv.** 優美地、優雅地
— **graceless** **adj.** 難看的、粗俗的

反 disgrace 丟臉、不光彩
補充 Divine grace was never slow. 上天賜福、從不失時。

🎧 0934
gram·mar [ˈgræmɚ] **n.** 文法
— **grammatical** **adj.** 文法的
— **grammatically** **adv.** 文法上
— **grammaticize** **v.** 使……合乎文法

補充 grammar school 初級中學（英國的重點中學）

🎧 0935
grave [grev] **adj.** 嚴重的、重大的 **n.** 墓穴、墳墓
— **gravely** **adv.** 嚴重地、莊重地
— **graveness** **n.** 嚴重、重大
— **graveyard** **n.** 墓地

補充 grave as a judge 板起臉孔
carry a secret to the grave 死守祕密

🎧 0936

grieve [griv] **v.** 悲傷、使……悲傷

— **grievous** **adj.** 令人悲傷的、極嚴重的
— **grievously** **adv.** 令人悲傷地、極嚴重地
— **grief** **n.** 悲傷、感傷

同 mourn 為……哀痛
搭配詞 grieve for 為……
而傷心
補充 grief tourism 悲傷旅遊

🎧 0937

guar·an·tee [ˌgærənˈti] **n.** 擔保品、保證人
                                      v. 擔保、作保

— **guaranteed** **adj.** 必定的
— **guarantor** **n.** 保證人
— **guaranty** **n.** 保證書

補充 guarantee against
保證不……

考前衝刺—— 加分補給站

guaranty和warranty雖然在字面上都是「擔保、保證」的意思，在法律效益上是完全不同的。guaranty則是人當擔保，擔保的對象也是「人」，萬一出事時，擔保人需負上連帶責任；而warranty是一般商品時在售出時會附上的保證，是對「物品」的保證。

🎧 0938

guilt [gɪlt] **n.** 罪、內疚

— **guilty** **adj.** 有罪的、內疚的
— **guiltily** **adv.** 有罪地、內疚地
— **guiltiness** **n.** 有罪、內疚

搭配詞 guilt of 有……的
過錯
補充 guilt by association
牽連犯罪

Hh

🎧 0939
har·mo·ny [ˈhɑrmənɪ] **n.** 一致、和諧
—**harmonious** **adj.** 和諧的、協調的
—**harmoniously** **adv.** 和諧地、協調地
—**harmonic** **adj.** 和聲的、和諧悅耳的
—**harmonically** **adv.** 和聲地、和諧悅耳地

反 clash 衝突、不協調
補充 in harmony with
與⋯⋯協調一致

🎧 0940
haste [hest] **n.** 急忙、急速 **v.** 趕緊、加速
—**hasten** **v.** 趕忙
—**hasty** **adj.** 急忙的、倉促的
—**hastily** **adv.** 急忙地、倉促地

反 slowness 緩慢
補充 Haste makes
waste. 欲速則不達
（諺）。
hasten past 急忙經過

🎧 0941
hor·ri·fy [ˈhɔrəˌfaɪ] **v.** 使⋯⋯害怕、使⋯⋯恐怖
—**horrifying** **adj.** 令人害怕的
—**horrifyingly** **adv.** 令人害怕地
—**horrific** **adj.** 恐怖的
—**horrifically** **adv.** 恐怖地

同 frighten 使⋯⋯驚恐
反 tranquilize 使⋯⋯鎮靜

學完了這麼多單字，你記住了幾個呢？趕快做做看以下的小測驗，看看自己學會多少囉！

A. eliminate	B. flatter	C. generate	D. entertain	E. genuine
F. grace	G. endure	H. enthusiasm	I. forbid	J. embarrass

_____ 1. to remove something

_____ 2. to not allow someone to do something

_____ 3. to try to please someone by excessive praise and sweet words

_____ 4. to produce something

_____ 5. to make someone happy by doing fun or funny things

_____ 6. to bear with patience and not give in

_____ 7. real, true

_____ 8. to make someone uncomfortable and feel shame

_____ 9. something one shows when dealing with a subject they really enjoy

_____ 10. a quality of moving and acting in an elegant manner

解答：

1. A	2. I	3. B	4. C	5. D
6. G	7. E	8. J	9. H	10. F

A. grieve	B. harmony	C. expose	D. horrify	E. exaggerate
F. evidence	G. guilt	H. guarantee	I. haste	J. flexible

_____ 1. easy to bend and to be bent

_____ 2. something that proves a fact

_____ 3. to scare someone

_____ 4. swiftness of motion; acting in a very quick, hurried way

_____ 5. to be very sad over something

_____ 6. an agreement or a pleasing arrangement

_____ 7. the feeling one gets when they feel like something is their fault

_____ 8. to make things sound much bigger, grander, or more extreme than they really are

_____ 9. to present and uncover something, often making it open to attack

_____ 10. to promise that something is of a good quality

解答：

1. J	2. F	3. D	4. I	5. A
6. B	7. G	8. E	9. C	10. H

A. grave	B. estimate	C. expand	D. fantastic	E. furnish
F. fulfill	G. evaluate	H. gene	I. fatal	J. grammar

_____ 1. to judge the worth or quality of something

_____ 2. something that can be found in a segment of DNA and determines hereditary traits

_____ 3. very good, or very imaginative

_____ 4. certain rules according to which a language is structured

_____ 5. serious and solemn

_____ 6. to form an opinion on something

_____ 7. to provide or supply someone, or to supply a house with furniture

_____ 8. to make something come true, or to satisfy something

_____ 9. to make something bigger, longer or wider

_____ 10. deadly, or very important

解答：

1. G	2. H	3. D	4. J	5. A
6. B	7. E	8. F	9. C	10. I

Ii

🎧 0942

i·den·ti·fy [aɪˋdɛntəˌfaɪ] **v.** 認出、鑑定
—**identif**ication **n.** 身分證
—**identif**ier **n.** 識別符號、鑑定人
—**identif**iable **adj.** 可識別的

搭配詞 identify with 參與、和……打成一片、認同
補充 identification card 身分證

🎧 0943

id·le [ˋaɪdl̩] **adj.** 閒置的、無所事事的
v. 閒混、機器空轉
—**idl**y **adv.** 無所事事地
—**idl**eness **n.** 閒置、懶散
—**idl**er **n.** 遊手好閒的人

反 busy 忙碌的
搭配詞 idle away 虛度（光陰）
補充 idle time 閒置時間

🎧 0944

il·lus·trate [ˋɪləstret] **v.** （以圖、例子）說明、闡明
—**illustrat**ion **n.** 說明、插圖
—**illustrat**ive **adj.** 說明的
—**illustrat**or **n.** 插圖家、說明者

補充 illustrate with example 舉例說明
in illustration of 做……的例證

小提醒！試比較拼法相近的的illusion（見p.409）

🎧 0945

im·i·tate [ˋɪməˌtet] **v.** 仿效、效法
—**imitat**ion **n.** 模仿、仿造品
—**imitat**ive **adj.** 模仿的
—**imitat**or **n.** 模仿者

反 invent 發明
補充 give an imitation of 做出……的樣子

🎧 0946

im·mi·grate [ˋɪməˌgret] **v.** 遷移、移入
—**immigrat**ion **n.** （從外地）移居入境
—**immigr**ant **n.** 移民、僑民、移入

反 emigrate 移出
搭配詞 immigrate to 移入到
補充 Immigration Agency 移民局

Level 4

考前衝刺——加分補給站 試比較同義不同用法的migrate（見p.415）和emigrate（見p.404）

immigrate、emigrate和migrate都有「遷移」的意思，事實上，immigrate和emigrate都是從migrate衍生出來的。migrate本身是單純的「遷移」，並無任何方向性；而衍生字immigrate指的是「移入」，而emigrate指的是「移出」。

🎧 0947

im·ply [ɪmˋplaɪ] **v.** 暗示、含有

— implied **adj.** 含蓄的
— impliedly **adv.** 含蓄地
— implicit **adj.** 不言明的、內含的
— implicitly **adv.** 不言明地、內含地

同 indicate 暗示
補充 Life implies growth and death. 生命隱含著成長與死亡。

🎧 0948

in·ci·dent [ˋɪnsədənt] **n.** 事件、事變

— incidental **adj.** 偶發的、順帶的 **n.** 偶發事件
— incidentally **adv.** 順帶地
— incidence **n.** 發生率

補充 the Pearl Harbor Incident 珍珠港事件

🎧 0949

in·fect [ɪnˋfɛkt] **v.** 使感染、污染

— infected **adj.** 遭感染的
— infection **n.** 感染、傳染病
— infectious **adj.** 傳染的、感染的
— infectiously **adv.** 傳染地、感染地

同 contaminate 污染
搭配詞 infect with 感染

🎧 0950

in·fla·tion [ɪnˋfleʃən] **n.** 膨脹、脹大、通貨膨脹

— inflationary **adj.** 通貨膨脹的
— inflate **v.** 膨脹、使……自滿、哄抬物價
— inflated **adj.** 誇張的
— inflator **n.** 打氣筒

反 deflation 通貨緊縮
補充 hedge against inflation 通貨膨脹防止措施

🎧 0951

in·i·tial [ɪˈnɪʃəl] **adj.** 開始的 **n.** 姓名的首字母
- **initially** **adv.** 起先
- **initiate** **v.** 開始、創始
- **initiation** **n.** 開始、創始
- **initiative** **adj.** 起先的、初步的

> 同 beginning 開始的
> 補充 initial step 初步

🎧 0952

in·spire [ɪnˈspaɪr] **v.** 啟發、鼓舞
- **inspiring** **adj.** 激勵人心的
- **inspired** **adj.** 受啟發的
- **inspiration** **n.** 鼓舞、激勵
- **inspirable** **adj.** 可啟發的

> 補充 be inspired by
> 受……鼓舞
> inspire sb. with sth.
> 以……啟發某人

🎧 0953

in·tel·li·gence [ɪnˈtɛlədʒəns] **n.** 智能
- **intelligent** **adj.** 有智慧（才智）的
- **intelligently** **adv.** 有才智地
- **intelligible** **adj.** 能夠明瞭的
- **intelligibly** **adv.** 能夠明瞭地

> 補充 Central Intelligence
> Agency 中央情報局（美
> 國）
> artificial intelligence 人工
> 智慧

🎧 0954

in·ten·si·ty [ɪnˈtɛnsətɪ] **n.** 強度、強烈
- **intensive** **adj.** 強烈的、密集的
- **intensively** **adv.** 強烈地、密集地
- **intension** **n.** 增強、強度
- **intensify** **v.** 加強、增強

> 補充 earthquake
> intensity / magnitude
> 地震強度
> energy intensive 能源密
> 集

🎧 0955

in·ter·act [ˌɪntərˈækt] **n.** 交互作用、互動
- **interaction** **n.** 交互影響、互動
- **interactive** **adj.** 交互作用的

小提醒！試比較拼法相近的interest（見p.051）

> 搭配詞 interact with
> 與……互動
> 補充 interactive service
> 互動式服務

🎧 0956

in·vade [ɪnˋved] **v.** 侵略、入侵
— **invader** **n.** 入侵者
— **invasion** **n.** 侵犯、侵害
— **invasive** **adj.** 入侵的

反 surrender 投降、交出
補充 invade one's right
侵犯某人的權利
foreign invasion 外患

🎧 0957

in·vest [ɪnˋvɛst] **v.** 投資
— **investing** **adj.** 投資的
— **investor** **n.** 投資人
— **investment** **n.** 投資

搭配詞 invest in 投資於
補充 investment trust 投資信託

🎧 0958

i·so·late [ˋaɪsḷ͵et] **v.** 孤立、隔離
— **isolated** **adj.** 被孤立的、被隔離的
— **isolation** **n.** 孤立、隔離
— **isolationist** **n.** 孤立主義者

搭配詞 isolate from
與……隔離
補充 isolation period 隔離期

LI

🎧 0959

la·bor [ˋlebɚ] **n.** 勞力 **v.** 勞動
— **laboring** **adj.** 勞動的
— **labored** **adj.** 費力的
— **laborious** **adj.** 費力的、勤快的
— **laboriously** **adv.** 費力地

補充 child labor 童工
Labor conquers all
things. 勞動會戰勝一切。

🎧 0960

leg·end [ˋlɛdʒənd] **n.** 傳奇
— **legendary** **adj.** 傳奇的
— **legendarily** **adv.** 傳奇地

補充 legend text 說明文字
legendary singer 傳奇歌手

🎧 0961
lit·er·a·ture [ˈlɪtərətʃɚ] **n.** 文學
— **literary** **adj.** 文學的
— **literarily** **adv.** 文學地
— **literacy** **n.** 識字能力、讀寫能力
— **literate** **adj.** 有讀寫能力的

補充 literature search 文獻調查、文獻研究
literary world 文學界、文壇

🎧 0962
log·ic [ˈlɑdʒɪk] **n.** 邏輯
— **logical** **adj.** 邏輯上的
— **logically** **adv.** 邏輯上
— **logicality** **n.** 邏輯性

反 illogic 不合邏輯
補充 according to logical order 按部就班
logical result 必然的結果

🎧 0963
loy·al [ˈlɔɪəl] **adj.** 忠誠的
— **loyally** **adv.** 忠誠地
— **loyalty** **n.** 忠誠
— **loyalist** **n.** 忠誠之人

同 faithful 忠誠的
反 disloyal 不忠誠的
搭配詞 loyal to 對……忠誠

🎧 0964
lux·u·ry [ˈlʌkʃərɪ] **n.** 奢侈品、奢侈
— **luxurious** **adj.** 奢侈的
— **luxuriously** **adv.** 奢侈地
— **luxuriate** **v.** 奢侈過活

反 frugality 節儉
補充 luxury goods 奢侈品

Mm

🎧 0965
man·u·fac·ture [ˌmænjəˈfæktʃɚ] **n.** 製造業
v. 大量製造、加工
— **manufacturing** **n.** 製造業 **adj.** 製造的
— **manufacturer** **n.** 製造者
— **manufactory** **n.** （製造）工廠

同 produce 製造
搭配詞 manufacture from 用……製造

🎧 0966
mar·gin [ˋmɑrdʒɪn] **n.** 邊緣
—**margin**al **adj.** 邊緣的
—**margin**ally **adv.** 邊緣地
—**margin**alize **v.** （被社會）邊緣化
—**margin**alization **n.** 邊緣化、被排斥

反 center 中央
補充 by a narrow margin 勉強
on the margin of sth. 在……的邊緣

🎧 0967
mer·cy [ˋmɝsɪ] **n.** 慈悲
—**merci**ful **adj.** 慈悲的
—**merci**fully **adv.** 慈悲地
—**merci**less **adj.** 殘酷的

反 cruelty 殘酷
補充 at the mercy of 任由……處置

🎧 0968
mild [maɪld] **adj.** 溫和的、輕微的
—**mild**ly **adv.** 溫和地、適度地
—**mild**ness **n.** 溫和、輕微

反 severe 嚴重的、劇烈的
補充 mild tobacco 淡煙

🎧 0969
min·is·ter [ˋmɪnɪstɚ] **n.** 神職者、部長、大臣
　　　　　　 v. 給……援助、服侍
—**minist**ry **n.** 牧師、部長、部
—**minist**rant **adj.** 援助的、服侍的
—**minist**ration **n.** 宗教儀式、援助、服侍

補充 minister resident 外交代表
Minister of State 英國國務大臣

🎧 0970
mod·er·ate [ˋmɑdərɪt] **adj.** 適度的、中庸的
　　　　　　 [ˋmɑdəret] **v.** 使……和緩
—**moderate**ly **adv.** 適度地、中庸地
—**moderat**ion **n.** 適度、緩和
—**moderat**or **n.** 調停者、調節器

同 temperate 溫和的、適度的
補充 moderate climate 溫和天氣

🎧 0971
mon·u·ment [ˋmɑnjəmənt] **n.** 紀念碑
—**monument**al **adj.** 紀念意義的
—**monument**ally **adv.** 紀念意義地
—**monument**alize **v.** 立碑紀念

補充 ancient monument 古蹟

見下頁的「延伸學習小教室」

輕鬆點，學些延伸小常識吧！

在台灣各地，有許多做為紀念歷史事紀或特殊事項的monument。我們來看看有哪些重要的紀念吧！

Taipei 228 Monument 台北228紀念公園紀念碑

Green Island Human Rights Memorial Monument 綠島人權紀念碑

Tropic of Cancer Monument 北迴歸線紀念碑

Monument of Unknown Taiwanese Veterans 台灣無名戰士紀念

🎧 0972

mu·tu·al [ˈmjutʃʊəl] **adj.** 相互的、共有的

— **mutually** **adv.** 相互
— **mutuality** **n.** 相互關係
— **mutualism** **n.** 互助論

同 shared 共用的
補充 mutual fund 共同基金
mutual benefit 互惠、互利

Nn

🎧 0973

ne·glect [nɪˈglɛkt] **n.** 不注意、不顧 **v.** 疏忽

— **neglected** **adj.** 疏忽的、不顧的
— **neglectful** **adj.** 疏忽的、沒注意到的
— **neglectfully** **adv.** 疏忽地

反 regard 注意、關心
搭配詞 neglectful of 疏忽
補充 neglect one's duties 怠忽職守

🎧 0974

ne·go·ti·ate [nɪˈgoʃɪˌet] **v.** 商議、談判

— **negotiation** **n.** 商議、談判
— **negotiator** **n.** 談判者
— **negotiable** **adj.** 可商議的

搭配詞 negotiate about 談判、協商
補充 negotiate a contract 協商契約

Oo

🎧 0975
ob·tain [əb'ten] **v.** 獲得
— **obtainable** **adj.** 可獲得的
— **obtainment** **n.** 獲得

同 attain 獲得
補充 obtain admission to 獲准進入

🎧 0976
oc·cu·py ['ɑkjə͵paɪ] **v.** 佔有、花費（時間）
— **occupied** **adj.** 已佔用的
— **occupancy** **n.** 佔有
— **occupation** **n.** 職業
— **occupational** **adj.** 職業的、佔領的

反 empty 未佔用的
補充 occupy oneself in 從事於、忙於……、專心於

🎧 0977
of·fend [ə'fɛnd] **v.** 使……不愉快、使憤怒、冒犯
— **offense** **n.** 冒犯
— **offensive** **adj.** 令人不快的
— **offensively** **adv.** 令人不快地

反 respect 尊重
搭配詞 offend against 違犯、犯罪
補充 take offense at 對……生氣

Pp

🎧 0978
pas·sive ['pæsɪv] **adj.** 被動的
— **passively** **adv.** 被動地
— **passiveness** **n.** 被動、順從
— **passivism** **n.** 消極主義

反 active 活動的、主動的
補充 passive smoking 吸二手菸

🎧 0979
pe·cu·liar [pɪ'kjuljə] **adj.** 獨特的、罕見的
— **peculiarly** **adv.** 獨特地、古怪地
— **peculiarity** **n.** 特色、古怪

同 special 特殊的
補充 be peculiar to 是……所特有的
funny peculiar 古怪的

🎧 0980

pes·si·mis·tic [ˌpɛsəˋmɪstɪk] **adj.** 悲觀的

—**pessimistically** **adv.** 悲觀地
—**pessimist** **n.** 悲觀的人
—**pessimism** **n.** 悲觀（主義）

反 optimistic 樂觀的
補充 pessimistic attitude 悲觀的態度

🎧 0981

phi·los·o·pher [fəˋlɑsəfɚ] **n.** 哲學家

—**philosophical** **adj.** 哲學的
—**philosophically** **adv.** 哲學地
—**philosophy** **n.** 哲學

補充 Philosopher's stone 點金石

🎧 0982

phys·i·cal [ˋfɪzɪkl̩] **adj.** 身體的、物質的

—**physician** **n.** （內科）醫師
—**physics** **n.** 物理學
—**physicist** **n.** 物理學家
—**physicality** **n.** 物質性

反 mental 心靈的
補充 physical quality 體質
physically strong 強壯的身體

🎧 0983

pol·ish [ˋpɑlɪʃ] **n.** 磨光 **v.** 擦亮

—**polisher** **n.** 磨光器
—**polished** **adj.** 擦亮的、有光澤的

搭配詞 polish off 儘速做完某事
polish up 修潤
補充 polish the apple 討人歡心、拍馬屁

> 小提醒！試比較拼法相近的**publish**（見p.300）

🎧 0984

port·a·ble [ˋportəbl̩] **adj.** 可攜帶的、便於搬運的

—**portability** **n.** 可攜帶地
—**portage** **n.** 搬運、運輸
—**porter** **n.** 搬運工

同 portative 可攜帶的
補充 portable power 可攜式電源

🎧 0985

por·tray [porˋtre] **v.** 描繪

—**portrayal** **n.** 描繪
—**portrait** **n.** 肖像
—**portraitist** **n.** 肖像畫家

補充 sit for one's portrait 作為描繪對象

🎧 0986
pos·sess [pəˈzɛs] **v.** 擁有
—**possessor** **n.** 擁有者
—**possession** **n.** 所有物
—**possessive** **adj.** 擁有的、佔有的
—**possessively** **adv.** 佔有地

補充 possess oneself of 獲得、據為己有
in possession of 佔有、擁有

考前衝刺——**加分補給站** 試比較同義不同用法的own（見p.065）

possess跟own都有「擁有」某物的意思，不過possess僅是一種「物理上」的佔有，表示某物此時屬於某人；而own更多了一份「所有權」，表示某物是合法的屬於某人。

🎧 0987
pre·dict [prɪˈdɪkt] **v.** 預測
—**prediction** **n.** 預測
—**predictive** **adj.** 預測性質的
—**predictable** **adj.** 可預測性的
—**predictability** **n.** 可預測性

補充 predict the weather 預測天氣
prediction interval 預測間距

🎧 0988
pre·serve [prɪˈzɝv] **v.** 保存、維護
—**preserver** **n.** 保存人、防腐劑
—**preservation** **n.** 保存、維持
—**preservative** **adj.** 保存的、防腐的

搭配詞 preserve...from 保存……以免
補充 preserved fruit 醃漬水果

🎧 0989
prime [praɪm] **adj.** 首要的 **n.** 初期
—**primer** **n.** 入門書、初級課本
—**primary** **adj.** 首要的、主要的、初級的
—**primitive** **adj.** 原始的
—**primitively** **adv.** 最初地、主要地

同 principal 首要的
補充 prime minister 總理；首相

🎧 0990
pro·fes·sion [prəˈfɛʃən] **n.** 專業
—**professional** **n.** 專家 **adj.** 專業的
—**professionally** **adv.** 專業地
—**professor** **n.** 教授

補充 make it a profession to do sth. 以做某事為業
professional proficiency 專業能力

🎧 0991

prompt [prɑmpt] **adj.** 即時的、敏捷的 **n.** 提詞
— **promptly** **adv.** 即時、敏捷地
— **promptness** **n.** 敏捷
— **prompting** **n.** 提示、敦促
— **prompter** **n.** 提詞人

反 tardy 緩慢的、遲鈍的
搭配詞 prompt in 對（做）……很敏捷

🎧 0992

pros·per [ˈprɑspɚ] **v.** 興盛
— **prosperous** **adj.** 繁榮的
— **prosperously** **adv.** 繁榮地
— **prosperity** **n.** 繁盛

反 decay 衰退
補充 Prosperity makes friends, adversity tries them. 患難見真情。

🎧 0993

pro·test [ˈprotɛst] **n.** 抗議 / [prəˈtɛst] **v.** 反對、抗議
— **protester** **n.** 抗議者
— **protestation** **n.** 抗議、異議

搭配詞 protest against 抗議、反對
補充 protest rally 抗議大會

小提醒！試比較拼法相近的protect（見p.158）

🎧 0994

psy·chol·o·gy [saɪˈkɑlədʒɪ] **n.** 心理學
— **psychologist** **n.** 心理學家
— **psychological** **adj.** 心理學的
— **psychologically** **adv.** 心理學上

補充 psychological warfare 心理戰
psychological scar 心靈創傷

🎧 0995

pub·lish [ˈpʌblɪʃ] **v.** 出版
— **publisher** **n.** 出版者、出版社
— **publication** **n.** 發表、出版
— **publicity** **n.** 宣傳、出風頭

補充 publish the news 發佈消息
publication date 出版日期

小提醒！試比較拼法相近的polish（見p.298）

Test 單字記憶保溫隨堂考—3

學完了這麼多單字，你記住了幾個呢？趕快做做看以下的小測驗，看看自己學會多少囉！

A. intelligence	B. luxury	C. manufacture	D. isolate	E. intensity
F. interact	G. legend	H. neglect	I. loyal	J. imitate

_____ 1. to perform actions with one another

_____ 2. a rich, refined way of living

_____ 3. a story that is passed down through generations

_____ 4. the degree of power, strength, or being intense

_____ 5. to act exactly like someone else

_____ 6. to ignore someone or something through indifference or carelessness

_____ 7. to make something on a large scale

_____ 8. to separate one thing from everything else

_____ 9. the capacity of learning, reasoning and understanding

_____ 10. faithful, never betraying

解答：

1. F	2. B	3. G	4. E	5. J
6. H	7. C	8. D	9. A	10. I

A. obtain	B. preserve	C. pessimistic	D. portable	E. passive
F. peculiar	G. protest	H. illustrate	I. predict	J. occupy

_____ 1. strange, abnormal

_____ 2. to keep something in its current condition

_____ 3. to take over or fill up a place

_____ 4. to express disapproval or objection against a certain subject

_____ 5. not participating actively

_____ 6. to get and possess something

_____ 7. to always expect the worse outcome

_____ 8. easy to carry around

_____ 9. to tell that something will happen in advance

_____ 10. to describe something, often with a picture

解答：

1. F	2. B	3. J	4. G	5. E
6. A	7. C	8. D	9. I	10. H

A. monument	B. invest	C. imply	D. margin	E. portray
F. moderate	G. initial	H. polish	I. labor	J. negotiate

_____ 1. to make a picture of something

_____ 2. to put money or time to use in something that may produce profit

_____ 3. to deal or bargain with others about something

_____ 4. reasonable and proper, not excessive

_____ 5. limited space at the edge of something

_____ 6. something erected in memory of an important event or an important person

_____ 7. the first, at the beginning

_____ 8. to hint at or suggest a hidden meaning

_____ 9. hard work

_____ 10. to make something clean and shiny

解答：

1. E	2. B	3. J	4. F	5. D
6. A	7. G	8. C	9. I	10. H

Rr

🎧 0996

re·bel [ˈrɛbḷ] **n.** 造反者 / [rɪˈbɛl] **v.** 叛亂、謀反

— **rebellion** **n.** 叛亂、謀反

— **rebellious** **adj.** 叛亂的、謀反的

— **rebelliously** **adv.** 叛亂地、謀反地

反 obey 順從
搭配詞 rebel against 反抗

考前衝刺——加分補給站 試比較同義不同用法的revolt（見p.363）

rebel和revolt在字面上都是「叛亂」的意思，這兩個舉動的過程都一樣是對某權力、事物的反抗，唯一的不同在於，rebel則是較負面的「造反」，最後的結果多為失敗；而revolt被認為是具有正面意義的「革命」，最後的結果是成功的。

🎧 0997

re·cite [rɪˈsaɪt] **v.** 背誦

— **recitation** **n.** 背誦

— **recitative** **adj.** 背誦的

— **recital** **n.** 背誦、獨奏會

補充 recite poem 背誦詩篇
recite from memory 憑記憶背誦

🎧 0998

re·fer [rɪˈfɝ] **v.** 參考、提及

— **reference** **n.** 參考（文獻）

— **referable** **adj.** 可參考的、可能與……有關的

— **referral** **n.** 參考、提及

搭配詞 refer to 提到、談論
補充 refer oneself to 依賴、求助於
for your reference 供您參考（用於書信等）

🎧 0999

re·flect [rɪˈflɛkt] **v.** 反射

— **reflecting** **adj.** 反射的

— **reflection** **n.** 反射、反省

— **reflective** **adj.** 反射的、反映的

— **reflectively** **adv.** 反射地、反映地

搭配詞 reflect on 思考、反省、懷疑
補充 on reflection 經再三考慮

🎧 1000

re·form [rɪˈfɔrm] **n.** 改進 **v.** 改進、改革

—**reform**ed **adj.** 改革過的
—**reform**er **n.** 改革者
—**reform**ation **n.** 改革、改進、宗教改革
—**reform**ative **adj.** 改革的

補充 reform oneself 改過自新
radical reformation 根本的改革

🎧 1001

reg·is·ter [ˈrɛdʒɪstɚ] **n.** 名單、註冊
v. 登記、註冊、掛號

—**register**ed **adj.** 註冊過的、掛號過的
—**regist**ration **n.** 登記、註冊、掛號
—**regist**rar **n.** 登記者

搭配詞 register for 登記、註冊
補充 register with sb. 和……一起登記

🎧 1002

reg·u·late [ˈrɛgjəˌlet] **v.** 調節、管理

—**regulat**ion **n.** 調整、法規
—**regulat**or **n.** 調節者、調節器
—**regulat**ory **adj.** 調節的、控管的

同 manage 管理
補充 traffic regulations 交通規則

🎧 1003

rem·e·dy [ˈrɛmədɪ] **n.** 醫療 **v.** 治療、補救

—**remed**ial **adj.** 治療的、補救的
—**remed**ially **adv.** 治療地、補救地
—**remed**iation **n.** 矯正
—**remed**iless **adj.** 醫不好的

同 cure 治療
反 disease 疾病
補充 remedy a loss 彌補損失

🎧 1004

re·search [ˈrisɝtʃ] **n.** 研究 **v.** 調查

—**research**er **n.** 調查員
—**research**able **adj.** 可研究的

補充 research and develop 研究與開發
do research into / on 對……進行調查

🎧 1005

res·er·va·tion [ˌrɛzɚˈveʃən] **n.** 保留

— **reserve** **v.** 保留、預訂、儲備
　　　　　n. 儲備金、保留物、保留區
— **reserved** **adj.** 預訂的、儲備的
— **reservedly** **adv.** 有所保留地
— **reservoir** **n.** 蓄水池、倉庫

> **補充** without reservation 毫無保留地
> reserve force 後備軍人

🎧 1006

re·sign [rɪˈzaɪn] **v.** 辭職、使……順從

— **resigned** **adj.** 已辭職的、順從的
— **resigner** **n.** 辭職者
— **resignation** **n.** 辭職、讓位

> **補充** resign oneself to extinction 束手待斃
> send / hand in one's resignation 遞出辭呈

🎧 1007

res·o·lu·tion [ˌrɛzəˈluʃən] **n.** 果斷、決心

— **resolute** **adj.** 堅決的
— **resolutely** **adv.** 堅決地
— **resolve** **n.** 決心
— **resolved** **adj.** 下決心的

> **同** determination 決心
> **補充** take a firm resolution to do sth. 下很大決心做某事

🎧 1008

re·tire [rɪˈtaɪr] **v.** 隱退

— **retiring** **adj.** 退休的、退役的
— **retired** **adj.** 隱退的
— **retirement** **n.** 退休
— **retiree** **n.** 退休人員

> **搭配詞** retire from 從……退休
> **補充** retire into private life 退休
> retirement plan 退休計劃

🎧 1009

re·vise [rɪˈvaɪz] **v.** 修正、校訂

— **reviser** **n.** 修訂者
— **revision** **n.** 修訂、校訂、修訂版
— **revisionary** **adj.** 修訂的、校訂的
— **revisable** **adj.** 可修正的

> **同** correct 改正
> **補充** revision bill （法律）修正案

🎧 1010

rev·o·lu·tion [ˌrɛvəˈluʃən] **n.** 革命、改革
—**revolutionist** **n.** 革命者 **adj.** 革命的
—**revolutionary** **adj.** 革命的
—**revolute** **v.** 參加革命

反 submission 屈從、歸順

輕鬆點，學些延伸小常識吧！

攤開歷史一看，會發現我們的前人為了更好的生活而發動過無數次的革命。來看看近代史上有哪些重大革命，還有它們的英文怎麼說吧！

Xinhai Revolution (China) 辛亥革命（中國）

the Cultural Revolution (China) 文化大革命（中國）

French Revolution 法國大革命

the Velvet Revolution (Czech) 天鵝絨革命（捷克）

Russian Revolution 俄國革命

Ss

🎧 1011

sac·ri·fice [ˈsækrəˌfaɪs] **v.** 供奉、犧牲 **n.** 獻祭
—**sacrificial** **adj.** 獻祭的
—**sacrificially** **adv.** 獻祭地

反 hold 保留
補充 sell at a sacrifice 虧本銷售
sacrifice sth. for sb. 向某人獻祭某物

🎧 1012

sculp·ture [ˈskʌlptʃə] **n.** 雕刻、雕塑
—**sculptured** **adj.** 雕刻的
—**sculptural** **adj.** 雕刻（般）的
—**sculptor** **n.** 雕刻家

補充 sculpture painting 浮雕

🎧 1013
shift [ʃɪft] **n.** 變換、轉變、手段 **v.** 變換、輪班、轉嫁
—**shifty** **adj.** 耍手段的、機靈的
—**shiftily** **adv.** 耍手段地
—**shiftable** **adj.** 可變換的、可轉讓的

補充 shift one's ground 改變立場
shift for oneself 自謀生計

🎧 1014
sin·gu·lar [ˋsɪŋɡjələ] **n.** 單數
adj. 單一的、個別的、非凡的
—**singularly** **adv.** 格外地
—**singularity** **n.** 單一、唯一、非凡
—**singularize** **v.** 使……單一

反 plural 複數的
補充 singular bearing 氣概不凡

🎧 1015
sketch [skɛtʃ] **n.** 素描、草圖 **v.** 概述、素描
—**sketchy** **adj.** 素描的、概略的
—**sketchily** **adv.** 素描地、概略地
—**sketchiness** **n.** 大約

搭配詞 sketch out 草擬、概略地敘述
補充 sketch sb./sth. in 將……素描下來

🎧 1016
slight [slaɪt] **adj.** 輕微的 **v.** 輕視
—**slightly** **adv.** 輕微地
—**slighting** **adj.** 輕視的
—**slightingly** **adv.** 輕視地
—**slightness** **n.** 輕微、微小

反 great 重大的
搭配詞 slight over 輕視
補充 nothing in the slightest 一點也沒有

🎧 1017
spare [spɛr] **adj.** 剩餘的 **v.** 節省、騰出
—**sparely** **adv.** 節省地、缺乏地
—**sparing** **adj.** 節省的、少量的
—**sparingly** **adv.** 節省地
—**spareness** **n.** 缺乏、不足

補充 spare a thought for 為……著想
spare time 閒暇時間
spare no pain 不遺餘力

🎧 1018

spark [spɑrk] **n.** 火花、火星 **v.** 冒火花、鼓舞

— sparkly **adj.** 閃閃發光的、耀眼的
— sparkle **n.** 閃爍 **v.** 使閃耀
— sparkling **adj.** 閃現光芒的
— sparkler **n.** 閃現光芒的物體

搭配詞 spark off 導致
補充 spark plug 火星塞
sparkling wine 汽泡酒

🎧 1019

sting·y [ˈstɪndʒɪ] **adj.** 小氣的、帶刺的

— stinging **adj.** 刺一般的、刺痛的
— stingily **adv.** 小氣地
— stinginess **n.** 小氣

反 generous 慷慨的
補充 a stingy meal 一頓
吃不飽的飯

🎧 1020

sus·pi·cious [səˈspɪʃəs] **adj.** 懷疑的、可疑的

— suspiciously **adv.** 猜疑地
— suspicion **n.** 疑心

同 distrustful 懷疑的
補充 be suspicious of
對……有疑心

🎧 1021

sym·pa·thy [ˈsɪmpəθɪ] **n.** 同情

— sympathetic **adj.** 表示同情的
— sympathetically **adv.** 同情地
— sympathize **v.** 同情、體諒

同 compassion 同情
搭配詞 sympathize with
同情
補充 extend one's
sympathy to 對……表示
同情

🎧 1022

sym·pho·ny [ˈsɪmfənɪ] **n.** 交響樂、交響曲

— symphonic **adj.** 交響樂的
— symphonist **n.** 交響樂作曲家
— symphonious **adj.** 音色和諧的

補充 symphony
orchestra 交響樂團

Tt

🎧 1023
tense [tɛns] **adj.** 拉緊的 **v.** 緊張
—**tensely** **adv.** 拉緊地
—**tension** **n.** 緊張、緊繃
—**tensional** **adj.** 緊張的

反 relaxed 放鬆的
搭配詞 tense up 緊張
補充 ease the tension of
緩解……的壓力

🎧 1024
tol·er·ate [ˈtɑləˌret] **v.** 寬容、容忍
—**tolerant** **adj.** 忍耐的
—**tolerance** **n.** 包容力
—**tolerable** **adj.** 可容忍的、可忍受的
—**toleration** **n.** 寬容、容忍

補充 be tolerant of
對……容忍
show tolerance towards
sb. 容忍某人、寬容某人

🎧 1025
tough [tʌf] **adj.** 堅韌的、要強的、困難的
—**toughly** **adv.** 堅韌地、困難地
—**toughen** **v.** 使……變強
—**toughness** **n.** 強韌

同 sturdy 健壯的
反 vulnerable 容易受傷的
補充 get tough with sb.
對某人態度強硬起來

🎧 1026
trag·e·dy [ˈtrædʒədɪ] **n.** 悲劇
—**tragic** **adj.** 悲劇的
—**tragically** **adv.** 悲劇地
—**tragedian** **n.** 悲劇演員、悲劇作家

反 comedy 喜劇
補充 tragic character 悲劇人物
in the midst of tragedy
處於悲劇中

🎧 1027
trans·fer [trænsˈfɝ] **v.** 遷移、調職 /
[ˈtrænsfɝ] **n.** 轉移
—**transference** **n.** 遷移、轉移、調調
—**transferor** **n.** 調職者、讓渡人
—**transferable** **adj.** 可轉移的

補充 transfer from... to...
從……轉換到……

🎧 1028

trans·form [træns`fɔrm] **v.** 改變、改造
—**transform**ative **adj.** 變化的、變形的
—**transform**ation **n.** 變化、變形
—**transform**er **n.** 改革者、變壓器

補充 transform data 變換數據

🎧 1029

trans·late [træns`let] **v.** 翻譯
—**translat**ion **n.** 譯文
—**translat**or **n.** 翻譯者、翻譯家
—**translat**able **adj.** 可以翻譯的

搭配詞 translate into 翻譯成、轉化成
補充 bilingual translation 雙語翻譯

🎧 1030

tri·umph [`traɪəmf] **n.** 勝利 **v.** 獲得勝利
—**triumph**ant **adj.** 勝利的、成功的
—**triumph**antly **adv.** 勝利地、成功地
—**triumph**al **adj.** 歡慶勝利的

反 lose 輸
搭配詞 triumph over 擊敗

Uu

🎧 1031

ur·ban [`ɝbən] **adj.** 都市的
—**urban**e **adj.** 都市的
—**urban**ite **n.** 都市人
—**urban**ize **v.** 使……都市化
—**urban**ization **n.** 都市化
—**urban**ity **n.** 都市風味

反 rural 鄉下的
補充 urban park 市區公園
urban legend 都市傳說

輕鬆點，學些延伸小常識吧！

都市傳說，其實就是現代版「民間傳奇」啦！美國、日本、香港、台灣等地都有自己的都市傳說，有恐怖的也有好笑的。跟大家提幾個在歐美地區流傳的都市傳說，有興趣的請再上網搜尋相關資料哦！

Gloomy Sunday　憂鬱星期天之歌
Slender Man　瘦長的男人
Black Eyed Kids　黑瞳的孩子
The Flat Tire　爆胎的輪胎
Boyfriend　男朋友
Sewer Alligator　下水道鱷魚

🎧 1032
urge [ɝdʒ] **v.** 驅策、勸告
— **urgency** **n.** 急迫、緊急
— **urgent** **adj.** 急迫的、緊急的
— **urgently** **adv.** 急迫地、緊急地

補充 urge sb. to do sth.
勸某人做某事
be urgent with sb. for sth.
急著向某人要某物

Vv

🎧 1033
vi·o·late [ˈvaɪəˌlet] **v.** 妨害、違反
— **violation** **n.** 違反、侵害
— **violator** **n.** 違反者、侵害者
— **violable** **adj.** 可侵害的

反 obey 遵守
補充 violate a law 犯法

🎧 1034
vir·tue [ˈvɝtʃu] **n.** 貞操、美德
— **virtuous** **adj.** 貞潔的、有美德的
— **virtuously** **adv.** 貞潔地、有美德地
— **virtueless** **adj.** 無貞潔的、無美德的

補充 by virtue of 由於
virtuous woman 貞潔婦女

🎧 1035
vis·u·al [ˈvɪʒuəl] **adj.** 視覺的
— **visually** **adv.** 視覺上
— **visualize** **v.** 使……顯像、顯現
— **visualization** **n.** 顯現、形象化

補充 visual broadcast 電視廣播
visual art 視覺藝術

🎧 1036
vol·un·teer [ˌvɑlənˈtɪr] **n.** 自願者、義工 **v.** 自願做
　—**volunt**ary **adj.** 自願的
　—**volunt**arily **adv.** 自願地
　—**volunt**ariness **n.** 自願
　—**volunt**arism **n.** 自願主義、募兵制

反 force 強迫
搭配詞 volunteer for 自願
補充 volunteer holiday 志工假期

Ww

🎧 1037
wit [wɪt] **n.** 機智、賢人
　—**wit**ty **adj.** 機智的
　—**wit**tily **adv.** 機智地

補充 at one's wits' end 智窮力竭、不知所措

學完了這麼多單字，你記住了幾個呢？趕快做做看以下的小測驗，看看自己學會多少囉！

A. resolution	B. suspicious	C. violate	D. tough	E. singular
F. sacrifice	G. tragedy	H. volunteer	I. tense	J. stingy

_____ 1. to give up something for the sake of something else

_____ 2. questionable

_____ 3. one and only

_____ 4. a very sad occurence

_____ 5. very strong or very difficult

_____ 6. a resolve or determination

_____ 7. to offer to do something willingly without being asked

_____ 8. to break through or disturb

_____ 9. unwilling to part with money

_____ 10. not relaxed

解答：

1. F	2. B	3. E	4. G	5. D
6. A	7. H	8. C	9. J	10. I

A. translate	B. tolerate	C. retire	D. sketch	E. triumph
F. transform	G. transfer	H. reservation	I. spark	J. urge

_____ 1. to push someone to do something

_____ 2. to endure something without protest

_____ 3. a small, fiery light

_____ 4. to move from one place to another

_____ 5. proud, happy success

_____ 6. to turn from one language to another

_____ 7. to withdraw from a place or a job

_____ 8. to draw a quick, simple picture of something

_____ 9. to turn into something else

_____ 10. the act of keeping back or withholding something

解答：

1. J	2. B	3. I	4. G	5. E
6. A	7. C	8. D	9. F	10. H

Reading Test
閱讀測驗─1

單字有沒有記熟呢？能不能靈活運用呢？快來檢視自己的學習成果，看看是否要繼續在現有LEVEL增進實力，抑或朝著後面LEVEL層層突破，高分衝刺！

Born in 1942 in Florida, Bob Ross was the popular host of the PBS classic "The Joy of Painting." In 1983, he began hosting the show, which attracted viewers amused by his witticism, "Here, there's nothing called mistakes. We have happy accidents," and we hear the soothing swish of his painter's brush on canvas. Owing to his remarkable painting technique, Ross was able to portray the splendor of nature in about 30 minutes.

Some viewers acknowledged that they watched Ross's show simply for entertainment or for relaxation, and they slept better when the show was on. People back then didn't tell him that they fell asleep listening to him because they thought it would insult him. But Ross loved it. With the help of the Internet, Ross's show is back on Youtube, and he becomes an Internet celebrity after his death.

(　　) 1. What is the main idea of this article?
  (A) How Bob Ross became a painter.
  (B) Why Bob Ross became popular.
  (C) Where Bob Ross learned how to paint.

(　　) 2. How much time did it take Bob Ross to finish a painting?
  (A) 15 minutes.
  (B) 30 minutes.
  (C) 45 minutes.

(　　) 3. What can be inferred from the article?
  (A) People no longer remember Bob Ross.
  (B) Bob Ross's popularity has gone into oblivion.
  (C) Bob Ross's, show become popular again.

鮑伯羅斯出生於1942年的佛羅里達州，他是美國公共電視經典節目《歡樂畫室》的主持人，很受觀眾歡迎。他於 1983 年開始主持這個節目，他的俏皮話吸引了觀眾的目光，讓觀眾覺得很逗趣。「我們在這裡沒有什麼錯誤，只有快樂的意外」，而我們也能聽見他在帆布上咻咻的畫筆聲。由於他有非凡的繪畫技巧，所以能在約30分鐘內就把壯麗的自然美景描繪完成。

有些觀眾承認他們看羅斯的節目純粹是出於娛樂或放鬆，而且他們在觀看節目時，睡得比較好。當時大家不敢告訴羅斯他們聽著他的聲音就會漸漸睡著，因為他們認為這樣對他是一種侮辱，但實際上羅斯覺得好極了。藉由網路的幫助，羅斯的節目躍上了Youtube，他在過世後成為了網紅。

1. 本題詢問以下何者為本文主題，三個選項意思分別為：
(A) 鮑伯羅斯如何成為畫家。
(B) 鮑伯羅斯為何會受到歡迎。
(C) 鮑伯羅斯是從哪裡學會繪畫的。
依照文章內容，(A)、(C)選項文章均未提到，且非本文重點；(B)選項為正解。

2.本題詢問鮑伯羅斯畫一張畫要用多少時間?三個選項意思分別為：
(A) 15分鐘。
(B) 30分鐘。
(C) 45分鐘。
依照文章內容第一段，由於他有非凡的繪畫技巧，所以能在約30分鐘內就把壯麗的自然美景描繪完成，因此(B)選項為正解。

3. 本題詢問，從這篇文章中，我們可以推斷以下何者正確：
(A) 人們不再記得鮑伯羅斯。
(B) 鮑伯羅斯的名聲已經被忘卻。
(C) 鮑伯羅斯的節目又再度受到歡迎。
依照文章內容第二段最後一句，「藉由網路的幫助，羅斯的節目躍上了Youtube，他在過世後成為了網紅」可知，(C)選項為正解。

答案：1. (B)　　2. (B)　　3. (C)

Level 4

Reading Test
閱讀測驗—2

單字有沒有記熟呢？能不能靈活運用呢？快來檢視自己的學習
成果，看看是否要繼續在現有LEVEL增進實力，抑或朝著後面
LEVEL層層突破，高分衝刺！

Mother Teresa was of Albanian descent. She was committed to caring for the sick and poor around the world, especially in India. She began missionary work in 1948 and founded a school in Kolkata. In 1949, a group of women joined her effort to help the "poorest among the poor." Her efforts quickly caught the attention of Indian prime minister.

In 1982, she secretly traveled to Beirut to rescue children who were trapped in a front-line hospital by brokering a temporary cease-fire between the Israeli army and Palestinian guerrillas. In 1979, she received the Nobel Peace Prize for her humanitarian work. She passed away in 1997 and was declared a saint by Pope Francis in 2016.

(   ) 1. What is the main idea of this article?
(A) Where Mother Teresa came from.
(B) How Mother Teresa caught the world's attention.
(C) What Mother Teresa had done.

(   ) 2. Why did Mother Teresa go to Beirut?
(A) To visit the prime minister.
(B) To receive a prize.
(C) To rescue children.

(   ) 3. What can be inferred from the article?
(A) Mother Teresa was well-respected.
(B) Mother Teresa was pessimistic.
(C) Mother Teresa was depressed.

解答

德蕾莎修女是阿爾巴尼亞後裔，委身照顧世界各地貧病的人，尤其是在印度。她於1948年展開宣教工作，並在加爾各答成立學校。1949年，一群婦女加入她的行列幫助貧中又貧的一群人，她的努力很快獲得印度總理的注意。

1982年，她秘密來到貝魯特，斡旋於以色列國防軍與巴勒斯坦游擊隊之間的暫時停火，救出受困於一座處於交戰前線醫院的孩童。1979年，她因從事人道工作，獲頒諾貝爾和平獎。她於1997年辭世，並於2016年獲教宗方濟各封聖。

1. 本題詢問以下何者為本文主題，三個選項意思分別為：
(A) 德蕾莎修女來自何方。
(B) 德蕾莎修女如何獲得舉世矚目。
(C) 德蕾莎修女所從事的工作。
依照文章內容，(A)、(B)選項文章均非本文主旨；(C)選項為正解。

2. 本題詢問何德蕾莎修女為何去貝魯特？三個選項意思分別為：
(A) 拜訪總理。
(B) 接受獎項。
(C) 營救孩童。
依照文章內容第二段，德蕾莎修女秘密來到貝魯特，營救受困於一座處於交戰前線醫院的孩童。，因此(C)選項為正解。

3. 本題詢問，從這篇文章中，我們可以推斷以下何者正確：
(A) 德蕾莎修女備受敬重。
(B) 德蕾莎修女感到很悲觀。
(C) 德蕾莎修女感到很沮喪。
依照文章內容第二段，德蕾莎修女分獲頒諾貝爾和平獎及教宗方濟各封聖，(A)選項為正解。

答案：1. (C)   2. (C)   3. (A)

Reading Test
閱讀測驗—3

單字有沒有記熟呢？能不能靈活運用呢？快來檢視自己的學習成果，看看是否要繼續在現有LEVEL增進實力，抑或朝著後面LEVEL層層突破，高分衝刺！

A Christmas Carol is about a man named Ebenezer Scrooge. He is a very lonely and stingy old man. One day, his nephew invites him to a Christmas dinner. Scrooge promptly refuses. Later, two portly gentlemen ask him for a donation to their charity. He refuses their request emphatically.

That night, he is visited by a series of ghosts, who take him to see how his mean behavior affected people around him. He also realizes why his fiancée left him because he was so obsessed with money that he neglected her. In the end, he is happy to discover that he still has time to change and he transforms into a generous and kind-hearted man.

(　　) 1. What is the main idea of this article?
   (A) Why Scrooge becomes a generous man.
   (B) How Scrooge pursued his fiancée.
   (C) Why Scrooge hates his nephew.

(　　) 2. What happens after Scrooge refuses to make a donation that night?
   (A) He sleeps well.
   (B) He meets his fiancée again.
   (C) He is visited by ghosts who show him the consequences of his stinginess.

(　　) 3. What can be inferred from the article?
   (A) Scrooge becomes suspicious of what he sees.
   (B) Scrooge becomes a better person.
   (C) Scrooge remains the same.

《小氣財神》（又譯《聖誕頌歌》）是有關史古基的故事，他是個孤獨、吝嗇的老男人。有一天，他的侄子邀他吃聖誕晚餐，他立刻拒絕了。隨後有兩名體態發福的紳士請他捐款給他們的慈善機構，他立刻斷然拒絕了。

當晚，他被數個幽靈拜訪，他們帶他檢視他苛刻的行為如何影響了他周圍的人。他也了解為何他的未婚妻會離開他，因為他太迷戀金錢而忽略她。最後，他很高興自己還有時間改變，他轉變成一位很慷慨、心地又好的男人。

1. 本題詢問以下何者為本文主題，三個選項意思分別為：
(A) 史古基為何成為一個慷慨的男人。
(B) 史古基如何追求未婚妻。
(C) 為何史古基討厭他的侄子。
依照文章內容，(B)、(C)選項文章均未提及；(A)選項為正解。

2. 本題詢問何史古基拒絕捐款的當晚，發生什麼事？三個選項意思分別為：
(A) 他睡得很好。
(B) 他再度與未婚妻相遇。
(C) 史古基被數個幽靈拜訪，帶他檢視他苛刻的行為造成的後果。
依照文章內容第二段，(C)選項為正解。

3. 本題詢問，從這篇文章中，我們可以推斷以下何者正確：
(A) 史古基很懷疑他所看到的。
(B) 史古基變成一個更好的人。
(C) 史古基維持不變。
依照文章內容第二段最後一句，他轉變成一位很慷慨、心地又好的男人，因此(B)選項為正解。

答案：1. (A)　　2. (C)　　3. (B)

Amber is a financial analyst. She is employed by mutual funds to help clients make investment decisions. She uses spreadsheet and statistical software packages to analyze financial data and develop forecasts.

Amber is enthusiastic about her work. She is also an owner of a blog which gives people advice about setting up a business. When she doesn't work, she enjoys spending time with family and friends, and reading books including philosophy, novels, and English literature.

(　　) 1. What is the main idea of this article?

    (A) Why Amber becomes a financial analyst.

    (B) What Amber's occupation is and what she does for leisure.

    (C) Whom Amber works for.

(　　) 2. What of the following is NOT true?

    (A) Amber helps her clients make a bold decision.

    (B) Amber uses spreadsheet and statistical software packages at work.

    (C) Amber enjoys reading books about literature.

(　　) 3. What can be inferred from the article?

    (A) Amber keeps a balanced life between life and work.

    (B) Amber is a workaholic.

    (C) Amber is bone idle.

安柏是財務分析師,她受僱於共同基金公司,幫助客戶做投資決定。她使用試算表和統計套裝軟體來分析財務數據,並發展預測。

安柏對於她的工作滿懷熱誠,她也有個部落格,裡面提供人們有關創業的建議。當她不工作時,她喜歡和親朋好友聚在一起,以及閱讀哲學書籍、小說和英國文學。

1. 本題詢問以下何者為本文主題,三個選項意思分別為:
(A) 安柏為何成為財務分析師。
(B) 安柏的職業是什麼和她的休閒生活。
(C) 安柏為誰工作。
依照文章內容,(A)選項文章並無提及她為何成為財務分析師;(C)選項文章有提及她為共同基金公司工作,但並非本文重點;因此(B)選項為正解。

2. 本題詢問以下何者為非?三個選項意思分別為:
(A) 安柏幫助客戶做大膽的決定。
(B) 安柏工作時用試算表和統計套裝軟體。
(C) 安柏喜歡讀文學類書籍。
依照文章內容第一段,(A)選項為非,安柏確實是幫助客戶做投資決定,但文章並未提及做大膽的投資決策;(B)、(C)選項均為正確。

3. 本題詢問,從這篇文章中,我們可以推斷以下何者正確:
(A) 安柏在工作和生活中取得平衡。
(B) 安柏是工作狂。
(C) 安柏很賴散。
依照文章內容,(B)、(C)選項均錯,安柏有休閒生活,並非工作狂,也並不懶散,因此(A)選項為正解。

答案:1. (B)　　2. (A)　　3. (A)

Reading Test
閱讀測驗—5

單字有沒有記熟呢？能不能靈活運用呢？快來檢視自己的學習
成果，看看是否要繼續在現有LEVEL增進實力，抑或朝著後面
LEVEL層層突破，高分衝刺！

Neerja is a film based on the life of Neerja Bhanot, a flight attendant of Pan American Flight. She was promoted to chief stewardess due to her diligence. On September 5, 1986, the flight took off normally.

However, when the plane made a transit stop at Karachi, four terrorists entered the plane. Neerja immediately warned the pilots, so they left the cockpit. The terrorists were frustrated to find that the cockpit crew had escaped, and were forced to negotiate with officials. In the end, the terrorists took vengeance on the passengers. Neerja saved 359 passengers. But she got a bullet when trying to protect three minors. She died when she was only 23.

(　　) 1. What is the main idea of this article?

　　(A) Why Neerja got promoted to chief stewardess.

　　(B) The story of Neerja and her brave deeds.

　　(C) When the hijacking occurred.

(　　) 2. What did Neerja do to prevent terrorists from controlling the pilots?

　　(A) She locked the door of the cockpit.

　　(B) She negotiated with the terrorists.

　　(C) She warned the pilots about the hijacking.

(　　) 3. What can be inferred from the article?

　　(A) Neerja is remembered for her brave feat.

　　(B) Most passengers died during the hijacking.

　　(C) Neerja was passive when the hijacking occurred.

解答

《妮嘉》是一部根據妮嘉巴洛特的生平改拍的電影。妮嘉是名泛美航空的空服員，因為工作勤奮，被升為座艙長。1986年9月5日，飛機正常起飛。

飛機在巴基斯坦喀拉蚩短暫停留時，有四名恐怖份子進入飛機。妮嘉立即警示機長，所以他們離開了駕駛艙。恐怖份子發現駕駛艙機組人員都逃離了，大感挫折，被迫與官員談判。最後，恐怖份子把報復的心發洩在乘客上。妮嘉救了359名乘客，但是她在保護3名未成年乘客時，被擊中一發子彈而身亡，當時她才23歲。

1. 本題詢問以下何者為本文主題，三個選項意思分別為：
(A) 妮嘉為何被升為座艙長。
(B) 妮嘉的故事和她的英勇事蹟。
(C) 劫機事件是何時發生的。
依照文章內容，(A)、(C)選項文章均有提原因，但並非本文重點，因此(B)選項為正解。

2. 本題詢問妮嘉做了什麼事，防止恐怖份子控制機長？三個選項意思分別為：
(A) 她把駕駛艙的門鎖了起來。
(B) 她與恐怖份子談判。
(C) 她警示機長有關飛機遭到劫持。
依照文章內容第二段，(A)、(B)選項為非，因為妮嘉當下是立即警示機長，因此(C)選項為正解。

3. 本題詢問，從這篇文章中，我們可以推斷以下何者正確：
(A) 妮嘉因為英勇事蹟而被世人緬懷。
(B) 大部份乘客在那場劫機事件喪生。
(C) 劫機發生時，妮嘉很被動。
依照文章內容，(B)、(C)選項均錯，因為妮嘉救了359名乘客，且為保護3名未成年乘客而中彈身亡，最後事件被翻拍成電影。因此(A)選項為正解。

答案：1. (B)   2. (C)   3. (A)

Level 5

考前衝刺
英文單字 Level 5

Aa

🎧 1038

a·bol·ish [ə`bɑlɪʃ] **v.** 廢止、廢除
— **abolishment** **n.** 廢止、廢除
— **abolishable** **adj.** 可廢止的、可廢除的

反 establish 建立
搭配詞 formally abolished 正式廢止

🎧 1039

a·bor·tion [ə`bɔrʃən] **n.** 流產、墮胎、流產的胎兒
— **abort** **v.** 流產、墮胎
— **abortive** **adj.** 流產的、早產的 **n.** 墮胎藥
— **abortus** **n.** 【醫】早產兒

補充 abortion pill 墮胎藥

🎧 1040

a·cad·e·my [ə`kædəmɪ] **n.** 學院、大學、專科學校
— **academic** **adj.** 大學的、學校的
— **academician** **n.** 院士、學者
— **academia** **n.** 學術界

補充 Academy Awards 奧斯卡金像獎

輕鬆點，學些延伸小常識吧！

奧斯卡金像獎的獎項名稱：

Best Picture	最佳影片獎
Actor in a Leading Role	最佳男主角獎
Actress in a Leading Role	最佳女主角獎
Actor in a Supporting Role	最佳男配角獎
Actress in a Supporting Role	最佳女配角獎
Directing	最佳導演獎
Music (Original Score)	最佳原創配樂獎
Writing (Original Screenplay)	最佳原創劇本獎
Foreign Language Film	最佳外語電影獎
Visual Effects	最佳視覺效果獎

🎧 1041

ac·knowl·edge [əkˋnɑlɪdʒ] **v.** 承認、公認
— **acknowledgement** **n.** 承認（功蹟等）
— **acknowledged** **adj.** 公認的

反 deny 否認
搭配詞 acknowledge that… 承認……

考前衝刺——**加分補給站** 試比較同義不同用法的admit（見p.187）

acknowledge與admit同為「承認」的意思。acknowledge 是承認、認知到一件事情是真的，但不包含任何感情在其中，而admit通常帶有抱歉的意思。例如說She acknowledged that she was wrong.「她認知到自己的確是錯了」，表示她知道自己有錯，但不見得覺得抱歉。She admitted that she was wrong.「她認錯了」，則表示她承認錯了，而且也挺後悔的。

🎧 1042

a·dore [əˋdor] **v.** 崇拜、敬愛、傾慕
— **adoring** **adj.** 崇拜的、敬愛的
— **adorable** **adj.** 值得崇拜的、可敬重的
　　　　　　　【口】可愛的
— **adorably** **adv.** 值得崇拜地、可敬重地
　　　　　　　【口】可愛地
— **adoration** **n.** 崇拜、敬愛

反 abhor 厭惡、憎惡

🎧 1043

ag·o·ny [ˋægənɪ] **n.** 痛苦、折磨
— **agonize** **v.** 使極度痛苦、折磨
— **agonizing** **adj.** 令人苦悶的、令人煩惱的

同 anguish 極度痛苦
搭配詞 agony of 痛苦

🎧 1044

al·ler·gic [əˋlɝdʒɪk] **adj.** 過敏的、厭惡的
— **allergy** **n.** 過敏反應、反感
— **allergen** **n.** 【醫】過敏原
— **allergist** **n.** 過敏症專科醫師

補充 allergic rhinitis 過敏性鼻炎

🎧 1045

al·ter·nate [ˋɔltɚ] **adj.** （兩個）輪流的 **v.** 使輪流
n. 候補

—**alternation** **n.** 交替、輪流
—**alternant** **adj.** 交互的
—**alternative** **n.** 選擇、二選一 **adj.** 二者擇一的
—**alter** **v.** 更改、改變

補充 alternate current 交流電
alternate energy 替代能源

🎧 1046

ar·chi·tec·ture [ˋɑrkəˌtɛktʃɚ] **n.** 建築物

—**architect** **n.** 建築師
—**architectural** **adj.** 建築學的、有關建築的
—**architectonic** **n.** 建築學 **adj.** 建築術的

同 building 建築物
補充 Gothic architecture 哥德式建築

🎧 1047

as·sault [əˋsɔlt] **v.** 攻擊、動武 **n.** 攻擊、抨擊

—**assaulter** **n.** 攻擊者
—**assaultive** **adj.** 好攻擊的

同 attack 攻擊
補充 sexual assault 性侵

🎧 1048

as·ton·ish [əˋstɑnɪʃ] **v.** 使……吃驚、使……驚愕

—**astonishment** **n.** 驚訝、驚愕
—**astonished** **adj.** 驚訝的、驚愕的
—**astonishing** **adj.** 令人驚訝的、驚人的
—**astonishingly** **adv.** 令人驚訝地

同 surprise 使……驚訝

🎧 1049

as·tron·o·my [əsˋtrɑnəmɪ] **n.** 天文學

—**astronomer** **n.** 天文學家
—**astronaut** **n.** 太空人
—**astronomical** **adj.** 天文學的、天文的

補充 astronomy satellite 天文衛星

🎧 1050

at·ten·dance [əˈtɛndəns] **n.** 出席、參加

—**attend** **v.** 出席、參加

—**attendant** **adj.** 出席的、參加的 **n.** 出席者

—**attendee** **n.** 出席者、在場者

反 absence 缺席
補充 attendance list 出席名單
full attendance 全勤

🎧 1051

awe [ɔ] **n.** 敬畏 **v.** 使敬畏

—**awed** **adj.** 充滿敬畏的、驚嘆的

—**awesome** **adj.** 令人敬畏的【口】棒極了的

—**awesomely** **adv.** 令人敬畏地【口】了不起、了不得

搭配詞 stand in awe of 對……望而生畏

考前衝刺——**加分補給站** 試比較同義不同用法的respect（見p.163）

awe與respect同樣都有尊敬的意思，awe除了尊敬以外，多少還有點因為太尊敬而不敢接近的感覺。respect就不會有這種難以接近、害怕的感覺。

Bb

🎧 1052

bach·e·lor [ˈbætʃələ] **n.** 單身漢、學士

—**bachelorette** **n.** 未婚女子

—**bachelorhood** **n.** 獨身、獨身時代

—**bachelorship** **n.** 獨身、學士資格

同 single 單身男女
補充 bachelor party 單身派對

🎧 1053

bar·bar·i·an [barˈbɛrɪən] **n.** 野蠻人
　　　　　　　　　　　　　　adj. 粗野的、未開化的

—**barbaric** **adj.** 粗野的、未開化的

—**barbarism** **n.** 野蠻落後、未開化狀態

—**barbarize** **v.** 使……粗俗、使……野蠻

同 savage 野蠻人；未開化的
反 civilized 文明的、開化的
補充 barbarian tribe 原始部落

🎧 1054

beauti·fy [ˈbjutəˌfaɪ] **v.** 美化

— **beautifier** **n.** 美化物

— **beauty** **n.** 美、美人

— **beautiful** **adj.** 美麗的

— **beautifully** **adv.** 美麗地

補充 beautify the environment 美化環境

輕鬆點，學些延伸小常識吧！

要讚美別人外表好看，除了beautiful以外還可以用哪些說法？

你可以說gorgeous、stunning、attractive、eye-catching。男性的話就可以說handsome。

🎧 1055

bleach [blitʃ] **n.** 漂白劑 **v.** 漂白、脫色

— **bleaching** **adj.** 漂白的 **n.** 漂白

— **bleachable** **adj.** 可漂白的

— **bleacher** **n.** 漂白劑

反 dye 染色
搭配詞 bleach out 使脫色
補充 household bleach 家用漂白劑

輕鬆點，學些延伸小常識吧！

除了家用漂白劑，還有哪些清潔用品是在家裡常使用的？以下的物品你一定都有用過：

sponge (n.) 海綿

dish detergent (ph.) 洗碗精

vacuum cleaner (ph.) 吸塵器

broom (n.) 掃把

mop (n.) 拖把

🎧 1056

blur [blɝ] **n.** 模糊（的事物） **v.** 使朦朧

— **blurred** **adj.** 模糊不清的、難辨的

— **blurry** **adj.** 模糊的

小提醒！試比較拼法相近的blue（見p.015）

補充 become a blur 變得模糊

🎧 1057

boom [bum] **n.** （景氣、商業等）繁榮 **v.** 使興旺

—**booming** **adj.** 景氣大好的

—**boomy** **adj.** 景氣的

—**boomtown** **n.** 【美】新興城市

反 slump 不景氣、萎靡
補充 investment boom
投資熱潮

🎧 1058

bot·a·ny [ˈbɑtənɪ] **n.** 植物學

—**botanical** **adj.** 植物的、植物學的、來自植物的

—**botanist** **n.** 植物學家

—**botanize** **v.** 調查、採集植物

補充 Economic Botany
經濟植物學

🎧 1059

bound [baʊnd] **n.** 邊界 **v.** 彈跳 **adj.** 受縛的

—**boundary** **n.** 邊界

—**bounded** **adj.** 有界限的

—**boundless** **adj.** 無窮的、無限的

搭配詞 out of bounds 出
界、界外

🎧 1060

bribe [braɪb] **n.** 賄賂 **v.** 行賄

—**briber** **n.** 行賄者

—**bribery** **n.** 行賄、受賄

—**bribable** **adj.** 能收買的

—**bribability** **n.** 受賄的可能性

同 graft 貪污、受賄
補充 offer a bribe 行賄

🎧 1061

bruise [bruz] **n.** 青腫、瘀傷 **v.** 使……青腫、使……瘀傷

—**bruising** **n.** 挫傷

—**bruised** **adj.** 挫傷的

—**bruiser** **n.** 【口】職業拳擊手、好鬥之人

補充 severe bruise 嚴重
的瘀傷

🎧 1062

bu·reau [ˋbjʊro] **n.** 政府機關、辦公處

—**bureaucrat** **n.** 官僚、官僚主義

—**bureaucracy** **n.** 官僚政治

—**bureaucratic** **adj.** 官僚政治的

補充 weather bureau 氣象局

🎧 1063

butch·er [ˋbutʃɚ] **n.** 屠夫 **v.** 屠宰（牲口）、屠殺

—**butchery** **n.** 屠宰場

—**butcherly** **adv.** 如屠夫地、殘忍地

同 slaughter 屠殺
補充 butcher knife 屠夫刀

Cc

🎧 1064

cat·e·go·ry [ˋkætəˏgorɪ] **n.** 分類、種類

—**categorize** **v.** 將……分類

—**categorization** **n.** 分類

—**categorical** **adj.** 明確的

—**categorically** **adv.** 明確地

同 classification 分類
搭配詞 a category of 為……的一種

🎧 1065

cau·tion [ˋkɔʃən] **n.** 謹慎、警告 **v.** 使……小心

—**cautious** **adj.** 謹慎的、小心的

—**cautiously** **adv.** 謹慎地、小心地

—**cautionary** **adj.** 警告的、告誡的

—**cautioner** **n.** 警告者、保證人

反 carelessness 粗心大意
搭配詞 with caution 謹慎

🎧 1066
cer·e·mo·ny [ˈsɛrəˌmonɪ] **n.** 典禮、儀式

　　——**ceremonial** **n.** 禮節、儀式
　　　　　　　　adj. 禮節的、儀式的
　　——**ceremonially** **adv.** 禮節上地、儀式上地
　　——**ceremonious** **adj.** 禮節的、儀式的
　　——**ceremoniously** **adv.** 有禮儀地、拘泥地

同 rite 儀式
補充 opening ceremony 開幕儀式

🎧 1067
cer·tif·i·cate [səˈtɪfəkɪt] **n.** 證書、評證
　　　　　　　　[səˈtɪfəˌket] **v.** 發證書
　　——**certification** **n.** 證明、檢定
　　——**certified** **adj.** 持有合格證書的

補充 graduation certificate 畢業證書

考前衝刺——加分補給站

certificate和testimonial同樣有「證明」的意思，那麼兩者有什麼差別嗎？certificate是證書、證照的那種證明，通常由政府等機構頒發。testimonial比較個人化，並非一定要有公信力。例如若一個藝人寫下證明說「我敢保證，這個產品一定好用！」就可以說testimonial，而不說certificate。

🎧 1068
chair·man [ˈtʃɛrmən] **n.** 議長、主席、董事長

　　——**chairwoman** **n.** 女主席、女議長
　　——**chairperson** **n.** 議長、主席（無性別歧視）
　　——**chairmanship** **n.** 主席的職位（任期）

補充 vice chairman 副主席

🎧 1069
chant [tʃænt] **n.** 歌、曲子、聖歌 **v.** 唱、歌頌

　　——**chanter** **n.** 歌唱者、吟誦者
　　——**chantable** **adj.** 可詠唱的

同 psalm 聖歌
補充 Gregorian chant 葛利果聖歌

🎧 1070

chill [tʃɪl] **n.** 寒冷、寒氣 **v.** 使……寒冷 **adj.** 寒冷的
—**chilly** **adj.** 冷颼颼的、使人寒心的
—**chilled** **adj.** 冷凍的
—**chiller** **n.** 使寒冷之人或物

同 cold 寒冷
反 warm
搭配詞 chill out 冷靜

🎧 1071

cir·cuit [ˈsɝkɪt] **n.** 電路、線路、繞行 **v.** 繞……環行
—**circuitous** **adj.** 迂迴的、繞行的
—**circuitously** **adv.** 迂迴地、繞行地
—**circuitry** **n.** 電路學、電路圖

補充 electrical circuit 電路

🎧 1072

cite [saɪt] **v.** 引用、例證
—**citation** **n.** 引用、引證
—**cited** **adj.** 被引用的
—**citable** **adj.** 可引證的

同 quote 引用、引述

🎧 1073

civ·ic [ˈsɪvɪk] **adj.** 城市的、公民的
—**civics** **n.** 公民、市政學
—**civicism** **n.** 市政

補充 civic responsibility 市民責任

🎧 1074

clan [klæn] **n.** 宗族、家族、部落
—**clansman** **n.** 家族或宗族成員
—**clanswoman** **n.** 同家族、宗族之女性
—**clanship** **n.** 族群意識、黨派精神
—**clannish** **adj.** 宗族的、黨派的、團結性很強的

補充 clan rivalry 家族鬥爭

🎧 1075

com·bat [ˈkɑmbæt] **n.** 戰鬥、格鬥 **v.** 戰鬥、抵抗

—**combative** **adj.** 好戰的、好事的

—**combatively** **adv.** 好鬥地

—**combativeness** **n.** 鬥志、好鬥性

—**combatant** **n.** 戰鬥人員、戰士

同 battle 戰鬥
補充 combat troop 戰鬥部隊

🎧 1076

com·mis·sion [kəˈmɪʃən] **n.** 委任狀、委託、佣金
v. 委託做某事

—**commissioned** **adj.** 受委任的

—**commissioner** **n.** （政府部門）長官、委員

—**commissionaire** **n.** 看門人

補充 be commissioned to 被委任……

🎧 1077

com·mu·nism [ˈkɑmjʊˌnɪzəm] **n.** 共產主義

—**communist** **n.** 共產黨員 **adj.** 共產黨的

—**communion** **n.** 共產、共有

—**communiqué** **n.** 公報

補充 Soviet communism 蘇維埃共產主義

🎧 1078

com·mute [kəˈmjut] **v.** 交換、折合、通勤

—**commuter** **n.** 通勤者

—**commutable** **adj.** 可取代的、可交換的

—**commutation** **n.** 交換、變換

—**commutative** **adj.** 交換的、替換的

同 exchange 交換
補充 commute between 在兩處間往返

🎧 1079

com·pact [kəmˈpækt] **adj.** 緊密的、堅實的
[ˈkɑmpækt] **n.** 契約

—**compactly** **adv.** 緊密地

—**compactness** **n.** 緊密、堅實

—**compactor** **n.** 壓土機

同 contract 契約
補充 compact disc 雷射唱片
compact car 小型汽車

🎧 1080

com·pas·sion [kəm`pæʃən] **n.** 同情、憐憫

—**compassionate** **v.** 同情、憐憫

　　　adj. 同情的、憐憫的

—**compassionately** **adv.** 同情地、富有同情心地

同 sympathy 同情心
反 coldness 冷漠
搭配詞 compassion for 對……同情

🎧 1081

com·pre·hen·sion [ˌkɑmprɪ`hɛnʃən] **n.** 領悟、理解

—**comprehend** **v.** 領悟、理解
—**comprehensive** **adj.** 有充份理解的、廣泛的
—**comprehensively** **adv.** 包括一切地
—**comprehensible** **adj.** 可理解的
—**comprehensibility** **n.** 可理解性

同 understanding 理解
補充 reading comprehension skills 閱讀理解能力

🎧 1082

com·pute [kəm`pjut] **v.** （科技上的）計算、推算

　　　n. 計算、推算

—**computer** **n.** 電腦、計算者
—**computation** **n.** 計算結果、數據
—**computing** **n.** 使用電腦、從事電腦工作
—**computable** **adj.** 可計算的
—**computerize** **v.** 用電腦處理

補充 compute the probability 評估可能性

考前衝刺──**加分補給站** 試比較同義不同用法的calculate（見p.262）

compute和calculate同樣有「計算」的意思。那麼兩者之間有什麼差別嗎？calculate是拿來計算數字、且通常為較不複雜的運算。而compute可以拿來算複雜的事，甚至用在非數字方面的計算（如根據某些規則算出一件事情會有怎樣的發展）。

🎧 1083

con·ceive [kən`siv] **v.** 構想、構思

—**conceiver** **n.** 構想者
—**conceivable** **adj.** 可想到的、可想像的
—**conceivably** **adv.** 想得到地、可理解地

補充 conceive of the idea 構想

🎧 1084

con·demn [kən`dɛm] **v.** 譴責、判刑

— **condemnation** **n.** 譴責
— **condemned** **adj.** 被判罪的
— **condemnable** **adj.** 應受譴責的
— **condemnatory** **adj.** 譴責的

同 censure 譴責
補充 strongly condemn
強烈地譴責

🎧 1085

con·duct [`kɑndʌkt] **n.** 行為、舉止
v. 指揮、處理、（熱）傳導

— **conductor** **n.** 領導人、指揮、導體
— **conduction** **n.** 傳導
— **conductive** **adj.** 傳導的、有傳導力的
n. 傳導性

同 behavior 行為、舉止
補充 proper conduct 循
規蹈矩的舉止

🎧 1086

con·fes·sion [kən`fɛʃən] **n.** 承認、招供

— **confess** **v.** 承認、招供
— **confessional** **adj.** 自白的、懺悔的
— **confessor** **n.** 自白者、懺悔者

補充 make a confession
承認、告解

🎧 1087

con·front [kən`frʌnt] **v.** 面臨、遭遇、對抗

— **confrontation** **n.** 對質
— **confrontational** **adj.** 對抗的
— **confrontationist** **n.** 對抗的人、反傳統的人

補充 confront the enemy
與敵人正面迎擊

考前衝刺—加分補給站

confront和encounter都有「遭遇到」的意思，那麼兩者之間的差別是什麼
呢？confront通常會有衝突發生，encounter則是遇到而已，並不一定遇到
就一定會有衝突。

🎧 1088

con·sent [kən`sɛnt] **n.** 贊同 **v.** 同意、應允

—**consenting** **adj.** 同意的、准許的
—**consenter** **n.** 同意者、批准者
—**consentient** **adj.** 一致同意的、贊同的

同 agree 同意
補充 age of consent（婚姻的）合法年齡

🎧 1089

con·sole [`kɑnsol] **n.** 操作控制臺

[kən`sol] **v.** 安慰、慰問
—**consolable** **adj.** 可告慰的
—**consolably** **adv.** 可告慰地
—**consolation** **n.** 安慰、慰藉；安慰的人（或事物）

補充 video game console 電玩、遊戲機（台）
console sb. on sth. 安慰某人

🎧 1090

con·ta·gious [kən`tedʒəs] **adj.** 接觸傳染性的、感染性的

—**contagion** **n.** 接觸傳染；感染
—**contagiously** **adv.** 傳染性地

補充 contagious disease 傳染性疾病

輕鬆點，學些延伸小常識吧！

一般最常見的傳染性疾病就是流行性感冒了，不過除了流感之外，還有許許多多的傳染性疾病潛伏在我們日常生活裡，這裡給大家介紹一些法定傳染病的英文說法。

AIDS (Acquired Immune Deficiency Syndrome) 愛滋病

Tetanus 破傷風

Hepatitis B B型肝炎

Measles 麻疹

Swinepox 水痘

Phthisis 肺結核

Syphilis 梅毒

🎧 1091

con·tam·i·nate [kən`tæmə`net] **v.** 汙染

—**contaminated** **adj.** 弄髒的；受污染的
—**contaminative** **adj.** 污損的
—**contamination** **n.** 污染、玷污；致污物

補充 contaminated drinking water 受汙染的飲用水

考前衝刺——加分補給站 試比較同義不同用法的pollute（見p.225）

contaminate和pollute都有「污染」的意思，但兩者污染的來源及對象並不同。contaminate指的是人或物體被「不乾淨、有病菌」的東西污染；而pollute用來指天然環境被「有毒、有害」的東西污染。

🎧 **1092**

con·tem·plate [ˈkɑntəmˌplet] **v.** 凝視、苦思

——**contemplation** **n.** 凝視；沈思、冥想
——**contemplative** **adj.** 沈思的；冥想的
——**contemplator** **n.** 沈思者

補充 contemplate the sea 凝視著大海
contemplate one's navel 過度在乎自身的想法及問題

🎧 **1093**

con·vert [kənˈvɝt] **v.** 變換、轉換

——**converted** **adj.** 改變（信仰）的
——**converter** **n.** 教化者、變流器
——**convertibility** **n.** 可轉換性、可兌換性
——**convertible** **adj.** 可轉換、改變的

搭配詞 convert...into... 將……變成……

🎧 **1094**

con·vict [ˈkɑnvɪkt] **n.** 被判罪的人

[kənˈvɪkt] **v.** 判定有罪

——**conviction** **n.** 定罪；證明有罪
——**convictive** **adj.** 有說服力的；有定罪權力的
——**convictively** **adv.** 有說服力地；定罪地

搭配詞 convicted of... 判……有罪

🎧 **1095**

cop·y·right [ˈkɑpɪˌraɪt] **n.** 版權、著作權

v. 為……取得版權

——**copyrighted** **adj.** 獲得版權的、受版權保護的
——**copywriter** **n.** 文編者
——**copy** **n.** 複製品 **v.** 抄寫、模仿、抄襲

補充 copyright law 著作權法

🎧 1096

cor·re·spon·dence [ˌkɔrəˈspɑndəns] **n.** 符合
- **correspond v.** 符合、相應
- **correspondent n.** 對應物 **adj.** 一致的
- **corresponding adj.** 符合的、對應的、相當的
- **correspondingly adv.** 相同地

同 correspondency 符合
搭配詞 correspondence with 與……相符

🎧 1097

cor·rupt [kəˈrʌpt] **v.** 使墮落
- **corruption n.** 墮落、貪污、腐壞
- **corruptibility n.** 腐敗性
- **corruptive adj.** 使腐敗的
- **corruptly adv.** 腐敗地

補充 a corrupt city 墮落的城市
Absolute power corrupts absolutely. 絕對的權力帶來絕對的腐敗。

🎧 1098

coun·sel [ˈkaʊnsl] **n.** 忠告、法律顧問 **v.** 勸告、建議
- **counselable adj.** 願意接受勸告的
- **counseling n.** 咨詢服務
- **counselor n.** （法律）顧問、參事

補充 legal counsel 法律顧問
student's counselor 指導老師

🎧 1099

co·zy [ˈkozɪ] **adj.** 溫暖而舒適的
- **coziness n.** （地方）溫暖舒適、安逸
- **cozily adv.** 舒適地；安樂地

搭配詞 cozy up 與……攀交情
補充 a cozy sofa 舒適的沙發

Dd

🎧 1100

de·ceive [dɪˈsiv] **v.** 欺詐、詐騙
- **deceiver n.** 欺詐者、騙子
- **deceivable adj.** 可欺騙的、易受騙的
- **deceivably adv.** 可欺騙地、易受騙地

補充 deceive oneself 欺騙自己
appearances can deceive 人不可貌相

🎧 1101
del·e·gate [ˋdɛləgɪt] **n.** 代表、使節 / [ˋdɛləˌget] **v.** 派遣
　—**delegation** **n.** 委派、派遣
　—**delegatee** **n.** 【律】被債務人指定向第三者
　　　　　　　　　　還債之委託人
　—**delegable** **adj.** 可委託的

同 assign 指派
補充 company
delegation 公司的代表團

🎧 1102
de·ni·al [dɪˋnaɪəl] **n.** 否定、否認
　—**deniable** **adj.** 可否認的、可拒絕的
　—**deniability** **n.** （尤高級官員）
　　　　　　　　　　推諉不知情的本領
　—**deny** **v.** 否定、否認

補充 denial syndrome 否
定症
deny sb. of sth. 不讓某人
擁有某物

🎧 1103
de·spair [dɪˋspɛr] **n.** 絕望 **v.** 絕望
　—**despairing** **adj.** 感到絕望的、無望的
　—**despairingly** **adv.** 自暴自棄地

反 hope 希望
補充 in despair 絕望

🎧 1104
des·ti·ny [ˋdɛstənɪ] **n.** 命運、宿命
　—**destine** **v.** 命定、注定、預定
　—**destined** **adj.** 命中注定的

同 fate 命運
補充 destiny of mankind
人類的命運

🎧 1105
dis·crim·i·nate [dɪˋskrɪməˌnet] **v.** 辨別、差別對待
　—**discrimination** **n.** 辨別、區別；
　　　　　　　　　　不公平待遇、歧視
　—**discriminating** **adj.** 有差別的
　—**discriminatingly** **adv.** 有辨別力地、形成區別地
　—**discriminative** **adj.** 有區別的、有差別的

搭配詞 discriminate
between 分辨……與……

🎧 1106
dis·pose [dɪˋspoz] **v.** 佈置、處理
　—**disposed** **adj.** 打算做……的
　—**disposedly** **adv.** 威風地
　—**disposal** **n.** 處理、處置

補充 safely dispose of 安
全地丟棄……

🎧 1107

dis·tinc·tion [dɪ`stɪŋkʃən] **n.** 區別、辨別

—**distinct** **adj.** 明顯的；清楚的與其他不同

—**distinctive** **adj.** 有特色的、特殊的

—**distinctly** **adv.** 清楚地、確實地

—**distinctness** **n.** 不同、有特殊性

搭配詞 to make a distinction between 區分…與…

補充 distinctive characteristic 特色

🎧 1108

doc·u·ment [`dɑkjəmənt] **n.** 文件、公文

v. 提供文件

—**documental** **adj.** 文件的、記錄的

n. 記錄影片

—**documentarily** **adv.** 在記錄上、在文書上

—**documentary** **adj.** 文件的 **n.** 記錄影片

補充 confidential document 機要文件 business document 商業文件

🎧 1109

du·ra·tion [djʊ`reʃən] **n.** 持久、持續

—**durative** **adj.** 持續的

—**during** **prep.** 在……的整個期間

補充 long duration 長期 battery duration 電池持久性

Test 單字記憶保溫隨堂考—1

學完了這麼多單字，你記住了幾個呢？趕快做做看以下的小測驗，看看自己學會多少囉！

A. compassion	B. attendance	C. chairman	D. document	E. consent
F. corrupt	G. adore	H. bureau	I. category	J. deceive

_____ 1. a division of a government department

_____ 2. to give one's permission or agreement

_____ 3. a division or class in a system for dividing objects into groups according to their nature or type

_____ 4. sympathy for the sufferings of others, causing a desire to help them

_____ 5. to love deeply and respect

_____ 6. to cause to accept as true or good what is false or bad, for a dishonest purpose

_____ 7. practicing or marked by the dishonest and improper use of one's power or position

_____ 8. paper that provides information

_____ 9. a person who is in charge of a meeting or who directs the work of a committee or organization

_____ 10. the act or fact of attending

解答：

1. H	2. E	3. I	4. A	5. G
6. J	7. F	8. D	9. C	10. B

A. distinction	B. abolish	C. ceremony	D. acknowledge	E. comprehension
F. bribe	G. despair	H. contaminate	I. confront	J. astonish

_____ 1. complete loss of hope or confidence

_____ 2. to fill with great surprise

_____ 3. to accept or admit

_____ 4. to influence the behavior of someone unfairly by offering them favors

_____ 5. the act of understanding or ability to understand

_____ 6. to face something, usually very unpleasant or difficult

_____ 7. clear difference between two things

_____ 8. to make something or a place dirty

_____ 9. to stop; to bring to an end by law

_____ 10. a special formal, solemn, and long-established action or set of actions used for marking an important social or religious event

解答：

1. G	2. J	3. D	4. F	5. E
6. I	7. A	8. H	9. B	10. C

A. architecture	B. barbarian	C. certificate	D. blur	E. bachelor
F. agony	G. beautify	H. chill	I. bruise	J. awe

_____ 1. to make something look better

_____ 2. the design or style of a building

_____ 3. an overwhelming feeling of admiration or fear

_____ 4. intense pain

_____ 5. an unmarried man

_____ 6. to injure without breaking the skin

_____ 7. a savage, uncivilized person

_____ 8. an uncomfortable coldness

_____ 9. an official document serving as a testimony of something

_____ 10. something smeared and hard to be seen distinctly

解答：

1. G	2. A	3. J	4. F	5. E
6. I	7. B	8. H	9. C	10. D

Ee

🎧 **1110**

e·lab·o·rate [ɪˋlæbərɪt] **adj.** 精心的
[ɪˋlæbəret] **v.** 精心製作、詳述

— elaborately **adv.** 精心地、精巧地
— elaboration **n.** 精巧、精心之作
— elaborative **adj.** 仔細的；精心的

反 simple 簡樸的
搭配詞 to elaborate one's idea 詳述某人意見

🎧 **1111**

el·e·vate [ˋɛləˏvet] **v.** 舉起

— elevated **adj.** 升高的；高層的
— elevating **adj.** 有教育意義的
— elevation **n.** 提高、崇高
— elevator **n.** 電梯

搭配詞 to elevate mood 振奮情緒

🎧 **1112**

en·roll [ɪnˋrol] **v.** 登記、註冊

— enrolled **adj.** 被登記的、已註冊的
— enrollment **n.** 註冊、登記；入伍
— enrollee **n.** 名字被登錄在名單上者

搭配詞 enroll in 參加
補充 online enrollment 線上登記

🎧 **1113**

en·sure/in·sure [ɪnˋʃʊr]/[ɪnˋʃʊr] **v.** 確保、保護

— insured **adj.** 已投保的 **n.** 被保險者
— insurer **n.** 保險業者、保險公司；保證人
— insurant **n.** 保險契約者；被保險人
— insurance **n.** 保險；保險契約

搭配詞 insure against 保護……不受……

🎧 **1114**

e·rupt [ɪˋrʌpt] **v.** 爆發

— eruption **n.** （火山、感情等的）爆發；（戰爭、危機等的）突發
— eruptive **adj.** 噴出的、爆發的
— eruptively **adv.** 噴出地、爆發地

搭配詞 erupt from 從……噴出
補充 erupt in anger 生氣

🎧 1115
e·ter·nal [ɪˈtɜnl] **adj.** 永恆的
—— **eternalize** **v.** 使永恆、不朽
—— **eternally** **adv.** 永恆地；常常

補充 eternal love 永恆的愛
eternal triangle 三角戀愛關係

🎧 1116
ex·cel [ɪkˈsɛl] **v.** 勝過
—— **excellence** **n.** 優秀、長處；優點
—— **excellency** **n.** 優點、美德
—— **excellent** **adj.** 出色的、優等的

同 outdo 勝過
補充 excel in any sphere 擅長各種領域

🎧 1117
ex·clude [ɪkˈsklud] **v.** 拒絕、不包含
—— **excluding** **prep.** 除……之外
—— **exclusion** **n.** 排斥、排除在外
—— **exclusionary** **adj.** 排斥性的

反 include 包含
搭配詞 exclude all possibilities of 排除……的可能性

🎧 1118
ex·e·cute [ˈɛksɪˌkjut] **v.** 實行
—— **executer** **n.** 實行、處決
—— **executive** **n.** 執行者 **adj.** 執行的
—— **execution** **n.** 實行、執行；處死刑

補充 execute efficiently 有效地實施
chief executive officer (CEO) 執行長

🎧 1119
ex·ten·sion [ɪkˈstɛnʃən] **n.** 擴大、延長
—— **extensity** **n.** 擴張性
—— **extensive** **adj.** 廣泛的、廣大的
—— **extensible** **adj.** 可延長的、可擴張的

補充 extension wire 延長線
extension number 分機號碼
extensive reading 廣泛閱讀

🎧 1120
ex·tinct [ɪkˈstɪŋkt] **adj.** 滅絕的
—— **extinction** **n.** 滅絕、消滅
—— **extinctive** **adj.** 消滅的
—— **extinctively** **adv.** 消滅地

補充 extinct dinosaur 絕種的恐龍

Ff

🎧 1121

fas·ci·nate [ˈfæsn͵et] **v.** 迷惑、使迷惑
- **fascination** **n.** 魅力、迷戀、陶醉
- **fascinated** **adj.** （表語用）著迷的
- **fascinating** **adj.** 迷人的；極好的

搭配詞 fascinated by 為……著迷

🎧 1122

fem·i·nine [ˈfɛmənɪn] **n.** 女性 **adj.** 婦女的、溫柔的
- **female** **n.** 女人、雌性 **adj.** 女（性）的、雌的
- **femininity** **n.** 女子氣質、陰柔；婦女
- **feminism** **n.** 女權運動

反 masculine 男性、男子氣概的
補充 feminine image 女性形象

Gg

🎧 1123

gay [ge] **n.** 同性戀 **adj.** 快樂的、快活的
- **gaily** **adv.** 快樂地、興高采烈地
- **gayness** **n.** 同性戀愛

補充 gay marriage 同性婚姻
gay bar 同志酒吧

🎧 1124

grant [grænt] **n.** 許可、授與 **v.** 答應、允許
- **granted** **conj.** 假定
- **grantor** **n.** 授予者、讓與人
- **grantee** **n.** 受讓人、受頒贈者

搭配詞 take for granted 認為是理所當然的

🎧 1125

greed [grid] **n.** 貪心、貪婪
- **greedily** **adv.** 貪心地；貪婪地、貪吃地
- **greedy** **adj.** 貪吃的、貪婪的
- **greediness** **n.** 貪心；貪婪；貪吃

反 generosity 慷慨
補充 driven by greed 被貪念驅使

Hh

🎧 1126

het·er·o·sex·u·al [ˌhɛtərəˈsɛkʃʊəl] **n.** 異性戀者

  adj. 異性戀的

──**heterosexuality** **n.** 異性戀

──**heterosexism** **n.** 異性戀主義（歧視同性戀）

反 homosexual 同性戀
補充 heterosexual orientation 異性傾向的

🎧 1127

hor·i·zon·tal [ˌhɑrəˈzɑntl̩] **n.** 水平線

  adj. 地平線的

──**horizon** **n.** 地平線範圍；視野

──**horizontally** **adv.** 地平地、水平地

補充 to draw a horizontal line 畫出水平線

🎧 1128

hos·tile [ˈhɑstɪl] **adj.** 敵方的、不友善的

──**hostility** **n.** 敵意、敵視

──**hostilities** **n.** 戰爭行動、戰爭

補充 hostile takeover 惡性接收

Ii

🎧 1129

im·mense [ɪˈmɛns] **adj.** 巨大的、極大的

──**immensely** **adv.** 極大地、無限地

──**immenseness** **n.** 無限

──**immensity** **n.** 無限、廣大

補充 an immense impact 巨大的衝擊

🎧 1130

im·pe·ri·al [ɪmˈpɪrɪəl] **adj.** 帝國的；至高的

──**imperialism** **n.** 帝國主義；勢力的擴張

──**imperialist** **n.** 帝國主義者

──**imperially** **adv.** 帝王般地、威嚴地

補充 imperial crown 帝冠

🎧 1131
in·dif·fer·ence [ɪnˈdɪfərəns] **n.** 不關心、不在乎
—**indifferent** **adj.** 中立的、不關心的
—**indifferently** **adv.** 漠不關心地、冷淡地；平庸地
—**indifferentism** **n.** 冷漠主義

補充 to show indifference 毫不在乎
indifferent attitude 漠不關心的態度

🎧 1132
in·dulge [ɪnˈdʌldʒ] **v.** 沉溺、放縱
—**indulgence** **n.** 沈溺、縱容、愛好
—**indulgent** **adj.** 縱容的、溺愛的、寬容的
—**indulgently** **adv.** 放任地

補充 indulge oneself in 縱情於……
indulge sb. with sth. 給予某人特權

🎧 1133
in·fi·nite [ˈɪnfənɪt] **adj.** 無限的
—**infinitely** **adv.** 無限地、無窮地、極其
—**infinity** **n.** 無限、無窮

反 limited 有限的
補充 infinite future 無限的未來

🎧 1134
in·quire [ɪnˈkwaɪr] **v.** 詢問、調查
—**inquirer** **n.** 探究者、調查者
—**inquiring** **adj.** 打聽的、愛追根究底的、懷疑的
—**inquiry** **n.** 詢問、打聽

搭配詞 inquire for 求見

🎧 1135
in·sti·tute [ˈɪnstətjut] **n.** 協會、機構 **v.** 設立、授職
—**institution** **n.** 制度、公共團體、機構（建築物）
—**institutional** **adj.** 制度的、公共團體的
—**institutive** **adj.** 有關創設的
—**institutor** **n.** 創設者

同 organization 機構
補充 research institute 研究機構

🎧 1136
in·tent [ɪnˈtɛnt] **n.** 意圖、意思 **adj.** 熱心的
—**intention** **n.** 意圖、意思
—**intentional** **adj.** 有意的、故意的
—**intentioned** **adj.** 有……企圖的
—**intentionally** **adv.** 有意地、故意地

補充 good intent 出於善意
for all intents and purposes 實際上

🎧 1137

in·ter·pre·ta·tion [ɪnˌtɝprɪˋteʃən] **n.** 解釋、說明

——**interpret** **v.** 解釋、理解、翻譯

——**interpreter** **n.** 解釋者、翻譯員

——**interpretative** **adj.** 作為說明的、解釋的

——**interpretable** **adj.** 可解釋的、可翻譯的

補充 a clear interpretation 清楚的解釋
a professional interpreter 專業的口譯員

Jj

🎧 1138

jus·ti·fy [ˋdʒʌstəˌfaɪ] **v.** 證明……有理

——**justifier** **n.** 證明者

——**justified** **adj.** 有正當理由的、情有可原的

——**justification** **n.** 證明……為正當、辯解

——**justificatory** **adj.** 正當化的、辯解的

補充 the end justifies the means 為達成正當的目的而不擇手段

Kk

🎧 1139

kin [kɪn] **n.** 親族、親戚 **adj.** 有親戚關係的

——**kinship** **n.** 親屬關係、家屬

——**kinsman** **n.** （男性）家屬、（男）親屬

——**kindred** **n.** 親屬關係

補充 next of kin 最近的血親

考前衝刺——加分補給站

kin和relative都是「親戚、親屬」的意思，但kin指的是「跟自己住在一起或是關係親密的親屬」，而relative是廣義上「和自己有血緣關係」的人。

Ll

🎧 1140

lin·ger [ˈlɪŋɡə] **v.** 留戀、徘徊

—**lingering** **adj.** 拖延的、逗留不去的
—**lingeringly** **adv.** 延遲地、逗留不去地

搭配詞 linger around 閒晃
補充 linger in the mind 在腦海中盤旋

Mm

🎧 1141

man·i·fest [ˈmænəˌfɛst] **v.** 顯示 **adj.** 明顯的

—**manifestation** **n.** 顯示、證實
—**manifestly** **adv.** 顯然地、明白地
—**manifesto** **n.** 宣言、告示 **v.** 發表宣言

補充 manifest destiny 昭昭天命、領土擴張

🎧 1142

mas·cu·line [ˈmæskjəlɪn] **n.** 男性 **adj.** 男性的

—**masculinity** **n.** 男子氣、剛毅
—**masculinize** **v.** 使（女性）有次要男性特徵

反 feminine 女性
補充 masculine image 男性形象

🎧 1143

mi·grant [ˈmaɪɡrənt] **n.** 候鳥、移民 **adj.** 遷移

—**migrate** **v.** 遷移、移居、（候鳥等）定期移棲
—**migration** **n.** 遷移、（候鳥等的）遷徙、移民群
—**migratory** **n.** 移居者、候鳥
  adj. 遷移的、有遷居習慣（或特色）的

搭配詞 migrate from 從……遷移
補充 migratory birds 候鳥

🎧 1144

mock [mɑk] **n.** 嘲弄 **v.** 嘲笑 **adj.** 模仿的

—**mocking** **adj.** 嘲弄的
—**mockingly** **adv.** 嘲弄地、取笑地
—**mocker** **n.** 嘲弄者、模仿者

補充 mock exam 模擬考
mock sth. up 做……的模型

🎧 1145
mod·i·fy [ˋmɑdəˌfaɪ] **v.** 修改
　—**modification** **n.** 修改、改變、緩和、減輕　　補充 modify the program 修改程式
　—**modifier** **n.** 修改者、修飾詞語
　—**modifiable** **adj.** 可緩和的、可更改的

🎧 1146
mon·strous [ˋmɑnstrəs] **adj.** 奇怪的、巨大的
　—**monster** **n.** 怪物、殘忍的人　　補充 a monstrous fire 一
　　　　　　adj. 巨大的、龐大的　　場大火
　—**monstrously** **adv.** 驚駭地、極度地、巨大地

🎧 1147
mor·tal [ˋmɔrtl̩] **n.** 凡人 **adj.** 死亡的、致命的　　補充 mortal disease 致命
　—**mortality** **n.** 必死性、死亡數、失敗率　　的疾病
　—**mortalize** **v.** 使……成為凡人　　shuffle off this mortal coil
　—**mortally** **adv.** 致命地　　擺脫塵世煩擾

🎧 1148
mo·tive [ˋmotɪv] **n.** 動機
　—**motiveless** **adj.** 無動機、目的的　　補充 motive power 原動
　—**motivity** **n.** 動力　　力
　—**motivation** **n.** 刺激、推動積極性

🎧 1149
myth [mɪθ] **n.** 神話、傳說
　—**mythic** **adj.** 神話的、幻想出來的、虛構的　　補充 Greek myth 希臘神
　—**mythical** **adj.** 神話般的、虛構的、杜撰出來的　　話
　—**mythology** **n.** 神話學

Nn

🎧 1150

nav·i·gate [ˋnævəˌget] **v.** 控制航向
— **navigation** **n.** 航海、航空、航行
— **navigational** **adj.** 航行的、航運的
— **navigator** **n.** 領航員、導航裝置

補充 navigate a spaceship 駕駛太空船

🎧 1151

nom·i·nate [ˋnɑməˌnet] **v.** 提名、指定
— **nomination** **n.** 提名、任命
— **nominative** **adj.** 被提名的
— **nominator** **n.** 提名者
— **nominee** **n.** 被提名者

同 propose 提名
搭配詞 nominated as... 被提名為……

🎧 1152

no·ti·fy [ˋnotəˌfaɪ] **v.** 通知、報告
— **notification** **n.** 通知、通告
— **notifiable** **adj.** 須申報的

補充 notify party 被通知人、收貨人
notify sb. of sth. 通知某人某事

Oo

🎧 1153

op·ti·mism [ˋɑptəmɪzəm] **n.** 樂觀主義
— **optimist** **n.** 樂觀主義者
— **optimistic** **adj.** 樂觀的
— **optimistically** **adv.** 樂觀地、樂天地

反 pessimism 悲觀主義
補充 optimism bias 樂觀主義傾向

🎧 1154
o·ri·ent [ˋorɪənt] **n.** 東方、東方諸國

[ˋorɪɛnt] **v.** 使適應、定位

—**oriented** **adj.** 以……為方向的

—**oriental** **n.** 東方人 **adj.** 東方諸國的

—**orientate** **v.** 使……向東

補充 Orient Express 東方快車
Oriental paintings 東方繪畫

🎧 1155
or·phan·age [ˋɔrfənɪdʒ] **n.** 孤兒院、孤兒（總稱）

—**orphan** **n.** 孤兒 **adj.** 無雙親的、無人照管的

—**orphanhood** **n.** 孤兒

補充 homeless orphan 無家可歸的孤兒

Pp

🎧 1156
par·a·dox [ˋpærəˌdɑks] **n.** 似是而非的言論

—**paradoxical** **adj.** 似是而非的、自相矛盾的

—**paradoxically** **adv.** 似非而是地、反常地

—**paradoxist** **n.** 反論家

補充 paradox of thrift 節儉悖論

🎧 1157
par·al·lel [ˋpærəˌlɛl] **n.** 平行線 **v.** 平行 **adj.** 平行的

—**parallelize** **v.** 平行放置

—**parallelism** **n.** 平行、對應、類似

搭配詞 parallel with 與……相提並論
補充 a triumph without a parallel 史無前例的大勝利

🎧 1158
pa·tri·ot [ˋpetrɪət] **n.** 愛國者

—**patriotism** **n.** 愛國心、愛國主義

—**patriotic** **adj.** 愛國的

—**patriotically** **adv.** 愛國地

補充 Patriots Day（美國）愛國日（4月19日）

🎧 1159

per·sist [pɚˋsɪst] **v.** 堅持

— **persistence** **n.** 堅持、持續
— **persistency** **n.** 持續、繼續存在
— **persistent** **adj.** 堅持不懈的、持續的、不斷的
— **persistently** **adv.** 堅持不放棄地、持續不斷地

考前衝刺——加分補給站 試比較同義不同用法的insist（見p.141）

persist跟insist都有字尾「-sist」，都有「堅持」之意，不過persist較為負面，帶有「頑固」的意味和決心，讓一件事「自始至終不停止」；而insist是出自「正向、積極」的意義來「堅持做某件事」。

🎧 1160

pes·si·mism [ˋpɛsəmɪzəm] **n.** 悲觀、悲觀主義

— **pessimist** **n.** 悲觀主義者、厭世主義者
— **pessimistic** **adj.** 悲觀的
— **pessimistically** **adv.** 悲觀地
— **pessimize** **v.** 對……悲觀

反 optimism 樂觀主義

🎧 1161

po·ten·tial [pəˋtɛnʃəl] **n.** 潛力 **adj.** 潛在的

— **potentiality** **n.** 潛在性、潛力
— **potentially** **adv.** 潛在地、可能地
— **potency** **n.** 力量、潛力
— **potentiate** **v.** 使……成為可能

搭配詞 potential for 有潛力、潛能
補充 realize one's potential 發揮潛能

🎧 1162

pri·or [ˋpraɪɚ] **adj.** 在前的、優先的 **adv.** 居先、先前

— **priority** **n.** 優先權
— **prioritize** **v.** 按優先順序處理

搭配詞 prior to 在……之前
priority seat 博愛座

🎧 1163

proph·et [ˋprɑfɪt] **n.** 先知

— **prophesy** **v.** 預言
— **prophecy** **n.** 預言、預知能力
— **prophetic** **adj.** 預言性的

補充 a prophet of doom 末日預言者

Test 單字記憶保溫隨堂考—2

學完了這麼多單字，你記住了幾個呢？趕快做做看以下的小測驗，看看自己學會多少囉！

A. indifference	B. modify	C. orphanage	D. greed	E. notify
F. linger	G. elaborate	H. feminine	I. inquire	J. institute

_____ 1. a strong desire to have a lot of something

_____ 2. to ask for information

_____ 3. to slightly change, or adjust

_____ 4. to have no interest or concern

_____ 5. a large house where children who are orphans live and are looked after

_____ 6. being organized in great detail

_____ 7. to inform; to formally tell someone about something

_____ 8. a society or organization formed to do special work or for a special purpose

_____ 9. having qualities of a female or woman

_____ 10. to stay for a while instead of leaving

解答：

1. D	2. I	3. B	4. A	5. C
6. G	7. E	8. J	9. H	10. F

A. fascinate	B. eternal	C. kin	D. hostile	E. migrant
F. optimism	G. persist	H. indulge	I. extinct	J. potential

_____ 1. tend to believe that good things will always happen, hopefulness

_____ 2. continue to do something although that is difficult

_____ 3. to be unfriendly

_____ 4. to disappear; no longer existing

_____ 5. to attract and hold the interest or attention

_____ 6. lasting for ever

_____ 7. the possibility that something will happen in a particular way

_____ 8. a person or animal that migrates or is migrating

_____ 9. family relationship; one's relatives

_____ 10. to allow oneself or someone else to do whatever they want

解答：

1. F	2. G	3. D	4. I	5. A
6. B	7. J	8. E	9. C	10. H

A. elevate	B. intent	C. justify	D. immense	E. exclude
F. erupt	G. interpretation	H. masculine	I. infinite	J. gay

_____ 1. to burst out and eject matter

_____ 2. one way of explaining something

_____ 3. to give a reason for an action

_____ 4. immeasurable

_____ 5. to raise to a high position

_____ 6. huge

_____ 7. homosexual

_____ 8. to not include

_____ 9. the purpose or meaning of something

_____ 10. manly

解答：

1. F	2. G	3. C	4. I	5. A
6. D	7. J	8. E	9. B	10. H

Qq

🎧 1164

qual·i·fy [ˈkwɑləˌfaɪ] **v.** 使合格

—**qualified** **adj.** 具備必要條件的、勝任的、有限制的

—**qualification** **n.** 賦予（或取得）資格限制、限定性條件

—**qualificatory** **adj.** 使……合格的、限制性的

小提醒！試比較拼法相近的**quantity**（見p.162）

補充 a qualified psychiatrist 合格的精神醫師

Rr

🎧 1165

rec·om·mend [ˌrɛkəˈmɛnd] **v.** 推薦、託付

—**recommendable** **adj.** 可推薦的、值得推薦的

—**recommendation** **n.** 推薦、勸告、優點

—**recommendatory** **adj.** 推薦的、勸告的

補充 strongly recommend 強烈建議 recommend sb. for sth. 向某人推薦某物

🎧 1166

re·fute [rɪˈfjut] **v.** 反駁

—**refutal** **n.** 反駁、駁斥

—**refutation** **n.** 反駁

—**refutatory** **adj.** 反駁的

反 endorse 背書、贊同
補充 refute a suggestion 反對某個提議

🎧 1167

re·pro·duce [ˌriprəˈdjus] **v.** 複製、再生

—**reproducible** **adj.** 可再生的、可複製的

—**reproduction** **n.** 再生、複製

—**reproductive** **adj.** 再生的、複製的

補充 reproduce the painting 複製畫作 reproduce A from B 從B複製出A

🎧 1168

re·sent [rɪˋzɛnt] **v.** 忿恨

——**resentful adj.** 忿恨的、怨恨的

——**resentfully adv.** 怨恨地、忿恨地

——**resentment n.** 憤慨

搭配詞 resented by 被……所憎恨
補充 bitter resentment 激烈的憤慨

🎧 1169

res·i·dence [ˋrɛzədəns] **n.** 住家

——**resident n.** 居民 **adj.** 居留的

——**residenter n.** 居民

——**residential adj.** 居住的、作住所用的、適合於居住的

補充 permanent residence 永久居住地 local residents 當地居民

🎧 1170

re·strain [rɪˋstren] **v.** 抑制

——**restraint n.** 抑制、阻止、限制

——**restrained adj.** 受限制的、忍耐的

——**restrainedly adv.** 抑制地、受約束地

反 like 喜歡
搭配詞 restrained by 被……限制
補充 restrain sb. from sth. 阻止某人做某事

🎧 1171

re·verse [rɪˋvɝs] **n.** 顛倒 **v.** 反轉 **adj.** 相反的

——**reversal n.** 翻轉、顛倒、廢棄、取消

——**reversely adv.** 反方向地、反面地

——**reversed adj.** 顛倒的、相反的

——**reversion n.** 回復、逆轉

補充 in reverse direction 反方向

🎧 1172

re·vive [rɪˋvaɪv] **v.** 復甦、復原

——**revival n.** 甦醒、再生、復興

——**reviver n.** 興奮劑、刺激性飲料

——**revivable adj.** 可復活的、可復興的

補充 revive the economy 復甦經濟

🎧 1173

re·volt [rɪˋvolt] **n.** 叛亂 **v.** 叛亂、嫌惡

——**revolting adj.** 背叛的、造反的、討厭的

——**revoltingly adv.** 背叛地、造反地、討厭地

同 uprising 起義、暴動
補充 to suppress a revolt 壓制叛亂

考前衝刺——**加分補給站** 試比較同義不同用法的rebel（見p.304）

revolt和rebel在字面上都是「叛亂」的意思，這兩個舉動的過程都一樣是對某權力、事物的反抗，唯一的不同在於，revolt被認為是具有正面意義的「革命」，最後的結果是成功的；而rebel則是較負面的「造反」，最後的結果多為失敗。

🎧 1174
ri·dic·u·lous [rɪ`dɪkjələs] **adj.** 荒謬的
— **ridicule** **n.** 嘲笑、挪揄 **v.** 嘲笑、戲弄
— **ridiculously** **adv.** 可笑地、荒謬地
— **ridiculousness** **n.** 滑稽、荒謬

反 serious 嚴肅的
補充 a ridiculous rumor 荒謬的傳聞

🎧 1175
ri·val [`raɪvl] **n.** 對手 **v.** 競爭
— **rivalrous** **adj.** 競爭性的、敵對性的
— **rivalry** **n.** 競爭、對抗
— **rivalship** **n.** 競爭、對抗

反 ally 同盟者
補充 long-time rival 長期對手

Ss

🎧 1176
sav·age [`sævɪdʒ] **n.** 野蠻人 **adj.** 荒野的、野性的
— **savageness** **n.** 荒涼、兇猛、殘忍野蠻
— **savagery** **n.** 野蠻、殘忍、荒涼的狀態
— **savagely** **adv.** 野蠻地、殘忍地

反 civilized 文明的
補充 savage beast 殘暴的野獸

🎧 1177
scorn [skɔrn] **n.** 輕蔑、蔑視 **v.** 不屑做
— **scornful** **adj.** 輕蔑的、嘲笑的
— **scornfully** **adv.** 輕蔑地、藐視地
— **scornfulness** **n.** 輕蔑

同 contempt 輕蔑
搭配詞 scorn on 輕蔑

scorn跟contempt都有「輕視、瞧不起」的意味，但scorn的情緒性較弱，冷淡、排斥的意味較強；而contempt則是帶著強烈的情緒，是相當激烈的字眼，含有厭惡、憎恨的情感在裡頭。

🎧 1178
se·cure [sɪˋkjur] **v.** 保護 **adj.** 安心的、安全的
—**securely** **adv.** 安全地、有把握地
—**security** **n.** 安全、安全感、防備、防護

補充 feel secure 感到安心
security against sth. 保護物

🎧 1179
sen·sa·tion [sɛnˋseʃən] **n.** 感覺、知覺
—**sensate** **adj.** 感覺的
—**sensational** **adj.** 感覺的、知覺的、引起轟動的
—**sensationally** **adv.** 感覺上、知覺地、引起轟動地
—**sensationalize** **v.** 使引起轟動

同 feeling 感覺
補充 the sensation of hearing 聽覺

🎧 1180
sen·ti·ment [ˋsɛntəmənt] **n.** 情緒
—**sentimental** **adj.** 情深的、多愁善感的
—**sentimentality** **n.** 多愁善感、感傷性
—**sentimentalize** **v.** 使感傷、為……而傷感

補充 patriotic sentiment 愛國情操

🎧 1181
set·ting [ˋsɛtɪŋ] **n.** 安置的地點
—**set** **v.** 放置、豎立、使處於（特定位置）
—**settle** **v.** 安頓、料理
—**settlement** **n.** 安頓、料理

補充 goal setting 目標設定

🎧 1182
slay [sle] **v.** 【書】殺害、致死
—**slayer** **n.** 殺人者、兇手、屠宰者
—**slaying** **n.** 殺害、殺戮

同 kill 殺
補充 online slay game 線上殺戮遊戲

🎧 1183
sly [slaɪ] **adj.** 狡猾的、陰險的
—**slyly** **adv.** 狡猾地、詭詐地
—**slyness** **n.** 狡猾、詭祕
—**slyboots** **n.** 狡猾的人

反 frank 坦白的、直白的
補充 on the sly 偷偷地
sly as a fox 和狐狸一樣
狡猾

🎧 1184
sneak [snik] **v.** 潛行、偷偷地做
—**sneaking** **adj.** 偷偷摸摸的、卑怯的、暗中的
—**sneaky** **adj.** 鬼鬼祟祟的、暗中的
—**sneakers** **n.** 慢跑鞋、鬼鬼祟祟做事的人

搭配詞 sneak in 偷偷地
潛入
補充 custom sneakers
訂製的慢跑鞋

🎧 1185
so·ber [ˋsobɚ] **adj.** 節制的、清醒的 **v.** 使清醒
—**sobering** **adj.** 使清醒的、使嚴肅的、重大的
—**soberly** **adv.** 清醒地、嚴肅地
—**sobersides** **n.** 嚴肅的人

反 drunk 酒醉的
補充 stay sober 保持清
醒
sober sb. up 使某人面對
現實

🎧 1186
sol·emn [ˋsɑləm] **adj.** 鄭重的、莊嚴的
—**solemnly** **adv.** 莊嚴地、正式地、神聖地
—**solemnity** **n.** 莊嚴、莊重
—**solemnize** **v.** 隆重地慶祝、莊重舉行（尤指結婚）

同 serious 莊嚴的
補充 a solemn ceremony
莊嚴的儀式

🎧 1187
stain [sten] **n.** 汙點 **v.** 弄髒、汙染
—**stained** **adj.** 玷污的
—**stainless** **adj.** 未被玷污的、無瑕疵的
—**stainable** **adj.** 可染色的

補充 mud stain 泥汙

🎧 1188
star·tle [ˋstɑrtl̩] **v.** 使驚跳
—**startled** **adj.** 受驚嚇的
—**startling** **adj.** 令人吃驚的
—**startlingly** **adv.** 驚人地、使人驚奇地

同 surprise 使吃驚
補充 startled reaction 驚
嚇反應

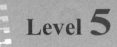
🎧 1189

sta·tis·tics [stə`tɪstɪks] **n.** 統計值、統計量

— **statistic** **n.** 統計學 **adj.** 統計（上）的、統計學的
— **statistical** **adj.** 統計的、統計學的
— **statistically** **adv.** 統計上

補充 statistical analysis
統計分析

🎧 1190

ster·e·o·type [`stɛrɪətaɪp] **n.** 鉛版、刻板印象

v. 把……澆成鉛版、定型
— **stereotyped** **adj.** 鉛版的、套用陳規的
— **stereotypical** **adj.** 陳規的、老一套的
— **stereotyping** **n.** 定型、成見

補充 gender stereotype
性別定型、性別刻板印象

🎧 1191

stun [stʌn] **v.** 嚇呆、使目瞪口呆

n. 令人震驚、驚歎的事物
— **stunner** **n.** 使人暈倒者、【英】絕妙的東西
— **stunning** **adj.** 令人震驚的、極漂亮的、絕色的
— **stunningly** **adv.** 絕妙地、令人震驚地

搭配詞 stunned by
被……嚇呆

🎧 1192

sub·mit [səb`mɪt] **v.** 屈服、提交

— **submission** **n.** 屈從、歸順、謙恭、柔順
— **submissive** **adj.** 服從的、柔順的
— **submissively** **adv.** 順從地、服從地、謙恭地

反 resist 抵抗
搭配詞 submit to 屈服於
補充 submit resignation
提出辭呈

🎧 1193

sub·sti·tute [`sʌbstətjut] **n.** 代替者 **v.** 代替

— **substitution** **n.** 代替、代用、替換
— **substitutional** **adj.** 代理的、代用的
— **substitutive** **adj.** 代理的、代替的

同 replace 代替
搭配詞 be substituted
for... 代替……

🎧 1194

sum·mon [ˈsʌmən] **v.** 召集

—**summoner** **n.** 召喚者
—**summons** **n.** 傳喚、召喚、（法院的）傳票

搭配詞 summon up 鼓起、引起
補充 summon a conference 召集會議

🎧 1195

su·per·fi·cial [supɚˈfɪʃəl] **adj.** 表面的、外表的

—**superficiality** **n.** 表面性、表面情況、淺薄
—**superficialize** **v.** 膚淺地處事
—**superficially** **adv.** 淺薄地

反 essential 本質的
補充 superficial wound 表皮傷口

🎧 1196

su·per·sti·tion [ˌsupɚˈstɪʃən] **n.** 迷信

—**superstitious** **adj.** 迷信的、因迷信而形成的
—**superstitiously** **adv.** 迷信地
—**superstitionist** **n.** 迷信者

補充 folk superstition 民間的迷信

🎧 1197

su·per·vise [ˈsupɚˌvaɪz] **v.** 監督、管理

—**supervisor** **n.** 監督者、管理人
—**supervision** **n.** 管理、監督
—**supervisal** **adj.** 監督的
—**supervisory** **adj.** 監督（人）的

搭配詞 to supervise workers 管理員工
補充 senior supervisor 高階主管

輕鬆點，學些延伸小常識吧！

在私人企業裡，尤其是大型企業，是不是有許多繁雜的頭銜稱呼跟人際關係？這裡教大家一些主要的職場用的稱謂，在外商公司工作或跟外國客戶洽談生意時都很有幫助！

CEO (chief executive officer) 執行長

chairman 董事長

boss/supervisor/chief 上司、經理、主管

immediate supervisor 直屬主管

co-worker/colleague 同事

subordinate 下屬

🎧 1198
sup·press [sə`prɛs] **v.** 壓抑、制止

— **suppressed** **adj.** 抑制的
— **suppression** **n.** 壓制、禁止、阻止、隱瞞
— **suppressible** **adj.** 能壓服的、能遏制的
— **suppresser** **n.** 鎮壓者、抑制者

同 restrain 抑制
補充 suppress a rebellion 鎮壓暴動

🎧 1199
sus·tain [sə`sten] **v.** 支持、支撐

— **sustained** **adj.** 持久的、持續的
— **sustaining** **adj.** 支撐的、持久性的、有幫助的
— **sustainable** **adj.** 支撐得住的、能維持的
— **sustainability** **n.** 持續性、永續性

同 support 支持
搭配詞 sustained by 受到……支撐

Tt

🎧 1200
tan·gle [`tæŋgl̩] **n.** 混亂、糾結 **v.** 使混亂、使糾結

— **tangled** **adj.** 糾纏的、混亂的
— **tangly** **adj.** 纏結的、混亂的

同 mess 弄亂
補充 tangles of wire 糾結在一起的電線

🎧 1201
tempt [tɛmpt] **v.** 誘惑、慫恿

— **tempted** **adj.** 有興趣的、很想要做的
— **temptation** **n.** 引誘、誘惑
— **temptable** **adj.** 可誘惑的、易被誘惑的

搭配詞 tempted by 受……誘惑
補充 tempt sb. to do sth. 誘惑某人做某事

🎧 1202
ten·ta·tive [`tɛntətɪv] **adj.** 暫時的

— **tentation** **n.** 頻頻的試驗
— **tentatively** **adv.** 試驗性地、暫時地
— **tentativeness** **n.** 試驗性、遲疑、猶豫不決

反 decisive 確定的
補充 tentative plan 暫時的計畫

🎧 1203

ter·mi·nal [ˈtɝmənl] **n.** 終點、終站 **adj.** 終點的

— **terminally** **adv.** 定期、按期、
處於末期症狀上、最後

— **terminate** **v.** 使停止、使結束、使終止

— **terminable** **adj.** 有期限的、可終止的

— **terminability** **n.** 可終止性、有限期性

補充 terminal cancer 癌症末期
terminal station 終點站

🎧 1204

thrill [θrɪl] **n.** 戰慄 **v.** 使激動

— **thriller** **n.** 恐怖小說、令人震顫的人事物

— **thrilled** **adj.** 非常興奮的、極為激動的

— **thrilling** **adj.** 毛骨悚然的、令人興奮的

搭配詞 thrill at... 因……而顫慄
補充 thriller 恐怖片、刺激的電影

🎧 1205

tor·ture [ˈtɔrtʃɚ] **n.** 折磨、拷打 **v.** 使……受折磨

— **torturer** **n.** 虐待者

— **torturous** **adj.** 折磨人的、充滿痛苦
（或苦惱）的

— **torturously** **adv.** 折磨人地、充滿痛苦
（或苦惱）地

同 affliction 苦惱、折磨
補充 brutal torture 殘忍的折磨
self-torture 苦行、苦修

🎧 1206

tox·ic [ˈtɑksɪk] **adj.** 有毒的

— **toxicant** **n.** 毒藥、毒物 **adj.** 有毒的

— **toxication** **n.** 中毒

— **toxicity** **n.** 毒性、毒力

同 poisonous 有毒的
補充 toxic chemical 有毒化學物質

🎧 1207

trai·tor [ˈtretɚ] **n.** 叛徒

— **traitress** **n.** 女叛逆

— **traitorous** **adj.** 叛逆的、背信棄義的

— **traitorously** **adv.** 叛逆地、不忠地

補充 national traitor 叛國賊

🎧 1208
ty·rant [ˈtaɪrənt] **n.** 暴君
—**tyranny** **n.** 暴政、專制苛刻
—**tyrannously** **adv.** 暴虐地、殘暴地
—**tyrannous** **adj.** 暴虐的、壓制的、專橫的

補充 tyrant ruler 暴君

Uu

🎧 1209
um·pire [ˈʌmpaɪr] **n.** 仲裁者、裁判員 **v.** 擔任裁判
—**umpirage** **n.** 仲裁、公斷
—**umpireship** **n.** 裁判之職權

同 judge 裁判員
補充 neutral umpire 中立的裁判

🎧 1210
ut·ter [ˈʌtɚ] **adj.** 完全的 **v.** 發言、發出
—**utterly** **adv.** 完全地、徹底地
—**utterness** **n.** 完全
—**utterance** **n.** 發聲、表達、言辭、言論

補充 utter a word 開口說話

Vv

🎧 1211
vague [veg] **adj.** 不明確的、模糊的
—**vaguely** **adv.** 不清晰地、模糊地
—**vagueness** **n.** 含糊、茫然

反 explicit 明確的
補充 vague policy 不明確的政策

🎧 1212
ver·bal [ˈvɝbl̩] **adj.** 言詞上的、口頭的
—**verbally** **adv.** 言詞上、口頭地、照字面地
—**verbalize** **v.** 以言語表述
—**verbalization** **n.** 以言語表述

同 oral 口頭的
補充 verbal abuse 言語攻擊

🎧 1213
vi·brate [ˈvaɪbret] **v.** 震動
—**vibration** **n.** 顫動、震動
—**vibrational** **adj.** 震動的、搖擺的
—**vibratile** **adj.** 可振動的

反 stillness 靜止
補充 vibrate alert 震動提示

🎧 1214
vig·or [ˈvɪgə] **n.** 精力、活力
—**vigorous** **adj.** 有活力的
—**vigorously** **adv.** 精神旺盛地、活潑地
—**vigorousness** **n.** 朝氣蓬勃

同 energy 有活力的
補充 the vigor of youth 年輕人的活力
vigorous competition 激烈的競爭

> 考前衝刺——**加分補給站** 試比較同義不同用法的energy（見p.127）
>
> vigor和energy指的都是「能量、精力」，不過vigor專指人在「精神上、心理上」的強大能量，指的是「精神飽滿」；而energy是物理上的能量，用在人身上就是指人在「體力上」的能量。

🎧 1215
vil·lain [ˈvɪlən] **n.** 惡棍
—**villainous** **adj.** 惡棍的、惡棍似的、罪惡的、
　　　　　　　　卑鄙可恥的
—**villainously** **adv.** 惡毒地、惡劣地
—**villainousness** **n.** 兇惡、惡劣、卑鄙可恥

同 rascal 惡棍
補充 evil villain 邪惡的壞人

Ww

🎧 1216
ward [wɔrd] **n.** 行政區守護 **v.** 守護、避開
—**wardless** **adj.** 不能避免的
—**warden** **n.** 看守人、管理人
—**wardenship** **n.** 看守人之權職

補充 hospital ward 病房

🎧 1217

wea·ry [ˈwɪrɪ] **adj.** 疲倦的 **v.** 使疲倦
—**wearisome** **adj.** 使人疲倦的、令人厭煩的
—**wearily** **adv.** 疲倦地、消沈地、厭倦地、
不耐煩地

補充 weary employees 疲憊的員工

🎧 1218

weird [wɪrd] **adj.** 怪異的、不可思議的
—**weirdness** **n.** 離奇、不可思議
—**weirdly** **adv.** 古怪地

同 strange 奇怪的
補充 weird costume 奇裝異服

🎧 1219

wid·ow/wid·ow·er [ˈwɪdo]/[ˈwɪdəwɚ]
n. 寡婦、鰥夫
—**widowhood/widowerhood** **n.** 守寡、鰥居
—**widowed/widowered**
adj. 寡居的、成寡婦的、鰥居的、成鰥夫的
—**widowly** **adj.** 寡婦的

補充 black widow spider 黑寡婦蜘蛛

🎧 1220

with·er [ˈwɪðɚ] **v.** 枯萎、凋謝
—**withered** **adj.** 枯萎的、凋謝的、憔悴的
—**withering** **adj.** 使乾枯的、使凋謝的
—**witheringly** **adv.** 使人不自在地、令人難堪地

同 fade 枯萎、凋謝
搭配詞 wither away 消失

🎧 1221

wor·ship [ˈwɝʃɪp] **n.** 禮拜 **v.** 做禮拜
—**worshipper** **n.** 禮拜者、崇拜者
—**worshipful** **adj.** 崇拜的、虔誠的
—**worshippingly** **adv.** 崇敬地

補充 worship God 信奉上帝
worship the ground sb. walks on 非常崇敬某人

Yy

🎧 1222

yield [jild] **n.** 產出 **v.** 生產、讓出、順從

—**yielding** **adj.** 生產的、聽從的、柔順的、易彎曲的

—**yieldingly** **adv.** 柔順地、易彎曲地

—**yielder** **n.** 屈服者、產量甚多的作物

反 oppose 反對
補充 yield fruits 結果實

Zz

🎧 1223

zip [zɪp] **n.** 尖嘯聲、拉鍊 **v.** 呼嘯而過、拉開、扣上拉鍊

—**zipped** **adj.** 用拉鍊扣上的

—**zipper** **n.** 拉鍊

補充 concealed zip 隱藏式拉鍊
two-way zip 雙頭拉鍊

Test 單字記憶保溫隨堂考—3

學完了這麼多單字，你記住了幾個呢？趕快做做看以下的小測驗，看看自己學會多少囉！

A. weird	B. reverse	C. tentative	D. solemn	E. thrill
F. secure	G. recommend	H. ridiculous	I. qualify	J. vague

_____ 1. to suggest something with approval as being suitable for a particular purpose

_____ 2. to be very silly

_____ 3. being safe

_____ 4. the feeling of excitement or fear

_____ 5. to be officially recognized as a particular profession or activity

_____ 6. formal and serious

_____ 7. not sure yet, still subject to change

_____ 8. to be very strange

_____ 9. to change something and make it the opposite of what it was

_____ 10. not clear or uncertain

解答：

1. G	2. H	3. F	4. E	5. I
6. D	7. C	8. A	9. B	10. J

A. revive	B. torture	C. yield	D. prior	E. verbal
F. toxic	G. statistics	H. wither	I. refute	J. substitute

_____ 1. being poisonous

_____ 2. spoken, not written

_____ 3. to bring something back after it has not existed for a long time

_____ 4. to produce; to give way to pressure

_____ 5. should be arranged before anything else

_____ 6. the state of being under great pain, or physically or mentally suffering

_____ 7. to disagree; or to prove that someone or something is incorrect

_____ 8. a person or thing to be in place of another one

_____ 9. to become reduced in size, color; to be dry or shrunken

_____ 10. a collection of numbers which represent facts or measurements

解答：

1. F	2. E	3. A	4. C	5. D
6. B	7. I	8. J	9. H	10. G

A. reproduce	B. rival	C. slay	D. scorn	E. residence
F. resent	G. savage	H. sly	I. sensation	J. restrain

_____ 1. a mental or physical feeling

_____ 2. dislike, hate

_____ 3. to duplicate, make a copy of

_____ 4. to kill by violence

_____ 5. contempt and disdain

_____ 6. a competitor fighting for the same goal

_____ 7. cunning or mischievous

_____ 8. a place where someone lives in

_____ 9. not civilized, wild

_____ 10. to hold someone back and stop them from doing something

解答：

1. I	2. F	3. A	4. C	5. D
6. B	7. H	8. E	9. G	10. J

Reading Test
閱讀測驗—1

單字有沒有記熟呢？能不能靈活運用呢？快來檢視自己的學習成果，看看是否要繼續在現有LEVEL增進實力，抑或朝著後面LEVEL層層突破，高分衝刺！

Lorenzo was a bright and adorable child. His parents were both highly-intellectual. His father was an analyst for the World Bank and his mother was a translator and linguist.

When Lorenzo was diagnosed with ALD, his parents were in despair about the fact that there was no remedy for the disease. As days went by, his parents were agonized to see their son being tortured by it. However, they did not yield to the destiny. They studied vigorously in medical libraries and questioned top doctors and researches all over the world. They finally discovered a therapy involving using a certain kind of edible oil in Lorenzo's diet. Although the therapy did not cure Lorenzo's disease, the oil led to more promising treatments for the long neglected fatal disease.

(   ) 1. What is the main idea of this article?
     (A) How Lorenzo's parents battled for their son's disease.
     (B) What Lorenzo did to fight the disease.
     (C) When Lorenzo was cured.

(   ) 2. What did Lorenzo's parents do after their son's diagnosis?
     (A) They were too agonized to do anything.
     (B) They sought advice from prophets.
     (C) They started researching the disease.

(   ) 3. What can be inferred from the article?
     (A) Lorenzo was cured after taking the oil.
     (B) More researchers started to develop better treatments for ALD.
     (C) ALD is a curable disease.

解答

羅倫佐是個聰明、討人喜歡的男孩，他的雙親都是高知識份子。他的父親是世界銀行的分析師，母親是譯者及語言學家。

當羅倫佐被診斷罹患腎上腺腦白質退化症時，他的父母得知這個病沒有治療方式，因而陷入了絕望。隨著日子一天天過去，他們看見兒子飽受這個疾病折磨，感到很痛苦彷徨。不過他們沒有向命運低頭，反而到醫學圖書館自學研究，並詢問世界各地頂尖醫師及研究人員，最後發現將一種特定食用油加入羅倫佐飲食中的療法，雖然它沒能治癒羅倫佐的病，但已替這個為人長期忽視的致命疾病帶來更多有盼望的療法。

1. 本題詢問以下何者為本文主題，三個選項意思分別為：
(A) 羅倫佐的父母如何為兒子的疾病奮戰。
(B) 羅倫佐做了哪些對抗疾病的事。
(C) 羅倫佐何時被治癒。
依照文章內容，(B)、(C)選項皆錯，羅倫佐並未被治癒，且因健康退化，父母為了他到醫學圖書館研究等，因此(A)選項為正解。

2. 本題詢問羅倫佐被診斷罹患疾病時，他的父母做了什麼？三個選項意思分別為：
(A) 他們太痛苦彷徨，以致無法做任何事。
(B) 他們尋求先知的意見。
(C) 他們開始研究這個疾病。
依照文章內容第二段，(A)、(B)選項為非，因羅倫佐雙親並未因彷徨無助而放棄，反而自學研究，並尋問世界各地醫師、研究人員，因此(C)選項為正解。

3. 本題詢問，從這篇文章中，我們可以推斷以下何者正確：
(A) 羅倫佐服用了這個油以後，病得以治癒。
(B) 更多研究人員開始研發更好的腎上腺腦白質退化症治療方式。
(C) 腎上腺腦白質退化症已是可以治癒的疾病。
依照文章內容，(A)、(C)選項均錯，這種食用油並未治癒羅倫佐的病，但促使更多人投入研究更好的療法，因此(B)選項為正解。

答案：1. (A)　　2. (C)　　3. (B)

Reading Test
閱讀測驗—2

單字有沒有記熟呢？能不能靈活運用呢？快來檢視自己的學習成果，看看是否要繼續在現有LEVEL增進實力，抑或朝著後面LEVEL層層突破，高分衝刺！

Capital punishment is a controversial issue in many countries. Some people are against the abolishment of it, saying that it can deter villains from killing people. After several incidents of indiscriminate killing, some people speak explicitly that they are for capital punishment. After all, those who are executed cannot commit further crimes.

Some people, however, choose to differ. It is undeniable that murderers must be brought to justice. But there are examples of people who are condemned to death express strong remorse, and would like to have a second chance to make compensations to the victim's family. Till now, capital punishment still remains an issue that evokes heated debate.

(   ) 1. What is the main idea of this article?
    (A) The savageness of random killing.
    (B) Villains must be brought to justice.
    (C) Different opinions on capital punishment.

(   ) 2. Why are some people for capital punishment?
    (A) Criminals are contagious.
    (B) People who are executed will no longer have the chance to commit crimes.
    (C) They are patriotic.

(   ) 3. What can be inferred from the article?
    (A) Most murderers repent after committing crimes.
    (B) Most of the victims' families demand capital punishment.
    (C) The debate of capital punishment will probably never end.

死刑在很多國家是很有爭議性的議題，有些人反對廢死，表示死刑能遏止惡棍殺人。在幾件無差別殺人事件發生後，有些人清楚表明支持死刑，畢竟被處死的罪犯再也不會有機會犯案。

然而有些人選擇不同的立場。無可否認地，謀殺犯一定要被繩之以法。但在有些案例中，被譴責要被處死的人表達強烈的悔意，並盼有第二次機會補償受害者家屬。至今，死刑仍是一個引發熱烈爭辯的議題。

1. 本題詢問以下何者為本文主題，三個選項意思分別為：
(A) 隨機殺人的野蠻。
(B) 惡棍一定要被繩之以法。
(C) 對於死刑的不同意見。
依照文章內容，(A)選項錯，本文並未深入探討隨機殺人的野蠻，(B)選項是事實，但本文主題是大眾對於死刑的兩派意見，因此(C)選項為正解。

2. 本題詢問為何有人支持死刑？三個選項意思分別為：
(A) 罪犯會傳染疾病。
(B) 被處死的罪犯將不再有機會犯案。
(C) 他們因為愛國，而支持死刑。
依照文章內容第二段，(A)、(C)選項為非，因有些人支持死刑目的是希望遏止殺人，並盼罪犯不再有殺人的機會，因此(B)選項為正解。

3. 本題詢問，從這篇文章中，我們可以推斷以下何者正確：
(A) 大部份的殺人犯在犯案後會懺悔。
(B) 大部份受害者家屬要求執行死刑。
(C) 死刑議題的爭辯可能不會有結束的一天。
依照文章內容，(A)、(B)選項均錯，因文章均未提及；本文最後一句：「至今，死刑仍是一個引發熱烈爭辯的議題」，因此(C)選項為正解。

答案：1. (C)　　2. (B)　　3. (C)

Born in 1985, Yeh Yung-chih was a junior high school student in Pingtung County. He was constantly mocked and bullied by his schoolmates due to his femininity. They would seize him and pull down his pants in the school toilet. Out of fear, he didn't dare to go to the toilet during recess.

In his third year at the school, he asked his teacher's permission to go to the toilet five minutes before the music class ended. Later, he was found lying on the floor in a pool of blood. There was no concrete evidence that proved his death was the result of bullying. He was only 15. In November 2015, a documentary, *The Rose Boy*, was released in tribute to Yeh.

(   ) 1. Why did Yeh often go to the toilet during class?
     (A) He had an allergy attack.
     (B) He tried to avoid being bullied in the toilet.
     (C) He was told to do so.

(   ) 2. What happened to Yeh after he went to the toilet during a music class?
     (A) He was notified by his teacher to make up for the class instruction his missed.
     (B) He was found seriously injured.
     (C) He was comforted by his teacher.

(   ) 3. What can be inferred from the article?
     (A) Yeh's story highlights the importance of respect and acceptance.
     (B) Bullies were found and punished.
     (C) After Yeh's incidence, no gender discrimination happened again.

葉永鋕出生於1985年，在屏東縣就讀國中。他因個性較為女性化，常常被學校同學嘲笑與霸凌。他們會抓住他，強行脫掉他的褲子。他出於恐懼，不敢在下課時間去上廁所。

他在國三那年，在音樂課下課前五分鐘請老師准許他去上廁所。隨後他被發現躺在血泊中。沒有具體證據證明他是因遭人霸凌致死，當年他才15歲。2015年11月，「玫瑰少年」的紀錄片被發行，以向他表示哀悼。

1. 本題詢問為何葉永鋕在上課時間上廁所，三個選項意思分別為：
(A) 他的過敏發作。
(B) 他想避免在廁所被霸凌。
(C) 他被告知這麼做。
依照文章內容，(A)、(C)選項均錯，本文並未提到他有過敏體質，或被要求在上課時間如廁，因此(B)選項為正解。

2. 本題詢問葉永鋕在音樂課時去廁所後，發生什麼事？三個選項意思分別為：
(A) 他被老師通知要把沒上到課的部分補完。
(B) 他被發現身受重傷。
(C) 他得到老師的安慰。
依照文章內容第二段，(A)、(C)選項均錯，因為他被發現時已躺在血泊中，因此(B)選項為正解。

3. 本題詢問，從這篇文章中，我們可以推斷以下何者正確：
(A) 葉永鋕的故事喚起大家對尊重和接受的重要性。
(B) 霸凌者受到處份。
(C) 葉永鋕事件後，不再有性別歧視的事發生了。
依照文章內容，(B)選項錯，霸凌者是否受到處份，無從得知，因文章並未提及；(C)選項錯，葉永鋕事件後，性平教育以他為案例教導尊重與接納，盼避免類此事件發生，但仍有賴大眾認知與實際行動，此為時事問題；而本文最後一句：「玫瑰少年」的紀錄片被發行，以向他表示哀悼，得知(A)選項為正解。

答案：1. (B)　　2. (B)　　3. (A)

Reading Test
閱讀測驗—4

單字有沒有記熟呢？能不能靈活運用呢？快來檢視自己的學習
成果，看看是否要繼續在現有LEVEL增進實力，抑或朝著後面
LEVEL層層突破，高分衝刺！

Born on July 1, 1961, Diana Frances Spencer came from a wealthy family in England. When she was a student, she didn't excel in academics. But she showed a talent for piano, diving, and swimming.

In 1981, she married Prince Charles and became a member of the British royal family. The stunning princess quickly won the hearts of the world when an estimated 750 million people watched the televised wedding. Compassionate and beautiful, she was also celebrated for her charity work. She helped raise public awareness to assist people struggling with AIDS, mental illness, and cancer. On August 31, 1997, she died from a tragic accident. She was described as "People's Princess."

(　　) 1. What is the main idea of this article?
   (A) A princess who was loved by the world for her inner and outer beauty.
   (B) How to make an ordinary girl become a princess.
   (C) Why Princess Diana was so involved in charity work.

(　　) 2. How does "stunning" mean in the second paragraph?
   (A) Extremely surprising.
   (B) Extremely brilliant.
   (C) Extremely beautiful.

(　　) 3. What can be inferred from the article?
   (A) Princess Diana's fashion style is masculine.
   (B) The royal wedding was televised only in England.
   (C) Princess Diana's legacy still endures.

解答

黛安娜弗蘭希絲史賓沙於1961年7月1日出生英格蘭，家境富裕。學生時期，她的課業並不突出，不過在鋼琴、跳水、游泳方面展現了天分。

1981年，她嫁給查爾斯王子，成為英國皇室成員之一。他們的婚禮透過電視轉播，估計有750萬人觀看，而這位迷人的王妃很快就贏得全世界人的心。她除了富有同情心又美麗動人，也因從事慈善工作而著名。她幫助喚起大眾意識到應協助愛滋病患、精神病人、癌症病人。1997年8月31日，她在一場悲劇性的意外中喪生，她被形容為「人民的王妃」。

1. 本題詢問以下何者為本文主題，三個選項意思分別為：
(A) 一位因內外兼具而備受世人愛戴的王妃。
(B) 如何讓尋常女孩成為王妃。
(C) 為何黛安娜王妃熱衷於公益活動。
依照文章內容，本文介紹黛安娜王妃生平及她擁有迷人的外表，並積極從事公益，因此(A)選項為正解。

2. 本題詢問本文第二段單字stunning的意思？三個選項意思分別為：
(A) 極度的驚訝。
(B) 極度的聰穎。
(C) 極度的美麗。
依照文章內容第二段，依據本書單字P.337字義（或讀者可查閱字典）解釋，因此(C)選項為正解。

3. 本題詢問，從這篇文章中，我們可以推斷以下何者正確：
(A) 黛安娜王妃的時尚品味很陽剛。
(B) 黛安娜與查爾斯的婚禮只限在英國電視轉播。
(C) 黛安娜王妃的德澤永垂人間。
依照文章內容，(A)選項錯，因文章特別強調她擁有美麗動人的風采；(B)選項錯，英國皇室婚禮是全球電視轉播；(C)選項為正解，因文末強調她熱衷公益，是「人民的王妃」。

答案：1. (A)   2. (C)   3. (C)

單字有沒有記熟呢？能不能靈活運用呢？快來檢視自己的學習成果，看看是否要繼續在現有LEVEL增進實力，抑或朝著後面LEVEL層層突破，高分衝刺！

Thanks to advanced technology, our reading platform has shifted from traditional text to hypertext. However, little is known about whether this shift might help or hinder children's reading comprehension.

Researchers recommend that parents should be encouraged to read to their children and provide them with motives to develop good reading habits, since it is vital to their future not just academically, but in everyday life as well. When children have good reading habits, they learn more about the world around them.

( ) 1. What is the main idea of this article?
  (A) Reading online is highly-recommended.
  (B) Only teachers are responsible for helping children develop reading habits.
  (C) It's important to develop reading habits.

( ) 2. Why are parents encouraged to read to their children?
  (A) To help them develop reading habits.
  (B) To hinder their reading comprehension.
  (C) To motivate them to advance technology.

( ) 3. What can be inferred from the article?
  (A) Reading is inconducive to everyday life.
  (B) With reading comprehension, children can learn more about the world.
  (C) Children can learn more from hypertext resources.

解答

拜科技之賜，我們的閱讀平台從傳統紙本轉向網路超連結文本。然而，人們對於這種轉變是否會幫助或阻礙孩子培養閱讀理解力的了解，至今仍不清楚。

研究人員建議，父母應朗讀給孩子聽，並給予他們培養閱讀習慣的動機，因為閱讀不僅攸關孩子未來的學業表現，也包括日常生活中的行為。當他們有良好的閱讀習慣，他們便會從周遭的世界學到更多。

1. 本題詢問以下何者為本文主題，三個選項意思分別為：
(A) 網路閱讀受到高度推薦。
(B) 只有老師有責任協助孩子培養閱讀習慣。
(C) 培養閱讀習慣是很重要的。
依照文章內容，(A)、(B)選項均錯，本文未提及，但有強調家長協助孩子培養閱讀的習慣，因此(C)選項為正解。

2. 本題詢問為何家長應被鼓勵朗讀給孩子聽？三個選項意思分別為：
(A) 幫助他們培養閱讀習慣。
(B) 阻礙他們的閱讀理解力。
(C) 驅動他們發展科技。
依照文章內容，(B)、(C)選項皆錯，因文章均無提及，因此(A)選項為正解。

3. 本題詢問，從這篇文章中，我們可以推斷以下何者正確：
(A) 閱讀無助於日常生活。
(B) 有閱讀理解力的孩子，能從周遭世界學到更多。
(C) 孩子可以從超連結文本的資源學到更多。
依照文章內容，(A)、(C)選項皆錯，因文中提及閱讀有助日常生活，但無提及孩子可以從超連結文本的資源學到更多；而(B)選項為文中所提，因此為正解。

答案：1. (C)　　2. (A)　　3. (B)

Level 6

考前衝刺
英文單字Level 6

A

🎧 1224

ab·bre·vi·ate [əˋbrivɪˌet] **v.** 將……縮寫成
— **abbreviation** **n.** 縮寫
— **abbreviated** **adj.** 縮短的、小型的
— **abbreviator** **n.** 縮寫的東西
— **abbreviationist** **n.** 提倡縮寫字的人、
　　　　　　　　　　慣用縮寫字的人

補充 B be abbreviated from A　B 是 A 的縮寫
A be abbreviated to B　A 縮寫成 B
A be an abbreviation for / of B　A 是 B 的縮寫

🎧 1225

ab·nor·mal [æbˋnɔrml̩] **adj.** 反常的
— **abnormality** **n.** 反常、異常、畸形、反常的事物
— **abnormity** **n.** 反常、不規則、畸形
— **abnormally** **adv.** 反常地、不規則地、變態地

反 normal 正常的、正規的、標準的
補充 abnormal psychology 變態心理學

🎧 1226

ab·o·rig·i·nal [ˌæbəˋrɪdʒən̩l] **n.** 土著、原住民
　　　　　　　　　　　　adj. 土著的、原始的
— **aborigine** **n.** 原住民
— **aboriginally** **adv.** 從最初、原來
— **aboriginality** **n.** 原始狀態、本土性

補充 aboriginal culture 原住民文化
Australian aborigine 澳洲原住民

🎧 1227

a·buse [əˋbjus] **n.** 濫用、虐待
　　　　[əˋbjuz] **v.** 濫用、虐待、傷害
— **abuser** **n.** 濫用者、虐待者
— **abusive** **adj.** 辱罵的、濫用的
— **abusively** **adv.** 濫用地、虐待地

補充 abuse one's power 濫用權力
child abuse 虐待兒童

🎧 1228

ac·com·mo·date [əˈkɑməˌdet] **v.** 使……適應、提供

—**accommodation** **n.** 便利、適應

—**accommodative** **adj.** 適應的、予以方便的、親切的

—**accommodating** **adj.** 肯通融的、給人方便的、善於適應新環境的

搭配詞 accommodate sb. with... 為某人提供……
補充 reach an accommodation 達成和解
make an accommodation to 適應

🎧 1229

ac·cord [əˈkɔrd] **n.** 一致、和諧 **v.** 和……一致

—**accordance** **n.** 給予、根據、依照

—**accordingly** **adv.** 因此、於是

—**accordable** **adj.** 可一致的

—**according** **adj.** 相符的、和諧的、相應的

搭配詞 in accord with 一致、和諧
in accordance with 根據、依照、一致、和諧
補充 act accordingly 照著做

考前衝刺——**加分補給站** 試比較同義不同用法的coincide（見p.394）

coincide和accord都有「一致」的意思，但accord是「有意志的」讓兩者或以上的事物保持一致、而coincide是一種「偶然性」的一致，並非出於意願或目的。

🎧 1230

ac·count·a·ble [əˈkauntəbl] **adj.** 應負責的、有責任的、可說明的

—**account** **n.** 帳、描述、解釋、說明
v. 解釋、說明、對……負責

—**accounting** **n.** 會計、會計學

—**accountably** **adv.** 有責任地、應加解說地、可說明地

—**accountant** **n.** 會計師、會計人員

同 responsible 有責任的
搭配詞 be accountable for 對……負責
補充 There is no accounting for tastes. 【諺】人各有所好。
cost accounting 成本會計

🎧 1231

ac·cu·sa·tion [ˌækjəˈzeʃən] **n.** 控告、罪名

—**accuse** **v.** 指控、控告、譴責

—**accused** **n.** 被告 **adj.** 被控告的

—**accuser** **n.** 原告、控告者

—**accusing** **adj.** 責難的、指責的

補充 bring an accusation against 控告、譴責
deny the accusation 否認罪名

🎧 1232

ad·dict [ˋædɪkt] **n.** 有毒癮的人

[əˋdɪkt] **v.** 對……有癮、使入迷

—**addiction** **n.** 熱衷、上癮

—**addictive** **adj.** 使成癮的、上癮的

—**addicted** **adj.** 沈溺於某種（尤其是不良）嗜好的、入了迷的

搭配詞 addict to 使沈溺、使醉心、使成癮
補充 a drug addict 吸毒成癮者
an opera addict 歌劇迷
drug addiction 毒癮
alcohol addiction 酒癮

🎧 1233

ad·min·is·ter/ad·min·is·trate

[ədˋmɪnəstɚ]/[ədˋmɪnəstret] **v.** 管理、照料

—**administration** **n.** 經營、管理

—**administrative** **adj.** 行政上的、管理上的

—**administrator** **n.** 管理者

補充 administer on behalf of 代為管理
under one's administration 在某人的管理之下

🎧 1234

al·co·hol·ic [ˌælkəˋhɔlɪk] **n.** 酗酒者 **adj.** 含酒精的

—**alcoholicity** **n.** 酒精含量

—**alcoholism** **n.** 酗酒、酒精中毒

—**alcoholize** **v.** 醇化、浸漬酒精中、用酒精使之醉倒

補充 alcoholic poisoning 酒精中毒

🎧 1235

a·non·y·mous [əˋnɑnəməs] **adj.** 匿名的

—**anonymously** **adv.** 不具名地、化名地

—**anonymity** **n.** 匿名、作者不詳

—**anonym** **n.** 匿名者、無名氏、假名

同 unnamed 未命名的、未提及的
補充 anonymous letter 匿名信

🎧 1236

an·tic·i·pate [ænˋtɪsəˌpet] **v.** 預期、預料

—**anticipation** **n.** 預想、預期

—**anticipatory** **adj.** 預期的、預先的

—**anticipative** **adj.** 預期的、充滿期望的、先發制人的

—**anticipator** **n.** 期望者、搶先者、佔先者

同 foresee 預見、預知
補充 anticipate sb.'s arrival 期待某人的到來
in anticipation of 預先、預料

🎧 **1237**

as·sas·si·nate [əˈsæsn̩ˌet] v. 行刺
—**assassin** n. 暗殺者、刺客
—**assassination** n. 暗殺、行刺
—**assassinator** n. 暗殺者、刺客

補充 assassinate someone 刺殺某人

🎧 **1238**

as·sert [əˈsɝt] v. 斷言、主張
—**assertion** n. 斷言、言明
—**asserted** adj. 聲稱的
—**assertive** adj. 斷言的、肯定的、武斷的、獨斷的
—**assertively** adv. 過分自信地、武斷地、獨斷地

補充 assert one's idea 宣稱某人的想法
assert oneself 堅持自己的權利

🎧 **1239**

au·ton·o·my [ɔˈtɑnəmɪ] n. 自治、自治權
—**autonomous** adj. 自治的、自治權的、自主的
—**autonomously** adv. 自治地、獨立自主地
—**autonomist** n. 自治論者

同 self-government 自治
補充 economic autonomy 經濟自主

B

🎧 **1240**

brute [brut] n. 殘暴的人 adj. 粗暴的
—**brutish** adj. 粗野的、殘酷的
—**brutify** v. 使殘忍、變為殘忍
—**brutishly** adv. 粗野地、殘酷地
—**brutism** n. 野性

補充 a man with a heart of a brute 人面獸心

C

🎧 1241

cer·ti·fy [ˋsɝtəˌfaɪ] v. 證明

—**certified** adj. 被證明的、有保證的、公認的

—**certifier** n. 保證書

—**certification** n. 證明、保證

補充 certify sb. of sth. 使某人確信某事
certified mail 掛號信（保證寄到, 但無金錢保險）

🎧 1242

co·her·ent [koˋhɪrənt] adj. 連貫的、有條理的

—**cohere** v. 前後一致、有條理、連貫、一致、協調

—**coherence** n. 統一、連貫性

—**coherently** adv. 條理清楚地、前後一致地

搭配詞 be coherent to...
與……一致
補充
a coherent argument 前後一致的論點

🎧 1243

co·in·cide [koɪnˋsaɪd] v. 一致、同意

—**coincidence** n. 巧合

—**coincident** adj. 符合的、巧合的、與……同時發生的

—**coincidental** adj. 符合的、巧合的、偶然一致的

—**coincidentally** adv. 碰巧的是、巧合地

搭配詞 coincide with
與……相一致
補充 coincide in opinion
意見一致
by coincidence 恰巧

考前衝刺——加分補給站 試比較同義不同用法的accord（見p.391）

coincide和accord都有「一致」的意思，但coincide是一種「偶然性」的一致，並非出於意願或目的、而accord是「有意志的」讓兩者或以上的事物保持一致。

🎧 1244

com·mem·o·rate [kəˋmɛməˌret] v. 祝賀、慶祝

—**commemorable** adj. 該記住的、值得紀念的

—**commemoration** n. 紀念節慶典、紀念

—**commemorative** adj. 紀念的

—**commemoratory** adj. 紀念性的

同 celebrate 慶祝
補充 commemorate victories 慶祝勝利

考前衝刺──**加分補給站** 試比較同義不同用法的celebrate（見p.192）

commemorate和celebrate都有「慶祝某活動」的意思，但commemorate則是慶祝「具有紀念意義」的事件或活動，而celebrate慶祝的活動多是有「讚揚、誇耀、稱頌」的性質。

🎧 1245
com·pen·sate [ˈkɑmpənˌset] **v.** 抵銷、彌補
—**compensation** **n.** 報酬、賠償
—**compensable** **adj.** 應予以補償的、可補償的、有權要求補償的
—**compensative** **adj.** 償還的、補充的
—**compensator** **n.** 補償（或賠償）者、補償（或賠償）物

搭配詞 compensate for 補償
補充 pay as compensation 支付以作為補償

🎧 1246
com·pe·tence [ˈkɑmpətəns] **n.** 能力、才能
—**competency** **n.** 能力、才能
—**competent** **adj.** 能幹的、有能力的
—**competently** **adv.** 勝任地、適合地

補充 one's competence in... 某人在某方面的能力
a competent lawyer 稱職的律師

🎧 1247
con·ceit [kənˈsit] **n.** 自負、自大
—**conceited** **adj.** 自負的、驕傲自滿的、自誇的
—**conceitedly** **adv.** 自負地
—**conceitedness** **n.** 自負、驕傲自大

補充 in one's own conceit 自以為
out of conceit with 不滿意

🎧 1248
con·form [kənˈfɔrm] **v.** 使符合、類似
—**conformability** **n.** 適合、一致
—**conformable** **adj.** 順應的、一致的
—**conformably** **adv.** 一致地、順從地

同 comply 順從、遵從
搭配詞 be conformed with 被遵守

🎧 1249

con·quest [ˈkɑŋkwɛst] **n.** 征服、獲勝

—conquer **v.** 攻克、攻取戰勝、克服、征服
—conquerable **adj.** 可征服的、可獲勝的
—conqueringly **adv.** 耀武揚威地
—conqueror **n.** 征服者、勝利者

反 surrender 使投降、放棄
搭配詞 make a conquest of 征服、贏得……的愛情

🎧 1250

con·tra·dict [ˌkɑntrəˈdɪkt] **v.** 反駁、矛盾、否認

—contradiction **n.** 否定、矛盾
—contradictious **adj.** 自相矛盾的
—contradictive **adj.** 傾向於矛盾的
—contradictory **adj.** 矛盾的、對立的
　　　　　　　　n. 矛盾因素、對立物

補充 be in contradiction with... 與……相矛盾
point-blank contradiction 直截了當的矛盾

🎧 1251

co·or·di·nate [koˈɔrdṇɪt] **adj.** 同等的
　　　　　　　[koˈɔrdṇet] **v.** 調和、使同等

—coordinately **adv.** 同等地、同樣重要地、協調一致地
—coordinative **adj.** 同等的
—coordination **n.** 協調、整理同等、對等
—coordinator **n.** 協調者、同等的人(或物)

搭配詞 be coordinated with... 與…一致
補充 colour-coordinated 色調相配的

🎧 1252

cos·met·ic [kɑzˈmɛtɪk] **adj.** 妝用的

—cosmetics **n.** 化妝品
—cosmetically **adv.** 通過化妝、從美容方面裝飾性地
—cosmetician **n.** 美容品製造人、化妝品經銷商美容師
—cosmeticize **v.** 用化妝品打扮、使在外表上具吸引力

補充 a cosmetic cream 美容霜
use cosmetics 使用化妝品●

見下頁的「延伸學習小教室」

輕鬆點，學些延伸小常識吧！

注重外表打扮的女孩們，知道平常在使用的化妝品英文怎麼說嗎？認識這些單字後，以後買化妝品時，上面只有英文也不用怕啦！

concealer 遮瑕膏

foundation 粉餅

liquid foundation 粉底液

brow pencil 眉筆

mascara 睫毛膏

eye shadow 眼影

eye liner 眼線液

blush 腮紅

🎧 1253

cos·mo·pol·i·tan [ˌkɑzməˈpɑlətn̩] **n.** 世界主義者
adj. 世界主義的

—**cosmopolitanism** **n.** 世界主義、世界性
—**cosmopolite** **n.** 世界公民
—**cosmopolis** **n.** （居民包含各國人士）國際都市

同 international 國際的
補充 a cosmopolitan city 國際大都會

🎧 1254

cov·et [ˈkʌvɪt] **v.** 垂涎、貪圖

—**coveted** **adj.** 渴望得到的、夢寐以求的
—**covetous** **adj.** 垂涎的、貪圖的、渴望的
—**covetously** **adv.** 妄想地、貪心地
—**covetousness** **n.** 貪求、垂涎

搭配詞 covet after/for 垂涎、貪圖
補充 All covet, all lose.【諺】貪多必失。

🎧 1255

cul·ti·vate [ˈkʌltəˌvet] **v.** 耕種

—**cultivatable** **adj.** 可耕種的、可栽培的
—**cultivated** **adj.** 耕種的、培養成的、有教養的、文雅的
—**cultivation** **n.** 耕種、教化

補充 cultivate a taste for... 培養對……的興趣
cultivated land 耕地

D

🎧 1256

de·cline [dɪˋklaɪn] **n.** 衰敗 **v.** 下降、衰敗、婉拒
—declination **n.** 傾斜、謝絕
—declinatory **adj.** 謝絕的
—declinature **n.** 拒絕

搭配詞 decline from...to... 從……下降到……
補充 on the decline在衰退中（的）、在下坡位置（的）

🎧 1257

ded·i·cate [ˋdɛdəˌket] **v.** 供奉、奉獻
—dedication **n.** 奉獻、供奉
—dedicated **adj.** 專注的、獻身的
—dedicative **adj.** 奉獻的

同 devote 奉獻
補充 dedicate oneself to... 全心獻身於……
show dedication 表現出奉獻的精神

🎧 1258

de·fect [dɪˋfɛkt] **n.** 缺陷、缺點 **v.** 脫逃、脫離
—defection **n.** 背叛、脫黨不履行義務
—defective **adj.** 有缺陷的、不完美的
—defectively **adv.** 有缺陷地、缺乏地
—defectiveness **n.** 有缺陷、缺乏

搭配詞 defect to/from… 逃跑、脫離、背叛
補充 a physical defect 生理缺陷

🎧 1259

de·lib·er·ate [dɪˋlɪbəˌret] **v.** 仔細考慮
[dɪˋlɪbərɪt] **adj.** 慎重的
—deliberately **adv.** 慎重地、謹慎地、故意地、蓄意地
—deliberation **n.** 深思熟慮、研究
—deliberative **adj.** 慎重的、審議的
—deliberatively **adv.** 慎重審議地

搭配詞 deliberate on... 仔細思考……

🎧 1260
de·prive [dɪˈpraɪv] v. 剝奪、使……喪失
—deprived adj. 被剝奪的、貧困的
—deprival n. 剝奪
—deprivation n. 剝奪、免職
—deprivable adj. 可剝奪的

搭配詞 deprive of 剝奪、使喪失
補充 deprivation cuisine 健康但淡而無味的食物

🎧 1261
de·rive [dɪˈraɪv] v. 引出、源自
—derivative adj. 引出的、派生的
—derivation n. 來歷、起源調查
—derivational adj. 衍生的、引出的

搭配詞 derive from 源自……
補充 derived image 擷取影像

🎧 1262
de·scend [dɪˈsɛnd] v. 下降、突襲
—descent n. 下降
—descending adj. 下降的、下行的
—descendant n. 子孫、後裔
—descended adj. 為……的後裔的、出身於……的

搭配詞 descend from... 從……下來、源於……
補充 a remote descendant 隔了許多代的後裔
by descent 祖籍為

🎧 1263
de·tach [dɪˈtætʃ] v. 派遣、分開
—detachable adj. 可分開的
—detached adj. 分離的、不連接的
—detachment n. 分離、分開

反 attach 附屬、附加
搭配詞 detach...from... 使……與……分離

🎧 1264
di·ag·nose [ˈdaɪəɡˌnos] v. 診斷
—diagnosis n. 診斷
—diagnostician n. 診斷者
—diagnostic adj. 診斷的、特徵的 n. 診斷結論

搭配詞 diagnose...as... 診斷為……
補充 make a diagnosis 做診斷

🎧 1265

dic·ta·tor [ˋdɪktetɚ] **n.** 獨裁者、發號施令者

—**dictatorial** **adj.** 獨裁者的、自大的

—**dictatorially** **adv.** 獨裁地、自大地

—**dictatorship** **n.** 獨裁國家、獨裁政府

同 autocrat 獨裁者、專制君主
補充 a notorious dictator 惡名昭彰的獨裁者

🎧 1266

di·plo·ma·cy [dɪˋ ploməsɪ] **n.** 外交、外交手腕

—**diplomatic** **adj.** 外交的、外交官的

—**diplomatically** **adv.** 外交上、圓滑地、婉轉地

—**diplomat** **n.** 外交官、有手腕的人

補充 use diplomacy 運用外交手腕
diplomatic tie 外交關係

🎧 1267

dis·a·bil·i·ty [ˌdɪsəˋbɪlətɪ] **n.** 無能、無力

—**disable** **v.** 使無能力、使無作用

—**disabled** **adj.** 殘廢的、有缺陷的

—**disablement** **n.** 無能、殘廢

搭配詞 be disabled from doing sth. 失去做某事的能力
補充 speech disability 語言缺陷

🎧 1268

dis·ap·prove [ˌdɪsəˋpruv] **v.** 反對、不贊成

—**disapproval** **n.** 不贊成、非難、不喜歡

—**disapproving** **adj.** 不滿的、反對的

—**disapprovingly** **adv.** 不以為然地、不贊成地

反 approve 贊成
搭配詞 disapprove of 反對

🎧 1269

dis·grace [dɪsˋgres] **n.** 不名譽 **v.** 羞辱

—**disgraceful** **adj.** 可恥的、不名譽的

—**disgracefully** **adv.** 不光彩地、可恥地

—**disgraced** **adj.** 失寵的、遭貶謫的

同 shame 羞恥
補充 suffer disgrace 蒙羞
disgraceful conduct 可恥的行為

🎧 1270

dis·pos·a·ble [dɪˋspozəbl] **adj.** 可任意使用的、免洗的

—**dispose** **v.** 配置、佈置

—**disposal** **n.** 分佈、配置

—**disposability** **n.** 用後即可丟棄

搭配詞 at sb.'s disposal 由某人作主、自由支配
補充 disposable diapers 免洗尿布

🎧 **1271**

dis·tort [dɪs`tɔrt] **v.** 曲解、扭曲
—**distorted** **adj.** 弄歪了的、歪曲的
—**distortedly** **adv.** 歪曲地
—**distortion** **n.** 扭曲、變形、失真
—**distortive** **adj.** 曲解的

同 contort 扭曲、曲解
搭配詞 be distorted with... 因……而變了形

🎧 **1272**

dis·tract [dɪ`strækt] **v.** 分散
—**distracting** **adj.** 使分散注意力的、分心的
—**distracted** **adj.** 思想不集中的
—**distractedly** **adv.** 心煩意亂地
—**distraction** **n.** 分心、精神渙散、心煩不安

搭配詞 distracted by... 被……分散注意力
補充 without distraction 全神貫注

🎧 **1273**

di·verse [daɪ`vəs] **adj.** 互異的、不同的
—**diversify** **v.** 多樣化
—**diversion** **n.** 脫離、轉向、轉換
—**diversity** **n.** 差異處、不同點、多樣性

搭配詞 diversify...by... 使……多樣化
補充 diverse cultures 不同的文化
make a diversion of attention 分散注意力

🎧 **1274**

do·nate [`donet] **v.** 捐贈
—**donation** **n.** 捐贈物、捐款
—**donative** **n.** 捐贈 **adj.** 捐贈的
—**donor** **n.** 捐贈者、捐贈人
—**donatory** **n.** 受贈者

搭配詞 donate to / towards 捐獻、捐贈
補充 donate blood 捐血
receive a donation of... 收到……金額的捐款
blood donor 捐血人

🎧 **1275**

du·bi·ous [`djubɪəs] **adj.** 曖昧的、含糊的
—**dubiously** **adv.** 可疑地、懷疑地
—**dubitable** **adj.** 可疑的、不確定的
—**dubitation** **n.** 懷疑

搭配詞 dubious of / about ... （對事物）半信半疑的
補充 be dubious about... 對……感到懷疑

學完了這麼多單字，你記住了幾個呢？趕快做做看以下的小測驗，看看自己學會多少囉！

A. coherent	B. competence	C. abnormal	D. accusation	E. assassinate
F. deprive	G. abbreviate	H. dedicate	I. conceit	J. compensate

_____ 1. to sneakily kill someone of importance

_____ 2. the act of saying that someone is guilty of something

_____ 3. to make a word shorter

_____ 4. the act of believing that oneself is above others

_____ 5. strange, not like others

_____ 6. to prevent someone from having something they need

_____ 7. able to express oneself in a clear, non-contradictory way

_____ 8. to put hard work, devotion or effort into a specific activity

_____ 9. the ability to do something

_____ 10. to make up for someone's loss

解答：

1. E	2. D	3. G	4. I	5. C
6. F	7. A	8. H	9. B	10. J

A. distract	B. dictator	C. anticipate	D. disabled	E. descend
F. anonymous	G. distort	H. disgrace	I. covet	J. diagnose

_____ 1. to expect something to happen, either eagerly or nervously

_____ 2. not giving one's name

_____ 3. the state of being unable to do something

_____ 4. a shame

_____ 5. to make something twisted, or to become twisted

_____ 6. to draw someone's attention away from what they are focusing on

_____ 7. a ruler who has complete power over a country

_____ 8. to want something very much

_____ 9. to find out what is wrong with someone's health

_____ 10. to go downwards

解答：

1. C	2. F	3. D	4. H	5. G
6. A	7. B	8. I	9. J	10. E

E

🎧 1276
em·i·grant [ˈɛməgrənt] **n.** 移民者、移出者、移居出境
adj. 移民的、移居他國的

—emigré **n.** 移居外國的人
—emigrate **v.** 移居
—emigration **n.** 移民

搭配詞 emigrants from...
來自……的移民
emigrate from A to B 從 A
移民到 B

考前衝刺——加分補給站 試比較同義不同用法的immigrate（見p.290）和migrate（見p.415）

immigrate、emigrate和migrate都有「遷移」的意思，事實上，immigrate和emigrate都是從migrate衍生出來的。migrate本身是單純的「遷移」，並無任何方向性、而衍生字immigrate指的是「移入」，而emigrate指的是「移出」。

🎧 1277
en·act [ɪnˈækt] **v.** 制定
—enactment **n.** 制定
—enactive **adj.** 制定法律的
—enactory **adj.** 制定法律的

補充 enact a measure
into law 通過議案使其成
為法律
government enactment
政府法令

🎧 1278
en·hance [ɪnˈhæns] **v.** 提高、增強
—enhancement **n.** 增進
—enhanced **adj.** 增進的
—enhancer **n.** 增加、增進

同 improve 提高、增進
補充 enhance one's
reputation 提高聲譽
image enhancement 影
像強化

🎧 1279
e·thi·cal [ˈɛθɪkl̩] **adj.** 道德的
—ethically **adv.** 倫理（學）上、道德上
—ethic **adj.** 倫理（學）的、道德的
—ethics **n.** 倫理學、道德學倫理觀、道德標準
—ethicize **v.** 使合乎倫理

反 unethical不道德的
補充 ethical culture 道德
文化、道德教育
ethical film倫理片

🎧 1280
e·vac·u·ate [ɪ'vækjuˌet] **v.** 撤離
— evacuation **n.** 撤離、撤退
— evacuative **adj.** 撤離的、疏散的
— evacuator **n.** 撤退者

同 leave 離開
搭配詞 evacuate...from... 把……從……撤出

🎧 1281
ex·pel [ɪk'spɛl] **v.** 逐出
— expellant **adj.** 逐出的、有驅除力的
— expellee **n.** 被開除者
— expeller **n.** 驅逐者

搭配詞 be expelled from... 被……開除、逐出
補充 re-expel 再逐出

🎧 1282
ex·plic·it [ɪk'splɪsɪt] **adj.** 明確的
— explicitness **n.** 明確性
— explicitly **adv.** 明白地、明確地

反 implicit 不言明的、含蓄的
搭配詞 be explicit about 對……態度明朗

F

🎧 1283
fa·bu·lous ['fæbjələs] **adj.** 傳說、神話中的
— fabulously **adv.** 難以置信地、驚人地
— fabular **adj.** 寓言的
— fabulist **n.** 寓言作家撒謊者
— fabulize **v.** 編造寓言

補充 a fabulous vacation 非常愉快的假期

🎧 1284
fa·cil·i·tate [fə'sɪləˌtet] **v.** 利於、使容易
— facilitation **n.** 簡易化、促進
— facilitator **n.** 促進者、便利措施
— facility **n.** 技能、容易、便利

搭配詞 facility in / with… 能力、技能
補充 facilitate economic cooperation 促進經濟合作

🎧 1285
flu·id [ˈfluɪd] **n.** 流體　**adj.** 流質的
— **fluidify** **v.** 流體化
— **fluidity** **n.** 流動性、易變(性)
— **fluidize** **v.** 使變成流體、使流化
— **fluidness** **n.** 流動性、易變性

反 solid 固體
補充 black writing fluid 墨汁

🎧 1286
fos·ter [ˈfɔstə] **adj.** 收養的　**v.** 養育、收養
— **fosterage** **n.** 養育
— **fosterer** **n.** 養父或養母
— **fosterling** **n.** 養子、養女

搭配詞 foster one's interest in... 培養某方面的興趣
補充 foster mother / father 養父 / 養母

🎧 1287
frag·ment [ˈfrægmənt] **n.** 破片、碎片
[frægˈmɛnt] **v.** 裂成碎片
— **fragmented** **adj.** 成碎片的
— **fragmental** **adj.** 片斷的、零碎的
— **fragmentary** **adj.** 碎片的、零碎的
— **fragmentation** **n.** 分裂、破碎

反 entirety 全部、完全
補充 break into fragments 碎成碎片

G

🎧 1288
gen·er·ate [ˈdʒɛnəˌret] **v.** 產生、引起
— **generator** **n.** 創始者、產生者
— **generation** **n.** 產生、世代
— **generant** **adj.** 產生的
— **generative** **adj.** 生殖的、有生產力的

搭配詞 be generated by... 由……引起的
補充 an electric generator 發電機

小提醒！試比較拼法相近的**general**（見p.043）

H

🎧 1289

hab·it·at [ˈhæbəˌtæt] **n.** 棲息地

— **habitation** **n.** 居住
— **habitant** **n.** 居民
— **habitably** **adv.** 適於居住地

補充 the habitat of...
……的棲息地
a natural habitat 天然棲息地

🎧 1290

her·i·tage [ˈhɛrətɪdʒ] **n.** 遺產

— **heritable** **adj.** 可傳讓的、可繼承的
— **heritance** **n.** 繼承、遺傳
— **heritor** **n.** 繼承人、嗣子

搭配詞 uphold the heritage of... 堅持……的傳統
補充 religious heritage 宗教遺產 ●

輕鬆點，學些延伸小常識吧！

世界遺產（World Heritage）指的是由聯合國認可，具有傑出普世價值的實體資產，其中包括文化遺產和自然遺產。這裡給大家介紹幾個World Heritage和它們的英文說法！

Pyramids in Egypt 金字塔（埃及）

Sphinx in Egypt 人面獅身像（埃及）

Great Wall of China 萬里長城（中國）

Grand Canyon National Park in USA 大峽谷國家公園（美國）

Borobudur Temple in Indonesia 婆羅浮屠（印尼）

Angkor Wat in Cambodia 吳哥窟（柬埔寨）

🎧 1291

hos·pi·ta·ble [ˈhɑspɪtəbl] **adj.** 善於待客的

— **hospitality** **n.** 款待、好客
— **hospitably** **adv.** 招待周到地、親切地

同 generous 慷慨的
補充 be hospitable to...
易於接受……
enjoy the hospitality of...
受到……的款待

🎧 1292

hos·pi·tal·ize [ˈhɑspɪtḷˌaɪz] **v.** 使入院治療

—**hospitalization** **n.** 醫院收容、住院治療

—**hospitaller** **n.** 教會慈善機構工作人員、護理人員

—**hospitaler** **n.** 教會慈善團體之團員

（尤指照料有疾病、有急需者的人）

補充 the hospitalized child 住院病童

🎧 1293

hu·mil·i·ate [hjuˈmɪlɪˌet] **v.** 侮辱、羞辱

—**humiliation** **n.** 丟臉、羞辱、蒙羞

—**humiliator** **n.** 羞辱者

—**humiliatory** **adj.** 丟臉的

搭配詞 be humiliated by... 因……而蒙羞

🎧 1294

hy·poc·ri·sy [hɪˈpɑkrəsɪ] **n.** 偽善、虛偽

—**hypocrite** **n.** 偽君子

—**hypocritical** **adj.** 偽善的、虛偽的

—**hypocritically** **adv.** 虛偽地、偽善地

搭配詞 discern sb.'s hypocrisy 看穿某人的偽善

補充 play the hypocrite 當偽君子

expose a hypocrite 揭穿偽君子

I

🎧 1295

il·lu·mi·nate [ɪˈluməˌnet] **v.** 照明、點亮、啟發

—**illumination** **n.** 照明、照亮、啟發

—**illuminative** **adj.** 照明的

—**illuminant** **adj.** 發光的

—**illuminated** **adj.** 被照明的、發光的

搭配詞 illuminate with … 用燈裝飾（房屋等）

補充 illuminate with electricity 用電照明

🎧 1296
il·lu·sion [ɪˈljuʒən] **n.** 錯覺、幻覺
— **illusional** **adj.** 虛幻的、幻想的
— **illusioned** **adj.** 迷妄的
— **illusory** **adj.** 幻覺的、夢幻似的、迷惑人的
— **illusionism** **n.** 幻覺技巧與方法之使用、幻覺論

> 小提醒！試比較拼法相近的**illustrate**（見p.290）

補充 be under an illusion 有錯覺

🎧 1297
im·plic·it [ɪmˈplɪsɪt] **adj.** 含蓄的、不表明的
— **implicitly** **adv.** 含蓄地、暗示地
— **implicity** **n.** 不懷疑
— **implicative** **adj.** 含蓄的、連帶的
— **implication** **n.** 含意、言外之意、暗示

反 explicit 明確的
補充 an implicit agreement 私下說好

🎧 1298
im·pos·ing [ɪmˈpozɪŋ] **adj.** 顯眼的
— **impose** **v.** 利用、佔便宜、打擾、把……強加於
— **imposition** **n.** 強加不公平的負擔、不合理的要求
— **self-imposed** **adj.** 自己強加的、自願接受的

搭配詞 impose on/upon 利用、佔便宜、打擾、強加
補充 in imposing array 如火如荼

🎧 1299
in·ev·i·ta·ble [ɪnˈɛvətəb!] **adj.** 不可避免的
— **inevitability** **n.** 不可逃避、必然性
— **inevitably** **adv.** 不可避免地、必然地
— **inevasible** **adj.** 不可避免的

同 unavoidable不可避免的
補充 face the inevitable 正視不可避免的事情
bow to the inevitable 聽天由命

🎧 1300
in·fer [ɪnˈfɚ] **v.** 推斷、推理
— **inference** **n.** 推理
— **inferable** **adj.** 能推理的
— **inferential** **adj.** 推理的、推論的

同 suppose 假定、猜想
搭配詞 infer from... 從……推論
補充 draw an inference from... 從……做出推論
a natural inference 必然的推論

🎧 1301
in·hab·it [ɪnˈhæbɪt] **v.** 居住
—**inhabited** **adj.** 有居民的
—**inhabitant** **n.** 居民
—**inhabitancy** **n.** 居住、有人居住之狀態
—**inhabitation** **n.** 居住、棲息

同 dwell 居住、住
補充 thickly inhabited 人口稠密的
an inhabitant of the town 城裡的居民

🎧 1302
in·her·ent [ɪnˈhɪrənt] **adj.** 天生的
—**inherently** **adv.** 天性地
—**inherency** **n.** 固有（天賦）之性質
—**inherence** **n.** 天生

同 internal 固有的、本質的
搭配詞 be inherent in... ……中固有的

🎧 1303
in·no·va·tion [ˌɪnəˈveʃən] **n.** 革新
—**innovative** **adj.** 創新的
—**innovate** **v.** 創立、創始、革新、創新
—**innovator** **n.** 改革者

補充 make innovations in... 在……上進行種種革新
innovative technology 創新科技

🎧 1304
in·te·grate [ˈɪntəˌɡret] **v.** 整合
—**integration** **n.** 統合、完成
—**integrant** **adj.** 構成整體的、主要的、必須的
—**integrator** **n.** 整合之人（物）

補充 integrate A with B 把 A 與 B 整合起來
racial integration 種族融合

🎧 1305
in·tel·lect [ˈɪntlˌɛkt] **n.** 理解力
—**intellection** **n.** 思考、理解
—**intellective** **adj.** 智力的、有智力的
—**intellectual** **adj.** 智力的、理智的
—**intellectualism** **n.** 理智主義、追求學問的精神、專心於知識的追求

補充 develop one's intellect 發展才智
a man of intellect 才智出眾的人
intellectual people 智力很高的人

🎧 1306
in·ter·vene [ˌɪntɚˈvin] **v.** 介入
—**intervening** **adj.** 介於中間的、發生於其間的
—**intervention** **n.** 介入、調停
—**interventionism** **n.** 干涉主義
（尤指主張干預國際事務的）

搭配詞 intervene between 介入、介於中間
補充 accept outside intervention 接受外界的調停

🎧 1307
in·trude [ɪnˈtrud] **v.** 侵入、打擾
—**intruder** **n.** 侵入者
—**intrusion** **n.** 侵入、闖入、打擾
—**intrusive** **adj.** 侵入的、打擾的
—**intrusively** **adv.** 干擾地、侵入地

搭配詞 intrude into 闖入
補充 an unwelcome intruder 不速之客

🎧 1308
i·ron·ic [aɪˈrɑnɪk] **adj.** 譏諷的
—**irony** **n.** 諷刺、反諷
—**ironical** **adj.** 譏諷的
—**ironically** **adv.** 說反話地、諷刺地

補充 ironic remark 反話
speak in subtle ironies 發言時用了巧妙的反諷
the irony of fate 命運的嘲弄

🎧 1309
ir·ri·ta·ble [ˈɪrətəbl] **adj.** 暴躁的、易怒的
—**irritably** **adv.** 暴躁地、易怒地
—**irritate** **v.** 使生氣
—**irritation** **n.** 煩躁
—**irritability** **n.** 易怒

搭配詞 be irritated by [with] sb. 被某人激怒
be irritated against sb. 對某人生氣
補充 irritable bowel syndrome 腸躁症
feel irritated 感到生氣

Test 單字記憶保溫隨堂考—2

學完了這麼多單字，你記住了幾個呢？趕快做做看以下的小測驗，看看自己學會多少囉！

A. illusion	B. evacuate	C. generate	D. hospitable	E. humiliate
F. illuminate	G. inevitable	H. hypocrisy	I. fabulous	J. fragment

_____ 1. to be good and friendly to guests

_____ 2. really great

_____ 3. to leave, or to make others leave a dangerous place

_____ 4. a dream-like vision that is not real

_____ 5. to produce something

_____ 6. impossible to avoid

_____ 7. to make someone very embarrassed

_____ 8. a piece of something

_____ 9. the act of having one's actions not match one's words

_____ 10. to give light to something

解答：

1. D	2. I	3. B	4. A	5. C
6. G	7. E	8. J	9. H	10. F

A. innovation	B. intervene	C. habitat	D. inhabit	E. irritable
F. ethical	G. emigrant	H. infer	I. intrude	J. hospitalize

_____ 1. related to moral principles

_____ 2. someone who has moved from one country to another

_____ 3. to live in a certain place

_____ 4. to step into someone's personal space or meddle with their affairs

_____ 5. something that is new and creative

_____ 6. to step in between two opposing sides

_____ 7. to place someone in a hospital for treatment, care, or observation.

_____ 8. to be angry or annoyed very easily

_____ 9. the place where something, especially animals or plants, lives in

_____ 10. to assume something based on known facts

解答：

1. F	2. G	3. D	4. I	5. A
6. B	7. J	8. E	9. C	10. H

L

🎧 1310
la·ment [ləˋmɛnt] **n.** 悲痛 **v.** 哀悼
—**lamentable** **adj.** 可悲的、哀傷的
—**lamentably** **adv.** 可悲地、不幸地、令人惋惜地
—**lamentation** **n.** 哀悼、慟哭
—**lamented** **adj.** 被悼念的

補充 compose a lament for... 為……寫輓歌
a funeral lament 喪禮的哀樂

🎧 1311
leg·is·la·tive [ˋlɛdʒɪsˌletɪv] **adj.** 立法的
—**legislator** **n.** 立法者
—**legislature** **n.** 立法院
—**legislation** **n.** 制定法律、立法
—**legislate** **v.** 立法

搭配詞 legislate for/against … 制定（或通過）法律
補充 legislative reform 立法方面的改革
supreme legislative powers 最高立法權力
members of the legislature 立法委員

🎧 1312
le·git·i·mate [lɪˋdʒɪtəmet] **v.** 使合法
[lɪˋdʒɪtəmɪt] **adj.** 合法的
—**legitimacy** **n.** 合法(性)、正統(性)
—**legitimately** **adv.** 合法地
—**legitimation** **n.** 合法化
—**legitimatize** **v.** 宣佈為合法

反 illegitimate 非法的、不合法的
補充 a legitimate business 合法的生意
legitimate right 正當權利

M

🎧 1313
ma·nip·u·late [məˋnɪpjəˌlet] **v.** 巧妙操縱
—**manipulation** **n.** 操作、運用
—**manipulative** **adj.** 巧妙操作的
—**manipulator** **n.** 巧妙處理的人

同 manage 操縱、處理
補充 manipulate stock prices 操縱股市價格

🎧 1314

med·i·tate [ˈmɛdəˌtet] **v.** 沉思
—meditation **n.** 熟慮
—meditative **adj.** 沈思的、冥想的
—meditatively **adv.** 沈思地、默想地

搭配詞 meditate on... 反思……、思考……
補充
in meditative silence 默默地沈思

🎧 1315

mel·an·chol·y [ˈmɛlənkɑlɪ] **n.** 悲傷、憂鬱
adj. 悲傷的
—melancholic **adj.** 憂鬱的、患憂鬱症的
n. 憂鬱症患者
—melancholiac **adj.** 患憂鬱症的
—melancholia **n.** 【醫】憂鬱症

反 happy 高興樂意的
補充 sink into melancholy 陷入愁思
chase away the melancholy 驅散憂傷

🎧 1316

mi·grate [ˈmaɪgret] **v.** 遷徙、移居
—migration **n.** 遷移
—migrant **adj.** 移居（尤指移出國境）的、流浪的
—migratory **adj.** 遷移的、有遷居習慣（或特色）的

反 stay 停留、留下、暫住
補充 migrant worker 外勞，移工

考前衝刺——**加分補給站** 試比較同義不同用法的 immigrate（見 p.290）和 emigrant（見 p.404）

immigrate、emigrate 和 migrate 都有「遷移」的意思，事實上，immigrate 和 emigrate 都是從 migrate 衍生出來的。migrate 本身是單純的「遷移」，並無任何方向性、而衍生字 immigrate 指的是「移入」，而 emigrate 指的是「移出」。

🎧 1317

mo·bi·lize [ˈmobəˌlaɪz] **v.** 動員
—mobilization **n.** 動員調動
—mobility **n.** 流動性、移動性
—mobile **adj.** 能快速移動的、機動的

反 immobilize 使不能移動
補充 mobilize the army 動員軍人

🎧 1318

mo·not·o·nous [mə`nɑtənəs] **adj.** 單調的
— **monotony** **n.** 單調
— **monotonously** **adv.** 單調地、無變化地
— **monotonic** **adj.** 單調的

補充 vary the monotony by... 用……來改變單調的狀態
monotonous work 單調乏味的工作

N

🎧 1319

nar·rate [næ`ret] **v.** 敘述、講故事
— **narrative** **n.** 敘述、故事
— **narrator** **n.** 敘述者、講述者
— **narration** **n.** 敘述、講述

補充 give a narrative of 敘述……
the narrator of ……的解說員

🎧 1320

neu·tral [`njutrəl] **n.** 中立國 **adj.** 中立的、中立國的
— **neutralism** **n.** 中立主義
— **neutrality** **n.** 中立、中立地位
— **neutralization** **n.** 中立化、中立狀態
— **neutralize** **v.** 使中立化、使無效

補充 remain neutral 保持中立

🎧 1321

nour·ish [`nɝɪʃ] **v.** 滋養
— **nourishment** **n.** 營養
— **nourished** **adj.** 表示「吃得……的」、「營養……的」
— **nourishing** **adj.** 有營養的、滋養的

補充 nourish hope in one's heart 懷抱希望
lack of nourishment 營養不良

🎧 1322

nu·tri·ent [`njutriənt] **n.** 營養物
adj. 有養分的、滋養的
— **nutrition** **n.** 營養物、營養
— **nutritious** **adj.** 有養分的、滋養的
— **nutritional** **adj.** 營養的、滋養的

同 nourishment 營養
補充 valuable nutrients 珍貴的養分
poor nutrition 營養不良
nutritious food 營養食品

O

🎧 1323
ob·li·ga·tion [ˌɑbləˈgeʃən] **n.** 責任、義務
—**obligate** **v.** 使負義務 **adj.** 有義務的、必要的
—**obligated** **adj.** 有責任的、有義務的
—**obligatory** **adj.** 義不容辭的、有義務的

補充 feel an obligation to sb. 對某人感到有義務 affirmative obligation 積極義務

🎧 1324
op·press [əˈprɛs] **v.** 壓迫、威迫
—**oppression** **n.** 壓迫、壓制
—**oppressed** **adj.** 受壓迫的、受壓制的
—**oppressive** **adj.** 壓迫的、壓制的、專制的、暴虐的
—**oppressively** **adv.** 難以忍受地、苛刻地

補充 bear the oppression of... 忍受……的壓迫 politically oppressed 政治上受打壓

P

🎧 1325
pen·sion [ˈpɛnʃən] **n.** 退休金 **v.** 給予退休金
—**pensionable** **adj.** 可領養老金的
—**pensionary** **adj.** 退休金的
—**pensioner** **n.** 領養老金者、受雇傭者

補充 receive a pension of... 收到……錢的退休金

🎧 1326
per·se·ver·ance [ˌpɝsəˈvɪrəns] **n.** 堅忍、堅持
—**persevere** **v.** 堅持
—**persevering** **adj.** 堅忍的、固執的
—**perseverant** **adj.** 忍耐性強的、鍥而不捨的

搭配詞 persevere at/in/with... 堅持不懈、不屈不撓
補充 by sheer perseverance 完全憑藉毅力
persevere until the end 堅持到底

417

🎧 **1327**

pi·e·ty [ˈpaɪətɪ] **n.** 虔敬

— **pietistic** **adj.** 佯裝（或過度）虔誠的
— **pious** **adj.** 虔誠的
— **piously** **adv.** 虔誠地、篤信神地
— **pietist** **n.** 假虔誠

反 impious 不虔誠的、不敬的、不孝的
補充 filial piety 孝道
a pious Christian 虔誠的基督教徒

輕鬆點，學些延伸小常識吧！

大家有信仰的宗教嗎？知道目前在台灣主要的宗教信仰有哪些，還有這些宗教的英文怎麼說嗎？快來這裡看看吧！

Christianity 基督教
Catholicism 天主教
Buddhism 佛教
Islam 伊斯蘭教
Taoism 道教
Judaism 猶太教

🎧 **1328**

prej·u·dice [ˈprɛdʒədɪs] **n.** 偏見 **v.** 使存有偏見

— **prejudiced** **adj.** 懷偏見的、有成見的
— **prejudicial** **adj.** 引起偏見的

補充 have an prejudice in one's favor 對某人有偏愛
without prejudice 沒有偏見的

🎧 **1329**

pre·scribe [prɪˈskraɪb] **v.** 規定、開藥方

— **prescribed** **adj.** 規定的
— **prescript** **n.** 規定、法令
— **prescription** **n.** 指示、處方

搭配詞 prescribe sb. what to do 規定某人做什麼
補充 write out a prescription 開處方

🎧 **1330**

pro·hi·bit [proˈhɪbɪt] **v.** 制止

— **prohibition** **n.** 禁令、禁止
— **prohibiter** **n.** 禁止者、阻止者
— **prohibitive** **adj.** 禁止的、禁止性的
— **prohibitively** **adv.** 禁止地、（費用等）過高地

補充 prohibit sb. from doing sth. 阻止某人做某事
import prohibition 禁止進口

考前衝刺──加分補給站 試比較同義不同用法的forbid（見p.282）

prohibit跟forbid都有「禁止」的意思，但prohibit是指經由法律頒布後的明文規定，是正式的禁止行為、而forbid是較為普遍的用詞，指的是上司、官方、長輩等做出的禁止命令，或是客觀條件上的不允許。

1331
pro·voke [prə`vok] **v.** 激起
— **provoking** **adj.** 令人生氣的、刺激的
— **provocation** **n.** 挑撥、激怒
— **provocative** **adj.** 氣人的、刺激的
— **provocatively** **adv.** 挑釁地、煽動地

搭配詞 provoke... to / into 對⋯⋯挑釁、激起
補充 provoke laughter 激起笑聲

R

1332
ra·di·ant [`redjənt] **n.** 發光體 **adj.** 發光的、輻射的
— **radiate** **v.** 放射 **adj.** 放射狀的
— **radiation** **n.** 放射、發光
— **radiator** **n.** 發光體

搭配詞 radiate from 從中心向各方伸展
補充 radiation sickness 輻射中毒
radiator grille 車輛的水箱

1333
rec·on·cile [`rɛkənˌsaɪl] **v.** 調停、和解
— **reconciliation** **n.** 和解、和好、調停
— **reconcilable** **adj.** 可和解的、不矛盾的、可調停的
— **reconciliatory** **adj.** 和解的、調停的、調和的

搭配詞 reconcile A with B 使 A 與 B 一致、和解

1334
re·cur [rɪ`kɝ] **v.** 重現
— **recurring** **adj.** 再發的、循環的
— **recurrent** **adj.** 一再發生的、定期重複的
— **recurrence** **n.** 再發生、再現

補充 sth. recur to sb. 往事重現
recurring decimal [數] 循環小數

🎧 1335
re·fine [rɪˋfaɪn] **v.** 精練
 —**refined** **adj.** 精煉的、精緻的
 —**refinedly** **adv.** 精煉地、優美地
 —**refinement** **n.** 精良

搭配詞 refine on 琢磨、推敲
補充 with great refinement 非常優雅

🎧 1336
rel·e·vant [ˋrɛləvənt] **adj.** 相關的
 —**relevancy** **n.** 適宜、中肯
 —**relevance** **n.** 關聯、中肯
 —**relevantly** **adv.** 貼切地、得要領地

反 irrelevant 無關係的、不對題的
搭配詞 be relevant to... 有關……的

🎧 1337
re·press [rɪˋprɛs] **v.** 抑制
 —**repressed** **adj.** 受壓抑的、受抑制的
 —**repressible** **adj.** 可抑制的、可鎮壓的
 —**repression** **n.** 抑制、壓制、鎮壓

補充 repress one's desire 壓抑欲望
self-repression 自我抑制

🎧 1338
re·straint [rɪˋstrent] **n.** 抑制
 —**restrain** **v.** 抑制、遏制
 —**restrained** **adj.** 受限制的、忍耐的
 —**restrainedly** **adv.** 抑制地、謹慎地、受約束地

搭配詞 restrain from... 限制、約束
補充 beyond restraint 不可遏止

🎧 1339
re·trieve [rɪˋtriv] **v.** 取回
 —**retrieval** **n.** 取回、恢復
 —**retrievable** **adj.** 可取回的、可恢復的
 —**retriever** **n.** 找回東西者、復得者

補充 retrieve one's password 找回忘記的密碼

🎧 1340
rig·or·ous [ˋrɪgərəs] **adj.** 嚴格的
 —**rigorously** **adv.** 嚴厲地、殘酷地
 —**rigorousness** **n.** 嚴厲、殘酷
 —**rigorist** **n.** 嚴格主義者

補充 make a rigorous study of... 對……進行縝密的研究

🎧 1341
rit·u·al [ˈrɪtʃʊəl] **n.** 宗教儀式 **adj.** 儀式的
——**ritualize** **v.** 儀式化、奉行儀式
——**ritualism** **n.** 儀式主義、拘泥儀式
——**ritualistic** **adj.** 儀式的、固守儀式的、慣例的

同 ceremony 儀式
補充 inauguration ceremony 就職典禮

S

🎧 1342
se·duce [sɪˈdjus] **v.** 引誘、慫恿
——**seduction** **n.** 教唆、誘惑
——**seducement** **n.** 教唆、誘惑、勾引
——**seducible** **adj.** 易受誘惑的
——**seductive** **adj.** 誘惑的、有魅力的

同 tempt 引誘
補充 seduce sb. to do sth. 誘使某人做某事

🎧 1343
sig·ni·fy [ˈsɪgnəˌfaɪ] **v.** 表示
——**signifier** **n.** 傳示、意義的人或物
——**signification** **n.** 表示、意義
——**significative** **adj.** 表示……的

反 nullify 使無效、廢棄、取消
搭配詞 signify that... 表示、表明

🎧 1344
sol·i·tude [ˈsɑləˌtjud] **n.** 獨處、獨居
——**solitary** **adj.** 單獨的、獨自的、隱居的
——**solitariness** **n.** 隱居、獨處
——**solitarily** **adv.** 獨自一人地

補充 in solitude 孤獨地 solitary confinement 單獨監禁

🎧 1345
spec·i·fy [ˈspɛsəˌfaɪ] **v.** 詳述、詳載
——**specifics** **n.** 詳情、細節
——**specificity** **n.** 具體性、明確性
——**specifically** **adv.** 特別地、具體地

反 generalize 泛論、推斷
搭配詞 specify by 用……說明表示

🎧 1346
spec·u·late [ˈspɛkjəˌlet] **v.** 沉思
— **speculation n.** 沉思、推測
— **speculative adj.** 思索的、推測的
— **speculatively adv.** 思索地、推測地

搭配詞 speculate on 考慮、推測
補充 specular reflection 鏡面反射

🎧 1347
spon·sor [ˈspɑnsə] **n.** 贊助者 **v.** 贊助、資助
— **sponsored adj.** （為慈善目的）發起的、贊助的
— **sponsorship n.** 資助、贊助
— **sponsorial adj.** 保證人的、資助者的

同 promoter 促進者
補充 sponsor an arts festival 舉辦藝術節

🎧 1348
stim·u·late [ˈstɪmjəˌlet] **v.** 刺激、激勵
— **stimulation n.** 刺激、興奮
— **stimulus n.** 刺激、激勵
— **stimulative adj.** 刺激性的、激勵的

搭配詞 stimulate sb. to do sth. 激勵某人做某事
補充 economic stimulus 經濟刺激

🎧 1349
sub·or·di·nate [səˈbɔrdɪnɪt] **n.** 附屬物
adj. 從屬的、下級的
— **subordination n.** 附屬、次級
— **subordinative adj.** 從屬的、表示從屬關係的

同 inferior 從屬的
搭配詞 be subordinate to... 比……次要、低於……

T

🎧 1350
ter·mi·nate [ˈtɜməˌnet] **v.** 終止、中斷
— **termination n.** 結束、終止
— **terminational adj.** 末端的、終止的
— **terminative adj.** 終止的
— **terminally adv.** 處於末期症狀上、在晚期、最後

同 conclude 結束
補充 terminate a contract 終止合約

見下頁的「延伸學習小教室」

輕鬆點，學些延伸小常識吧！

在簽英文契約的時候，包括termination（終止）在內，連同下面這些單字都是一定要會而且不能搞錯的哦！

signature 簽名

original copy 正本

duplicate 副本

expiration date 到期日

breach of contract 違反契約

terms of contract 契約條件

implement 履行（合約）

termination 終止

🎧 1351

thrift [θrɪft] **n.** 節約、節儉

— **thrifty** **adj.** 節儉的

— **thriftily** **adv.** 節儉地

— **thriftiness** **n.** 節約、節儉

同 economy 節約
補充 by thrift 憑著節儉
thrift shop 慈善二手商店
thrifty in food and
expenses 省吃儉用

🎧 1352

tran·quil [ˈtræŋkwɪl] **adj.** 安靜的、寧靜的

— **tranquilization** **n.** 平靜、寧靜

— **tranquilize** **v.** 使……平靜

— **tranquilizer** **n.** 鎮靜劑

同 peaceful 寧靜的
補充 a tranquil eye 平靜
的眼神
tranquilizer gun 麻醉槍

🎧 1353

tran·sit [ˈtrænsɪt] **n.** 通過、過境 **v.** 通過

— **transition** **n.** 轉移、變遷

— **transitional** **adj.** 轉變的、過渡期的、過渡性的

— **transitionally** **adv.** 轉變地、過渡期地

— **transitionary** **adj.** 變遷的、過渡的、轉換的

補充 a transition
from...to... 從……到……
的轉變
in transit 運輸中

🎧 1354

trans·mis·sion [træns`mɪʃən] **n.** 傳達
— **transmit** **v.** 寄送、傳播
— **transmissive** **adj.** 能傳遞的、能傳達的
— **transmissible** **adj.** 能傳送的

搭配詞 transmit to... 發射、播送
補充 in transmission 傳送中
transmit heat 導熱

🎧 1355

triv·i·al [`trɪvɪəl] **adj.** 平凡的、淺薄的
— **trivially** **adv.** 瑣細地、平凡地
— **trivialize** **v.** 使平凡、使……成為瑣碎
— **trivialization** **n.** 使重要事情顯得瑣碎
— **triviality** **n.** 平凡、瑣屑的事物、無聊的事

同 superficial 淺薄的
補充 Trivial Pursuit 打破砂鍋問到底（一種問答遊戲）

U

🎧 1356

ul·ti·mate [`ʌltəmɪt] **n.** 基本原則
adj. 最後的、最終的
— **ultimacy** **n.** 終極性、根本性
— **ultimately** **adv.** 最後、終極地
— **ultimatum** **n.** 最後結論、基本原理

同 final 最後的
補充 an ultimate truth 根本的事實
in the ultimate 最後通牒

🎧 1357

ur·gen·cy [`ɝdʒənsɪ] **n.** 迫切、急迫
— **urgent** **adj.** 緊急的、急迫的
— **urgently** **adv.** 緊急地、急迫地
— **urgicenter** **n.** 急診中心

補充 a matter of great urgency 緊急的事情
of the utmost urgency 迫在眉睫

🎧 1358

u·til·i·ty [ju`tɪlətɪ] **n.** 效用、有用
— **utilize** **v.** 利用、派上用場
— **utilization** **n.** 效用、有用
— **utilitarian** **n.** 實利主義者

補充 be fully utilized by... 被……充分利用
have practical utility 有實用價值
marginal utility 邊際效益

V

1359

vo·ca·tion [voˋkeʃən] **n.** 職業
- **vocational** **adj.** 職業上的、業務的
- **vocationally** **adv.** 職業性地、職業上地

同 occupation 職業
補充 mistake one's vocation 選錯職業 choose / select a vocation 選擇職業 vocational counseling 職業輔導

1360

vul·gar [ˋvʌlgɚ] **adj.** 粗糙的、一般的
- **vulgarly** **adv.** 通俗地、普通地
- **vulgarness** **n.** 庸俗、粗野
- **vulgarian** **n.** 俗人、俗不可耐的暴發戶
- **vulgarize** **v.** 通俗化、使……粗俗

反 decent 體面的
補充 vulgar names 俗名 vulgar language 粗話

1361

vul·ner·a·ble [ˋvʌlnərəbl] **adj.** 易受傷害的、脆弱
- **vulnerably** **adv.** 脆弱地、易受傷害地
- **vulnerate** **v.** 使受傷害
- **vulnerary** **adj.** 治療外傷用的、敷創傷的

反 tough 強韌的
補充 be vulnerable to fraud 易受騙的

Test 單字記憶保溫隨堂考—3

學完了這麼多單字，你記住了幾個呢？趕快做做看以下的小測驗，看看自己學會多少囉！

A. perseverance	B. meditate	C. neutral	D. nutrient	E. migrate
F. manipulate	G. narrate	H. piety	I. melancholy	J. monotonous

_____ 1. to make someone act the way you want by clever means

_____ 2. to think carefully about something

_____ 3. very sad and moody

_____ 4. to move from one place to live in another

_____ 5. boring, unchanging, dull

_____ 6. to describe something, often a story or certain events, to others

_____ 7. not taking a side

_____ 8. something that is healthy and good for the body

_____ 9. the act of continuing to do something in a determined way, even if it may be very tiring

_____ 10. the act of wholeheartedly, devotedly believing in a deity

解答：

1. F	2. B	3. I	4. E	5. J
6. G	7. C	8. D	9. A	10. H

A. tranquil	B. retrieve	C. vulnerable	D. sponsor	E. prohibit
F. solitude	G. trivial	H. thrift	I. urgency	J. seduce

_____ 1. to not allow someone to do something

_____ 2. to get something back

_____ 3. to try very hard to attract someone on purpose, often by being sexy

_____ 4. the state of being alone

_____ 5. to help someone by giving them money

_____ 6. quiet and peaceful

_____ 7. insignificant and unimportant

_____ 8. weak and easily hurt

_____ 9. the state in which something needs to be done immediately

_____ 10. the act of being careful to save money

解答：

1. E	2. B	3. J	4. F	5. D
6. A	7. G	8. C	9. I	10. H

Level

6

Reading Test
閱讀測驗—1

單字有沒有記熟呢？能不能靈活運用呢？快來檢視自己的學習
成果，看看是否要繼續在現有LEVEL增進實力，抑或朝著後面
LEVEL層層突破，高分衝刺！

Drug abuse is harmful at any point in life. Senior people suffering from chronic diseases are more likely to have drug addiction problem. As their health decline, they use more over-the-counter medicines and prescription drugs, which can lead to harmful consequences in the body and spur addiction.

To provide seniors the care they need, it is important to make sure that our health system and substance abuse treatment system are ready for the senior, so they can get the support they need.

(　　) 1. What is the main idea of this article?
　　　　(A) Older people are drug addicts.
　　　　(B) The importance of strengthening our health system for the elderly.
　　　　(C) Senior people are less likely to have drug abuse problem.

(　　) 2. What does the word "abuse" mean in the first paragraph?
　　　　(A) To use something in a way that is harmful.
　　　　(B) To speak offensive words to someone.
　　　　(C) To treat someone violently.

(　　) 3. What can be inferred from the article?
　　　　(A) It is imperative to provide a free health system.
　　　　(B) Senior people might also need substance treatment system.
　　　　(C) Only senior people need a better health system.

藥物濫用在生命中的任何階段都是有害的，年長者因慢性疾病的困擾，更容易有藥物上癮的問題。當他們健康退化時，會服用更多成藥或處方藥，導致身體受到傷害，並加速藥物上癮。

為提供年老長者所需的照護，我們應確認醫療系統和藥癮照護系統已預備妥當，如此一來，年長者才可以得到所需的支援。

1. 本題詢問以下何者為本文主題，三個選項意思分別為：

(A) 年長者都是藥物濫用者。

(B) 強化年長者照護系統的重要性。

(C) 年長者較不容易有藥物濫用的問題。

依照文章內容，本文介紹年長者因慢性疾病的困擾，更容易有藥物上癮的問題，我們應妥適健全醫療系統和藥癮照護系統，因此(B)選項為正解。

2. 本題詢問本文第一段單字abuse的意思？三個選項意思分別為：

(A) 濫用某物於不當的地方。

(B) 向某人說冒犯的話。

(C) 暴力對待某人。

依照英文字典解釋，drug abuse專指藥物濫用，因此(A)選項為正解。

3. 本題詢問，從這篇文章中，我們可以推斷以下何者正確：

(A) 提供免費的照護系統，極其重要。

(B) 年長者也可能需要藥癮照護系統。

(C) 只有年長者需要較佳的醫療系統。

依照文章內容最後一段末句，(A)選項錯，因文章未提及應提供免費的照護系統；(C)選項錯，文章未提及年長者需要較佳的醫療系統；(B)選項為正解，因文末強調我們應確認醫療系統和藥癮照護系統已預備妥當，年長者才可以得到所需的支援。。

答案：1. (B)　　2. (A)　　3. (B)

Reading Test
閱讀測驗─2

單字有沒有記熟呢？能不能靈活運用呢？快來檢視自己的學習成果，看看是否要繼續在現有LEVEL增進實力，抑或朝著後面LEVEL層層突破，高分衝刺！

In March, 1981, a man named John Hinckley Jr. attempted to assassinate US President Ronald Reagan in Washington, D.C. Reagan was shot in the chest and suffered serious internal bleeding and lung injuries. Secret service agent Tim McCarthy was also wounded. White House Press Secretary James Brady suffered brain damage; his health declined and died 33 years later due to the attack.

Hinckley was arrested but found not guilty by reason of insanity. He was institutionalized for schizotypal personality disorder and major depressive disorder. In 2016, he was released, and he returned home to live with his mother.

(　　) 1. What is the main idea of this article?
   (A) Why Hinckley tried to assassinate President Reagan.
   (B) A horrible incident that happened to French president.
   (C) The assassination attempt on President Reagan.

(　　) 2. What does the word "decline" mean in the first paragraph?
   (A) To refuse something.
   (B) To gradually become worse.
   (C) To become less important.

(　　) 3. What can be inferred from the article?
   (A) Hinckley was not put into prison.
   (B) Hinckley served a 35-year sentence.
   (C) Hinckley lived in solitude.

1981年5月，小約翰辛克利在華盛頓特區試圖暗殺美國總統雷根。雷根胸腔中彈，造成嚴重內出血及肺部重傷。特勤人員提姆麥考錫也受傷，白宮發言人詹姆士布雷迪頭部中彈受到重傷，健康日漸惡化，於33年後過世。

辛克利被逮捕後，卻因精神病而被法庭裁定無罪。他被送進精神病院治療妄想型人格異常和重度憂鬱症，於2016年出院並回家與母親同住。

1. 本題詢問以下何者為本文主題，三個選項意思分別為：
(A) 為何辛克利試圖暗殺雷根總統。
(B) 法國總統遭遇的可怕事件。
(C) 企圖暗殺雷根總統的事件。
依照文章內容，(A)選項錯，因文章未提及；(B)選項錯，此事發生於美國總統雷根，因此(C)選項為正解。

2. 本題詢問本文第一段單字decline的意思？三個選項意思分別為：
(A) 拒絕某事。
(B) 逐漸惡化。
(C) 變得較不重要。
依照本文上下文脈絡，decline在此指健康的惡化，因此(B)選項為正解。

3. 本題詢問，從這篇文章中，我們可以推斷以下何者正確：
(A) 辛克利沒有坐牢。
(B) 辛克利服刑35年。
(C) 辛克利一個人獨居。
依照文章內容最後一段末句，(B)選項錯，辛克利因精神病而被法庭裁定無罪；(C)選項錯，辛克利出院後回家與母親同住；(A)選項為正解。

答案：1. (C)　　2. (B)　　3. (A)

單字有沒有記熟呢？能不能靈活運用呢？快來檢視自己的學習
成果，看看是否要繼續在現有LEVEL增進實力，抑或朝著後面
LEVEL層層突破，高分衝刺！

In 2010, a bill aimed to protect personal information passed the second reading in the Legislature. If the bill becomes law, journalists and lawmakers would lose special protection.

However, some experts say that if the Personal Information Protection Act is too strict, lawmakers will have no ways to reveal negative stories. Then criminals will be the bill's biggest beneficiaries because they can manipulate the law to get bribes.

(　　) 1. What is the main idea of this article?
　　(A) When the bill about personal information passed.
　　(B) How criminals can get bribes.
　　(C) A dispute over Personal Information Act.

(　　) 2. What does the word "Legislature" mean in the first paragraph?
　　(A) A unit where a group of people in a country make laws on behalf of the public.
　　(B) A meeting room where people study law.
　　(C) A press conference.

(　　) 3. What can be inferred from the article?
　　(A) Lawmakers welcome the law unanimously.
　　(B) Experts are worried that criminals may take advantage of the law.
　　(C) Journalists are not affected by the law.

解答

2010年，一項針對保護個人資料的法案在立法院通過二讀。若這項法案成為正式法條，記者與立法委員將失去免責條款。

然而有些專家表示，若「個人資料保護法」太嚴格，立法委員將無法揭弊，屆時不法人士能巧妙操作這個法條來收賄，成為這個法條的最大受益者。

1. 本題詢問以下何者為本文主題，三個選項意思分別為：
(A) 有關個資法何時被通過。
(B) 不法人士如何獲取賄款。
(C) 「個人資料保護法」的爭議。

依照文章內容，(A)、(B)選項皆錯，非本文重點；(C)選項為正解。

2. 本題詢問本文第一段單字Legislature的意思？三個選項意思分別為：
(A) 立法機構。
(B) 人們研讀法律的會議室。
(C) 記者會。

依照本書P.414（或讀者可查詢英文詞典），(A)選項為正解。

3. 本題詢問，從這篇文章中，我們可以推斷以下何者正確：
(A) 立法委員一致歡迎這個法條。
(B) 專家憂心罪犯會利用這個法條。
(C) 記者不會被這個法條影響。

依照文章內容最後一段末句，專家憂心這個法條會遭不法人士利用收賄，因此(B)選項為正解；(A)、(C)選項皆錯，這個法條將影響立法委員和記者的免責權

答案：1. (C)　　2. (A)　　3. (B)

Reading Test
閱讀測驗—4

單字有沒有記熟呢？能不能靈活運用呢？快來檢視自己的學習成果，看看是否要繼續在現有LEVEL增進實力，抑或朝著後面LEVEL層層突破，高分衝刺！

In December 2006, two polar cubs were born at the Berlin Zoo. However, their mother showed no interest in raising them. The zookeepers and veterinarians had to step in to save the vulnerable cubs.

After one died of a fever, Thomas Dorflein, the zookeeper, became the foster father for the only cub. He named the little one Knut. To ensure that Knut could become a healthy bear, Dorflein added special nutrients into his diet. When Knut was three- month old, he became a global sensation due to his roly-poly figure and adorable face. Although Knut had never been to his natural Arctic habitat, he helped raise awareness of the plight of his relatives in the polar region.

(　　) 1. What is the main idea of this article?
   (A) Why Knut was abandoned.
   (B) How Knut was saved and brought up.
   (C) Where Knut was born.

(　　) 2. What does the word "vulnerable" mean in the first paragraph?
   (A) feeble.
   (B) invincible.
   (C) irritable.

(　　) 3. What can be inferred from the article?
   (A) Knut survived without human intervention.
   (B) Knut returned to the polar region.
   (C) The public noticed the plight of polar bears in the wild because of Knut.

2006年12月，柏林動物園有兩隻小北極熊誕生。然而熊媽媽沒興趣養小熊，於是動物管理員及獸醫必須介入拯救兩隻小熊。

其中一隻小熊因發燒而死亡，於是動物管理員湯瑪士朵夫蘭成為僅存小熊的養父，他把這隻小傢伙取名為可努特。為確保可努特長成一隻健康的熊，朵夫蘭在可努特的飲食中加入營養素。可努特在三個月大時，因圓滾滾的身體和可愛的臉蛋在全球爆紅。雖然可努特從沒去過他的天然北極棲息地，但他幫助大眾意識到他在北極地區親戚的困境。

1. 本題詢問以下何者為本文主題，三個選項意思分別為：
(A) 為什麼可努特會被遺棄。
(B) 可努特如何被拯救並養大。
(C) 可努特從哪裡出生。
依照文章內容，(A)選項錯，可努特被動物管理員養大；(C)選項錯，非本文重點；(B)選項為正解。

2. 本題詢問本文第一段單字vulnerable的意思？三個選項意思分別為：
(A) 虛弱的。
(B) 無敵的。
(C) 易怒的。
依照本書P.425（或讀者可查詢英文詞典），(A)選項為正解。

3. 本題詢問，從這篇文章中，我們可以推斷以下何者正確：
(A) 可努特在沒有人為干預下存活下來。
(B) 可努特回到北極地區。
(C) 大眾因為可努特而注意到極地北極熊的困境。
依照文章內容最後一段末句，可努特從沒去過他的天然北極棲息地，但他幫助大眾意識到他在北極地區親戚的困境，因此(C)選項為正解；(A)、(B)選項皆錯，可努特是被動物管理員及獸醫救活，並住在動物園裡。

答案：1. (B)　　2. (A)　　3. (C)

單字有沒有記熟呢？能不能靈活運用呢？快來檢視自己的學習成果，看看是否要繼續在現有LEVEL增進實力，抑或朝著後面LEVEL層層突破，高分衝刺！

A romantic movie, *Me Before You* is about a successful, wealthy, and handsome young man who becomes disabled after a traffic accident. Confined to a wheelchair, the man is melancholy. To make things worse, his ex-girlfriend announces that she is going to marry his best friend.

To brighten his spirit, the man's mother hires Louisa to take care of him. Louisa has radiant smiles and a jolly personality. Under her care, the man gradually becomes open-minded. Although they feel for each other, the man still decides to fly to Switzerland to end his life through Dignitas. The man leaves Louisa a considerable amount of money and asks her to live well.

(　　) 1. Why does the man's mother hire Louisa?
(A) To ask Louisa to marry her son.
(B) To brighten her son's spirit.
(C) To inherit the man's wealth.

(　　) 2. What does the word "melancholy" mean in the first paragraph?
(A) Ironic.
(B) Happy.
(C) Sad.

(　　) 3. What can be inferred from the article?
(A) The man loves Louisa, but she doesn't love him.
(B) The man wants Louisa to live her life to the fullest.
(C) Louisa successfully stops the man's journey to Dignitas.

《我就要你好好的》是一部浪漫片，描述一位成功、富有又英俊的年輕男人因交通事故而成為身障人士。由於必須坐輪椅，他感到很鬱悶。更糟的是，他的前女友宣布她要嫁給他的好友了。

為使他的心情好一點，他的母親僱用露易莎照顧他。露易莎有燦爛的笑容和令人愉悅的個性。在她的照顧下，男人心門逐漸敞開。雖然他們彼此之間有情愫，但是男人仍決定飛往瑞士進行安樂死來結束他的生命。男人留給露易莎巨額的錢，並要求她要好好過生活。

1. 本題詢問為何男人的母親僱用露易莎，三個選項意思分別為：
(A) 要露易莎嫁給她的兒子。
(B) 為使他的兒子心情好一點。
(C) 為繼承男人的遺產。
依照文章內容，(A)、(C)選項皆錯，男人的母親希望露易莎愉悅的個性，能讓兒子心情好一點，因此(B)選項為正解。

2. 本題詢問本文第一段單字melancholy的意思？三個選項意思分別為：
(A) 諷刺的。
(B) 快樂的。
(C) 難過的。
依照本書P.415（或讀者可查詢英文詞典），(C)選項為正解。

3. 本題詢問，從這篇文章中，我們可以推斷以下何者正確：
(A) 男人愛上露易莎，但她不愛他。
(B) 男人希望露易莎活出豐盛的人生。
(C) 露易莎成功阻止男人到異地進行安樂死。
依照文章內容第二段，(A)選項錯，因兩人彼此已產生情愫；(C)選項錯，因第二段段末句表示，男人仍決定飛往瑞士進行安樂死來結束他的生命；(B)選項為正解，因男人留給露易莎一筆錢，並要她好好過生活。

答案：1. (B)　　2. (C)　　3. (B)

Test 單字記憶保溫【總集篇】

覺得自己已經把全書的單字都學起來了嗎？快來試試看不分
level的總結小測驗吧！
從最簡單到最難的單字，都可以在這裡找到喔！

(1)

( ) 1. allow (A) 允許 (B) 跟隨 (C) 評判

( ) 2. ease (A) 東邊 (B) 容易 (C) 特別

( ) 3. interest (A) 內部 (B) 測試 (C) 興趣

( ) 4. nation (A) 敘述 (B) 國家 (C) 頻道

( ) 5. robot (A) 機器人 (B) 強盜 (C) 詐騙集團

( ) 6. bake (A) 攜帶 (B) 後面 (C) 烘烤

( ) 7. favor (A) 聰明 (B) 偏愛 (C) 口味

( ) 8. legal (A) 違法的 (B) 合法的 (C) 高貴的

( ) 9. obey (A) 乞求 (B) 服從 (C) 祈禱

( ) 10. standard (A) 等待的 (B) 站立的 (C) 標準的

( ) 11. combine (A) 梳理 (B) 結合 (C) 配對

( ) 12. freeze (A) 起毛球 (B) 凍結 (C) 起泡

( ) 13. liberal (A) 圖書的 (B) 自由主義的 (C) 住家的

( ) 14. permit (A) 承認 (B) 批准 (C) 利潤

( ) 15. technique (A) 技巧 (B) 調酒 (C) 維修

解答：

1. A	2. B	3. C	4. B	5. A
6. C	7. B	8. B	9. B	10. C
11. B	12. B	13. B	14. B	15. A

(2)

(   ) 1. quote   (A) 完成   (B) 引用   (C) 閱讀

(   ) 2. injure   (A) 審判   (B) 召喚   (C) 傷害

(   ) 3. exhibition   (A) 習慣   (B) 展覽   (C) 伸展

(   ) 4. amaze   (A) 使人驚奇   (B) 使人迷惑   (C) 使人頭暈

(   ) 5. royal   (A) 皇家的   (B) 忠誠的   (C) 高大的

(   ) 6. necessary   (A) 清潔的   (B) 必要的   (C) 固定的

(   ) 7. invent   (A) 抱怨   (B) 發明   (C) 插入

(   ) 8. forgive   (A) 原諒   (B) 提供   (C) 送禮

(   ) 9. candle   (A) 蠟燭   (B) 把手   (C) 搖籃

(   ) 10. receive   (A) 看到   (B) 收到   (C) 察覺到

(   ) 11. loud   (A) 大聲的   (B) 允許的   (C) 簡單的

(   ) 12. grow   (A) 種植   (B) 排列   (C) 發光

(   ) 13. deep   (A) 深的   (B) 偷偷地   (C) 黑的

(   ) 14. blood   (A) 繁榮   (B) 血液   (C) 小溪

(   ) 15. space   (A) 多餘的   (B) 步調   (C) 空間

解答：

1. B	2. C	3. B	4. A	5. A
6. B	7. B	8. A	9. A	10. B
11. A	12. A	13. A	14. B	15. C

(3)

A. enthusiasm	B. fabulous	C. volunteer	D. isolate	E. thrill
F. manipulate	G. deceive	H. acquire	I. abbreviate	J. orphanage

_____ 1. to make someone act the way you want by clever means

_____ 2. really great

_____ 3. to make a word shorter

_____ 4. the feeling of excitement or fear

_____ 5. a large house where children who are orphans live and are looked after

_____ 6. to cause to accept as true or good what is false or bad, for a dishonest purpose

_____ 7. to offer to do something willingly without being asked

_____ 8. to separate one thing from everything else

_____ 9. something one shows when dealing with a subject they really enjoy

_____ 10. to get something into one's possession

解答：

1. F	2. B	3. I	4. E	5. J
6. G	7. C	8. D	9. A	10. H

(4)

A. dominant	B. refute	C. occupy	D. habitat	E. comprehension
F. thrift	G. transfer	H. covet	I. evidence	J. eternal

_____ 1. being the most powerful and having others under control

_____ 2. something that proves a fact

_____ 3. to take over or fill up a place

_____ 4. to move from one place to another

_____ 5. the act of understanding or ability to understand

_____ 6. lasting forever

_____ 7. to disagree; or to prove that someone or something is incorrect

_____ 8. to want something very much

_____ 9. the place where something, especially animals or plants, live in

_____ 10. the act of being careful to save money

解答：

1. A	2. I	3. C	4. G	5. E
6. J	7. B	8. H	9. D	10. F

(5)

A. adore	B. elaborate	C. hypocrisy	D. legend	E. dedicate
F. accuse	G. forbid	H. piety	I. tragedy	J. tentative

_____ 1. to say that someone has committed a crime

_____ 2. to not allow someone to do something

_____ 3. a story that is passed down through generations

_____ 4. a very sad occurrence

_____ 5. to love deeply and respect

_____ 6. being organized in great detail

_____ 7. not sure yet, still subject to change

_____ 8. to put hard work, devotion or effort into a specific activity

_____ 9. the act of having one's actions not match one's words

_____ 10. the act of wholeheartedly, devotedly believing in a deity

解答：

1. F	2. G	3. D	4. I	5. A
6. B	7. J	8. E	9. C	10. H

(6)

A. disabled	B. expand	C. slay	D. elevate	E. confine
F. prohibit	G. emigrant	H. retire	I. bruise	J. imply

_____ 1. to not allow someone to do something

_____ 2. someone who has moved from one country to another

_____ 3. the state of being unable to do something

_____ 4. to kill by violence

_____ 5. to raise to a high position

_____ 6. to injure without breaking the skin

_____ 7. to withdraw from a place or a job

_____ 8. to hint at or suggest a hidden meaning

_____ 9. to make something bigger, longer or wider

_____ 10. to keep someone in a certain place and restrict them from doing things

解答：

1. F	2. G	3. A	4. C	5. D
6. I	7. H	8. J	9. B	10. E

NOTE

....

....

....

....

....

....

....

....

....

....

....

....

....

....

....

....

原來如此 系列 *E265*

考前關鍵，成效五倍的**單字記憶術**
重點字根╳同義詞比較╳延伸知識

事半功倍，節省大量時間，單字庫 5 倍大拓展！

作　　　者	李宇凡
顧　　　問	曾文旭
社　　　長	王毓芳
編輯統籌	黃璽宇、耿文國
主　　　編	吳靜宜
執行主編	潘妍潔
執行編輯	吳芸蓁、吳欣蓉、范筱翎
美術編輯	王桂芳、張嘉容
法律顧問	北辰著作權事務所　蕭雄淋律師、幸秋妙律師

初　　　版	2023年04月
出　　　版	捷徑文化出版事業有限公司
電　　　話	（02）2752-5618
傳　　　真	（02）2752-5619

定　　　價	新臺幣420元／港幣140元
產品內容	一書

總 經 銷	采舍國際有限公司
地　　　址	新北市中和區中山路二段366巷10號3樓
電　　　話	（02）8245-8786
傳　　　真	（02）8245-8718

港澳地區經銷商	和平圖書有限公司
地　　　址	香港柴灣嘉業街12號百樂門大廈17樓
電　　　話	（852）2804-6687
傳　　　真	（852）2804-6409

書中圖片由Freepik網站提供。

捷徑 Book站

國家圖書館出版品預行編目資料

考前關鍵，成效五倍的單字記憶術：重點字根╳同義
詞比較╳延伸知識 / 李宇凡著. -- 初版. -- [臺北市]：
捷徑文化出版事業有限公司, 2023.04
　面；　公分. -- (原來如此：E265)

ISBN 978-626-7116-32-6(平裝)

1.CST: 英語 2.CST: 詞彙

805.12　　　　　　　　　　　112004209